자각

self consciousness

자각

초판 1쇄 찍은 날 | 2014년 09월 16일
초판 1쇄 펴낸 날 | 2014년 09월 24일

지은이 | 최양윤
펴낸이 | 서경석

편 집 장 | 권태완
편　　집 | 최고은

펴낸곳 | 도서출판 청어람
등록번호 | 제387-1999-000006호
등록일자 | 1999. 5. 31
어람번호 | 제5-0385호

주소 | 경기도 부천시 원미구 부일로 483번길 40 서경B/D 3F (우) 420-822
전화 | 032-656-4452 팩스 | 032-656-4453
http://www.chungeoram.com
E-mail | chungeorambook@daum.net

ISBN 979-11-316-9202-8 03810

최양윤 장편 소설

Chungeoram romance novel

자각

self consciousness

"네 잘못 하나도 없으니까."
오늘 그녀의 심장이 얼마나 너덜너덜해져야 하는 걸까?
짝사랑이라는 건 원래 하루에도 수십 번을 기쁘고,
수십 번을 아파한다고 하는 것이라고 누군가가 말했었다.
이런 작은 배려에도 눈물이 날만큼 기쁘다. 하지만 또 그만큼 가슴이 아프다.
더 이상 기대를 하고 싶지 않아 마음을 다잡아 보려 해도
그는 너무도 쉽고 간편한 말로 그녀의 가슴을 다시 부풀게 만든다.
그건 그저 꿈일 뿐이라는 것을 잘 알고 있지만
이 정도쯤은 혼자 누릴 수 있지 않을까 이기적인 생각을 하게 만든다.

도서출판
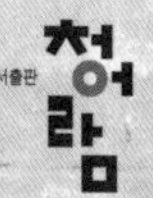

Contents

프롤로그 007

1화 혼자 사랑 016

2화 계약 시작 052

3화 서로 준비 087

4화 시작되다 122

5화 결혼 여행 156

6화 귀를 막다 192

7화 감정 착각 225

8화 거짓 아픔 270

9화 너를 안다 314

10화 사랑하다 351

에필로그 367

작가 후기

프롤로그

결혼기념일.

이날은 어느 부부에게나 특별한 날일까? 아마 그럴 것이다. 이 결혼기념일은 그녀에게도 무척이나 중요한 날이었으니까. 아니, 마지막이 될 결혼기념일이라 더 특별한 건가?

오늘은 그녀에게 처음이자 마지막인 결혼기념일이었다. 결혼 1주년이 되는 날 이혼 서류를 꺼내게 될 거라고는 상상도 하지 못했다. 아마 평범한 집안이었으면 결혼을 했어도 아이가 생길 때까지 혼인 신고서를 작성하지 않았을지도 모르겠다. 하지만 무려 태일기업과 하루통상이 정략적 사돈 관계를 맺었고, 더 이상의 잡음이 없도록 하기 위해 두 사람은 약혼하던 날 혼인 신고서에 도장을 찍어야 했다.

이상적인 계획이었고, 친구이던 관계이다. 비록 자신은 짝사랑

중이었지만…….

어차피 처음부터 이럴 줄 알고 시작한 게 아니었던가. 다만 결혼 기간이 3년이라던 윤성의 말과는 다르게 1년으로 줄어든 것뿐이다. 딱히 슬퍼할 것도, 마음 아파할 것도 없었다. 윤성과는 다시 친구로 돌아가면 그만이다. 얼굴을 보다 정 힘들면 이 나라를 떠나 살아도 된다. 다만 최근 미묘하게 달라진 관계, 혹은 느낌에 설마 하는 마음으로 그를 기다렸다.

이 결혼을 하면서 속으로 혼자 생각한 게 있었다. 최윤성에 대해서 더 이상 욕심내지 말자. 하루라도 부부라는 이름으로 있었던 것에 감사하자고 생각했다. 정말 그와 결혼을 할 것이라고는 단 한 번도 상상해 보지 못했으니까.

하지만 사람이라는 건 욕심이 많은 생물체이다. 가까이 있으면 더 갖고 싶어 안달이 나는 게, 견딜 수 없었다. 그래서 멋대로 기간을 정했다. 윤성은 3년이라고 말했지만 그녀는 더 이상 그의 곁에서 견딜 수 없었다. 혹시라도 오늘이 결혼기념일이라는 것을 알고 그가 와준다면 마음을 고백하고자 했다. 하지만 그가 기억을 하지 못하고 돌아오지 않으면 더 이상 하지 않기로 결심했다.

1월 12일.

작년 아주 추웠던 겨울날 그와 결혼을 했고, 1년을 함께 살았다. 엄밀히 말하자면 각자 다른 방에서, 하지만 같은 공간에서 살았다. 비록 그는 1년 중 집에 들어오는 날이 많지 않았지만.

승연은 앞에 있는 생크림 케이크를 물끄러미 바라보았다. 오늘 아침 떨리는 손으로 직접 베이킹을 해 만든 단순한 생크림 케이크이다. 지난 1년간 요리학원도 다니고 정말 평범한 주부가 된 것처럼 퇴근 시간 전 장을 보고 저녁을 차려놓기도 했다. 하지만 그와 같이 밥을 먹은 건 겨우 열 번 남짓이었을까?

일주일 전, 마지막으로 저녁을 같이 먹을 때 그가 처음으로 맛있다고 말해주었다. 다음날도, 그 다음날도, 그리고 오늘도 같은 메뉴로 저녁상을 차렸지만 그는 오지 않았다. 그날 이후로 일주일간의 부재.

오늘 오후, 그의 사무실에 찾아갔었다. 전화를 걸까 하다 얼굴을 마주 보고 이야기하는 게 낫겠다 싶어서였다. 급한 일로 회의가 있다고 말했다. 호출을 해드릴까요, 하는 물음에 됐다고 말했다. 그래서 같이 저녁을 먹자는 메모를 비서에게 남겨놓았다. 비서가 메모를 전하지 않았을 리 없다.

0시 1분.

1월 12일이 지났다.

그녀는 물끄러미 이혼 서류를 바라보았다. 분명 결혼 서류와 같았는데 단어만 바뀐 것뿐이다. 아이러니한 일. 그녀는 최윤성이라는 이름을 손가락으로 가만히 쓸어보았다. 짝사랑한 4년간 나쁜 일만 있었던 건 아니다. 분명 웃을 수 있는 일도, 즐거웠던 시간도 있었다. 하지만 아파한 일이 더 많아 이제는 정말 그만해야겠다고 마음먹었다.

케이크 중앙에 켜놓은 단 하나의 초는 이제 완전히 타버리고 촛농만 남았다. 이것이 마치 그녀 자신이 된 것처럼 초라하게 느껴진다. 더 이상 이곳에 남아 있을 수 없었다.

요 일주일 내내 그랬지만 특히나 오늘 하루는 윤성에게 무척이나 힘들었다. 1월 2일부로 상무가 되었고, 바로 일경그룹의 일이 터졌다. 일경의 갑작스러운 주가 폭락으로 대한민국 경제계가 폭탄을 맞았고, 먼저 발을 빼던 태일이지만 그래도 문어발로 엮인 한국의 그룹 특성상 완전하게 여파가 없는 것도 아니었다.

다행히 이 며칠 동안 그룹을 풀가동시킨 태일은 단 하나의 피해도 없이 오히려 일경의 자동차와 무기 사업을 손에 넣었다. 그렇다 하더라도 처리해야 할 일이 워낙 많아 몇 번이나 회의를 했고, 지금 이 시각까지 자리에 앉아 정리를 끝냈다. 오후 2시부터 시작된 회의가 이제야 끝난 것이다.

"다들 수고하셨습니다."

"고생하셨습니다, 상무님."

모두 자리에서 일어나자 윤성은 손목에 찬 시계를 보았다. 벌써 12시가 가까워지는 참이다. 모두가 썰물처럼 빠져나가고 자리에서 일어나 코트를 들고 상무실을 나서는데 모니터를 훑던 안 비서가 반사적으로 일어났다.

"퇴근하십니까?"

"네."

"오후에 사모님이 오셨습니다."

안 비서의 말에 윤성의 미간이 좁혀졌다. 신승연이 왔다? 결혼을 하고 지난 1년간 승연은 단 한 번도 그의 사무실에 찾아오지 않았다. 오히려 결혼 전에는 귀찮을 정도로 자주 찾아왔지만.

"메모를 남기셨습니다."

"왜 호출하지 않으셨습니까?"

"사모님께서 하지 말라고 하셨습니다."

왠지 이상하게 기분이 가라앉는다. 일주일간 승연을 보지 못했다. 집으로 전화를 해도 그녀는 받지 않았고, 문자메시지에도 답이 없었다. 옷을 갈아입을 핑계 겸 엊그제는 일부러 집에 들렀다. 하지만 승연은 집에 없었고, 그는 자각하고 있었지만 느긋하게 샤워도 했다. 집을 나서는 순간까지 승연은 돌아오지 않았다. 비서가 건네는 메모지를 서둘러 받아 펼쳐보았다.

—저녁 같이 먹어.

딱 신승연다운 글씨체였다. 반듯하고 깔끔한 글씨체는 꼭 승연을 보는 것 같았다. 이미 12시에 가까워진 시각. 승연은 이미 잠자리에 들었을 것이다. 그가 알고 있는 그녀는 특별한 일이 없는 한 11시가 되면 바로 침대에 누워 잤다. 11시가 바로 승연이 깨어 있을 수 있는 시간의 기점이었다.

한 달 전 같이 부산에 다녀오던 길에도 옆자리에 앉은 승연은 절대 자지 않겠다고 하더니 11시가 넘자마자 고개를 꾸벅이며 졸았다. 그때 그의 오른쪽 어깨를 빌려주었다. 그렇지 않았다면 아마 다음날 목이 무척이나 결렸을 것이라며 유치하게 생색을 냈다. 예전의 승연이라면 별것으로 생색을 낸다며 고개를 저었을 것이다. 하지만 그날의 승연은 정말 미안한 얼굴로 고맙다고 말했다. 왠지 승연이 미묘하게 달라졌다고 느낀 건 한 반년쯤 되었다. 그가 아는 하루통상의 공주 승연이 아닌 느낌이라고 해야 할까?

그때 살짝 웃고 있는 비서와 눈이 마주쳤다. 윤성은 고개를 갸웃거리며 안 비서에게 물었다.

"왜 웃으십니까?"

안 비서는 경력 10년이 넘은 베테랑이다. 아무리 우수한 성적으로 지난 시간 출세 가도를 달려왔다고 해도 윤성에겐 경험 넘치는 조언자가 필요하다며 최 회장이 직접 붙여준 비서이다. 워낙 어려서부터 알고 지내와 윤성이 그녀에겐 거의 삼촌과 같은 사람이기도 했다. 그리고 윤성이 자신을 그렇게 생각한다는 건 안 비서도 잘 알고 있다.

"사실 두 분이 결혼하실 때 표정도 좋지 않으셨고 억지로 하는 분위기가 강했잖습니까. 그래서 걱정을 많이 했습니다."

"네?"

안 비서의 말이 맞았다. 정략이라고 하더라도 여느 그룹 사람들이 그렇듯 두 사람도 아이를 낳고 평범한 부부로 살아갈 거라고 사람들은 생각했다. 그와 그녀가 결혼한 건 오로지 계약에 의한 것이었더라 하더라도 그동안 잘 지내는 부부처럼 보이기 위해 연극을 잘했다고 여기고 있었다. 하지만 안 비서의 눈엔 보인 모양이다.

"그런데 요즘 보면 상무님 표정이 좋아 보여서요. 사모님께서 남기신 메모에 웃으시는 것도 좋아 보입니다. 늦었으니 빨리 들어가 보세요."

"고맙습니다. 참, 안 비서님, 우리 내일부터 3일간 휴갑니다."

"그렇게 하시죠."

오늘 무리를 해서라도 모든 일정을 마친 것을 다행이라고 생각했다. 오늘은 결혼기념일이고, 그의 가방엔 어제 도착한 목걸이가 들어 있다. 마음을 고백하면 승연은 혼란스러워하겠지만 그래야 후회가 남지 않을 거라고 생각했다. 비록 지금 승연의 곁엔 다른 남자가 있지만 더 이상은 이대로 머물러 있을 수가 없었다. 정략으로 남고 싶지 않았다.

승연이 바로 마음을 받아줄 것이라고는 생각하지 않는다. 일이 많아 긴 휴가는 무리지만 3일간의 시간을 만들어냈다. 승연이 좋아하는 제주도 별장으로 가서 지낼 생각이다. 예전에 그랬던 것처럼 같은 책을 읽고, 토론을 하고, 마주 앉아 술을 마시고. 더 이상은 바라지 않았다. 그저 그런 일을 두 사람이 같이 하고 싶었다.

목요일.

새벽의 도로는 한산했다. 그저 정방을 응시한 채 본능적으로 운전을 하다 윤성은 잊고 있던 기억이 떠올랐다. 승연이 분명 12일에 보자는 말을 했다. 분명 할 말이 있는 것 같았는데 연이어 터지는 일들에 정신이 팔려 완전히 잊고 있었다.

급히 밟는다고 스스로 느낄 정도로 속도를 올려 집 앞에 도착했을 땐 막 1시가 넘어가는 참이었다. 차고의 문이 열리자 그와 그녀가 결혼할 때 홍 여사가 승연에게 선물해 주었던 흰색 재규어 XJR이 우두커니 서 있다. 승연도 오늘, 아니, 어제가 결혼기념일이었다는 것을 알고 있는 것일까? 혹시 그래서 약속을 잡았던 걸까? 이렇게까지 늦을 줄 알았다면 아침에 장미 다발이라도 보내는 것인데 그랬다. 차에서 내린 윤성은 서둘러 비밀번호를 눌렀다.

집 안의 공기는 훈훈하다. 승연 특유의 상쾌한 향이 공간 가득 배어 있다. 소파에 가방과 코트를 내려두고 조심히 승연이 쓰고 있는 안방으로 발걸음을 옮겼다. 분명 자고 있을 테고, 평소 승연은 한 번 잠이 들면 쉽게 깨어나질 못했다. 조용히 문을 밀자 짙은 승연의 향이 코끝을 간질였다. 저도 모르게 가슴이 뛰고 숨이 턱 막히는 기분이 들었지만 그게 나쁘진 않았다.

커다란 킹사이즈의 침대 바로 위, 천장 창문으로 비치는 달빛에 승연의 모습이 보여야 했다. 하지만 커다란 침대는 시트가 구겨진 것도 없이 비어 있음을 알려주었다. 혹시 화장실에 갔나 싶어 윤성은 방 안으로 몸을 완전히 들였다. 승연의 방 안 바로 오른편에 있는 드레스룸으로 향하는 복도로 걷다 잠시 멈칫했다. 욕실 문은 분명 투명 유리였다. 하지만 물소리도 불도 켜져 있지 않았다. 윤성은 잠시 멈춰 서서 괜한 헛기침을 했다. 그럼에도 불구하고 다른 소리가 들리지 않았다.

"신승연."

이름을 부르면 아마 바로 대답할 것이다. 하지만 승연은 아무 대답이 없었다. 더 이상 고민할 것 없이 윤성은 안으로 성큼성큼 들어섰다. 욕실이 비어 있다는 것을 확인하는 순간 윤성은 방에서 빠져나와 집 안 전체를 뒤졌다.

1층에선 승연이 보이지 않자 2층으로 향하는 계단을 보았다. 이 집에 와서 그는 2층을 한 번도 올라가 보지 않았다. 그곳은 승연이 작업실로 쓰고 있는 공간이다. 그는 처음으로 대리석 계단을 밟고 2층으로 올라섰다.

유화 냄새가 코를 찌르자 윤성은 저도 모르게 인상을 찌푸렸다. 공간 가운데에는 이젤이 놓여 있고 벽엔 승연의 작품으로 보이는 그림들이 걸려 있었다. 생각할 것도 없이 1층으로 내려와 다시 안

방 문을 열었다.

없다.

승연이 늘 침대 옆 테이블에 올려두었던 작은 곰 인형이 보이지 않는다. 승연은 그 곰 인형이 꼭 곁에 있어야 잠이 들 수 있다고 했다. 그 곰 인형이 악몽을 물리쳐 준다며 어린애 같은 말을 했다. 윤성은 거칠 것 없이 드레스룸으로 들어서서 벽장문을 열었다. 그녀가 정원수에 물을 주며 즐겨 입던 노란색의 트레이닝 복이 보이지 않는다. 그리고 결혼하기 전 올케에게 받았다는 보랏빛 가방도 보이지 않는다. 나머지는 모두 홍 여사가, 그리고 그가 사준 옷이다.

불안감으로 심장이 미칠 듯 뛰기 시작했다. 핸드폰을 찾기 위해 서둘러 안방에서 나왔을 때 그의 눈에 보인 건 주방 안의 식탁이었다. 가운데엔 초가 모두 타들어가고 크림이 무너진 케이크가 있고, 잡채와 꽃게찜이 있었다. 저도 모르게 털썩 자리에 앉은 윤성은 그릇으로 손을 가져가 댔다. 아직 미지근한 온기가 남아 있다. 그래, 승연은 잠깐 근처에 나간 것일 수도 있다. 하지만 매끈한 대리석 식탁의 귀퉁이를 보는 순간 윤성의 심장은 다시 무섭게 뛰기 시작했다.

노란 봉투에 들어 있는 서류는 혼인관계증명서, 주민등록초본, 가족관계증명서, 그리고 신승연의 이름과 도장이 찍힌 이혼 서류였다. 처음 맞는 결혼기념일에 승연이 남겨둔 선물이었다.

1화 혼자 사랑

사람은 누구에게나 말 못할 사정이라는 게 있다. 아니, 있는 법이다. 그리고 어쩔 수 없는 사정이라는 것도 있고. 그게 설령 눈앞에서 행복하게 웃으며 서로를 바라보고 있는 연인을 갈라놓고 싶은 것이라 해도. 누가 들으면 유치한 질투라며 그녀를 비웃을지도 모른다. 그 따위 것이 아니라고 하고 싶지만 그건 분명 질투가 맞았다. 그리고 그 질투는 신승연에게 있어 허락되지 않는 것 중 하나였다.

어쩌다 저 두 사람을 만나게 만들었을까. 어쩌다 친구가 되고 어쩌다 저 사람을 좋아하게 된 것일까. 시간을 아무리 되돌리고 싶어도 그건 인력으로 되지 않는 문제였다. 웃어야지 하면서도 얼굴은 멋대로 굳으려 하고 입술 끝 근육이 덜덜 떨리는 게 느껴진다. 이대로 웃을 여유가 없어졌다.

승연은 아무렇지 않은 척 이미 식어버린 커피잔을 입으로 가져갔다. 이젠 신맛밖에 느껴지지 않는 이 미지근한 커피를 맛있는 척 목으로 넘기고 자리에서 일어났다. 가타부타 말이 없던 그녀가 갑자기 자리에서 일어서자 두 연인의 시선이 한꺼번에 따라 올라왔다.

얼마 전 이 앞에 앉아 있는 남자의 어머니께 받은 핑크색의 퀼팅 백을 들고 계산서까지 챙겨 들었다. 어차피 이 계산서야 의미가 없는 것이다. 두 사람이 나서는 순간 당연히 이 앞에 있는 남자의 이름으로 계산서가 발급될 것이다.

나가면서 구차하게 '제 앞으로 해주세요' 라고 말을 할 수도 없다. 이상하게 작은 것에서 이런 못난 자존심은 발동하는 걸까. 계산서를 집어 드는 그녀의 하얗고 가느다란 손가락으로 그의 시선이 느껴진다.

"이건 내가 살게."

"네가 왜?"

"너희 어머니가 선물로 이런 백까지 주셨는데 이 정도는 계산을 해야 나도 체면이 서지. 안 그래?"

수백만 원을 호가하는 백을 슬쩍 앞으로 들며 말하자 그가 픽 웃었다. 오늘은 그래, 비웃고 싶은 만큼 비웃어라. 평소 '너' 라고 하면 발끈하면서 오늘은 마음 넓은 남자 코스프레를 하고 있다. 또다시 뚱한 말투가 튀어 나갔다.

"물론 이 밥값은 이자도 안 되겠지만."

"신승연."

알고 지낸 지 어느덧 13년.

정확히 고등학교 1학년 때 만났으니 햇수로는 14년이 되려나? 어쨌거나 사춘기 시절 만난 이 남자는 그때도 지금과 거의 다를 바 없는 외모를 자랑하고 있었다. 태일기업의 후계자이자 그녀의 친구이기도 한 최윤성은 그녀의 13년 된 친구이자 이제 짝사랑을 하게 된 지 3년이 되는 주인공이기도 하다.

그렇게 친구로 10년을 넘게 옆자리에 있었는데 어떻게 좋아진 걸까? 남녀 사이에 친구가 없다는 말을 믿지 않았는데, 이젠 승연도 인정해야 할 것 같았다. 누군가 한 사람이 다른 한 사람을 짝사랑해야 그 관계가 이어지는 거라고. 자신이 그런 짝사랑을 하게 될 것이라고는 상상도 하지 못했지만. 정말 구질구질하다. 이제 그만 이 짝사랑을 접자고 스스로에게 약속한 게 이미 백 번도 넘을 것이다.

그녀는 이제 곧 서른이 된다. 이쪽 정서상 그녀는 이미 한물간 노처녀였고, 자식들을 굳이 정략 관계로 잇지 않으려는 부모님 때문에 이제껏 버티고 있을 수 있었다. 하지만 이제 부모님도 슬슬 한계에 온 듯했다. 큰오빠는 스물네 살에 대학에서 만나 결혼했고, 둘째 오빠는 연애엔 영 소질이 없어 작년에 선을 봐서 결혼했다. 막내딸이자 하나밖에 없는 딸을 계속 옆에 두고 살고 싶다고 했지만 주위에서도 말이 많이 나오는 것을 알고 있었다. 그럼 차라리 연애라도 하라는 부모님을 보며 그저 웃으며 그 상황을 넘기곤 했다.

저번 달에는 밖에서 무슨 이야기를 듣고 오셨는지 이번 달까지 연애라는 것을 시작할 게 아니라면 다음 달부터 선볼 준비를 하라고 하셨다. 분명 그녀에 대한 좋지 않은 소문을 듣고 오신 게 틀림없었다.

덕분에 그녀는 이번 달에 무려 세 번이나 선을 보았다. 그리고 앞으로도 잡힌 약속이 줄을 잇고 있었다. 사실 오늘은 어머니인 윤 여사가 약속을 잡아왔지만 윤성과 약속이 있다는 이야기에 내일로 선을 미뤄두었다.

"약속 있어?"

윤성의 나지막한 목소리에 승연이 입술 안쪽 살을 깨물었다. 윤성을 만나는 날이면 입안이 다 해지는 것 같았다. 이제 정말 그만하고 싶었다.

윤성은 승연에게 가식이 없어서 좋다고 했다. 늘 자신에게 어떻게든 잘 보이려 빌빌대는 다른 사람들과 다르다고 했다. 실제로 그녀는 고등학교 때까지 공주병 기질이라는 게 있었다.

그녀의 아버지는 이 나라에서 삼 대째 명품 자기를 만들고 있는 사람이고, 그 기술은 전 세계적으로도 찬사를 받고 있었다. 하루 통상은 오로지 자기만을 생산하면서도 특유의 기술력으로 회사의 입지가 탄탄하고 직원들의 복지는 대기업과 견주어도 부족함이 없었다. 그런 집안에서 막내딸로 태어나 귀하게 자랐으니 세상 물정 모르고 사람과의 관계에서 눈치가 없는 것도 당연했을지 모른다.

비록 지금은 대학을 졸업한 뒤 유학도 다녀오고 세상의 이런저런 쓴맛을 다 보았기 때문에 예전보다는 나아졌다고 할 수 있지만, 그녀 역시 아직도 누군가에게 호구의 대상이 된다는 것을 모르고 있었다. 하지만 이 앞에 앉아 있는 남자보다는 낫겠지 싶었다. 안하무인에 늘 자신이 최고인 이 남자를 어쩌다가 좋아하게 됐을까. 그깟 자존심 때문에 고백도 못 하는데…….

아니, 그건 자존심 문제가 아니었다. 그녀의 친한 친구를 그가 좋아하게 되었는데 어떻게 좋아한다는 말을 할 수 있겠는가. 고백하기에는 이미 늦어버린 타이밍이었다. 그래서 사람들이 그렇게 사랑엔 타이밍이 있다고 노래를 불렀는지도 모른다.

오랜만에 둘이 밥을 먹는다는 생각에 어젯밤엔 들떠서 잠도 잘 자지 못했다. 화장이 뜰까 봐 둘째 오빠 병원에서 받아온 마스크팩까지 몇 번이나 붙였는지 모른다. 어떤 옷을 입어야 할지 고민하다 아침 일찍 백화점을 향해 나섰다. 라운지에 올라갈 생각도 하지 않고 무작정 매장으로 들어가 최신상이라는 원피스에 구두까지 맞춰 신고선 꼭 중요한 약속이 있을 때만 가는 숍까지 들렀다. 헤어 세팅과 메이크업을 최대한 자연스럽게 부탁하면서 꾸몄는데 그렇게까지 애쓸 필요가 있었을까?

그녀와 색만 다른 같은 디자인의 원피스를 입고 들어서는 지영을 보고 승연은 맥이 탁 풀리는 느낌이었다. 몸에 완전히 붙진 않지만 너무 루즈하지도 않은 노란색의 원피스는 왜 이제 와서 보니 색이 칙칙해 보이는 걸까. 차라리 어젯밤 골라두었던 이 핸드백과 같은 디자이너의 원피스를 입고 나오는 것인데. 그러면 이렇게까지 초라하지는 않았을 것이다. 하지만 앞서 생각했다시피 이미 지나간 시간은 다신 돌이킬 수 없었다.

백화점에서 봤을 땐 키가 크고 늘씬한 그녀에게 잘 어울리는 원피스라고 생각했다. 입에 발린 말이겠지만 직원들도 마치 그녀에게 맞춰 나온 제품 같다고 했다. 그리고 백화점을 나서는데 타인들의 시선을 느끼며 묘한 자신감까지 붙었다. 그런데 막상 보니 상대적으로 키가 작고 아담한 지영에게 이 원피스는 훨씬 잘 어울려 보였다. 남들에겐 그녀가 훨씬 모델같이 보일지 몰라도 승연에겐 아니었다.

"그냥 계산 맡기지 그건 왜 들고 일어서?"

그가 간단하게 손가락을 움직이자 매니저가 빠른 걸음으로 다가왔다. 잠시 승연은 곤란한 표정을 짓고 있는 매니저에게 계산서를 내밀었다. 그러자 매니저의 안색이 다시 밝아졌다. 하지만 이 청구서가 신 사장의 앞으로 나가는 건 곤란했다.

"잠시만요."

"필요한 거 있으십니까?"

"이 카드로 계산해 주세요."

이 이탈리아 요리 전문점은 승연이 좋아하는 곳이지만 지금은 그녀의 아버지인 신 사장의 이름으로 계산되는 것이 곤란했다. 이유는 저번 주에 이곳에서 있었던 선 자리를 그녀가 망쳐 놓았기 때문이다. 매니저가 그녀의 앞에 와서 곤란한 표정을 짓는 것도 충분히 이해가 되었다.

사교계에서 소문이 어떻게 났는지는 모르겠지만, 한국대의 얼굴 반반한 남학생치고 신승연과 자보지 않은 남자가 없다는 이야기가 파다했다. 아니 땐 굴뚝에서도 연기가 난다더니 딱 그 짝이었다. 그냥 헛소문이라고 판단했는데 그 말도 안 되는 소문은 그녀가 속해 있는 모임을 넘어 어른들의 귀에까지 들어간 모양이다.

이젠 생각도 나지 않는다. 대학교 2학년 때던가 3학년 때던가, 그런 소문이 나긴 했다. 겉보기에 화려한 타입이던 승연에겐 늘 그런 소문이 따라다녔다. 친구의 남자를 빼앗아간다, 섹스 중독자

다, 유부남도 가리지 않는다는 추잡한 것들이었다. 거기다 어디선 기부 입학을 했다며 손가락질을 한다는 것도 물론 잘 알고 있었다.

하지만 그녀는 그런 문제에 대해서는 스스로가 당당하다고 말할 수 있었다. 물론 남자를 사귀지 않은 건 아니지만 믿기지 않게도 그녀는 아직까지 순결을 잘 지키고 있었다. 그리고 고3 때 정말 코피를 흘릴 정도로 공부해 당당히 학교에 입학했다. 한국대가 기부한다고 개나 소나 다 받아주는 학교냐고 되레 묻기도 했다. 부모님도 그냥 헛소문이라고 치부하신 모양이지만 은근히 그녀에게 사실을 털어놓길 추궁하는 중이었다.

그런 적 없고 앞으로도 없을 것이라고 말했지만, 거짓말도 백번을 하면 진실이 된다고 믿는 일본 사람들처럼 이 나라 사람들도 그렇게 믿는 모양이었다. 그리고 부모님 역시 요즘 눈치를 보아하니 마찬가지였다.

다행히 윤성의 부모님은 그녀를 믿고 있었다. 사람들이 보는 눈이 이렇게 없다면서 윤성의 어머니인 홍 여사는 그녀를 따뜻하게 다독여 주었다. 어떻게 이런 분 밑에서 저런 아들이 나온 걸까 하면서도 승연은 그를 좋아하게 된 게 다 홍 여사 때문이 아닌가 하는 생각도 들었다.

"너, 요즘 선 보고 다닌다며?"

매니저가 사라지기 무섭게 윤성이 물어왔다. 잔뜩 짜증이 가득 섞인 얼굴로 승연이 인상을 찌푸리며 윤성을 노려보았다. 매니저가 간 지 30초도 되지 않았는데 왜 이렇게 길게 느껴지는지.

이젠 정말 그깟 짝사랑 따윈 날려 버리면 그만이다. 그럼에도 불구하고 짝사랑이라는 건 본드나 껌처럼 무척이나 끈질겨서 도무지 떨어질 생각을 하지 않는다. 사람의 마음이라는 게 참 질겨서 잘라 버리고 싶다고 그게 잘릴 리가 없다는 것을 알면서도 그런 엉뚱한 상상을 했다.

윤성과 지영이 자신의 앞에서 사랑을 속삭이는 것을 본 게 3년이 넘었는데도 불구하고 이 마음은 여전하다. 아니, 정확히는 두 사람이 사귄 지 1년이 넘었나? 윤성이 먼저 지영을 마음에 들어 했다. 하지만 지영은 집안 차이가 너무 난다며 처음엔 윤성에게 퇴짜를 놓았다. 자신을 거부한 여자는 처음이라 그랬는지, 그것도 아니면 정말 지영이 마음에 들었는지 윤성은 마음껏 표현을 해댔다. 그리고 승연이 완전히 유학을 마치고 한국에 들어온 다음날 윤성은 지영과 사귄다며 그녀의 귀국 환영회에서 공표했다. 그 탓에 주인공 자리가 완전히 뒤바뀌었다.

이쪽 친구들이 마음이나 정신적으로 여유로운 사람들만 있는 건 아니었다. 애초에 선민주의가 깔려 있는 친구들은 은근히 지영을 무시하기도 했다. 어쩌면 그런 친구들 때문에 처음 지영은 윤성을 밀어냈을지도 모른다. 하지만 누가 보더라도 잘생기고 집안 좋은 남자가 그리 좋다고 쫓아다니는데 마음이 동하지 않을 수 있겠는가. 절대 그럴 리 없다고 자신하던 지영은 결국 윤성과 사귀게 되었다.

워낙 태일이 크고 힘이 막강해서 윤성의 앞에선 다들 지영에게 친절했지만 뒤에선 그게 아니라는 것을 승연은 잘 알고 있었다. 물론 그 친구들은 승연 앞에서도 직접적으로 지영에 대한 험담을 하지 않았다. 승연과 지영이 둘도 없이 친한 사이라는 것을 다들 알고 있기 때문이었다.

그런 집안사람답지 않게 착하다는 이야기를 승연은 몇 번인가 들은 적이 있었다. 하지만 은근히 친구들이 뒤에서 지영의 험담을 하는 것이 이젠 그다지 나쁘지 않다고 한다면? 정말 사람의 마음은 어디까지 추악해질 수 있는 것일까? 왠지 머리가 지끈거리며 아파와 관자놀이 부근을 손가락으로 꾹꾹 눌렀다.

"선? 승연아, 너 좋아하는 남자 있다고 하지 않았어?"

갑작스러운 선 이야기에 놀랐는지 지영이 강아지처럼 동그란 눈을 하고 승연을 향해 물었다. 양심이 찔려왔다. 저렇게 예쁘고 착한 친구의 험담을 뒤로 들으며 아닌 척 즐겼다니. 스스로에게 드는 혐오감에 승연은 지영의 시선을 피하며 고개를 끄덕였다.

하긴, 서로 사랑을 하고 사귀고 있는 사람이 있는 사람에겐 선이라는 게 저 별나라 이야기처럼 들릴지도 모른다. 하지만 그녀가 속해 있는 이 세상에선 기업과 기업을 위해 자주 행해지는 이야기였다.

물론 신 사장과 윤 여사는 얼마든지 사랑하는 사람이 있으면 환영한다는 입장이다. 단, 그 사람이 인성이 바를 경우에. 하지만 저번 달을 기점으로 승연에겐 예외가 됐다. 사실이든 아니든 그런 너저분한 소문이 계속 따라다니는 것을 윤 여사가 더 이상 못 참아 했다. 그래서 저번 주엔 집안이 병원을 몇 개나 가지고 있고 현재 본인은 성형외과 레지던트라는 남자를 만났다.

고릴라같이 생긴 주제에, 거기다 여자들 얼굴 고쳐 주고 먹고사는 주제에 성형미인은 이래서 안 된다, 승연은 그런 면에선 자연스럽고 예뻐서 좋다, 그래 놓고는 그 소문이 사실이냐며 은근슬쩍 떠본다. 심지어 본인이 한국대를 나왔는데 본과 동기 중 승연과 자보았다는 사람도 있다면서.

능글거리는 얼굴로 웃으며 그 말을 내뱉자마자 승연은 자리에서 일어나 앞에서 김이 모락모락 나고 있는 커피를 그 고릴라의 머리에 쏟아부어 주었다. 그리고 뒤도 돌아보지 않고 이곳을 나섰다.

"여기선 다들 그렇게 만나고 결혼해. 나라고 별다를 것도 없지, 뭐. 최윤성 넌 누구한테 들었어?"

"여기 소문이 발 있는 말보다 더 빠르다는 건 신승연이 더 잘 알지 않나?"

"너 오늘 묘하게 시비조다?"

그러고 보니 오늘 윤성은 처음 본 순간부터 묘하게 신경 거슬리는 말을 내뱉고 있었다. 옆에 지영이 있을 때면 어울리지 않게 부드럽던 사람인데 오늘은 몇 번이나 인상을 찌푸리고 있었다.

대체 뭐가 그렇게 마음에 안 드는 것일까? 아마 지영과 같은 옷을 입고 있는 그녀가 마음에 들지 않을 것이다. 지영이 신경 쓰이는지 치맛자락을 움켜쥐는 것을 승연도 몇 번이나 봤다. 그게 무척이나 마음에 들지 않았겠지. 그럴 거면 차라리 가서 갈아입고 오라고 하던지. 하지만 윤성이 그렇게 말을 한 것도 아닌데도 불구하고 왠지 화가 나고 신경질이 치밀어 올랐다. 방금 전 먹은 스테이크와 라자냐가 식도를 타고 넘어올 것만 같았다. 요즘 스트레스가 머리끝까지 차올라서 그런지 입맛도 없는데 꾸역꾸역 집어넣은 게 화근이었다.

그때 매니저가 다가와 그녀에게 카드와 영수증을 건네주었다.

매니저만 아니었다면 바로 일어나 화장실로 뛰어갔을 것이다.
"잠깐 화장실 좀 다녀올게."
지영은 잠시 화장실에 다녀온다며 자리에서 일어섰다. 윤성은 살짝 미소를 머금고 자리에서 일어나 지영이 쉽게 룸에서 나갈 수 있게 해주었다. 다시 자리에 앉는 윤성을 보고 승연은 가슴 한구석이 철렁거리며 무너지는 느낌을 받았다. 그녀를 보면서 윤성은 저런 미소를 보여준 적이 한 번도 없었다. 그저 늘 귀찮다는 표정이었다.
왼쪽에서 비춰오는 햇빛에 승연이 살짝 인상을 찌푸렸다. 앞에서 길게 한숨을 내쉰 윤성이 그녀를 보고선 다시 미간을 좁혔다.
"보기 싫은 사람한테 밥은 왜 먹자고 했어? 할 말 없으면 먼저 갈게."
"신승연."
말투는 확고한데 시선은 묘하게 그녀를 피하고 있었다. 이런 윤성은 처음이라 의아한 얼굴을 한 승연이 다시 자리에 앉아 그를 똑바로 바라보았다.
"취직은?"
취직? 고작 물어본다는 말이 취직이란 말인가? 그녀는 딱히 직업을 갖고 있지 않았다. 가끔 자신을 찾는 사람이 있으면 그림을 그리거나 디자인을 해주는 프리랜서로 일하고 있었지만 말 그대로 그건 취미였다. 그 사람들도 다들 인맥을 유지하기 위해서 괜히 필요도 없는 그림을 요구하는 것을 알고 있었다.
어쨌거나 그녀는 소위 남들이 말하는 금수저를 물고 태어난 사람이었다. 그녀가 긁는 카드, 몰고 다니는 자동차, 그 외의 모든 게 다 부모님의 돈이다. 심지어 그녀가 외국 아동들에게 꾸준히 지원하고 있는 돈도 모두 부모님의 주머니에서 나오는 것이었다. 꾸준히 그리는 그림은 죄다 유화라 시간도 오래 걸렸고, 그녀의 이름도 그다지 알려지지 않아 비싼 값은 아니었다.

"뭘 그런 걸 물어?"

"안 해?"

"회사 말아먹을 일 있어?"

"그림인가 뭔가 한다며?"

"그거야 애들이 인맥 유지하려고 필요도 없는 거 맡기는 거지. 왜? 너도 나한테 그림 맡기려고?"

"꽤 소질 있어 보이던데."

그녀는 미대였었고 윤성은 경영대학이었다. 한 캠퍼스 안에 있기는 하지만 끝과 끝이라 거의 볼 시간도 없었다. 아, 그러고 보니 그녀의 졸업전시회 때 윤성이 홍 여사와 보러 오긴 했다.

"내 졸업 작품 말하는 거야?"

"뭐, 저번에 경민이 사무실 가보니까 사보에 네 작품이 있어서."

경민은 윤성의 가장 친한 친구이다. 식품으로 유명한 경민의 회사에서 창립 40주년 행사를 한다고 해 그녀가 그림을 한 점 선물했었다. 윤성도 그 그림을 본 모양이다. 사보에 실려 있어봤자 그림이 제대로 나왔겠는가. 그냥 그 앞에서 사진 찍은 임원진 얼굴이나 크게 박혔겠지.

"왜? 그림 맡기게?"

"그런 건 아니고."

확실히 알겠다. 지금 윤성이 하고 싶은 말은 그런 것 따위가 아니라는 걸. 말을 뱉기가 쉽지 않은 듯 윤성은 잘생긴 미간을 찌푸린 채 지독히 담배가 필요한 얼굴을 하고 있었다. 컵을 들어 가득 들어 있는 물을 한 번에 비워낸 윤성이 낮은 한숨을 내쉬었다. 그것만으로는 모자라 보이는 것 같아서 그녀의 잔도 앞으로 내밀었다. 마시지 않을 걸 승연도 잘 알고 있다. 말 그대로 모자라면 직원을 부르라는 그런 의미였다.

아마 평소 같았으면 윤성은 그녀가 건네는 물은 마시지 않았을 것이다. 하지만 그녀의 분홍빛 립스틱이 선명하게 찍혀 있는 유리잔을 그대로 움켜쥔 윤성이 잔을 비웠다. 워낙 깔끔해서 심지어 여자친구인 지영과도 같은 음료수를 마시지 않았다. 지영이 그의 음식이 맛있겠다고 하면 아예 다른 하나를 시키는 수준이었다. 그래서 연애 초반 지영은 그것 때문에 울었다고 했다.

맛있겠다고 말하며 윤성의 파스타를 포크로 가지고 왔는데 그가 미련 없이 먹으라며 지영에게 그릇째 옮겨주었다고 했다. 그러곤 곧 직원을 불러 같은 메뉴를 시켰다며 섭섭하다고까지 했다. 그 뒤로 지영은 아예 윤성의 음식엔 손을 대지 않았다. 그걸 보면서 승연은 둘이 키스는 하는 거냐고 비웃곤 했다. 그런데 오늘 윤성이 평소 그녀가 놀리는 결벽 증세를 보이지 않고 있었다.

"선 같은 거 그만 봐."

심장이 뚝 소리를 내며 바닥으로 굴러떨어졌다. 지금 앞에 있는 사람이 정말 그녀가 알고 있는 최윤성이 맞는 걸까?

"우리 결혼하자."

지금 무슨 말을 들은 걸까. 잠시 승연은 저도 모르게 얼이 빠진 표정을 짓고 말았다. 그녀의 표정에 윤성이 픽 웃음을 터뜨렸다. 아무래도 오늘은 그에게 비웃음을 당하기 위해 잡힌 약속인 것 같았다. 그래, 마음껏 웃으라고 승연은 생각했다.

윤성은 지영을 좋아한다. 그리고 지영 역시 윤성을 진심으로 좋아한다. 하지만 두 사람이 결혼을 할 수 없는 이유는 다 그의 집안 때문일 것이다. 홍 여사는 그녀에겐 좋은 아줌마이자 어려서부터 딸처럼 귀여워해 준 좋은 사람이었다. 하지만 지영에겐 아닐 것이다. 홍 여사는 좋은 사람이기 전에 기업가였다. 승연이 홍 여사에게 예쁨을 받는 건 절친한 후배의 딸인 이유도 있겠지만, 명실상부한 한국 도자기의 자존심이라는 하루통상의 귀한 딸인 것도 한몫했다.

재벌가의 사람들은 자신들의 부(富)도 중요히 여기지만 명예, 즉 쉽게 말해서 가문의 이름값도 중요히 생각한다. 다행히 승연은 그들이 원하는 사람에 적합하였고, 덕분에 대학을 졸업하기 전까지 세상 물정 모르는 말 그대로 공주님으로 커왔다.

승연에게 있어 '하루통상의 공주님' 이라는 명함은 한때 벗어나고 싶은 족쇄이기도 했지만 지금은 세상 살기 편한 든든한 백 그라운드이기도 했다. 그렇다 해서 그녀가 정말 눈치 없이 있는 자의 행세를 하는 건 아니었다. 학창 시절 그들에게 재수 없어 보인 이유는 정말 세상 물정을 몰랐기 때문이고, 대학에 들어와 배우며 느낀 뒤론 정말 많이 변했다. 그녀가 변화할 수 있게 가장 큰 도움을 준 사람은 다름 아닌 지영의 언니인 지선이었다. 비록 지금은 세상에 없지만.

지선이 세상을 떠나고 그녀는 정말 최소한의 돈만 손에 쥔 채 유학을 떠났다. 신 사장과 윤 여사는 그런 그녀를 걱정했지만 승연은 직접 아르바이트를 하면서 생활비를 벌었다. 처음엔 정말 힘들어서 하루 만에 그만둔 적도 있고 울면서 집에 도움을 청할까 고민하던 때도 있었다. 하지만 그녀는 정말 악으로 버텨 3년간의 유학 생활을 잘 마쳐 내었다.

그 고달프고 외롭던 유학 생활 중 윤성이 한 번 찾아왔었다. 출장 온 김에 들른 거라고 했지만 사실 한국인이 거의 없는 곳에서 만난 윤성은 그녀에게 특별한 의미로 다가왔다. 아마 그때였을 것이다, 그녀가 윤성을 짝사랑하게 됐을 때는.

그때 윤성이 오지 않았더라면 사랑에 빠지지 않았을까? 아니, 시기만 조금 늦춰졌을 뿐이지 결국엔 사랑하게 됐을 것이다. 그때 윤성의 첫마디에 마음이 흔들렸다.

"외로워 보인다?"

그래, 그 간단한 말 한마디에 거짓말처럼 사랑에 빠졌다. 무려 10년을 친구였고, 그녀의 가장 친한 친구를 좋아하고 있는 남자를. 그녀는 원래 솔직하고 거짓말을 할 줄도 모르는 사람이었다. 그래서 윤성을 대할 때 저도 모르게 마음을 들키면 어떡하나 계속 마음을 졸여야 했다.

하지만 윤성은 상상도 못 하고 있음이 틀림없었다. 늘 그녀를 보면 '넌 누굴 좋아해 본 적이 한 번이라도 있냐?' 고 물었다. 사람을 바라보는데 감정이 없어 보인다면서. 그럴 때마다 승연은 속으로 너야말로 눈치가 없다고 답했다.

"너, 지금 나하고 장난하자는 거야?"

"이런 말로 누가 장난을 걸 수 있다고 생각해? 감히 하루통상 공주님께."

정말 오늘 하루 종일 사람을 비꼬고 싶어 그녀를 만난 게 틀림없었다.

"장난이 지나쳐."

"진심이야. 이쪽 세계, 어차피 정략결혼 흔하잖아."

그 말 하나로 깨닫게 되었다. 지금 윤성은 그녀에게 계약결혼을 원하고 있는 것이다. 자존심이 짓밟히고 자존감은 부러져 나갔다. 그때 문이 열리며 지영이 들어왔다. 아무것도 모르고 환히 웃고 있는 지영을 보자 승연은 조금 전과는 다르게 왠지 모를 동정심과 안타까움이 생겨났다.

지영이 하루통상의 공주님으로 태어났으면 좋았을 텐데. 그럼 태일기업의 후계자가 행복한 결혼 생활을 할 수 있지 않았을까 하는 생각이 들었다. 이제껏 그녀의 집안에서 태어난 걸 후회해 본 적은 없으나 단지 지영의 상황이 안타까웠다.

"두 사람은 이미 이야기가 된 거야?"

승연의 물음에 거짓말처럼 지영의 얼굴이 굳었다. 윤성이 지영을 잘 구워삶아 놓은 모양이다. 아니, 지영이 현실을 직시했으려나?

"하나만 물을게. 왜 하필 나야? 정략이라도 태일기업 사모님으로 앉고 싶어 하는 여자는 많을 텐데."

"첫째, 넌 유일하게 믿을 수 있는 내 친구이고."

그건 썩 듣기 나쁜 말은 아니었다. 유일하게 믿을 수 있다니.

"둘째, 지영이와 가장 친한 친구이고."

그것도 맞는 말이다. 승연과 지영은 무려 10년 가까운 시간 동안 친한 친구로 지냈다. 그리고 승연은 친구 중 지영을 제일 좋아할 수밖에 없었다. 그래서 3년 내내 윤성을 좋아하면서도 마음이 괴로운 것이다.

"셋째, 우리 부모님이 너를 좋아하시고."

맞다. 최 회장과 홍 여사는 그녀를 무척이나 예뻐했다. 때론 하나뿐인 아들보다 더 위하는 것 같다며 윤성이 은근슬쩍 장난스럽게 입을 삐죽이기도 했다.

"넷째, 신승연은 깔끔한 여자라 나중에 뒷말 나올 것 같지 않고."

깔끔한 여자라……. 승연의 미간이 살짝 좁혀졌다. 틀렸다. 제일 친하고 좋아하는 친구가 사랑하는 남자를 잊어야 하면서도 미련하게 계속 마음에 두고 있다. 이런 그녀가 정말 깔끔하다고 말할 수 있는 걸까?

"다섯 번째, 나는 신승연이 태일의 사모님으로 어울린다고 생각하거든."

늘 넘치게 살아왔다. 말 그대로 부족함 없이, 아니, 오히려 넘칠 정도로 그렇게 자라왔다. 그래서 그녀는 딱히 큰 욕심도 없고 포부도 없었다. 그래서 왜 친구들이 윤성과 그렇게 친하게 지내고 싶어 하는지도 이해가 가지 않았다. 어쨌거나 태일기업은 국내 굴지의 1위 기업이고, 세계 열 번째 손가락 안에 드는 거대한 기업이다.

그녀가 아마 윤성으로 태어났으면 부담감에 제대로 살아갈 수

나 있었을까? 윤성을 가만히 보고 있자면 참 당당하고 거침이 없었다. 하긴 태어나면서부터 막강한 권력을 쥔 그에게 모두가 조아렸을 테니까. 그녀가 윤성으로 태어났더라도 저런 성격으로 자랐을 거라고 생각됐다.

"우리 부모님 널 욕심내셔."

그 말에 지영이 고개를 숙였다. 하지만 그 순간 승연은 그녀의 눈에 눈물이 고인 걸 보고 말았다. 둔한 윤성은 눈치조차 채고 있지 못하겠지만.

"하지만 네가 날 싫어하는 걸 너무 잘 알고 계시지. 나 서른이고, 이쪽에선 결혼 늦고 있는 거 다들 알고 있어."

"그래서?"

"넌 스물아홉, 여기선 퇴물 취급이겠지만 어쨌거나 하루통상의 막내따님 자리는 귀해서 지금이라도 조건 좋고 괜찮은 남자들 많이 붙을 수 있겠지. 그런데 그보다 한 급 낮은 남자들이 나오는 건 네 문란한 사생활이 문제 된다는 거고."

그녀에게 그런 소문이 돌고 있다는 것은 정말 나중에 알게 되었다. 원래 소문의 당사자가 제일 늦게 알게 되는 거라나? 그 때문에 그녀는 해명할 타이밍을 놓치고 말았다. 문제는 윤성도 그녀를 그 소문 속의 신승연으로 알고 있는 것 같았지만. 그렇다고 해서 딱히 윤성에게 해명할 생각도 없다. 어차피 스스로 당당하면 되는 거라고 생각했으니까.

윤성의 말대로 그녀의 선 상대들이 어딘가 한 군데 정도 빠진다는 것도 그녀는 알고 있었다. 저번에 선을 보았던 남자는 무려 기계제조업으로 유명한 부림산업의 차남이었다. 그것도 세컨드가

낳아 들여온 아들.

어떻게 그런 인간을 하루통상 막내딸에게 붙이냐며 윤 여사는 무척이나 수치스러워했다. 덕분에 그 중매마담은 흥분한 윤 여사로 인해 다시는 중매시장에 발을 들여놓지 못하게 조치가 취해졌다고 들었다. 언제는 제발 시집 좀 가라고 하더니 기준보다 급이 떨어지는 남자는 받아들일 생각도 없다고 비꼬기에 승연은 윤 여사에게 속물이라고 했다가 등을 한 대 맞아야 했다.

"내 문란한 사생활이 문제 될 텐데 태일기업 사모님으로 괜찮아?"

"진짜였어?"

윤성의 부리부리한 눈이 순간 번뜩였다. 윤성도 그 말도 안 되는 유언비어를 철석같이 믿고 있을 거라고 예상한 건 틀렸다. 그래도 친구라고 윤성 역시 그녀를 제법 믿어주는 구석이 있었다.

"진짜면 어쩌고 가짜면 어때? 이미 소문은 다 그렇게 퍼졌는데."

"너 진짜, 아니, 그렇다 치자. 그래도 너 태일 사모님 되면 사람들이 그런 말은 한마디도 벙끗하지 못할 거야."

그 말에 승연이 코웃음을 쳤다. 하지만 퀼팅 백을 쥐고 있는 손가락엔 있는 힘껏 힘이 들어간다. 어제 받은 네일아트가 상할지도 모른다는 생각에 살짝 힘을 풀었다. 하지만 그녀의 코웃음에 윤성이 마음에 들지 않는 듯 짙은 눈썹을 추켜올렸다. 금방이라도 터질 것 같은 분위기에 지영은 윤성 옆에서 안절부절못하고 있었다.

"조금 웃겨서. 정작 그 사람들, 내 앞에선 한마디도 못하잖아. 우리 아버지 힘으로도 한마디 뻥긋 못 하게 만들 수 있어. 다만 우리 아버진 그 사람들과는 다른 지성인이라 상대하지 않는 거지."

"그 너저분한 소문이 계속 따라다녀도 괜찮다고?"

"그건 의미 없는 것 같고. 그래서 너와 결혼하면 내가 얻는 게 뭔데?"

"3년만 유지해 줘. 그리고 아이도 없고 우리 사이에 진전도 없어 이혼하게 되면 이제 우리 부모님도 포기하시겠지."

"그럼 그때 가서 넌 지영이와 재혼하겠다? 그럼 내게 남는 게 뭐야? 이혼녀란 딱지?"

한심했다. 서른둘에 이혼녀? 아니, 사실 결혼하자는 이야기를 들은 순간 가슴이 떨렸는지도 모른다. 잠깐이라도 최윤성의 부인이 된다는 사실이 나쁘지 않아서. 아니, 오히려 기뻐서. 그렇게 드높았던 자존심은 정말 어디다 다 가져다 버린 것 같았다.

"자동차산업."

승연은 자신이 잘못 들은 게 아닌지 다시 귀를 기울였다. 자동차산업이라면 태일의 전신이자 거의 모든 것과 다름없다. 아니, 더 정확히 말하면 윤성이 태일을 포기한다는 소리나 다름없었다. 그녀의 눈빛에서 답을 읽은 모양이다. 윤성이 어깨를 들썩이며 고개를 저었다.

"사랑에 완전히 미친놈이란 소리 듣고 싶어?"

"무려 하루통상 공주님께 이혼녀라는 딱지를 붙여 드리는데 그 정도쯤은 나도 감수해야지. 그리고 자동차산업쯤 넘겨도 금방 다시 일어설 수 있어."

그건 윤성의 말이 맞았다. 자동차산업이 워낙 거대해서 그렇지, 자동차를 뺀 태일의 다른 사업들을 합치면 아마 재계 다섯 번째 안에는 들 것이다.

"사실 이 자리가 지겹기도 하고 도전정신도 필요한 것 같고. 신승연에게 덤비고 싶은 마음은 들 수 있게 떼어줘야지. 그리고 너, 이혼하고서 우리 안 볼 거 아니잖아?"

이혼을 하고 계속 볼 자신? 없다. 그녀가 망설인 이유가 그것이다. 부부로 살면 아무리 쇼윈도 부부라도 각종 행사에 같이 참석하게 될 것이고 지금보다 더욱 자주 얼굴을 볼 것이다. 그러면 점점 더 욕심이 커지지 않을까? 그래서 나중엔 이혼하지 못하겠다며 울며불며 매달리게 되지 않을까? 우정이라는 것도 다 팽개쳐 버리고. 그런 밑바닥까지 가기는 싫었다. 지영은 그녀의 소중한 친구이자 거의 가족과도 다름없다. 그런 지영에게 미움을 사고 싶지 않았다.

"네가 어떤 남자를 만나든 터치하지 않아. 만에 하나 언론에 들키더라도 그쯤은 쉽게 입 막아줄 수 있어. 그저 조금 조심히 만나면 되는 거야. 뭣하면 우리 넷이 함께 만나도 되고."

윤성은 태일의 하나뿐인 후계자라고 해서 과잉보호를 받고 자라지 않았다. 선대 회장은 배고픈 것도 알아봐야 한다며 그가 열다섯 살이 되었을 때 미국에 혼자 버려두었다고 했다. 그때 윤성은 혼자 부당한 취급을 받으며 아르바이트도 해보고 돈이 없어 하루 종일 굶기도 해봤다고 말했다.

그건 일종의 테스트 같은 것이었는데, 그 당시 회장인 윤성의 할아버지는 무조건 핏줄이라고 해서 기업을 넘길 수 없다고 말했다. 윤성은 고작 열다섯 살의 나이에 아르바이트를 해서 모은 돈을 이용해 쉽게 쇼핑할 수 있고, 결제를 할 수 있는 홈페이지 하나를 개발해 스스로 한국행 비행기를 타고 돌아왔다고 했다.

고작 열다섯 살짜리가 열일곱 살에 한국으로 돌아왔을 때 손에 쥔 돈이 강남에 있는 아파트를 살 수 있을 만큼이라고 했으니 할아버지가 그를 마음에 들어 하는 건 어쩌면 당연했다. 그렇게 커 온 윤성은 대학을 졸업하자마자 군 제대를 한 뒤 바로 태일기업 공채에 붙었고, 해외 여러 나라를 돌며 밑바닥부터 차근차근 지금의 자리까지 올라간 것이다.

저런 남자이니 말 그대로 자동차산업을 떼어준다고 해도 다소 시일이 걸리겠지만 반드시 치고 올라올 것이 틀림없었다. 최윤성에게 민지영이 그만큼의 가치가 있다는 게 무척이나 부러웠다.

잠시 입을 다물고 있는 그녀를 윤성이 조심스럽게 바라보고 있었다. 그녀가 제안을 거절할까 봐 안달 나는 게 틀림없지만 그것을 누르고 있는 모습을 보는 것이 꽤나 재밌다. 하지만 지영을 생각하자 마음이 무거워진다.

"지영아."

"난 괜찮아."

바보같이 착한 친구는 오늘도 웃으며 그녀를 다독인다. 방금 전까지 추한 질투로 일그러졌던 마음이 부끄럽다.

"너 정말 최윤성 사랑해?"

두 사람 모두 그녀가 이런 질문을 할 줄 몰랐던 모양이다. 그때까지 초조한 듯 시선을 굴리던 윤성도, 어설프게 웃고 있던 지영조차도 그대로 굳어 그녀를 바라보고 있었으니까.

"최윤성, 너 정말 지영이 사랑해?"

"그걸 말이라고."

단번에 튀어 나오는 윤성의 음성은 그녀의 가슴에 모순을 안겨 주었다. 다행이라는 생각과 그와 반대로 숨이 멎을 것 같은 고통이 한꺼번에 찾아왔다.

"그러고 보니 너, 나하고 지영이 만나는 거 별로 좋아하지 않았지?"

가슴이 뜨끔거렸다. 대놓고 두 사람 사이를 반대한 적은 없다. 정말 방금 전까지만 해도 마음을 잘 숨기고 있다고 생각했다. 그런데 설마 윤성이 조금이라도 이상한 낌새를 알아차린 게 아닐까?

"네가 아무리 지영이를 아껴도 내가 신승연의 친구가 아닌 건 아니잖아?"

뜨끔거리던 가슴이 다시 민트라도 던진 듯 싸하며 따끔거린다. 자신을 부를 때 윤성은 늘 성을 붙여 부른다. 다정하게 이름을 불러준 기억이 한 번도 없다. 그걸 이제 와서야 깨닫다니. 정말 윤성에게 자신은 말 그대로 그냥 친구일 뿐이었다. 왠지 그게 조금 서러웠다.

"너, 내 친구 맞아."

원하는 대답을 해주었는데도 윤성의 미간에 잡힌 주름은 펴질 줄을 모른다.

"아니라면 지금 한 대 치고 싶으니까."

"뭐?"

"지영이 마음이 어떨지 생각해 봤어? 아무리 나하고 계약결혼을 한다고 해도 언론을 통해서 그 모습을 고스란히 봐야 해. 너하고 나? 여기저기 끌려다니겠지. 그거 고스란히 찍힐 거고, 인터넷에 돌아다닐 거야. 그런 걸 지영이가 봐야 한다고."

지금은 정말 순수하게 지영의 친구로서 한 말이다. 하지만 윤성은 별것 아니라는 듯 입매를 끌어올리며 웃어버린다.

"그게 어때서? 지영이도 어차피 연기라는 거 다 알고 있는데."

그의 대답에 승연의 시선이 지영에게 옮겨갔다. 지영은 정말 괜찮다는 얼굴을 하고 있었다. 왠지 그 모습이 처량해 보인다.

"나 정말 괜찮아, 승연아."

"감당할 수 있겠어?"

"응."

"최윤성, 태일기업 사람이야. 이혼을 한다고 쳐도 최윤성 부모님, 쉽지 않을 거야. 그래도 괜찮아?"

"괜찮아."

"너희를 만나게 해서는 안 되는 거였어."

머리가 아파오는 것 같아 승연은 머리를 짚었다. 이건 질투가 나서 하는 말이 아니다. 정말 지영을 생각해서 우러나온 진심이다. 최 회장까지 갈 것도 없이 홍 여사의 한마디면 지영의 집은 다신 일어설 희망도 없을 정도로 힘들어질지도 모른다.

그래, 지영과 지선을 위해 그 정도쯤은 해주어도 좋겠단 생각이 들었다. 자신만 아니었더라도 지선은 지금 살아 있을 것이다. 마음의 부채를 이걸로 조금은 덜었다고 생각해도 되는 걸까? 지난 3년간 마음을 잘 숨겨왔다. 3년을 더 숨긴다고 해서 손해 볼 일도 없다. 다만 윤성을 잊는 게 조금 더 힘들어지겠지만.

승연이 두 눈을 질끈 감고 자리에서 일어섰다. 하지만 다리를 움직일 수 없었다. 윤성이 그녀의 팔목을 잡아 세우는 게 더 빨랐기 때문이다. 승연이 싸늘한 시선으로 윤성을 내려다보았다. 낮고 굳은 목소리가 기계처럼 흘러나왔다.

"계약서, 내일까지 가져와."

이렇게까지 초조해 본 게 언제였을까? 대학 발표 날에도 이렇게까지 긴장하지는 않았다. 오후 7시가 넘어가는 시각, 그녀는 명목상의 작업실인 오피스텔에 우두커니 앉아 있었다. 이젤 앞에 서서 캔버스를 멍하니 바라보았다. 며칠 전 아마인유에 물감을 잘 개어놓았다. 끈끈해진 질감을 느끼고 붓을 들어 캔버스에 누르듯 찍어 그렸다. 뻑뻑한 탓에 손가락에 힘이 들어가고 저도 모르게 입술을 질끈 깨물어야 했다.

테라핀을 조금 더 섞을까 생각하던 승연이 느껴지는 시선에 고개를 돌렸다. 팔짱을 끼고 벽에 기댄 채 자신을 바라보고 있는 윤성은 완벽한 슈트 차림이었다. 승연은 말없이 다시 고개를 돌리고 캔버스를 긁듯이 붓을 움직였다.

"문단속도 안 해?"

오늘 작업실에 올 때 쓸모없는 쇼핑을 많이 하기는 했다. 당장 필요하지도 않은 미술용품과 먹을 것도 잔뜩 사 들고 왔다. 생각이 많아질 때는 그렇게 두 가지에 집착하듯 긁어모으곤 했다. 어쩌면 유학 시절 마음껏 누리지 못한 것들이 마음속에 남아 있는지도 모른다. 욕심껏 들고 와 문 걸이를 내려놓고 올린다는 것을 깜빡한 모양이었다.

"알다시피 아무나 통과 못 하는 곳이잖아?"

이 오피스텔은 큰오빠인 승묵이 선물해 준 곳이다. 막냇동생이 작가로서 쾌적한 환경에서 작품 활동을 해야 하지 않느냐면서 그녀에게 서류를 건네주었다. 이곳은 무려 삼중 보안 시스템이 운영되고 있는 건물이었다. 그리고 이 건물의 시공사는 태일건설이었고, 당연히 윤성은 그가 가진 지위로 쉽게 드나들 수 있는 곳이다. 불과 1년 전까지만 해도 대리에 지나지 않던 윤성은 순식간에 중동과의 수주를 체결하면서 팀장으로 올라섰고 덕분에 신문, 잡지에 그의 얼굴이 떡하니 찍혀 나갔다. 그로 인해 윤성이 태일의 후계자라 공식적으로 밝혀진 것도 딱 1년 전이었다.

윤성이 살짝 기울이고 있던 몸을 드디어 똑바로 세우고 그녀의 옆으로 와서 캔버스를 바라보았다. 길이가 무려 2,400㎜라 단순한 그림임에도 뭔가 압도하는 느낌이다. 잔잔한 파도가 치는 바닷가에서 벌거벗은 여자가 바다를 바라보고 있는 모습이다. 말하자면 바다가 2/3를 차지하고 여자가 나머지 1/3을 차지한다.

승연은 마치 이게 자신 같았다. 그리면서도 왠지 이 여자가 쓸쓸해 보여 몇 번이나 입술을 질끈 깨물었다. 단순하게 생각한 그림이었는데 아홉 달이 다 되어서야 이제 끝을 보이고 있었다. 평소 같았으면 서너 달이면 충분했을 것이다. 하지만 그림을 그릴수록 감정 이입이 심해져 손이 느려지고 말았다.

여전히 팔짱을 낀 채 윤성은 미간을 좁히고 그림에 집중하고 있었다. 딱히 집중을 해서 볼 필요도 없는 그림이었다.

"나는 예술엔 영 젬병이라서 그런지 이런 거 보면 참 신기해. 바다가 빛에 반사되어 반짝이는 거 보면 꼭 사진같이 느껴지거든."

승연은 거친 유화기법보다 사실적인 느낌을 좋아했다. 그래서 평소엔 물감에 아마인유와 테라핀을 많이 섞어 사용했지만 그러면 덧칠하기가 힘들어진다. 바다의 반짝임을 표현하기 힘들 것 같아 이번엔 테라핀을 거의 이용하지 않았다.

그때 윤성이 테이블 위에 있는 크로키 북을 들추었다. 보면 안 된다는 생각에 일어나려고 했지만 몸이 굳어 움직일 수가 없었다. 하지만 다행히도 몇 번 들추어보던 윤성이 흥미를 잃은 듯 그것을 다시 덮었다.

"인물은 그리지 않는다고 하더니 그것도 아니네. 아님, 뒷모습 페티시라도 있는 건가?"

지금 그녀가 그리고 있는 그림 역시 여자의 뒷모습이었고, 크로키 북에 그려진 건 온통 남자의 뒷모습이었다. 그러면서 크로키 북이 마음에 들지 않는지 인상을 찌푸리고 괜히 그것을 툭 쳐 바닥으로 떨어뜨렸다. 승연은 화가 치밀어 올랐지만 괜히 그를 자극시켜 다시 관심이 크로키 북으로 가는 것을 원치 않아 입술을 깨물었다.

윤성은 팔짱을 끼고 다시 몸을 틀어 캔버스를 마치 관찰하듯 보았다. 평소 그림엔 관심도 없던 윤성이 오늘따라 그림을 뚫어지게 바라보고 있자 괜히 얼굴이 붉어졌다. 말 그대로 이 그림 속의 여자는 바로 자신이기 때문이다. 이럴 줄 알았으면 천이라도 두를 걸 그랬다고 생각하며 저도 모르게 웃고 말았다.

"왜 웃어?"

"아냐. 다른 생각 하다가."

승연이 붓을 내려두고 오른쪽 하단에 이니셜을 새겨 넣었다. 물감으로 엉망인 앞치마를 벗기 위해 손을 올리던 승연이 머리카락을 아무렇게나 연필 두 개를 이용해 올려놓았다는 것을 깨닫고는 고무줄을 찾기 위해 테이블을 들썩이기 시작했다.

엉망으로 어질러진 공간을 보면서도 깔끔하기로 소문난 윤성은 아무 말도 하지 않고 있었다. 하긴, 이미 몇 번인가 이곳에 와봐서 전쟁터 같은 모습에도 이젠 적응이 된 듯했다. 그것도 아니면 작업실은 죄다 이런 곳이라는 생각을 하고 있을지도 몰랐다.

"뭘 찾아?"

"머리끈."

"왜, 연필도 꽤 어울리는데."

장난을 칠 생각은 없었다. 그래서 윤성을 싸한 눈길로 바라보았는데 그는 그럼에도 기죽지 않고 입가에 살짝 미소를 걸치고 있었다. 보편적으로 사람은 분위기라는 것을 알아채기 마련인데 역시 윤성은 그 대단한 태일의 후계자다웠다. 하긴 태일의 후계자인데 무엇이 두렵겠는가.

"커피?"

"오늘 일곱 잔이나 마셨어."

윤성이 직접 몸을 돌려 빌트인 냉장고 앞으로 걸어갔다. 그러곤 멋대로 맥주를 꺼내더니 하나를 들어 보였다. 승연은 고개를 젓고 에스프레소 머신 앞으로 가 잘 갈린 에스프레소를 템퍼에 넣어 잘 다독인 뒤 기계에 장착하고 버튼을 눌렀다. 진갈색의 진한 에스프레소가 흘러나오며 고소한 향이 코끝을 간질였다. 정수기에서 뜨거운 물을 받은 컵에 에스프레소를 부었다.

윤성은 이미 맥주를 들고 소파에 앉아 마시는 중이었고 승연은 간식으로 먹으려 사온 손질된 과일을 꺼내 탁자에 내려놓았다. 하지만 윤성은 과일을 먹을 생각이 없어 보였다. 그는 바닥에 떨어져 있는 크로키 북을 괜히 발로 툭툭 치고 있었다. 결국 승연이 그 크로키 북을 주워 먼지를 털 듯 탈탈 털어내 책장 안에 꽂아 넣었다.

뒤로 돌아선 승연이 맞은편에 앉아 윤성을 바라보았다. 그러고 보니 질 좋은 물소 가죽으로 만들었다며 이 소파를 선물한 사람은 다름 아닌 윤성이었다. 가구 수입을 체결하자마자 백화점에 전시하기도 전에 가져왔다며 갖은 생색을 다 냈다. 아무 말 없이 맥주 한 캔을 다 비운 윤성이 그녀 앞으로 서류를 내밀었다.

"계약서."

승연이 잔을 내려두고 팔을 뻗어 서류를 잡으려고 했다. 하지만 윤성이 먼저 팔을 뒤로 빼자 그녀의 손이 허공에서 멈췄다.

"최대한 맞춰서 썼어. 조건에 부합하지 않으면 서류 던질 거냐?"

"당해본 적 있나봐?"

"신입 때."

그 말에 승연의 눈이 커졌다. 그래, 윤성은 공채로 회사에 들어갔다. 팀장이 되기 전까지 사람들은 윤성이 태일의 후계자인 것을 몰랐다고 들었다.

"엉망진창이라며 차장님이 서류를 날렸지, 얼굴로."

윤성에게 그런 과거가 있을 거라곤 상상도 하지 못했다. 놀란 건 그것뿐만이 아니었다. 대기업에서 사원에게 서류가 잘못되었다며 얼굴에 던지다니, 그게 있을 수 있는 일인가 싶어 승연은 저도 모르게 놀란 표정을 지었다.

"역시 공주님."

"뭐?"

"사회 나가면 그런 거 일상다반사야. 넌 상상도 못 했겠지만. 계약서 훑어봐. 냄새 좋다?"

윤성이 다시 서류를 건네주자 승연은 그것을 받아 들었다. 커피 냄새를 맡는 윤성을 보고 승연이 고갯짓을 했다.

"가서 뽑아 먹어."

"해본 적 없어."

"역시 도련님."

똑같이 되받아친 것뿐인데 윤성의 미간이 금세 좁아졌다. 다른 사람 놀리는 건 잘하면서 본인은 정작 받아들이지 못한다. 역시 왕자의 기질은 어딜 가지 않는 모양이다. 윤성이 커피를 마시고 싶다는 뜻인 것을 알면서도 승연은 자리에서 일어나지 않고 여유롭게 앉아 서류를 훑어보며 커피잔을 다시 들었다. 하지만 윤성이 빠른 행동으로 그녀의 손에서 잔을 가지고 갔다.

"너 머리 좋잖아."

"그래서?"

"아까 내가 어떻게 하는지 봤을 거 아니야. 가서 만들어 마셔."

"유치하게 먹는 거 가지고 이러지 말자. 그리고 내가 하면 퍽도 맛있겠다."

어제부터 윤성이 정말 이상하다. 남들이 먹는 걸 쳐다보지도 않던 사람이, 더구나 그녀가 마시던 커피잔을 들고 마치 실력 좋은 바리스타가 뽑은 커피라도 되는 양 만족해하며 미소를 짓고 있다니. 하긴 제정신일 리가 없다. 사랑하는 여자를 바로 옆에 두고도 결혼을 하지 못하는 왕자라니.

승연은 어제 그렇게 돌아와 잠시 생각에 빠졌다. 자신의 부모님이라면 비록 고등학교 선생님이지만 홀어머니에 죽은 형제가 있고 밑에 딸린 쌍둥이 동생이 있으며 대출받은 아파트에 사는 남자를 받아들일까? 아마 윤 여사는 앓아 누울 지도 모른다. 급 떨어지는 남자를 데려왔다며 중매마담을 아예 발도 들이지 못하게 했을 정도인데, 만약 그런 남자를 데리고 왔다면 그녀를 아예 집 밖으로 나가지 못하게 만들었을 지도 모른다.

윤 여사야 속물이라 그렇다 치지만 홍 여사는 타고난 로열패밀리이다. 집안에 해가 되는 것은 무엇도 용납하지 않을 거라는 걸 알고 있다. 아마 윤성 역시 누구보다도 자신의 어머니를 가장 잘 알고 있기 때문에 이런 짓을 해서라도 지영을 잡고 싶은 것임이 틀림없었다. 그런 윤성이 너무나 잘 이해가 되어 이걸 불쌍하다고 해야 할지 대단하다고 해야 할지 갈피를 잡지 못할 정도이다.

그녀는 이 세계에서 워낙 더럽고 치사한 일을 많이 겪어봐서 면역이 생겼다지만 지영에겐 모든 게 생소할 것이다. 정략결혼은 생각도 못 했을 지영을 윤성은 대체 어떻게 구워삶은 걸까.

서류를 훑던 그녀의 시선이 와 닿은 모양이다. 커피를 마시던 윤성이 장난스럽게 잔을 든 채 그녀를 바라보았다. 승연은 다시 자리에서 일어나 커피머신 앞으로 걸어갔다. 템퍼를 빼내 에스프레소 찌꺼기를 버리고 아까와 같은 행동을 반복했다.

"그래서 그 차장님은 지금 잘렸어?"

"가끔씩 신승연은 날 미친놈 보듯 하지. 지금은 태일화학 상무."

그 말에 승연이 짧게 휘파람 소리를 냈다. 그래, 최윤성은 사사로운 감정에 집착하는 타입은 아니었다.

"어떻게 구워삶은 거야?"

"뭘?"

"지영이."

"나만 따라와 달라고."

승연은 저도 모르게 뜨거운 물을 받고 있던 손이 미끄러질 뻔했다. 말도 안 된다는 얼굴로 윤성을 바라보았다. 그는 가볍게 한쪽 어깨를 들썩이며 다시 커피를 마시고 있었다.

"정말 그렇게만 말했어?"

가볍게 고개를 끄덕이는 윤성을 보면서도 승연은 도무지 이해가 되지 않았다. 지영은 아버지가 빨리 돌아가셔서 행복한 가정을 이룬 뒤 아이들과 소박하게 살고 싶다고 늘 입버릇처럼 말했다. 바로 윤성과 사귀기 전까지.

그래, 두 사람이 사귄 지 1년이 넘었고, 윤성과 사귀는 동안 맛본 혜택과 누린 권력에 다른 여자들이라면 넘어갔을 수도 있다. 하지만 1년간 지영은 하나도 변하지 않았다. 그런 지영이 윤성의 저 단 한 마디에 넘어갔다니. 승연은 자신의 패배를 인정할 수밖에 없었다. 어떻게 해도 그녀는 윤성의 마음을 얻지 못한다는 것을 누구보다도 잘 알고 있었다.

뜨거운 물에 에스프레소가 들어가자 황금빛 크레마가 확 퍼졌다. 향은 좋지만 처음 뽑았던 것보다 맛이 못 하다. 저도 모르게 인상을 찌푸렸다. 아니, 인정하자. 패배감에 입맛이 쓴 것뿐이다.

"이 소파 꽤 괜찮지? 나도 사무실에 들여놨어."

"고마워. 잘 쓰고 있어."

"저 그림."

윤성의 시선에 자연히 승연의 고개가 돌아갔다. 방금 전 완성한 그림이다. 엄밀히 따지자면 푸른빛에 명암을 좀 더 주고 싶었지만.

"내가 갖고 싶은데."

"비싸."

단번에 잘라 말했다. 아무리 윤성이라고 하더라도 저 그림은 주고 싶지 않았다. 아니, 주기 싫었다. 이유는 모른다.

"태일자동차까지 넘기는데 신승연, 너무 야박하다."

"아직 도장 찍는다는 말 안 했어."

"알았어, 살게."

윤성은 한 번 갖고 싶은 건 어떻게든 가져야 직성이 풀리는 성미라는 것쯤은 승연도 잘 알고 있다. 아마 주지 않겠다고 하면 몇 날 며칠이고 와서 계속 저 그림을 줄 때까지 딜을 던질 것이다.

'네 마음을 줘.'

순간 승연은 마음속의 생각에 스스로를 때리고 싶었다. 지영이 행복하기를 원한다. 그것을 그 누구보다도 바라고 있다. 그런데 왜 윤성을 원하는 욕심은 사그라지지 않는 것일까. 어쩌면 그녀 역시 윤성과 마찬가지로 가져야 직성이 풀리는 성미일지도 모른다. 하지만 윤성은 그녀가 가질 수 없는 유일한 것이었다.

"네 작품 얼마였지? 저번에 대한옥션에 갔을 때 대충 보니 가격이 꽤 하던데. 내가 두 작품 사서 선물했거든."

그 말에 승연의 눈이 커졌다. 이제껏 윤성이 자신의 작품을 샀을 거라고는 생각해 보지 않았다. 아니, 원래 그림에 관심이 없지 않았던가? 그녀의 졸업 작품 전시회 때에도 건성으로 보고 빨리 나가자며 재촉했었다.

"뭐야, 안 믿겨? 확인시켜 줘?"

"너 그림에 관심 없잖아."

"관심 없어. 그런데 신승연 그림은 좋더라."

저런 생각 없는 말 한마디에 그를 향한 마음이 더 커진다는 것을 알고 있는 걸까? 때로는 윤성 앞에서 소리를 지르고 싶을 때가 있다. 요즘 들어 가슴이 묵직해지고 목에 가시처럼 무엇인가가 자꾸 걸리는 느낌이 드는 건 착각일까?

아니, 착각이 아닐 것이다. 그건 가슴에서 올라오는 울분과 비슷한 것이다. 예전에 이런 경험을 해본 적이 있다. 그 아픔을 윤성으로 인해서 치유했지만 또다시 얻게 된 아픔이 윤성으로 인해서라니 참으로 아이러니하다.

"차 바꾸고 싶어."

"알았어. 내가 내일 좋은 놈으로 보낼게."

"아니, 너희 차 말고."

"그럼?"

"마세라티 콰트로포르테."

그 말에 윤성의 이마가 잠시 찌푸려졌다. 그 차 한 대를 사려면 태일자동차에서 제일 잘나간다는 세단 두 대 가격을 지불해야 할 것이다. 누구보다도 본인 회사 제품에 자신이 있는 윤성으로선 자존심이 상할 만한 일이다. 물론 자신의 그림 가치가 그 차 가격이 되지 않는다는 걸 알고 있다. 하지만 이렇게 해서라도 윤성을 찌르고 싶었다. 욕심이라는 것을 잘 알고 있지만.

"주문 넣을게."

그 정도는 너무 과한 게 아니냐는 대답이 나올 줄 알았다.

"농담이었어."

"아니, 난 저 그림을 꼭 갖고 싶으니까 그 정도는 해야지. 색상은?"

이미 윤성의 입에서 한 번 말이 나온 이상 무를 수 없다는 것을 깨달았다. 하지만 승연은 다시 한 번 고개를 저었다.

"계약서 때문에 그러는 거라면……."

"아니, 난 저 그림이 갖고 싶다고 말한 거야."

"블루 계열."

가볍게 고개를 끄덕인 윤성이 주머니에서 핸드폰을 찾아내었다. 몇 번을 터치하고 귓가로 핸드폰을 가져갔다.

"안 비서님, 지금 신승연 작업실로 와주세요. 작품을 옮겨야겠습니다. 그리고 마세라티 콰트로포르테 블루 계열로 한 대 예약해 주세요. 네, 그걸로. 아뇨. 신승연 이름으로 해주십시오. 알겠습니다."

통화가 끝났다. 승연은 떨떠름한 얼굴로 윤성을 보았지만 그는 전혀 아무렇지 않은 얼굴이다. 오히려 저 그림을 갖게 되어 만족스러운 포식자의 얼굴을 하고 있다.

"그래서 대답은?"

윤성의 시선이 계약서로 옮겨왔다. 승연은 말없이 서랍에서 도장을 꺼내 서명란에 눌러 찍었다. 전혀 망설임 없는 모습에 윤성이 오히려 놀란 듯했다.

"공증은 내가 받아."

"누구에게?"

공증이라는 말에 윤성의 눈빛이 매서워졌다. 하긴 이 엄청난 비밀을 알고 있을 사람은 두 사람만으로 충분했다.

"내가 그딴 약속 하나 못 지킬 거라고 생각해?"

"아니, 내가 해두고 싶어서야."

"누군데?"

"연 변호사."

그 말에 윤성이 졌다는 듯 두 손을 들어 올렸다. 예전부터 윤성은 시흔을 싫어했다. 밑바닥에서부터 올라온 기개는 가상하지만 감히 내 선에 들어올 생각은 말라는 듯 행동하곤 했다. 남자들 사이엔 친구임에도 불구하고 서열이 정해져 있다는 것을 말로만 들었다. 그것을 직접 눈으로 확인하고 승연은 윤성이 참 치사하다는 생각을 했다.

"시흔이 그 녀석이 이런 계약을 보고 넘어갈 거라고 생각해?"

"시흔이가 감히 네 말을 거절할 수 있을 거라고 생각해?"

그 말에 윤성이 입을 다물었다. 그녀의 말투에 비웃음과 화가 섞여 있다는 것을 이미 캐치한 후임이 틀림없었다.

"앞으로 잘 부탁해."

방금 전과는 판이한 승연의 상냥한 음성에 윤성이 질감 좋아 보이는 입술을 손가락으로 한번 쓸어내리며 앞으로 내밀어진 승연의 손을 잡았다.

2화 계약 시작

"안 비서님은 다음에 불러."

안 비서는 다음에 부르라는 말에 윤성이 기분 상한 듯했다. 이미 차까지 주문해 놨는데 왜 그러냐는 얼굴이다. 마치 저 그림의 주인이 된 듯 소유권을 주장하는 사람의 얼굴을 하고 있다. 승연이 픽 웃었다.

"물감 마르려면 한참 기다려야 해."

그 말에 윤성은 그제야 깨달았다는 표정이다. 그리고 자리에서 일어나며 승연에게 차 키를 넘겼다.

"뭐야?"

"너희 집에 정식으로 인사드리러 가야지. 이럴 줄 알았으면 맥주 마시지 않는 건데 그랬어."

"지금?"

"당장."

아무래도 오늘 윤 여사가 뒤로 넘어가겠다 싶다. 발목까지 내려오는 앞치마는 물감으로 군데군데 얼룩져 있다. 그나마 깨끗한 게 이 앞치마라 입었는데 목이 하나로 이어져 풀 수가 없는 게 문제였다. 연필을 뽑아내자 긴 머리가 자연스럽게 세팅을 한 것처럼 웨이브 져 흘러내렸다.

앞치마를 대충 던져두고 머리카락을 수습하려는데 분명 챙겼다고 생각한 머리핀이 보이지 않았다. 하는 수 없이 머리카락을 다시 말아 올려 연필로 찔러 넣으며 틀어 올리는데 물끄러미 자신을 보고 있는 윤성과 시선이 마주쳤다.

"왜?"

"그냥 풀어. 자연스러운데."

"우리 엄마 정신 사납다고 묶지 않을 거면 자르라고 난리셔."

"안 자를 거야?"

힘을 주어 말아 올렸다고 생각해도 머리카락 무게 때문에 살짝 목덜미로 처지기 일쑤이다. 고등학교 때부터 길러 허리선을 넘은 머리카락을 자르기에는 왠지 아까웠고, 자르고 나서 허전할까 봐 선뜻 자르지 못했다.

숍에 가더라도 두피 케어를 받거나 상한 머리카락만 살짝 잘라내 정리하는 편이다. 다행히 머릿결이 좋아 이만큼이나 길어도 엉키거나 부스스해지는 일은 없었다. 윤 여사는 그녀만 보면 귀신같다고 아예 기를 생각도 못 하게 곱슬머리로 태어나게 했어야 했다며 한 소리 하곤 했다.

"고등학교 땐 짧았던 것 같은데."

머리가 좋다고는 하지만 윤성은 관심 없는 것엔 아예 눈길조차 주지 않아 모르고 있을 줄 알았다. 하긴 처음 윤성을 만났을 때 그녀는 커트를 하고 있었다. 다니던 중학교가 여중이고 단발만 고집하는 곳이었다. 그녀는 중학교 때까지 승묵을 따라 운동을 했는데 그때 걸리적거리고 귀찮아서 늘 머리카락을 짧게 했다.

"그때까진 운동을 했으니까."

"운동?"

"호신술 정도는 배워두는 게 좋겠다고 해서."

"어떤 종목을 얼마나 했는데?"

승연은 재킷을 걸쳐 입으며 계산을 했다. 승묵을 따라 유치원을 다닐 때부터 했으니 거의 10년을 했다. 스스로 인내심이 많단 생각은 하지 못했는데 오늘 생각하니 그것도 아니었다. 그녀는 꽤 인내심이 좋은 편이었다. 운동을 한 것도, 미술을 하는 것도, 그를 좋아하고 있는 것도.

"10년쯤 검도."

"왜 그만뒀어?"

"진검 소지할 수 있는 단증까지만 따고 그만뒀어. 왜?"

"실력이 상당하겠는데?"

"왜? 대결하게?"

"검은 한 번도 잡아본 적이 없어서 그건 안 되겠고, 새삼 신승연이 대단하다 싶어서. 미술은 언제부터 했지?"

오늘따라 왜 이렇게 관심 있는 척을 하는 걸까. 승연은 가슴이 빠르게 뛰면서도 진정시키기 위해 괜히 가방을 집어 들며 주먹에 힘을 꽉 주었다.

"이 정도는 알고 있어야 기자들 질문에 대답하지."

"보고서 올려?"

"신승연."

저렇게 낮은 목소리로 이름을 부르는 건 기분이 상했다는 뜻이다. 그녀는 윤성에 대해 아는 것이 많았다. 예를 들어, 고수를 먹지 못해 태국 음식을 달가워하지 않는다는 거나, 화가 나면 급격히 말수가 줄어든다는 것, 기분이 좋을 때면 한쪽 입매만 살짝 끌어올리며 웃는 것, 의견이 맞지 않을 때면 살짝 눈이 감기고 눈썹이 추켜올라 가는 것 등 간단한 버릇들이다.

맞다. 남녀 사이의 친구란 한쪽이 다른 한쪽에게 호감이 있어야만 이어지는 그런 관계였다. 승연은 윤성에게 호감이 있었으니 그에 대해 알고 있는 것이 당연했다. 하지만 윤성은 그냥 말 그대로 그녀가 친구로 남아 있으니 곁에 두고 있는 것뿐이었다.

"그림도 유치원 때부터 했어. 엄만 날 음악가로 키우고 싶으셨던 모양이지만 난 그림 그리는 게 좋았거든."

"그림 그리는 게 왜 좋았는데?"

자연스럽게 오피스텔을 나서며 윤성은 핸드폰을 만지작대고 있었다. 그러면서도 그녀의 말에 맞장구를 치고 있다. 집중을 하면서 멀티가 되는 게 신기할 지경이다. 그녀는 한 가지를 하면 그것밖에 보지 못했기 때문에 윤성이 신기했다. 승연이 대답이 없자 엘리베이터 앞에 서서 윤성이 승연을 바라보았다. 룸에서 나설 때 미리 버튼을 눌렀기 때문에 바로 엘리베이터 문이 맞춰 열렸다.

"내가 아무렇게나 그려도 되잖아."

"음악도 만들어 연주하면 되는 거 아닌가?"

"우리 엄만 내가 클래식 연주가가 되는 걸 원하셨거든. 자신 없었어."

아니, 사실은 두려웠다. 그녀는 그런 집에서 태어난 복으로 어려서부터 할 수 있는 모든 것은 다 해보았다. 사실 음악에도 자신이 있었는데 고등학교 시절 나간 콩쿠르에서 지영의 연주를 듣고 무대에 오르지 않았다. 그래, 사실 질까 봐 두려웠다. 태어나 자신 있어 하는 것을 누군가에게 진다는 것은 상상도 해보지 못했기 때문이다.

그 뒤 대학에 입학해 우연히 지영을 만났다. 미대와 음대는 바로 마주 보고 있었고, 승연은 단번에 지영을 알아보았다. 친구가 되고 싶다며 먼저 다가간 사람은 바로 승연이었다. 비록 그런 식으로 만났지만 지영의 재능을 알아보았다. 사실 처음엔 조금 질투가 나기도 했다. 하지만 그녀에게는 미술이 있었고, 곧 우정이 쌓이기 시작하자 질투보다는 안타까움이 생겨났다. 집안 형편이 좋지 않은 지영은 바로 임용고시를 준비했고, 승연은 물심양면으로 도와주었다.

그러지 않아도 된다며 지영은 부담스러운지 거절했지만 승연은 선생님이 된 다음에 맛있는 밥이나 한 끼 사달라며 계속 지원해 주었다.

사실 그녀가 가진 돈으로 지영을 유학 보낼 수도 있었다. 하지만 지영은 자존심이 강한 아이였다. 간호사인 지선이 있었지만 아버지가 오랜 시간 병환으로 병원에 계속 누워 있었기 때문에 쌓인 빚이 많아 지영은 유학이 무리라고 했다. 그 재능이 아까워 승연은 신 사장에게 후원을 해줄 수 없느냐고 말했다. 신 사장 역시 음악을 좋아했기 때문에 콩쿠르에서 본 지영을 기억하고 있었다.

그 정도 연주자를 놓치긴 아깝다며 신 사장이 직접 후원을 해주겠다며 지영을 설득했다. 하지만 지영은 감사한 말씀이지만 죄송하다며 끝끝내 거절했다. 다행히 지영은 단번에 바로 임용고시에 합격해 선생님이 되었다. 하지만 잘됐다고 축하를 한 것도 얼마 되지 않아 지영의 아버지가 돌아가셨고, 남은 빚은 모두 두 사람이 떠안게 되었다. 평생을 주부로 살아온 지영의 어머니는 동네 마트에 일을 나가기도 했지만 신장이 약해 결국 일을 그만두었다. 게다가 쌍둥이 동생들까지 있었으니 지영은 더욱 힘들어졌다.

승연은 어떻게든 지영을 도와주고 싶었다. 하지만 지영은 이미 너무나 많은 걸 받았다며 가족들끼리 잘 헤쳐 나갈 수 있다고 말했다. 승연은 고개를 끄덕였지만 정말 힘들 땐 꼭 말을 해달라고 했다.

승연과 비슷비슷한, 어려서부터 사교 모임으로 이루어진 친구들은 왜 저런 평범한 애와 가까이 지내느냐고 묻곤 했다. 승연은 근성 없는 너희와는 다르다고 입 밖으로 말을 내뱉진 않았지만 참 배울 점이 많고 착한 친구라고 말해주었다. 어쩌면 승연은 지영의 그 강인함을 배우고 싶었는지도 몰랐다.

"뭐 해? 안 내려?"

잠시 생각에 빠져 있는 사이 엘리베이터는 이미 지하에 도착해 있었다. 불렀는데도 움직이지 않자 윤성이 그녀의 팔을 잡아 이끌었다.

"신승연이 자신 없는 것도 있어?"

엘리베이터에서 내려 잡은 팔을 빼라는 듯 그녀가 어깨를 움직였다. 윤성이 픽 웃으며 항복한다는 듯 손을 들었다.

"스킨십을 이렇게 병적으로 싫어하는데 연애는 어떻게 했냐, 너?"

비꼬는 게 다분한 윤성의 말투에 승연이 조소를 날렸다.

"같은 접시로 밥도 못 먹는 넌 지영이하고 키스는 해봤니?"

그 말에 윤성이 눈을 치켜떴다. 하지만 먼저 시작한 게 자신이라는 것을 알고선 더 이상 아무 말도 하지 않았다. 두 사람은 바로 앞에 있는 흰색 자동차에 올라탔다. 사람들은 태일기업의 후계자이니 윤성이 당연히 외제차, 그것도 값이 꽤 나가는 것을 소유하고 있다고 믿고 있었다. 하지만 윤성은 늘 태일기업의 자동차를 몰고 다녔다. 그것도 보통 2,000cc의 중형차를 몰고 다녔는데 이번에 차를 바꾼 모양이다. 요즘 태일에서 새로 나와 돌풍을 일으키고 있다는 중형 세단이었다.

"팀장이잖아."

그녀의 생각을 읽었는지 윤성이 픽 웃으며 대답했다.

"너희 회사 좋다?"

"직급에 맞게 대우를 해줘야 사원들도 잘 따라오는 거 아니겠어?"

윤성의 말이 맞다. 그의 회사는 노조와도 사이가 좋다. 이미 복지가 좋기 때문에 노조도 터무니없는 요구를 하지 않는다. 개선사항이 보고되면 임원진은 발 빠르게 움직였다. 덕분에 태일은 취업하고 싶은 직장 1위, 남녀평등 1위 회사라며 늘 보도되고 있었다. 실제로 태일기업의 여직원들은 육아유급휴가를 1년을 쓸 수 있었으며 원한다면 무급으로 1년 더 휴직할 수 있었다. 거기다 회사 내 탁아시설도 잘되어 있어서 직원들의 복귀는 빨랐고, 요즘은 자유출퇴근제까지 추진하고 있다고 들었다.

사실 경제에 전혀 관심이 없는 승연이 이런 사실들을 알고 있는 이유는 윤성에게 관심이 있어서라기보다 신 사장과 승묵이 하는 이야기를 제법 주워들었기 때문이다. 신 사장은 태일기업이 똑똑하다며, 그래서 다른 기업들이 감히 범접할 수 없는 자리를 유지할 수 있다고 말했다.

"너희 회사에서 학생들 장학금 주는 거 있잖아."

승연이 시트를 앞으로 당긴 뒤 사이드미러와 룸미러를 맞추며 차를 출발시켰다. 확실히 태일기업의 자동차는 많이 성장한 모양이다. 그녀의 차 역시 1년 전에 바꾼 외제차이기는 하지만 윤성의 차와 꽤 비교가 됐다.

"장학금?"

"친한 선배 다니는 학교에 갔는데 그림 보니까 애가 재능이 있더라고. 그런데 집안이 좀 힘들대."

"예술? 그쪽은 잘 모르겠는데."

"도와줄 의향은 있어?"

"신승연이 해도 충분할 것 같은데?"

"개인이 하기엔 좀 그렇지. 남자애이기도 하고."

그 말에 윤성이 이해한다는 듯 고개를 끄덕였다. 그러다 이내 장난스럽게 웃었다.

"너 잘못하면 쇠고랑 차겠다?"

"농담하는 거 아니야."

"그림을 좀 봐야 알겠지? 포트폴리오 제출해 봐."

아랫사람 다루는 듯한 말투에 다소 기분이 좋진 않았지만 승연이 고개를 끄덕였다. 그저 그런 그림을 그리는 자신보다 어리지만 훨씬 재능이 있는 아이였다. 자신의 그림이 좋다고 생각하는 윤성이라면 그 아이의 그림도 마음에 들 게 틀림없었다. 승연은 페달을 조금 더 힘주어 밟았다.

언질도 없이 웬일이냐며 윤 여사는 호들갑을 떨었지만 언제나 그렇듯 윤성을 반갑게 맞아주었다. 오늘은 신 사장도 약속이 없었는지 일찍 들어와 있었다. 음식 준비한 것도 없다던 윤 여사의 말이 무색하게 곧 커다란 대리석 식탁이 가득 찰 정도로 음식이 차려졌다. 도우미도 있었지만 윤 여사는 직접 요리하는 것을 좋아했다. 자신이 한 요리를 가족들이 맛있게 먹어주는 게 행복이라고 말할 정도이다. 하지만 오늘은 시간이 없다고 생각한 모양인지 도우미 두 명의 힘을 빌려 순식간에 진수성찬을 차려내었다.

그러고 보니 오늘 장을 잔뜩 보기는 했지만 커피 한 잔을 마신 게 전부라 시장기가 올라왔다. 앞에 있는 해파리냉채를 제대로 비비지도 않고 먹기 시작하는 승연을 보며 윤 여사가 눈치를 주었다. 하지만 승연은 본체만체하며 계속 입으로 집어넣었다. 윤 여사가 식탁 아래에서 정확히 그녀의 다리를 찾아내 툭 쳤다. 그 탓에 막 젓가락으로 들어 올린 냉채가 식탁으로 뚝 떨어지고 말았다. 신 사장과 윤성의 시선이 단번에 그녀에게로 날아들었다.

"윤성이가 이해해. 승연이가 배가 고팠던 모양이야."

"귀여운데요, 뭘."

그 말에 승연은 방금 먹었던 냉채를 그대로 뱉을 뻔했다. 그는 정말 어른들 앞에서는 철저한 가면을 쓴 예절 바른 도련님이었다.

"그래도 윤성이가 우리 승연이 잘 챙겨줘서 얼마나 고마운지 몰라. 그리고 선배가 우리 승연이한테 백도 주셨다며? 앤 그런 말도 없더라고."

"저희 어머니께서 워낙 예뻐하시잖아요."

"요즘 회사는 좀 어떤가?"

신 사장이 화제를 돌렸다. 아무래도 신 사장은 현재 승연이 불편해하고 있다는 것을 눈치챈 모양이다. 승연이 신 사장을 보며 살짝 윙크를 했다. 신 사장도 그녀를 향해 살짝 웃어주었다.

"얼마 전에 들으니 큰 공사 따냈다고 하던데."

"유학 중에 건축에 관심이 있어 강의를 좀 들었습니다. 그게 도움이 되어 태일건설에서 한국 최대 호텔형 리조트와 컨벤션센터를 맡게 되었습니다. 리조트에 들어가게 될 자기 모두 하루통상에서 도움 주실 거라 믿습니다."

"비서에게 못 들었네만."

"오늘 회의에서 결정이 나서 아마 내일 오전 중으로 연락이 갈 겁니다."

이런 식으로 엮인 관계이니 다들 태일에 고개를 조아리지 못해 안달이다. 로비도 먹히지 않는 태일이라며 몇 번인가 정치권에서 흔들기 위해 시도 때도 없이 감사가 들이닥쳤다고 했다. 하지만 태일은 각종 세금 문제에서 자유로웠고 갖가지 많은 기부로 신뢰를 받고 있었다.

태일기업은 자동차, 건설, 호텔, 화학, 백화점을 소유하고 있었고, 그 외의 더 많은 회사를 가질 여유가 있음에도 그 이상은 손을 뻔지 않았다. 그럼에도 1위 기업을 꾸준히 유지해 나가고 있었다. 그건 선대의 유지를 받든 것이었는데 윤성 역시 더 이상의 욕심은 없는 듯했다.

"그나저나 윤성이도 결혼할 때 되지 않았어? 나이도 꽉 찼는데."

승연은 속으로 주책없다고 생각하며 윤 여사를 바라보았다. 하긴, 윤 여사와 홍 여사는 예전부터 사돈 관계를 꿈꾸고 있었다. 승연은 갑작스레 부담감이 확 밀려왔다. 아무리 계약을 하기는 했지만 이건 어른들을 속이는 것이다. 그것도 자신을 믿고 아껴주는 사람들을. 이혼을 하고서도 이 관계가 유지될 수 있을까? 생각이 너무 짧았다.

"어디 아파?"

다정스럽게 물어오는 윤성에게 저도 모르게 기댈 뻔했다. 하지만 표정을 보니 그게 아니었다. 이럴 때만은 귀신같이 눈치가 빠르다. 승연이 계획을 없던 것으로 무를까 봐 그는 지금 그녀와 눈치 싸움을 하고 있는 중이었다. 그녀가 고민하고 있는 것을 그는 단번에 알아보았다.

"드릴 말씀이 있습니다."

"무슨 말인데 그렇게 비장해?"

신 사장이 허허 웃으며 물 잔으로 손을 뻗었다.

"저희 결혼하겠습니다."

윤성이 먼저 시작 테이프를 끊었다. 결국 그녀도 어쩔 수 없이 뒤따라 뛰기 시작할 수밖에 없는 상황이 되었다.

"어머, 정말이야? 너희 언제부터 그런 사이가 된 거니? 승연이 너, 그러면 진작 말을 했어야지, 괜히 선 자리에 내가……. 어머, 윤성아, 그게 말이지……."

"미리 말씀드리지 못해 죄송합니다. 제가 잠깐 시간을 좀 두고 말씀드리자고 했습니다. 아무래도 저흰 오랜 기간 친구였으니까요."

윤 여사는 지금 기쁨의 눈물을 흘릴 정도로 감격하고 있었다. 승연은 허벅지를 살짝 치는 윤성의 손가락에 입가에 힘을 주며 웃을 수밖에 없었다.

"허락하시면 조만간 상견례 자리를 만들겠습니다."

입술 안쪽 살을 깨물며 웃는 건 무척이나 힘들었다. 하지만 신 사장이 윤 여사에게 찬물을 끼얹었다.

"그건 잠시 보류하지."

모두의 시선이 신 사장에게로 돌아갔다. 승연은 저도 모르게 윤성의 얼굴을 살폈다. 당연히 쉽게 허락받을 거라 생각했던 건지 윤성의 얼굴엔 낭패감이 서려 있었다. 승연은 속이 답답해지는 게 괜히 냉채를 마구잡이로 집어 먹었다는 생각이 들었다.

그녀는 태어나 거짓말을 한 번도 해본 적이 없다. 그를 짝사랑하는 마음을 숨겼을 뿐 싫다고 말한 적은 없다. 한 번씩 윤성이 '신승연은 내가 싫은가 봐?' 라고 물어도 차마 속마음을 말할 자신이 없어 그저 웃으며 넘길 뿐이었다. 그랬던 자신이 지금 엄청난 거짓말을 하고 있다.

저도 모르게 입안이 바짝바짝 마르고 손끝이 덜덜 떨리는 느낌이 든다. 승연은 재빨리 젓가락을 내려두고 식탁 밑으로 손을 숨겼다. 고개를 숙이자 손가락 끝이 파르르 떨리는 게 육안으로도 보일 지경이다.

"여보!"

윤 여사는 신 사장을 이해할 수 없다는 반응을 보이고 있었다. 그동안 윤 여사가 대놓고 티를 내지 않아서 그렇지 윤성을 욕심내고 있다는 건 그녀의 집안사람들은 다 알고 있는 일이었다. 물론 처음엔 윤성을 사위라고 부르고 싶다며 노래를 불렀지만 승연이 친구일 뿐이라고 못을 박고 신 사장이 그만두라 단호히 말해 윤 여사는 입을 다물었다.

애처가인 신 사장이 너무나 매몰차게 그만두라고 하자 윤 여사는 충격을 받아 며칠 동안이나 신 사장과 이야기를 하지 않았다. 결국 마음을 풀고도 계속 삐친 척을 하자 신 사장이 휴가를 내 같이 여행을 다녀오고서야 마무리가 됐다. 그럴 때 보면 윤 여사는 영락없는 소녀였다.

"지금 쟤네들 결혼한다고 하잖아요."

"중요한 말을 안 했잖아요."

신 사장의 어투는 부드러웠지만 또한 단호하기도 했다. 중요한 말이라니, 승연은 이제껏 떨고 있던 것도 잊고 입을 살짝 벌린 채 신 사장을 물끄러미 바라보았다. 하지만 신 사장은 그녀가 아닌 윤성을 바라보고 있었다. 승연의 시선이 자연히 옆에 앉은 윤성에게로 옮겨갔다.

예전부터 그랬지만 승연은 윤성이 편한 자리에 앉아 있을 때도 자세가 흐트러진 것을 한 번도 보지 못했다. 지금 역시 윤성은 허리를 등받이에 기대고 흐트러짐 하나 없는 모습으로 앉아 있었다.

"제가 승연이를 사랑합니다. 그래서 결혼하고 싶다고 말씀드리는 겁니다."

처음이다, 그가 그녀의 이름만 부른 것은. 누군가에게 사랑한다는 말을 듣는다는 건 이런 기분일까? 몸이 공중으로 붕 떠오르는 것 같았다. 비록 그가 지금 거짓을 말하고 있다고 해도.

지영이 진심으로 부러워졌다. 윤성은 사람들 앞에선 말이 없고 무뚝뚝하지만 지영에겐 늘 다정다감했다. 그에게 사랑한다는 말을 들으면 소원이 없을 거라고 생각했다. 지영은 수십 번은 들어 보았을 것이다. 그것도 진심이 담긴 목소리로. 자신은 이렇게 갖은 애를 써야 거짓으로라도 들을 수 있는 말을.

"우리…… 할 거야, 결혼."

신 사장이 뭐라 말을 내뱉기도 전에 승연이 말했다. 세 사람의 시선이 순식간에 그녀에게로 모여들었다. 하지만 승연은 신경 쓰이지 않는다는 듯 웃으며 어깨를 살짝 들어 올렸다.

"그렇게 하기로 했어. 나 결혼하고 싶어졌어."

얼마 전까지만 해도 결혼 같은 거 하기 싫다고 말하는 막내딸을 보며 부모님은 얼마나 속을 끓였던가. 갑작스러운 그녀의 결혼 선언에 놀라고 있다는 건 충분히 알 수 있었다. 이제껏 결혼에 회의적이라기보다는 그저 관심이 없어서 윤 여사는 많은 걱정을 했다. 그래, 이걸로 윤 여사의 걱정을 덜 수 있을 것이다. 비록 3년 뒤가 문제였지만 지금은 현재에 충실하기로 했다. 3년 뒤의 걱정은 그때 가서 해도 충분하다.

"승연이 너, 윤성이를 많이 사랑하는 거냐?"

왼쪽 뺨이 후끈거린다. 집요한 시선이 자신을 뚫어지게 보고 있다는 것을 굳이 확인하지 않아도 알 수 있었다. 평소엔 연기에 전혀 소질이 없다고 느꼈는데 승연은 마치 지금 연기파 배우가 된 것 같은 기분이 들었다. 떨리던 손가락도 이제 더 이상 움직임이 없다. 자연스럽게 다시 식탁 위로 올라와 젓가락을 들고 샐러드로 손을 뻗었다. 그저 옆에 앉은 윤성의 기운이 지금 긴장하고 있다는 것을 알려주고 있었다. 천하의 최윤성이 긴장이라니, 그것도 썩 나쁘지 않았다.

"그렇지 않으면 어떻게 결혼을 하겠어요."

그럼에도 불구하고 윤성은 긴장하는 자세를 늦추지 않았다. 승연이 왼쪽 팔을 들어 올려 그의 어깨에 다정하게 손을 올렸다. 순간 윤성이 흠칫하는 게 느껴졌지만 그건 아주 작은 움직임으로 잠시 착각하지 않았나 생각될 정도였다. 승연이 그의 어깨를 힘주어 잡고 돌아보았다.

"윤성 씨를 사랑해요."

윤성이 많이 놀란 건 틀림없었다. 신 사장과 윤 여사 때문에 놀란 얼굴은 하지 못하고 있었지만 순간 주먹을 콱 움켜쥐는 것을 보았다. 신 사장은 입을 벌린 채 그녀를 보고 있고 윤 여사는 '어머, 어쩜 좋니?' 를 외치며 박수까지 치고 있다. 왠지 심란해 보이는 신 사장의 얼굴에 승연은 살짝 마음이 아렸다.

"와, 저거 맛있겠다."

승연은 괜히 너스레를 떨며 떡갈비가 있는 쪽으로 팔을 뻗었다. 하지만 넓은 대리석 식탁 정중앙에 있어 아무래도 일어서야 하는 걸까 고민하는 와중에 윤성의 손이 더 빨리 움직였다.

직접 떡갈비 한쪽을 들어 그녀의 앞접시에 놓아주는 것을 보고 윤 여사는 '어쩜, 다정하기도 하지' 라고 감성에 젖어 호들갑을 떨어댔다. 정작 떨떠름해 보이는 신 사장의 얼굴에 승연은 아예 몸을 일으켜 신 사장이 좋아하는 게장 한쪽을 들어 직접 밥그릇 위에 올려주었다.

"아빠, 막둥이 결혼 선언에 삐친 거야?"

"어? 아니, 흐음. 잘 먹으마. 너도 앉아서 먹도록 해. 요 며칠 밥도 제대로 안 먹는 것 같더니, 윤성이 녀석 때문이었군?"

홍 여사와 신 사장은 대학교 동창이고 홍 여사가 윤 여사를 소개시켜 주었다. 윤성을 태어나면서부터 보아온 신 사장과 윤 여사에게 그는 태일의 후계자라기보다 친구의 아들, 혹은 선배의 아들이었다. 아마 윤성은 태어나 친척이 아닌 사람들에게 저렇게 친근한 음성으로 이름을 부르는 것을 들어본 적이 없을 것이다.

"승연이 가을 타잖아요."

윤 여사의 말이 맞다. 가을이 되면서 조금 울적해진 것뿐이다. 그리고 정말 이 짝사랑을 접자 하는 순간 윤성의 계획이 시작된 것이고. 그래서 요 며칠 그녀가 제대로 밥을 먹지 않은 건 사실이다. 그녀는 주기적으로 가을을 탔는데 윤 여사는 여자가 봄을 타야지 왜 가을을 타느냐며 혀를 차기도 했다.

문득 느껴지는 시선에 고개를 돌리자 윤성이 그녀를 안쓰러운 눈빛으로 보고 있었다. 동정 받는 건 딱 질색이다. 그런데 윤성도 연기에 천부적인 재능이 있는 듯하다. 그녀의 착각인지는 모르겠지만 저 눈빛은 동정이 아닌 정말 안쓰러워하는 눈빛이었다. 오늘 저녁은 아무래도 소화제를 먹어야겠다고 생각했다.

식사가 끝나고 거실로 자리를 옮겨 차와 과일을 먹으면서 이런 저런 이야기가 오갔다. 주로 윤 여사와 윤성이 대화를 이끌어갔고, 신 사장은 여전히 계속 기분이 좋지 않은 듯 그저 한 번씩 고개를 끄덕이는 것으로 대신했다.

"그럼 저희 부모님께 말씀드리고 약속 시각을 잡겠습니다."

"그래, 아줌만 너무 기쁘다. 우리 윤성이가 아줌마 사위가 된다니."

아무리 소녀 감성이 충만하다지만 윤 여사는 두 손까지 가슴 앞으로 끌어 모아 맞잡으며 기쁨을 표출하고 있었다. 승연이 여전히 소파에 앉아 체리를 입으로 넣고 있자 윤 여사는 그녀를 재빨리 일으켜 세웠다.

"뭐 하니, 윤성이 배웅해 줘야지."

"재가 애야? 알아서 잘 가겠지."

"얘가."

"알았어, 알았어."

아무래도 이대로 앉아 있다간 등을 한 대 맞을 기세라 승연이 자리에서 일어났다. 짧은 순간이었지만 윤성의 얼굴에 살짝 웃음기가 어렸다. 그게 비웃음이라는 것은 유감이지만.

"그럼 이만 가보겠습니다. 편히 쉬십시오."

"그래, 조만간 봐."

"조심히 가게."

어차피 그녀의 집에서 윤성의 집은 차로 5분 정도밖에 걸리지 않았다. 거대한 담이 마치 바리게이트처럼 저택들을 둘러싸고 있는 부촌이었다. 차가 없으면 한 집당 족히 5분은 걸어가야 다른 모양의 담을 볼 수 있는 그런 곳이었다.

그녀의 집은 그중에서도 조금 아담한 편이다. 정원을 오른편에 두고 조경으로 잘 다듬어진 돌계단을 따라 내려가면 바로 대문이 나온다. 그러니 마음먹지 않으면 딱히 정원을 구경할 수 없는 그런 구조였다. 하지만 윤성은 그녀의 집 구조가 마음에 든 모양인지 한 번씩 들르게 될 때면 꼭 정원을 한 바퀴 둘러보곤 했다. 그중에서도 그는 나무 기둥이 마치 용처럼 똬리를 튼 모양의 황금송을 좋아했다. 오늘도 역시 그 앞에 서서 송잎을 가볍게 만지고 있다.

"왜? 그렇게 마음에 들면 그 소나무 파서 줘?"

"윤성 씨?"

그 말에 승연의 눈이 가늘어졌다. 윤성이 픽 웃으며 몸을 돌려 그녀를 보았다.

"연기 잘하던데, 신승연?"

"너도."

"내가 약속 안 지키는 사람은 아닌데 계약서 공증 받아놓는 거 위험하지 않겠어?"

"위임할 생각이야, 우리 관계가 끝나갈 때쯤으로. 그리고 연 변호사 입 무거워."

그녀의 대답이 마음에 든 모양이지만 연 변호사란 말엔 바로 인상을 찌푸렸다. 윤성이 대놓고 누군가를 불편해하거나 싫어하는 기색을 보인 적은 없었다. 그런데 꼭 시흔에게는 예민해진다. 어차피 시흔은 다시 죽었다 깨어나지 않는 한 윤성의 발뒤꿈치도 따라가지 못할 텐데도 불구하고 말이다.

"내가 더 믿을 만한 변호사……."

"이미 얘기 끝난 거 아니야? 시흔인 내 친구이고 누구보다 내가 신뢰하는 사람이야. 그리고 네 친구이기도 하잖아."

그녀의 말투가 거칠어지자 윤성이 두 손을 들며 항복의 제스처를 취했다. 하긴 한때 시흔과 지영이 사귀어서 그런 것일지도 모른다. 하지만 돌이켜 생각해 보면 고등학교 시절부터 윤성은 시흔을 마음에 들어 하지 않았다.

"유치해서 진짜."

"뭐?"

"아냐. 헛생각 좀 했어. 안 가?"

"쫓아내고 싶어 안달이네."

가볍게 웃고는 윤성이 다시 발걸음을 옮겼다. 몸에 잘 맞게 피트 된 슈트가 그에게 잘 어울린다. 윤성은 깔끔함이라는 단어가 굉장히 잘 어울리는 사람이었다. 얼굴도 그랬지만 자세, 행동 하나하나가 그러했다.

"피곤해서 그래."

승연이 먼저 서둘러 발걸음을 옮겼다. 윤성이 가까이 다가가자 사이드미러가 펼쳐지고 라이트가 켜졌다.

"태워다 줘?"

"뭐?"

"아까 맥주 마셨잖아."

"캔 하나였고 벌써 세 시간 넘게 지났어. 우리 부모님, 아마 이번 주에 바로 약속 잡으실 거니까 준비해 둬."

"최윤성이 알아서 할 텐데 내가 뭐 따로 준비할 게 있나? 넌 그냥 가서 지영이나 잘 다독여 줘."

그 말에 윤성의 미간이 좁혀졌다. 이래서 남자들은 안 되는 거다. 아무리 윤성의 집안을 잘 알고 있고 한발 물러섰다고 하더라도 그의 진짜 연인은 지영이다. 얼마나 마음이 심란할지는 승연도 잘 알고 있다. 그래서 오늘도 하루 종일 지영에게 간단한 문자 하나 보낼 생각도 하지 못했다.

"여자 마음을 이렇게도 모를까."

"무슨 소리야? 알아듣게 설명해."

"나 지영이하고 가장 친한 친구야. 그런데 오늘 연락 한 번하지 못했어. 그거에 대해선 네가 책임을 져야 할 거야."

"신승연, 넌 가끔 가다 말을 어렵게 하는 구석이 있어."

"지영이도 자기 사정을 잘 알고 있어서 네가 이렇게 하자는 데도 불구하고 아무 말 못 하고 따르는 거야. 알아? 그 심정이 어떨지 짐작이나 해봤어? 지영이가 나 같은 조건이었다면 이럴 일도 없었……."

"너 역시 마찬가지잖아."

말이 끊겼음에도 불구하고 윤성의 말에 승연은 마치 입에 본드를 붙인 듯 아무 말도 하지 못했다. 맞다. 윤성의 말이 잘못된 건 없었다. 그녀 역시 그저 짐작하고 있을 뿐이다. 그녀는 늘 가진 자였기 때문이다.

"그래도 중요한 건 알고 있지."

"뭔데?"

"사귀는 사람을 조금 더 배려해야 한다는 거. 내 이야기의 본질을 모르겠어?"

"갈게."

충분히 알아 들었으면서 삐딱하게 나온다. 얼마나 액셀러레이터를 깊이 밟았는지 엔진의 굉음이 순식간에 커지며 윤성의 차가 앞으로 튀어 나갔다. 그의 집 쪽이 아닌 반대편으로 빠져나가는 걸 보니 지영에게 가는 모양이다. 그래, 더 이상 쓸데없는 욕심은 내지 않는 게 모두를 위해 좋았다.

❖ ❖ ❖

오전부터 자신을 찾은 게 의외였는지 시흔은 서류를 정리하면서 계속 웃고 있었다. 재판 때문에 바쁘다며 올 하반기 들어서 한 번도 보지 못했다. 누가 봐도 시흔은 딱 모범생 같은 모습이었다.

몸에 잘 맞는 검은색 슈트에 흐트러짐 없는 넥타이. 윤성과 다른 의미로 시흔은 잘생겼다. 이목구비가 외국인처럼 뚜렷한 시흔을 처음 보았을 땐 혼혈아인 줄 알았으니까. 쌍꺼풀이 짙은 커다란 눈은 누구도 시흔을 서른이란 나이로 보지 않을 것 같았다.

"우리 연 변호사, 갈수록 젊어지네?"

마치 아줌마가 총각을 대하는 듯한 말투에 시흔이 픽 웃었다.

"너야말로."

"오늘은 재판 없어?"

"오후에."

그녀가 와서인지 시흔은 서류를 보는 눈과 손을 빨리 움직이고 있었다.

"그러다 하나라도 놓치면 어쩌려고? 천천히 봐."

승연의 말에 시흔이 웃으며 고개를 끄덕였다. 꽤 복잡한 일인지

반듯한 시흔의 이마에 주름이 잡혔다. 미용실을 갈 시간도 없는지 머리카락은 커트치고는 꽤 길어서 마치 요즘 아이돌을 보는 느낌도 들었다.

"왜 그렇게 웃어?"

"너 아이돌 같아서."

"뭐?"

어이가 없는지 시흔이 서류를 넘기던 손을 멈추고 그녀를 보았다. 승연은 뻔뻔하게 고개를 젖히며 씩 웃었다.

"점심은?"

"누가 행차하셨는데. 미루고라도 같이 먹어야지. 너 초밥 좋아하지? 근처에 괜찮은 곳 있어."

"마트 회전초밥이면 사양하고."

"인마, 나 이제 먹을 만큼은 벌어."

그때 비서가 들어왔다. 사무실을 둘러보고 있던 승연은 커피잔을 내려놓는 비서를 향해 고맙다며 웃어 보이곤 소파에 앉았다. 그녀가 커피를 반쯤 비워갈 때쯤 시흔이 자료를 다 봤는지 자리에서 일어나 그녀의 앞으로 다가와 앉아 커피를 들이켰다.

"예전엔 인스턴트 원두는 쳐다보지도 않았잖아."

"내가 그렇게 재수 없게 굴었니?"

"세상을 몰라서 순진하게 굴었던 거지."

"와, 나 정말 재수 없었구나?"

승연이 커피를 깨끗하게 비우고 잔을 내려놓자 시흔이 박수까지 쳐주었다. 그래, 옛날엔 정말 뭘 몰라서 남들에게 상처를 주었다. 시흔과 윤성이 아니었다면 그녀는 고등학교 시절 아마 계속 왕따가 되었을 것이다.

"윤성인 잘 지내고?"

"윤성인 네 안부도 안 물어. 그런 애 안부는 왜 물어?"

"어쨌거나 난 윤성이에게 진 빚이 많지."

빚이 많다니. 하긴 시흔도 태일의 장학생이었다. 중학교 시절 1등을 단 한 번도 놓친 적이 없다던 시흔은 처음 고등학교에 들어와 2등을 하고 충격에 빠졌다고 했다. 그래서 잠도 자지 않고 공부해 다음 시험에서는 윤성을 누르고 1등을 차지했다.

두 사람의 1, 2등 구도는 1학기가 끝날 때까지 계속되었다. 윤성이 한 번 1등을 하면 그다음엔 시흔이 1등을 했다. 그때 최 회장이 시흔에게 관심을 가졌고, 조부모와 어렵게 산다는 것을 알고는 태일의 장학 혜택을 받게 해주었다.

그 뒤로 다음 2학기가 되었을 땐 두 사람의 1, 2등 구도가 깨졌다. 승연이 1등으로, 그것도 두 사람이 늘 다투던 소수점이 아닌 3점 차이로 올라서자 두 사람이 짓던 허탈한 표정이 지금도 생생하게 기억난다.

승연은 어차피 혼자 받는 과외보다 같이 받는 게 낫다며 과외가 있는 날이면 시흔과 함께 집으로 향했다. 평소 자애심이 넘치는 윤 여사는 시흔의 집안 환경을 알고는 반갑게 맞아주었다. 물론 눈치가 워낙 빠른 여우 같은 윤 여사는 시흔을 늘 편하게 대해주었다. 한 번씩 고기를 손에 들려주기도 하고 돈보다 낫겠다며 문화상품권이나 백화점상품권을 주기도 했다.

시흔이 부담스러워하며 얼마 후엔 집에 오지 않자 윤 여사는 스스로 너무 과했다는 것을 깨달았다. 승연이 단 하나뿐인 친구와 틀어지면 집을 나갈 거라는 자충수를 두자 윤 여사는 명절을 빼고는 더 이상 시흔의 손에 무엇인가를 들려주는 것을 멈추었다.

"참, 저번 주에 아버님 만났어."

"우리 아빠?"

"고문변호사님이 이민으로 그만두시게 됐다고 해서."

"뭐야, 우리 아빠 햇병아리 변호사님 인맥을 믿고 오신 거야?"

"나 하루통상으로 들어가기로 했어."

그 말에 승연이 눈을 크게 떴다. 시흔은 로펌 소속이지만 주로 인권 변호를 맡고 있었다. 그래서 이 로펌에 들어왔다고 했는데 갑자기 하루통상이라니.

"할머니가 좀 편찮으셔. 마침 아버님이 좋은 조건으로 권해주시기도 했고. 오전엔 인권 변호하고 오후엔 하루통상 소속되고."

"할머니 어디가 안 좋으신 건데?"

"나이 드셨잖아."

"그때 그 고관절?"

"아니. 그땐 네가 좋은 의사선생님 소개해 줘서 수술 잘됐잖아. 심장이 좀 안 좋다고 해서."

"수술해야 돼?"

"그 정도는 아니고. 다행히 변호 일도 선배님들이 많이 도와주신다고 했고, 지방 출장도 좀 힘들 것 같아서 그렇게 됐어."

시흔의 조부모님은 그에게 부모님과도 같았다. 조금 더 건강히 오래 살아주셨으면 하고 승연은 때가 되면 홍삼이나 영양제를 들고 찾아다녔다.

"자, 용건을 들어보실까?"

"눈치도 빨라."

"진짜 용건 있었어?"

"그럼?"

"나 보고 싶어서 온 줄 알았어."

"그것도 있고. 우선 보기나 해."

"보기도 전에 겁부터 난다."

그렇게 말하며 시혼은 그녀가 내미는 서류를 받아 들었다. 웃고 있던 시혼의 얼굴이 서류를 훑어봄과 동시에 점점 굳어갔다.

"너희 미쳤어?"

"지금 당장은 공증 힘들겠지? 우리 별거 기사 돌 때쯤 해줘."

"신승연!"

"나 소문 안 좋은 거 알지? 좀 가라앉힐 필요가 있어. 그리고 어차피 이쪽에 정략 많은 건 너도 잘 알잖아."

정략이란 단어에 화가 났던 시혼의 눈빛이 점점 사그라졌다. 시혼도 그녀의 곁에서 13년이나 친구로 지내며 이쪽 세계에 대해 거의 모든 것을 알게 되었다. 그녀가 내민 서류도 정략에 의한 조건 관계였다. 그러니 두 사람의 결혼에 대한 완벽한 비밀은 모르는 것이다.

"윤성이 지영이하고 사귀는 거 아니야?"

"맞아."

"그런데 결혼은 너하고 한다?"

"내게 나쁜 조건 아니잖아?"

"태일자동차를 얻는다고 이혼녀 되는 게 아무렇지도 않아? 내가 아는 신승연은 이렇게 물욕적인 사람이 아니었어."

"나 어차피 결혼 생각도 없는데 현실에 맞춰 타협하고 거대한 태일자동차 얻는 거 나쁘지 않잖아?"

별것 아니라는 투로 말했다. 하지만 시흔의 눈빛은 더 이상 친구가 아닌 변호사로 돌아와 냉정하고 침착했다.

"네게만 조건이 너무 유리해. 대체 무슨 짓을 꾸미는 거야?"

"최윤성이 내게 잘못할 게 많은가 보지, 뭐."

그 말에 시흔의 미간에 더 깊은 주름이 파였다. 어쩌면 그녀는 지영에게보다 시흔에게 더 깊은 편안함을 느끼고 있을지도 모른다고 생각했다. 보통 지영이 저런 식으로 인상을 찌푸리고 말이 없었으면 불안함을 느꼈을 것이다. 안절부절못하고 또 눈치를 봤을까? 하지만 시흔의 저런 모습에 승연은 그저 웃음이 나올 뿐이었다.

"뭘 그렇게 웃어? 정들어."

"우리 이미 정 깊이 든 거 아니었나?"

"정말 결혼할 생각이야?"

승연이 고개를 끄덕였다. 시흔은 정말 깊은 속에서 올라오는 한숨을 길게 내뱉었다. 다시 한 번 꼼꼼히 계약서를 보던 시흔은 도무지 이해가 가지 않는다는 얼굴로 고개를 몇 번이나 저으며 그녀를 바라보았다. 시흔의 입에서 실소가 터져 나왔다.

"내게 좀 유리할 뿐이지 요즘 이렇게 결혼하는 애들 거의 다 이런 식으로 작성해."

"정말 이걸 최윤성이 작성했어?"

"왜? 안 믿겨서?"

"그 녀석이 이렇게 통이 큰 녀석이었나?"

그 말에 승연의 입에서 웃음소리가 크게 터지고 말았다. 시흔이나 가족을 빼고는 누구 앞에서 이렇게 크게 웃어본 적이 없다. 딱히 크게 웃을 일이 없기도 했고 다소 썰렁한 시흔의 유머 코드와 맞기도 했기 때문이다. 물론 시흔은 자신의 말에 계속 웃는 사람이 승연이 처음이라고 했다. 이젠 적응이 됐는지 그녀가 웃으면 본인도 웃곤 했다. 그녀가 웃는 게 재미있는 모양이다.

"사랑에 빠지면 눈에 보이는 게 없나 보더라고."

시흔이 서류를 다시 챙겨 금고 안으로 넣으며 어이가 없다는 표정으로 그녀를 바라보았다. 승연은 가볍게 어깨를 으쓱거리며 자리에서 일어났다. 어제 윤성이 가고 나서 불편해서 속을 모두 비워냈다. 하루 종일 먹은 게 거의 없어 나중엔 위액까지 토해내고 말았다. 앞으로 윤성과 밥을 먹을 땐 꼭 소화제를 먼저 복용해야 할지도 모른다는 생각까지 했다.

"그 최윤성이?"

"봤잖아. 지영일 얼마나 알뜰살뜰 챙기는지."

"그런 녀석이 결혼을 너랑 한다고 해?"

"윤성이 부모님 알잖아. 우리한텐 한없이 자상하셔도 지영이한텐……."

"아니, 너."

"뭐?"

"난 안 좋아하시지. 아들하고 계속 1등을 놓고 싸웠는데. 그리고 부모님들끼리 사이도 좋으시고."

그 말에 승연이 웃고 말았다. 시흔이 자리에서 일어나 재킷을 걸치고 그녀를 에스코트했다. 이제 11시가 조금 넘은 시각이었지만 비서는 익숙한 듯 시흔이 점심 맛있게 먹으라는 소리에 변호사님도 식사 맛있게 하시라고 말했다. 엘리베이터에 올라타서 승연이 시흔을 바라보았다.

"밥 먹는 시간이 따로 없어?"

"눈치도 빠르네. 법률 자문 구하시는 분들도 많고, 그렇다 보니 끼니 놓치는 경우도 있지. 그래도 차에서 나름 챙겨 먹긴 해."

"먹어봤자 김밥, 햄버거 이런 거지? 언제 한가해? 오피스텔로 와. 너 좋아하는 잡채 해줄게."

"다음 주 화요일에 재판이 없긴 한데……."

"그럼 그때 오면 되겠다."

시흔이 픽 웃었다. 그래도 시흔이 시간이 많을 땐 몇 번인가 같이 음식도 해 먹었다. 그 자리엔 윤성과 지영도 함께했다. 그땐 시흔이 지영과 사귀고 있을 때였으니까. 정작 사귀던 두 사람은 지금 서로 얼굴을 봐도 그럭저럭 어색하지 않게 잘 지내는데 윤성은 유난히 시흔을 껄끄러워했다.

하긴 자신의 여자친구의 과거를 알고 있는 남자라면 보통 윤성처럼 행동했을 것이다. 하지만 시흔과 지영은 지극히 건전한 연애를 했고 딱히 나쁘게 헤어진 것도 아니었다. 하여간 혼자 유별났다.

바로 주차장으로 갈 줄 알았지만 엘리베이터에서 내린 뒤 시흔은 로비를 벗어나 인도를 걷기 시작했다. 그나마 동네에 있는 일식집에서 먹을 모양이다. 마트가 아님을 고마워해야 하는 건가 싶을 때 승연이 앞에 있는 건물을 보고 저도 모르게 웃고 말았다.

"호텔?"

"저번에 여기서 먹었는데 맛있더라."

"연 변호사님이 호텔에 오실 때도 다 있으세요?"

"상대가 여자가 아니라 유감이다."

시흔은 어려서부터 성당을 다녔고 세례명인 베드로로 개명을 할까 진지하게 고민하기도 했단다. 거기다 혼전순결자라는 말 때문에 승연은 거짓말이라며 고개를 저었다. 남자도 순결을 중요히 생각한다는 시흔의 말에 승연은 그때 남자를 다시 보는 계기가 되었다. 그러고 보니 시흔은 좋은 친구일 뿐만 아니라 좋은 남자이기도 했다.

"너하고 결혼할 여자는 정말 행복할 거야. 할아버지, 할머니께서 요즘은 장가가라고 종용 안 하셔?"

"요즘 정신없이 바빠 보였는지 살짝 포기하신 눈치야."

"일 좀 슬슬 줄여도 되지 않겠어?"

"하루통상 들어가고 안정되면."

아무래도 그녀에게 들어오는 일정액을 줘야 할 것 같았다. 시흔이 분명 최선을 다할 거라는 건 그녀가 가장 잘 알고 있다. 사실 그녀는 줄을 잘 잡고 태어나 하는 일도 없으면서 지분을 가지고 있는 것뿐이다.

"어머, 이게 누구야? 우리 승연이하고 연 변호사 아니야?"

뒤에서 들리는 목소리에 승연과 시흔의 몸이 동시에 돌아갔다. 그 자리엔 홍 여사가 서 있었다. 그리고 비슷한 나이 또래의 사모님 두 명이 더 있었다. 승연은 순식간에 그 사람들을 스캔했다. 대신그룹의 첫째 며느리와 헤리티지 백화점 안주인이 함께 있는 것을 보니 이곳에서 모임이 있는 모양이다. 그리고 저 모임은 윤 여사도 들어가 있는, 일명 사모님들의 뽐내는 자리가 아니던가.

"안녕하셨습니까."

시흔이 깍듯하게 인사를 하자 홍 여사가 웃으며 고개를 끄덕였다. 승연이 재빨리 인사하고 홍 여사 옆으로 걸어가 팔짱을 꼈다.

"다들 조찬 모임 하고 나오시는 거예요?"

"응, 민경이는 오늘 약속 있어서 못 왔어."

"엄마 오늘 제주도 가셨잖아요."

"제주도?"

"무슨 골프 약속 있으시대요."

신 사장과 윤 여사는 골프를 좋아하는 편이 아니다. 신 사장은 야구에 푹 빠져 있고, 시간이 날 때면 그녀와 직접 야구장을 갈 정도로 좋아했다. 윤 여사는 미술 관람하는 것을 좋아했지만 사업 명목상 이번엔 거절하지 않고 잡은 것을 보니 중요한 골프 약속인 듯했다.

"이번에 백화점 새로 들어온 하루통상 찻잔 세트 정말 예쁘더라. 그렇지 않아도 오늘 사와서 두 분 드렸어."

헤리티지 백화점 안주인인 정 여사의 말에 승연이 활짝 웃었다.

"그냥 두시지. 제가 조만간 들고 가려고 했어요."

"어쩜 이렇게 말도 예쁘게 할까."

승연은 대부분의 어른들에게 예쁨받는 존재였다. 그녀의 모습에 시흔이 살짝 고개를 숙이며 웃고 있었다. 이 사회에서 무시당하지 않으려면 이렇게 여우처럼 굴거나 아예 무시당할 각오를 해야 한다. 그녀는 전자를 택한 것뿐이다.

"이쪽은……."

정 여사와 대신그룹의 첫째 며느리인 박 여사가 시흔을 보고 눈을 반짝인다. 젊고 잘생긴 남자만 보면 정신을 못 차리는 늙은 여우들다웠다. 특히 박 여사는 연예인 사냥꾼으로 유명했다. 다들 쉬쉬하고 있어서 그렇지.

"처음 뵙겠습니다. 연시흔이라고 합니다."

시흔이 깍듯하게 인사하며 두 사람에게 명함을 건네주었다. 홍 여사가 살짝 시흔의 팔을 잡으며 말했다.

"우리 승연이, 윤성이하고 고등학교 때부터 친구. 지금은 인권 변호사고."

"과찬이십니다. 조금 시간이 남을 때 돕고 있을 뿐입니다."

"저희 초밥 먹으러 왔거든요. 아무것도 못 먹어서 배고파요."

"어머, 왜 아무것도 못 먹었어?"

"그림 그리느라 바빴어요."

"아줌마가 사주고 싶은데 약속이 있어서. 올라가서 먹어. 아줌마가 연락해 둘게."

그러고 보니 이 호텔도 태일이다. 홍 여사의 손짓 한 번에 그녀는 당장에라도 스위트룸에 들어가 드러누워 셰프들이 직접 가져다주는 음식들을 먹을 수도 있었다.

"김 기사, 연락 좀 해줘요."

"네, 사모님."

"시장들 하겠다. 어서 올라가서 먹어. 배고프다고 초밥만 무작정 먹지 말고 죽도 좀 먹고."

홍 여사의 행동, 말투, 눈빛 모두가 그녀를 정말 딸 대하듯 하고 있었다. 어려서부터 그녀 같은 딸이 하나 있었으면 하고 말하곤 했다. 그리고 정말 딸처럼 해외를 다녀오면 선물을 사오는 것도 잊지 않았다. 정 여사와 박 여사를 먼저 보내고 세 사람이 엘리베이터 앞으로 걸어갔다.

"그나저나 윤성이 녀석, 요즘 바빠서 코빼기도 안 비추더니 오늘 갑자기 저녁 약속을 잡지 뭐니, 무섭게."

홍 여사는 그녀를 찔러보고 있었다. 하지만 그건 핵폭탄과도 같은 위력을 지녔으니 먼저 윤성이 터뜨리도록 두는 게 나았다.

"윤성이한테 들으시는 게 좋겠어요."

"너희들 뭐 꾸미는 거 아니니?"

"아니에요. 엘리베이터 왔다. 저희 올라가 볼게요."

"그래, 점심 맛있게 먹고. 연 변호사도 맛있게 들어요."

"다음엔 제가 대접하겠습니다."

"그래요."

물론 겉치레일 뿐이지만 두 사람은 노련한 사회인답게 적절하게 예의를 갖춰 주고받았다. 문이 완전히 닫히자 승연은 긴장이 풀린 듯 유리벽에 등을 기대며 한숨을 푹 내쉬었다. 그런 승연을 보고 시흔이 고개를 저었다.

"연기 잘하더라?"

"요즘 나도 내가 헷갈린다니까. 정말 애교가 많은 건지……."

"많은 편이지, 아마?"

그래, 그녀는 귀한 막내딸로 자라나 애교가 많은 편이었다. 윤성은 여자애가 늘 딱딱하다고 놀리곤 했지만 그건 그녀를 잘 몰라서 하는 말이다. 어차피 윤성은 그럴 기회도 주지 않았다.

홍 여사의 말 한마디는 정말 엄청났다. 엘리베이터에서 내리자마자 유카타를 입은 직원이 다가와 두 사람을 안내했다. 그리고 제일 좋다는 룸으로 들어서자 시흔은 저도 모르게 입을 떡 벌리고 말았다. 벽 한쪽 면 전체가 수족관으로 이루어져 있어 승연도 처음 보았을 때 꽤 신기해하고 한참 동안 구경하기도 했다. 여기 한 번 오면 굳이 아쿠아리움을 찾아갈 필요가 없다고 말하며.

자리에 가방을 내려놓은 승연은 자리에 앉지 않고 거대한 수족관 앞에 서 있는 시흔의 곁으로 걸어가 고갯짓을 했다.

"저 게, 살 되게 많이 나올 것 같지 않아?"

"먹는 건가?"

"관상용이야."

역시 시흔은 놀리는 재미가 있는 친구였다.

"방이 이렇게 큰데 손님이 한 팀밖에 못 들어오는 건 공간 낭비 같다."

"그런 걸 사람들은 특권이라고 하지."

"쓸데없는 허세 아니고?"

시흔의 말이 맞았다. 이곳은 겉보기에는 굉장하고 멋있지만 비효율적인 공간이었다. 한쪽 벽면은 커다란 수족관이고 룸 중앙엔 작은 인공 정원이 만들어져 건널 수 있는 돌담도 있었다. 그 밑으론 물도 흐르며 비단잉어 몇 마리도 유유자적 헤엄을 치고 있었다.

하지만 보통 사람들은 이곳을 동경하기 때문에 예약을 하기 위해 몇 개월 치 월급을 붓기도 했다. 또 돈이 있는 사람들은 풍족한 돈을 자랑하기 위해 이곳을 찾았다. 오늘 이곳 점심 예약이 비어 있는 건 정말 한 달에 한두 번 있을까 말까 한 일이었다.

"실례하겠습니다."

노크 소리와 함께 직원들이 들어와 탁자 위를 채우기 시작했다. 아직 서 있는 두 사람을 보고 직원이 잠시 웃었다.

"놔주세요. 저희 이거 좀만 더 구경하고 먹을게요."

"그러시겠어요?"

"고마워요."

직원들의 행동에 시흔이 재빨리 자리로 돌아가 앉으려고 하자 승연이 붙잡으며 그렇게 말했다. 보통 사람들은 체면 때문에라도 자리에 앉아 얌전히 구경할 것이다. 그리고 직원이 나간 뒤에야 호들갑을 떨며 구경할 테지만 그녀는 딱히 그런 것에 신경 쓰지 않았다. 그런 승연의 모습에 시흔이 웃으며 어깨를 툭 건드렸다.

"저 물고기, 살 되게 많이 나올 것 같지?"

승연이 유리를 톡톡 건드렸다. 워낙 유리가 두꺼워 물고기들이 느끼지 못한다는 게 안타까울 정도이다. 그녀의 방 안에 있는 수족관은 길이가 1,200㎜에 높이가 800㎜ 정도 되지만 이 수족관의 유리보다 훨씬 얇아 승연의 두들기는 소리에 열대어들은 늘 반응을 했다.

"이 유리 두께가 30㎝래."

"수압을 견뎌야 할 테니까. 유지비 많이 들겠다."

왠지 현실적인 시흔의 대답에 승연이 다시 웃음을 터뜨렸다. 이미 직원들은 나갔고 방 가운데에 있는 작은 개울을 흐르는 물소리만 들려왔다.

"아, 배고프다."

"먹자."

두 사람이 서둘러 자리로 돌아갔다. 승연은 시흔이 수족관을 볼 수 있게 앉힌 다음 그녀도 그 옆으로 앉았다. 이곳 테이블이 둥근 모양인 게 다행이라고 생각됐다.

"바다 속에 들어와서 먹는 느낌이잖아."

"여기 자주 왔어?"

"자주는 아니고 몇 번. 돈 많아도 예약하기 힘들어."

"여사님, 네 부탁이면 다 들어주실 것 같던데?"

"하긴, 대통령 정도만 아니면 나한테 자리 내주실까?"

"아마도? 그나저나 오늘 윤성이 집에 폭탄 투하할 예정 같던데."

승연은 고개를 끄덕이며 싱싱한 도미회를 간장에 찍어 입에 넣었다. 두껍고 차진 회는 식감이 살아 있고 입 한가득 들어차 한참을 씹어야 했다. 그것만으로 만족 못 해 하나를 더 들어 입에 넣었다. 시혼은 마치 어린아이처럼 여전히 수족관의 풍경에 빠져 있었다. 승연은 직접 회를 장에 찍어 살짝 벌리고 있는 시혼의 입안으로 넣어주었다. 시혼이 깜짝 놀라 펄쩍 뛸 것처럼 움찔거렸다.

"놀랐잖아."

"좀 먹어. 배 좀 채우고 구경해. 이럴 때 아니면 언제 제대로 식사할 거야?"

입안 가득 찬 회 때문에 승연이 웅얼거리며 말하자 시혼이 미지근한 녹차를 따라 그녀에게 내밀었다. 왠지 웃음이 나오는데 이상하게 뒤통수가 가려운 느낌에 슬쩍 고개를 돌리는 순간, 승연은 방금 전 시혼처럼 펄쩍 뛸 것처럼 움찔거렸다. 문을 연 채 벽에 기대서 있는 사람은 다름 아닌 윤성이었다.

3화 서로 준비

몸에 딱 떨어지는 클래식한 슈트 차림을 보니 윤성은 업무상 점심 약속이 있어 이곳에 온 것 같았다. 하지만 이 룸에 그녀가 있는 건 어떻게 알았을까? 혹시 윤성이 이곳에서 약속이 있었는데 홍 여사가 마음대로 캔슬시켜 버린 것일까? 괜한 자격지심인지 윤성의 눈빛에 조롱이 담겨 있는 것 같아 승연은 고개를 돌려 다시 수족관을 보았다. 하지만 이미 시혼은 자리에서 일어나 있었다.

윤성이 걸어와 두 사람 앞으로 섰다. 승연은 조명에 반사되어 반짝 빛나고 있는 넥타이핀을 보았다. 왠지 익숙한 무늬다. 그러고 보니 작년 윤성의 생일에 신경 쓰지 않는 척 선물로 건네주었던 그것이다. 윤성도 디자인을 꽤 마음에 들어 했고, 그 뒤론 종종 매고 다니는 듯했다.

예전 같았으면 그것을 보고 기분이 좋았겠지만 오늘은 아니었다. 아니, 윤성이 계약결혼을 이야기한 뒤로 그녀는 마음이 불편해졌다. 그런 일이 없었다면 그녀는 마음껏 그를 혼자 좋아하다 그만두었을 것이다. 하지만 이젠 왠지 죄를 짓는 느낌이었다.

"오랜만이다. 약속 있나 보구나?"

"접대가 있어서, 내가 좀 일찍 왔네. 신승연에게 계약서는 받았고?"

앉으란 말도 없는데 윤성은 너무나 자연스럽게 두 사람의 앞으로 앉았다. 그런 윤성의 모습에 시혼이 잠시 승연을 바라보았다.

"그래. 내가 그쪽 세계는 잘 모르겠지만 너희 괜찮은 건지 모르겠다."

"10년 넘은 우정인데 설마 뒤틀리기야 할까. 괜찮다."

"그럼 다행이고. 잠깐 화장실 좀 다녀올게."

잠시였지만 시혼에게 가지 말라고 붙잡고 싶었다. 또 속이 답답해져 오는 게 오늘 점심도 소화제를 먹어야겠구나 싶었다. 그나저나 예전엔 한 달에 한 번 보기도 어렵던 얼굴을 이렇게 연속 3일이나 보고 있다니. 머리는 아프지만 마음은 벅차오르고 있었다. 한 몸에서 이런 모순적인 감정을 느낄 수 있다는 게 놀라울 정도로. 승연은 들고 있던 젓가락을 내려놓았다.

"오늘 집에 이야기할 생각이야."

"어제 지영이는 만나봤어?"

"그건 내 사정이고."

윤성의 말이 맞다. 이제 곧 두 사람은 결혼하겠지만 그건 말 그대로 계약이고, 그의 사생활에 간섭할 명분은 없었다. 말 그대로 법적으로 부부가 되는 것뿐이다. 비참함을 충분히 느끼고 있으면서도 윤성이 내민 손을 잡은 건 그녀의 마음속의 욕심을 놓지 못했기 때문이다.

"지영이가 너한테 미안해서 연락도 못 하겠다고 하더라."

심장이 순간 쿵 소리를 내며 내려앉았다. 온몸은 갑자기 진득한 늪에 빠져 빨려 들어가는 느낌이었다. 심장과 같이 몸이 점점 심연의 늪으로 가라앉는 느낌이 들었다. 앞으로 윤성의 입에서 지영의 이름이 나올 때마다 이런 느낌이 들 것이다.

"어제 꽤 많이 울었어, 지영이."

그녀에게 말을 하고 있으면서도 자연스레 지영을 떠올리는 것인지 윤성의 음성이 부드러워졌다. 승연도 왠지 눈물이 차오를 것 같았다. 이건 슬픔이라는 감정보다 부러움이 더 컸다. 스스로에게 실망하는 것을 대체 하루에 몇 번이나 겪는 것일까? 이렇게까지 자존감이 낮은 사람이었나, 하루에도 몇 번이나 생각했다.

"네가 먼저 연락해 주는 게 나을 것 같은데."

이런 식으로 윤성이 누군가에게 부탁조로 말한다는 것은 극히 드문 일이다. 역시 사랑이라는 건 사람을 꽤나 크게 변화시키는 모양이다.

"그 사랑 잘 지키고 싶으면 나하고 이혼할 때까지 잘 숨겨. 너희 부모님이 알게 되시면 그 파장은 나도 감당 못 해."

"뭐?"

"잘 알 것 같은데. 지영이뿐만 아니라 지영이 가족 모두 불행해질 수도 있어. 그러니 알아서 행동 잘하라는 말이야."

독하게 말을 내뱉고 있었지만 윤성 역시 그건 잘 알고 있음이 틀림없었다. 그러니 알겠다는 대답도 없이 침묵을 고수하고 있는 것일 테지. 윤성은 모든 것을 가지고 태어난 만큼 자신의 위치를 그 누구보다도 잘 알고 있었다. 또한 '내가 평범하게 태어났으면' 하는 생각도 하지 않았다. 그는 늘 자신의 위치를 적절하게 쓸 줄 알았고, 잘 이용했다. 다만 그 사랑이라는 것은 그도 자신을 이성적으로 주체할 수 없는 것이었음을 분명 잘 알고 있었다.

"그림은?"

그녀에게 훈계를 듣기 싫다는 말이다. 하긴, 그런 일이라면 그녀보다 윤성이 훨씬 철저할 것이다. 알아서 잘하고 있는 사람에게 괜한 말을 했다고 생각했다.

"일주일 뒤쯤 옮길 거야."

"내 사무실로."

"알았어."

"재능 있어 보이던데, 그쪽으로 계속해 보는 게 어때? 그렇게 취미 식으로 띄엄띄엄 말고."

윤성은 그저 무심결에 하는 말이겠지만 그녀는 그 말 한마디로 희망을 갖게 되고 만다. 심장은 다시 올라와 붙었고 미칠 듯이 뛰기 시작한다. 룸 안 인공 정원의 흐르는 물소리가 들리지 않는다면 그녀의 힘차게 뛰는 심장 소리가 이곳을 가득 울렸을 것이다.

"내 직업이야."

"작가?"

"나도 시간 나는 대로 그리는 거고. 원래 유화라는 게 계속 덧칠하면서 그리니까 시간이 오래 걸리는 거야. 이제껏 여행 갔을 때 빼고는 붓 놓아본 적 없어."

이렇게 말하면서 승연은 자신을 되돌아보았다. 취미라고 말을 하면서도 그녀는 직접 작업실을 만들었고 특별한 일이 없으면 규칙적으로 출퇴근을 했다. 출퇴근이라는 개념은 없지만 일반 프리랜서들이 본다면 규칙적인 것이 틀림없었다.

"언제부터야?"

"뭐가?"

"연시흔. 두 사람 사이좋던데."

그 말에 승연의 눈썹 한쪽이 추켜올라 갔다. 그래, 그가 막 들어왔을 때 그녀는 시흔에게 회를 먹여주고 있었다. 어차피 윤성에게 그녀는 그럭저럭 친하게 지내는 친구에 불과했기 때문에 단 한 장면으로도 마음대로 착각할 수도 있다. 왠지 웃음이 터져 나올 것 같았다.

그런 그녀의 반응이 윤성의 마음에 들지 않는 것인지 미간이 찌푸려졌다. 하지만 상관없었다. 이제 그녀는 그의 곁에서 부부라는 이름으로 계속 비참함을 맛보아야 할 텐데 더 이상은 마음 졸이고 싶지 않아졌다.

"그럼 안 돼?"

"안 될 건 없지. 다만."

"다만?"

"우리 계약을 연시흔이 알고 있다는 게 걸려서."

"그러니까 비밀 더 잘 지켜줄 거 아니야."

승연은 계속 웃음을 잃지 않았다. 그런 그녀의 얼굴에 윤성은 여전히 굳은 얼굴을 풀지 않았다. 그때 문이 열리며 시흔이 들어와 자리에 앉았다. 윤성은 왼쪽 손목에 차고 있는 시계를 힐끔 보며 고개를 들어 올렸다.

"연시흔, 능력 좋네?"

"능력?"

"하루통상 공주님하고 사귈 줄이야."

그 말에 시흔이 고개를 돌려 승연을 바라보았다. 보통 다른 남자 같으면 '무슨 소리야?' 하고 되묻겠지만 시흔은 눈치가 빠른 남자였다. 이내 시흔이 픽 웃자 승연도 고개를 숙이며 다시 웃고 말았다.

"3년만 좀 참아줘. 그러면 하루통상에서도 널 받아주겠지."

"가족이 되는 건 어렵지."

"충분히 가능성 있어 보이는데?"

"그래서 이번에 하루통상에 들어가게 됐는데 최선을 다해보려고 한다."

윤성의 눈이 커졌다. 승연은 이런 친구가 곁에 있어서 다행이란 생각이 들었다. 그녀의 상황을 배려해 주고 또 불필요한 것은 묻지 않는다. 하긴, 시간이 조금 흐르면 그녀가 구구절절 읊어댈 테니 시흔의 입장에선 굳이 미리 물어볼 필요가 없었다.

"법률팀?"

"그렇게 됐다."

"하루통상 법률팀이면 우리보다 더 강력한데, 대단하다?"

"대단하긴."

"사람들은 자신의 무능력을 겸손으로 위장하지. 안 그래도 돼. 연시흔 능력 있는 건 다 아니까."

왠지 뼈가 있는 것 같았는데 그 말에 시흔이 고개를 저으며 웃고 말았다.

"사람들은 장점을 가진 사람들이 있으면 절멸시키고 싶어 하거든. 자기하고 비슷한 수준으로 만들기 위해서. 사업가로서 나도 연시흔 변호사가 탐난다는 말이야. 약속 시각이 다 되어서 나가 봐야겠어. 나중에 같이 식사라도 하자."

정말 약속 시각이 다가왔는지 윤성은 별다른 인사도 하지 않고 룸에서 나가 버렸다. 두 사람은 굳게 닫힌 문을 한참 동안 바라보았다. 침묵을 먼저 깬 건 시흔이었다.

"최윤성이 왜 착각하고 있는 건데?"

"너한테 회 먹여주는 거 보고 착각한 모양이야. 자긴 깨를 볶는 애인이 있는데 나만 없다고 하면 너무 억울하잖아? 그러니까 앞으로 넌 의무적으로 나하고 데이트를 해줘야 해."

"내 몸값 꽤 비싼데."

"이 몸이 데이트 해주시는데 불만이야?"

승연이 괜히 콧대를 올리며 말했다. 시흔이 픽 웃으며 고개를 흔들곤 다시 그녀의 손에 젓가락을 쥐어주었다. 그래, 이런 친구가 있으니 윤성이 아무리 자신의 가슴을 시리게 만들어도 괜찮을 것이다.

말 그대로 폭탄이 터졌다. 윤성이 그의 집에서 결혼 선언을 하자마자 그녀의 집으로 홍 여사의 전화가 걸려왔다. 오후 비행기로 바로 제주도에서 올라온 윤 여사는 전화를 받으며 진심으로 행복해하는 표정이었다. 그런 윤 여사를 바라보며 승연이 눈길을 돌렸다.

상견례라고 할 것도 없이 바로 저녁 약속 시간이 정해졌다. 이런 일을 어떻게 미루냐는 최 회장의 말 때문이다. 그 탓에 그녀는 아침부터 윤 여사를 따라 피부관리실부터 숍까지 계속 다니고 있는 중이었다.

아마 마지막으로 신은 힐이 윤 여사의 마음에 들지 않았다면 이젠 백화점까지 가야 했을 것이다. 그냥 집으로 사람들을 부르자는 승연의 의견은 묵살되었다. 우선 신상들만 있지 다양하지도 않고 집안에서 신경 써야 할 게 많다는 게 그 이유였다. 어차피 백화점에 가도 라운지에 앉아 직원들이 들고 오는 물건들만 볼 텐데…….

"이 기사님, 백화점으로요."

"백화점?"

"너 가방도 하나 사야지."

"라운지까지 올라갈 힘도 없어. 그냥 들어가자마자 1층 매장으로 들어갈 거야."

"알았다, 알았어. 딸 하나 시집보내기도 이렇게 힘드니, 원."

"아줌마, 아저씨는 나 옷 어떻게 입고 꾸미는지 관심 없으시거든?"

"관심이 없긴, 그냥 보는 것 같아도 다 엄마 아빠가 어떻게 하는지 본다니까."

승연은 고개를 절레절레 저었다. 그렇게 오랜 기간 홍 여사와 가까이 지내놓고도 아직도 윤 여사는 잘 모르고 있었다. 결국 백화점으로 향했다.

이틀 전엔 지영에게 전화를 걸었다. 지영은 전화를 받자마자 울기 시작했고, 그녀는 한참 동안이나 전화상으로 달래야만 했다. 오늘 낮에 만나 얼굴을 보려고 했지만 아침부터 윤 여사가 끌고 다니는 통에 그 약속도 내일로 미뤄야만 했다. 거기다 내일은 윤성의 생일인데…….

백화점 정문에서 내리자마자 승연이 직접 발걸음을 옮겨 윤 여사가 좋아하는 명품매장으로 들어갔다. 그녀는 딱히 이 브랜드를 좋아하진 않았지만 워낙 윤 여사가 좋아해 자주 다니는 곳이었다.

"그냥 라운지로 올라가서 편하게 보면 되잖니."

"편하게 하자는 거 엄마가 오늘 계속 데리고 다닌 거야."

"그건 뭐…… 어머, 저기 지영이 아니니?"

윤 여사의 말에 승연이 고개를 돌렸다. 윤성에게서 계약 결혼에 대해 들었던 그날과 같은 차림을 한 지영이 남성용 지갑 앞에 서 있었다.

"너 지영이하고 같이 옷 샀니?"

윤 여사는 그녀의 스타일에 관심이 많았다. 그녀가 무엇인가 새로 산 물건이 있으면 꼼꼼하게 훑어보고 써야 할 것, 쓰지 말아야 할 것을 구분해 주기까지 했다. 그게 다 아빠 체면에 관련된 일이라며.

"우연히 취향이 맞았나 봐. 지영아."

윤 여사가 더 이상 말을 하지 못하게 승연이 서둘러 지영을 불렀다. 뒤를 돌아보는 지영의 얼굴엔 놀라움이 묻어 있었다. 계속 기분이 좋지 못한 건지 표정도 좋지 않아 보였고, 눈두덩도 부어 있다. 아무래도 밤마다 우는 듯했다. 윤성의 앞에선 이해한다며 고개를 끄덕이겠지만 지영은 혼자 속으로 끙끙 앓을 것이다. 왠지 승연은 지영의 얼굴을 보기가 미안해졌다.

"아주머니, 안녕하셨어요."

"그래, 요즘 학교는 어떠니?"

"중학교라 수월해요. 곧 기말고사가 돌아오지만."

"남자 지갑?"

"남자친구 선물을 사려고……."

"교사 월급 얼마나 된다고. 이거 아줌마가 사줄게. 어떤 거 골랐니?"

내일이 윤성의 생일이다. 지영은 큰마음을 먹고 이 매장에 왔을 것이다. 그런 지영의 마음을 윤 여사는 무시하고 있었다. 물론 윤 여사는 그게 지영의 자존심을 긁어먹는 것인지도 모르고 말이다.

"이 아가씨가 어떤 걸로 골랐죠?"

"이 모델입니다, 고객님."

"이걸로 포장해 주세요. 참, 지영이 남자친구 생겼니? 뭐 하는 사람이야? 잘생겼니? 잘해줘?"

그녀가 처음 지영을 집에 데리고 오던 날 윤 여사는 눈물을 글썽거렸다. 승연이 여자친구를 데려온 것은 처음이라며. 그 뒤로 꼭 지영의 집엔 명절마다 소고기나 홍삼 같은 것들을 보내곤 했다. 윤 여사의 물음에 지영은 그저 웃는 것으로 대답을 대신했다.

"참, 지영이 너도 알고 있니? 이 앙큼한 계집애가 글쎄, 몰래 연애를 했다는 거 아니니. 지영이 너도 윤성이 알지? 두 사람 결혼한다고 해서 얼마나 놀랐는데. 너도 너다. 아줌마한테 이야기 좀 해주지."

정말 이 푼수 같은 아줌마를 어떻게 해야 할까. 지영이 억지로 웃고 있는 게 승연의 눈에 다 보인다.

"남자친구 선물은 지영이가 사게 하고 엄마는 지영이 예쁜 옷이나 한 벌 사줘. 그게 좋겠어."

"참, 아줌마가 생각을 못 했구나. 남자친구 선물인데. 그래, 지영이도 예쁜 옷 한 벌 골라봐. 응? 이 아가씨에게 어울릴 만한 옷으로 좀 추천해 줄래요?"

"네, 고객님. 이쪽에 앉아서 기다려 주시겠습니까?"

"여기서 이럴 게 아니라 라운지로 올라갈까?"

"아니, 그냥 여기서 해."

승연이 그렇게 말하며 지영을 바라보았다. 지영과 눈이 마주치자 승연은 싱긋 웃어 보였다. 억지로 웃는 것이 아닌 기분이 살짝 풀린 듯 평소처럼 싱긋 웃는 지영을 보자 승연의 마음이 조금은 편안해졌다. 하지만 막 매장 안으로 들어서고 있는 윤성을 보는 순간 승연의 얼굴은 그대로 굳고 말았다.

상견례를 하기 전 윤성은 지영을 만나기로 약속한 모양이다. 눈이 마주치면 여기서 나가라고 하고 싶었다. 하지만 윤성의 눈엔 지영만 보이는 것 같았다. 그의 시선이 지영을 좇고 있었으니까. 그때 지영의 옆에 있는 윤 여사를 발견한 윤성의 시선이 바빠졌다. 승연과 막 눈이 마주쳤을 때 윤 여사도 윤성을 발견한 모양이다.

"어머, 윤성이가 여기는 웬일이야?"

"제주도는 잘 다녀오셨습니까?"

"그렇지, 뭐. 승연이하고 만나서 약속 장소로 오려고 했던 거야?"

기쁨을 감추지 못하는 윤 여사를 보며 윤성이 픽 웃고는 고개를 돌려 승연을 바라보았다. 딱딱하게 굳어 있는 그녀를 보고 윤성이 가까이 다가와 옆으로 섰다. 하지만 승연은 윤성을 바라보지 못하고 윤 여사의 옆에 있는 지영을 보았다. 잔뜩 굳어 있는 지영을 보자 승연은 마음이 무거워졌다.

이게 바로 앞으로 계속 지영이 견뎌야 할 모습이다.

절로 한숨이 흘러나왔다. 딱히 지영이 울 거라고 기대한 건 아니지만 의외로 지영은 윤 여사의 곁에서 웃고 있었다. 방금 전까지만 해도 분명 굳어 있던 것 같은데 자신이 본 게 착각은 아니었나 생각될 정도이다.

승연은 저도 모르게 헛웃음을 토해냈다. 그런 승연의 모습에 윤 여사가 눈을 부라리는 건 당연했다. 윤성의 앞에서는 이제껏 두 사람이 친구 사이이든 아니든 조신한 모습만 보여주라고 오늘 하루 종일 끌려다니며 몇 번이나 주의를 받았다.

역시나 윤 여사가 그녀의 발을 슬쩍 밟았다. 언제는 가죽이 약한 뷰티 힐이니 조심해야 한다더니 윤 여사가 더럽히고 말았다. 순간 실수했다는 얼굴의 윤 여사를 보고 승연은 고개를 저었다.

"내일 제 생일이라고 승연이가 사주고 싶은 게 있었나 봐요."

윤성은 너무도 태연하게 윤 여사에게 말했다. 그녀의 이름을 부르자 지영의 어깨가 살짝 움츠러드는 것이 보였다. 역시 윤 여사 앞에서만 지영은 태연함을 가장하고 있었다.

"지영아, 남자친구 5시까지 만나기로 하지 않았어?"

여기서 지영을 구해줄 사람은 그녀뿐이었다. 보아하니 윤성도 윤 여사 앞에서는 아무 말도 하지 못할 게 뻔했다. 모두의 시선이 그녀를 향해 돌아왔다.

"어머, 약속 있었니? 시간 없어서 아줌마가 대충 골라주는 거 아니다? 이 신상이 지영에게 잘 어울릴 것 같아서. 이걸로 색상 다르게 두 개 포장해 주세요."

"아주머니, 이건 제게 너무 부담되는데요."

"부담은 무슨. 명절마다 잊지 않고 우리 집에 찾아와 주고, 그리고 내가 지영이 너에게 이런 거 사주는 걸 아깝다고 생각하겠니? 걱정 말고 받아. 응? 안 그럼 아줌마가 서운하다?"

"잘 입겠습니다."

역시 여우 같은 윤 여사를 말로는 이길 수 없었다. 지영은 난감한 얼굴이었지만 결국 직원이 건네는 쇼핑백 두 개를 받아 들었다. 윤 여사는 두 사람에게 물건을 좀 보고 있으라고 말한 뒤 지영과 함께 매장에서 빠져나갔다.

"저희끼리 볼게요. 볼일 보셔도 돼요."

"알겠습니다."

직원이 다른 손님에게로 가고 멀어지자 두 사람은 사람이 없는 구석으로 자리를 옮겼다. 승연은 앞에 있는 넥타이를 보며 손가락으로 슥 훑었다.

"우리 엄마 원래 저러는 거 알지?"

윤성은 말없이 그녀가 손으로 훑고 있는 넥타이를 보고 있었다.

"두 사람 데이트 방해하려는 생각은 없었어. 지영이도 우연히 만난 거고."

"변명 안 해도 돼."

냉정한 말투에 승연은 그저 고개만 끄덕였다. 굳이 오늘 같은 날 윤성과 언성을 높이고 싶지 않았다. 상견례 끝나자마자 지영에게 가보라는 말이 목구멍까지 차고 올라왔지만 그건 나중에 해야 될 것 같았다.

승연은 코발트블루 색의 넥타이를 꺼내 들며 조명에 비춰보았다. 거울을 보며 자신의 얼굴에 가져다 대봤지만 역시 남성 전유물이라 그런지 그림이 그려지지가 않았다. 몸을 살짝 틀자 윤성이 바지 한쪽에 손을 꽂아 넣은 채 삐딱하게 서 있다. 승연은 생각할 것도 없이 그의 목으로 넥타이를 가져다 대었다. 어두운 남색 톤의 클래식 슈트를 입고 있어서 그런지 이 넥타이가 무척이나 잘 어울렸다.

"넥타이 많아."

"뭐?"

"나한테 줄 거 아니었나?"

"생일 선물 받으려고 생각했던 거야?"

"그 녀석 것이었군."

이제야 눈치챈 모양이다. 무리한 부탁을 한 것 같아 미안해서 하나 사주어야겠다고 생각했다. 쇼핑하는 것을 워낙 귀찮아하는 모양인지 아니면 아직도 아끼는 게 몸에 밴 모양인지 승연은 시흔이 하고 다니는 넥타이를 딱 두 개밖에 보지 못했다. 언제 어느 때나 맬 수 있는 검정색과 누군가에게 선물 받았다는 은은한 보랏빛의 넥타이. 마음 같아서는 슈트 한 벌 해주고 싶었지만 그러려면 시흔을 데리고 와 직접 입혀봐야 할 것 같았다.

"어머, 두 사람 정말 잘 어울린다."

벌써 지영을 배웅하고 온 모양인지 어느새 윤 여사가 가까이 다가와 두 사람을 보며 손을 앞으로 끌어 모으고 있다. 나이 쉰이 넘어서도 여전히 소녀 감성을 가지고 있는 윤 여사를 보면서 귀엽다고 생각했는데 오늘은 부담스럽기 그지없었다.

"저 사줄 거 아닌가 봐요."

승연의 얼굴이 굳었다. 이번엔 생일 선물을 받지 못할까 봐 심통을 부리는 것일까? 곧 그녀의 팔뚝으로 윤 여사의 손바닥이 찾아들었다.

"누구 주려고 이렇게 고르고 있어?"

"시흔이."

"참, 시흔이 아빠 회사 들어오기로 했다며?"

역시나 사이좋은 부부다. 신 사장은 퇴근하고 들어오면 꼭 윤 여사와 식탁에 마주 앉아 회사에서 있었던 일을, 즉 하루 종일 있었던 일을 차례차례 보고하고는 했다. 두 사람은 그것을 부부의 사랑 시간이라고 부르곤 했다. 승묵과 승진은 부모님의 닭살 행각을 의외로 좋아했고, 승연은 고개를 흔들곤 했다.

"시흔이도 고마운 게 많아. 그럼 엄마가 시흔이 넥타이 사줄게."

"엄마, 오늘 너무 무리하는 거 아니야?"

"그렇지 않아도 아빠 깜짝깜짝 놀라겠다. 문자 오는 거 보고."

굳이 이야기하자면 윤 여사는 전업주부로 분류되었고, 신용카드는 모두 신 사장의 이름으로 되어 있다. 그리고 신 사장은 윤 여사가 무엇을 샀는지 궁금한지 문자가 들어오면 뭘 샀느냐고 물어오기도 했다. 그런데 오늘은 윤 여사의 핸드폰이 잠잠한 것을 보니 신 사장이 바쁘거나 엄청난 액수를 보고 차마 말을 하지 못하는 것일지도 몰랐다.

"내일 윤성이 생일인데 너 빨리 선물 좀 골라봐. 엄마는 가방 좀 보고 있을게."

결국 그녀의 손에 들고 있던 넥타이는 윤 여사의 손으로 넘어갔다. 윤 여사는 두 사람을 방해 말라는 듯 직원을 끼고 바로 가방이 디스플레이되어 있는 쪽으로 걸어갔다. 승연은 어떻게든 빨리 이곳에서 벗어나고 싶었지만 이미 늦었다는 것을 깨닫고 주변을 둘러보기 시작했다.

"넌 필요한 거 없을 거 아니야."

"대충 사."

그 말에 승연이 그를 올려다보았다. 심드렁한 표정이 모든 것을 대변해 주고 있었다.

"화장실이라도 가는 척하고 전화 좀 걸어보든가."

"너 머리 좋구나?"

윤성이 씩 웃곤 그녀의 머리를 한 번 쓰다듬고 매장을 벗어났다. 오늘 무려 두 시간 동안 세팅한 머리카락을 망가뜨리다니. 하지만 한 번씩 이런 식으로 부드럽게 미소를 보여주고 따뜻한 손길로 쓰다듬어 주면 마음이 약해지고 만다. 꼭 사람이 마음을 잡아보려 노력하면 이런 식으로 흔들곤 한다.

"어디 갔니?"

"화장실."

윤성이 자리를 비우자마자 윤 여사가 순식간에 가까이 다가왔다. 승연은 윤 여사의 옆에 웃으며 서 있는 직원을 향해 말했다.

"이 시계 포장 좀 해주실래요?"

유리 케이스 안에서 반짝이고 있는 시계를 대충 손으로 훑으며 말했다. 어차피 윤성이 손목에 차고 있는 시계는 거의 고급 자동차나 아파트 한 채를 능가하는 것이다. 이깟 몇 백 짜리 시계는 받자마자 고스란히 서랍 속으로 들어가게 될 것이다. 차라리 선물을 하지 않는 게 나았다. 이런 식으로 자꾸 마음이 흔들리는 것은 곤란했다.

"윤성이 앞에서 그럴래?"

"뭘?"

"너 이제 결혼할 애야. 그런데 다른 남자 챙기는 거 보면 기분이 좋겠니?"

"다른 남자? 엄마, 시흔인 친구야."

"얘 좀 봐. 남자가 얼마나 단순한 줄 아니? 얘가 정말 뭘 몰라도 이렇게 몰라. 다 이해해 주는 윤성이한테 고맙다고 해야겠구나."

지금 이 상황을 만든 게 윤성인데 고맙다고 해야겠다니. 승연은 절로 한숨이 흘러나왔지만 윤 여사의 잔소리를 피하기 위해 참을 수밖에 없었다.

그녀가 고른 시계와 윤 여사가 고른 가방 포장이 끝났을 때 윤성이 매장 안으로 들어섰다. 옷에 맞게 윤 여사가 골라준 클러치백은 이미 그녀의 손에 들어와 있었다.

"회사에서 전화가 와서요. 좀 늦었습니다."

이제는 알아서 변명까지. 머리가 좋아서 응용력도 좋다. 시간이 꽤 흘러 윤 여사가 걱정하던 참에 알아서 문제 해결을 해준다. 예전엔 눈치라고는 싸 먹으려고 해도 없더니 역시 남자가 연애를 하면 변하는 모양이다. 승연은 무심한 얼굴로 그를 향해 작은 백 하나를 내밀었다.

"선물."

그는 가타부타 말도 없이 유리 케이스 위에 그것을 올려두고 포장지를 풀고 있었다. 방금 전까지만 해도 앞에 있는 직원이 정성스레 포장을 하고 있었는데 그 성의를 무시하기라도 하듯 북북 찢어내듯 벗겨내고 있었다. 그러고 이내 상자를 열고 내용물을 확인하더니 그녀를 보고 픽 웃었다.

"마음에 안 들어?"

그녀의 말엔 대답하지 않고 윤성이 바로 왼쪽 팔을 들어 차고 있던 시계를 풀어 미련 없이 주머니에 넣었다. 그러곤 그녀가 방금 전 고른 시계를 손목에 차더니 만족한 듯 직원을 향해 말했다.

"손목에 맞춰주시겠습니까?"

윤성의 말에 직원이 바로 사이즈를 확인하기 시작했다. 역시 윤 여사 옆에서 쇼맨십을 보여주는 윤성은 그것이 능숙해 보였다. 윤 여사는 어떻게 이렇게 자상할 수 있느냐며 이미 윤성에게 반쯤은 넘어가 있었다. 아니, 처음부터 윤성을 좋아했으니 이건 그냥 플러스가 된 일 중 하나일지도 모른다.

백화점을 나서자 이미 약속 시각에 가까워져 있었다. 윤 여사는 마구잡이로 승연을 윤성의 차에 태웠다. 잠깐이라도 두 사람이 함께 시간을 보내라는 윤 여사의 배려였으나 승연에겐 버겁고 불편할 뿐이었다.

윤성의 옆자리에 앉아 승연은 창밖만 바라보았다. 그때 윤성의 얼굴이 가까이 다가오자 승연이 질겁하며 몸을 뒤로 움츠렸다. 하지만 시트 때문에 거의 움직일 수가 없었다. 달칵 하는 소리와 함께 안전벨트가 잠겼다.

"뭐가 그렇게 불만이야?"

윤성의 말에 승연의 고개가 그대로 왼쪽으로 돌아갔다. 정면을 바라보고 운전하느라 윤성의 날카로운 옆모습만 볼 수 있었다.

"내가 뭘?"

"계속 딱딱하게 굴잖아. 가서도 그럴 생각이야?"

"요즘 좀 예민해서 그래."

그래, 그녀는 예민했다. 그녀는 이렇게까지 신경을 곤두세우고 있는데 상황을 이렇게까지 만든 윤성은 너무나 아무렇지도 않아 보여 자꾸 마음이 꼬이는 것인지도 몰랐다. 왜 그녀가 지영의 눈치를 이렇게까지 봐야 하는지 속이 답답해 하루에도 몇 번이라도 소리를 지르고 싶은 것을 참아내고 있다.

"내일 사람 보낼게."

"뭐?"

"오피스텔로. 그림 가져오고 싶어서."

"아직 다 안 말랐어."

"그 정도면 이제 사무실에서 말려도 돼."

승연이 인상을 찌푸렸다. 그림의 주인이 아직 완성되지 않았다는데 윤성은 왜 이렇게 급하게 구는 걸까.

"좋아서 그래."

"뭐?"

심장이 쿵 내려앉았다.

"신승연 그림을 내가 좋아해서 그런다고."

"영광이야."

"진심이야."

"나도 진심이야. 내 그림 좋아해 주는 사람이 있다는 건 좋은 일이니까. 하지만 내 그림 가지고 장난질은 하지 말아줬음 좋겠어."

승연도 잘 알고 있다. 사들인 그림 가격을 터무니없이 올려서 자식들에게 증여세를 줄여주는 사람들은 그녀의 주변에도 여러 명 있었다.

"난 약속하지만 다른 사람들 눈에 더 띌지도 모르지. 난 좀 더 싼 가격에 신승연 그림을 사는 거고."

"이미 값이 너무 뛰어올랐어."

그가 사주기로 한 차는 그저 오기로 말한 것뿐이다. 정말로 사 줄 거라고는 생각도 못 했다. 정말 가지고 싶은 건 그깟 차가 아니었다. 하지만 갖고 싶은 것을 말할 수는 없었다.

"예전부터 궁금한 게 있었는데."

신호에 차가 멈췄다. 승연은 물끄러미 윤성을 바라보았다. 윤성이 핸들에서 손을 떼고 팔짱을 끼며 그녀를 돌아보았다.

"너희 어머니, 너, 가끔 가다 보면 지영이에게 과하게 잘해준단 느낌이 드는데."

지영이 이미 윤성에게 말을 한 줄 알았다. 하긴, 윤성이 모르는 것도 당연했다. 지선의 죽음은 윤성이 해외지사로 발령이 나 있을 때 발생했기 때문이다.

"나한텐 단 하나 있는 여자친구잖아."

아직도 지선을 떠올리는 것만으로도 아프다. 그래서 윤성에겐 그저 가볍게 대답했다. 그 문제에 대해선 입을 열고 싶지 않았다. 하지만 윤성은 의구심 가득한 눈으로 그녀를 계속 바라보고 있었다.

"이유가 단순한데?"

"나 어려서부터 여자애들에겐 왕따였어."

"대신 남자애들에겐 공주님이었지."

저 공주님 소리는 그만 듣고 싶다. 특히 윤성에게 공주님이란 소리 듣는 것은 딱 질색이다. 윤성의 말대로 그녀가 세상 물정 모르는 그런 아가씨로 자랐다는 것을 스스로 잘 알고 있기 때문이다. 그건 그녀에게는 콤플렉스와도 같은 것이었다. 정말 그녀는 지영을 만나기 전까지는 여자애들의 심리를 모르는 눈치 없는 애였으니까.

그녀의 기분이 나쁜 것을 알아챈 건지 윤성이 픽 소리를 내어 웃으며 다시 핸들을 잡고 차를 출발시켰다. 윤성의 왼쪽 손목에 채워진 시계의 알이 빛을 받아 반짝거렸다.

"쇼 타임 좋더라?"

"뭐?"

"시계."

"마음에 들어서 찼어. 아니었으면 안 찼을 거야."

저런 식으로 마음을 건드는 말을 윤성은 정말 아무렇지도 않게 한다. 이쯤 되면 그녀의 마음을 정말 알고 있는 게 아닌지 착각하게 된다. 하지만 절대 그럴 리가 없다는 건 그녀 자신이 제일 잘 알고 있었다.

"뒷좌석 봐."

윤성의 말에 고개를 돌렸다. 뒷좌석엔 상자 하나가 얌전히 놓여 있었다. 승연은 벨트를 풀고 몸을 돌려 상자를 앞으로 가져왔다. 그리고 이게 뭐냐는 듯 윤성을 바라보았다.

"너 발 불편해 보이더라."

그래, 그러고 보니 발이 아팠다. 윤 여사에게 말을 해야겠다고 생각했는데 지영과 윤성을 만나는 바람에 잊고 있었다.

"어떻게 알았어?"

"자꾸 발 한쪽을 들어서 앞을 툭툭 차는데 그거 불편해서 그런 거 아닌가?"

"언제…… 아, 화장실 간다고 하고 샀구나?"

윤성이 가볍게 고개를 끄덕였다. 상자를 열자 그 안엔 베이지색의 에나멜 소재의 플랫슈즈가 들어 있었다. 이걸 신으면 윤 여사는 옷, 가방과 맞지 않는다며 인상을 찌푸릴 것이다. 하지만 윤성이 사줬다고 한다면 바로 안면을 바꿀 것이다. 가끔씩 윤성은 이런 사소한 것에 눈치가 빨랐다.

"내 사이즈 알아?"

"그걸 어떻게 알아. 그 백화점 자회사야. 고객 정보쯤은 가지고 있지."

하긴, 그런 세심한 것까지 윤성이 알 리가 없다. 하지만 그녀는 오늘 다시 한 번 또 감동을 받았고, 이걸로 인해 그와의 결혼 생활을 더 참고 해나갈 수 있을 것이다. 오늘 윤성의 이 배려가 상견례 자리를 무사히 지켜냈다.

"지영이 앞에서 기 죽은 얼굴 하지 마."

승연의 눈이 커졌다. 잘 숨기고 있다고 생각했는데 그게 윤성의 눈에 보인 모양이다.

"네 잘못은 하나도 없으니까."

오늘 그녀의 심장이 얼마나 너덜너덜해져야 하는 걸까? 짝사랑이라는 건 원래 하루에도 수십 번을 기쁘고 수십 번을 아파한다고 하는 것이라고 누군가가 말했다. 이런 작은 배려에도 눈물이 날 만큼 기쁘다. 하지만 또 그만큼 가슴이 아프다. 더 이상 기대를 하고 싶지 않아 마음을 다잡아보려 해도 그는 너무도 쉽고 간편한 말로 그녀의 가슴을 다시 부풀게 만든다. 그건 그저 꿈일 뿐이라는 것을 잘 알고 있지만 이 정도쯤은 혼자 누릴 수 있지 않을까 이기적인 생각을 하게 만든다.

언젠가 한번 우리가 뒤바뀌게 된다면 얼마나 좋을까 하고 생각한 적이 있다. 그렇게 될 일이 없다는 것을 누구보다 더 잘 알고 있으면서도 그런 생각을 했다. 얼마나 간절했으면 꿈까지 꾸었는데 그녀는 꿈에서 윤성이 되었다. 하지만 역시 달라지지 않았다. 꿈에서 윤성이 된 그녀는 자신이 된 윤성을 혼자 짝사랑하고 있었으니까. 현실도 꿈도 괴로워 그만두고 싶은 적이 한두 번이 아니다. 비록 이렇게 놓지 못하고 허울뿐인 부부라도 한 번 되어보고 싶어 말도 안 되는 손을 잡고 있지만.

"내 친구가 기죽는 거 별로 달갑지 않아."

그래, 괜히 가슴이 부풀어 올랐다. 그에게 있어 그녀는 친구 이상이 될 수 없는 사람인데 말이다. 그것을 누구보다 잘 알고 있으면서 왜 자꾸 헛된 꿈을 꾸는 것일까. 사람의 마음을 마음대로 조종할 수 있다면 얼마나 좋을까. 윤성을 사랑하면 사랑할수록 말도 안 되는 망상은 점점 커져 갔다. 이젠 대체 왜 사랑하고 있는지도 모를 지경이니까.

"내가 친구이긴 했니?"

"늘 생각하는데, 신승연은 내가 별로인가 봐?"

마음을 숨기기 위해 방어막을 치고 있는 것뿐이다. 사실은 좋아 죽겠으면서, 가지고 싶어 미칠 것 같으면서 그저 친구인 척 남아 있는 것이다. 정말 싫으면 친구로도 남아 있지 않을 것이다. 아마 아예 없는 사람 취급을 했겠지. 한 번도 만난 적 없는 사람처럼.

"요즘 왜 그래?"

"뭘?"

"내가 결혼 이야기 꺼낸 뒤부터 계속 기분 저조하잖아."

"별일이네. 최윤성이 남의 눈치를 다 볼 때가 있고."

"나 지금 너에게 잘 보여야 할 입장이잖아. 적어도 내가 엎드려야 할 때는 아주 잘 알고 있지."

문득 지영이 더 부러워진다. 그녀가 가지고 싶은 남자에게 사랑을 받는다는 건 어떤 느낌일까? 모든 것이 만족스럽고 충만해질까? 따로 관리를 받고 있는 것도 아닐 텐데 요즘 지영의 얼굴을 보면 윤이 난다. 그건 사랑을 받고 있어서라고 잘 알고 있지만 한 번씩 이기적인 마음은 인정하지 않으려 들 때가 있었다.

피부에 신경 써야 한다며 윤 여사는 어릴 때부터 그녀를 이끌고 다녔다. 유학을 가고 나서는 벗어날 수 있었지만 다시 돌아와서는 승진이 같은 피부과 의사와 결혼하는 바람에 반 강제적으로 가야 했다. 둘째 올케인 연희는 언제든 오라고 했지만 원래 가족끼리 더 조심해야 하는 법이기도 하고 귀찮아 거의 가지 않으려고 했다. 마음 좋은 연희는 일주일에 한 번씩 꼭 전화를 해서 왜 오지 않느냐고 했고, 결국 윤 여사의 호출로 한 달에 한 번은 갈 수밖에 없었다. 워낙 타고난 피부가 좋으니 한 달에 한 번 정도만 받아도 좋다는 연희의 말에 윤 여사가 결국 항복했다. 나이 더 들고 주름 생긴 뒤에 후회하지 말란 악담을 하면서.

"속 보이는 짓은 그만하지? 심통 부리기 전에."

"심통?"

"원래 하던 대로 해. 나도 그게 편해."

"그럼 신승연도 원래 하던 대로 해야지. 괜히 지영이 상처받을까 봐 그렇게 굴 필요 없단 소리야."

그의 말 뒤에 '내가 위로해 주면 된다'는 말이 빠져 있었지만 승연은 충분히 알아들을 수 있었다.

최 회장이 보는 눈도 많고 번잡하니 상견례를 자신의 집에서 하면 어떻겠냐고 권유해 신 사장과 윤 여사는 그 말에 동의했다.

윤성의 집을 한 달에 한 번 꼴로 다녔으니 적게 온 편은 아니다. 하지만 오늘은 윤성의 집 거대한 담벼락이 왜 이렇게 높아 보이는지, 마치 감옥같이 보였다. 한번 발을 들이면 다신 나올 수 없는.

차에서 내려 들어갈 생각도 않고 담벼락을 올려다보던 승연은 옆에서 느껴지는 시선에 고개를 돌렸다. 윤성이 한쪽 입매만 올린 채 웃고 있다.

"겁나?"

"아무래도 속이는 거니까."

"3년간은 진짜라고 생각해. 그게 속 편할 거야."

승연은 두 주먹을 꽉 쥐었다. 잘 정돈된 손톱이 손바닥을 파고 들고 아픔이 느껴질 때쯤에야 힘을 풀었다. 윤성이 먼저 두껍고 커다란 철문을 열고 안으로 들어섰다. 지금 여기서 뒤돌아 버린다면 윤성은 어떤 표정을 지을까. 막 대리석 계단을 올라가던 윤성이 걸음을 멈추고 뒤를 돌아보았다.

"도망가려고?"

뒤로 주춤하던 것을 본 것일까? 승연은 애써 아무렇지 않은 척 고개를 빳빳이 들고 윤성의 집 안으로 발걸음을 들여놓았다. 뒤로 쿵 소리와 함께 문이 닫히고, 그녀는 이제 벗어날 수 없는 늪에 발을 들이고야 말았다.

말이 상견례지 두 식구가 자주 모여 식사를 하던 것과 별반 다를 게 없었다. 평소와 다른 게 있다면 그녀의 온 집안 식구들이 총출동을 했다는 것이었다. 승묵은 최 회장, 신 사장과 가벼운 사업 이야기를 하고 있고 승진은 만삭인 연희를 챙기느라 정신이 없었다.

"사업 이야기는 그만 좀 해요. 신혼집은 어디로 잡는 게 좋겠니? 그래도 역시 젊은 애들이니까 아파트가 낫겠지?"

홍 여사는 윤성에게 이야기를 듣자마자 비서를 시켜 아파트를 알아본 모양이다. 책자를 보며 즐거워하는 홍 여사와 윤 여사를 보며 승연은 저도 모르게 웃고 말았다. 언젠가부터 서로 사돈이 되었으면 얼마나 좋겠냐고 두 사람은 은연중 승연과 윤성에게 눈치를 주곤 했다. 이 결혼이 진짜였으면 좋겠지만 3년간의 시한부일 뿐이다.

"새벽에 스님께 다녀왔는데 설 넘기면 좋지 않다고 해서 12일로 잡았는데, 괜찮지?"

그 말에 승연의 얼굴에서 웃음이 사라졌다. 당장 이번 달이 아니니 다음 달 12일일 것이다. 승연의 눈이 저도 모르게 윤성에게로 향했다. 하지만 윤성은 별다른 반응을 보이지 않고 있었다.

"너무 일러서 승연이가 좀 당혹스러운 모양이구나?"

"한 달도 채 안 남았고, 너무 급한 것 같아서요."

"어차피 한 식구 될 거, 미룰 거 뭐 있니? 부모님도 괜찮다고 하시니까. 그리고 승연이 넌 아무것도 신경 안 써도 돼. 그냥 피부 잘 관리하고 드레스만 고르면 되니까."

"네."

왠지 모르게 꼭두각시가 된 느낌이다. 어차피 결혼이라는 것을 크게 생각해 본 적이 없고 따로 환상이 있는 것도 아니었다. 하지만 자신의 손으로는 무엇 하나도 고를 수 없단 생각이 들자 왠지 우울해지는 느낌이 들었다. 보통 예비부부들처럼 윤성과 함께 다니며 무엇인가를 고를 수 있을 거라고 생각했던 건 아니다. 다만 조금 더 여유를 두면 좋지 않을까 생각했다.

아니, 홍 여사가 날을 잘 잡은 것인지도 모른다. 스스로에겐 겨울신부가 잘 어울렸다. 봄의 화사함 같은 건 어울리지 않으니까. 어차피 이 결혼 기간은 3년뿐이다. 마음껏 윤성의 얼굴을 볼 수 있는 것도 그 시간뿐이니 최선을 다해 즐겨야겠다는 마음이 들었다. 계속 이렇게 혼자 속을 끓고 아파하고 있는 건 너무나 아까웠다.

"가구까지 다 골라주실 거죠?"

"아줌마가 골라도 되겠니?"

"전 잘 모르잖아요. 무조건 어머님께서 해주시는 걸로 할게요."

홍 여사의 얼굴에 진심으로 즐거워하는 웃음꽃이 폈다. 딸이 없어 늘 그녀를 딸처럼 여겨주고 챙겨주었다. 홍 여사는 말하지 않아도 정말 딸이 시집가는 것처럼 꼼꼼하고 세세히 챙겨줄 것이다. 어차피 모두 다 놔두고 떠나야 할 거라면 자신의 손으로 고르지 않는 게 나았다. 조금이라도 스스로에게 숨 쉴 구멍은 남겨놓고 싶었다.

그때 윤성과 눈이 마주쳤다. 그가 가볍게 한쪽 눈을 감으며 윙크를 했다. 그건 그녀의 어른들을 향한 애교 연기가 꽤 좋다는 칭찬이었다. 승연이 한쪽 어깨를 슬쩍 들어 올리며 별거 아니라는 투로 웃었다.

"두 분, 그렇게 좋으시면서 어떻게 숨기셨어요?"

연희가 그런 두 사람의 사인을 본 모양이다. 두 사람에겐 그저 사인일 뿐이지만 남들 눈엔 사이좋은 예비부부로 보인 모양이니 다행이라고 생각해야 할지도 몰랐다.

"저희 어머니, 이렇게 호들갑 떠시는 거 안 보이세요? 사귄 지 얼마 되지도 않아 말했다가 잘못되면 그거 어떻게 책임집니까?"

윤성이 슬쩍 웃으며 연희에게 말했다. 홍 여사는 '얘는' 이라며 윤성을 향해 싫지 않은 핀잔을 주었다. 그녀만 연기를 잘한다고 생각했는데 오늘 보니 윤성도 꽤나 훌륭한 연기자가 될 듯싶었다.

"윤성이 방에 책자 좀 가져다놨으니 가서 신혼여행지 좀 골라볼래? 결혼반지 디자인도 좀 보고."

"그래, 올라가서 보고 있어. 너희 두 사람도 이야기할 게 많을 텐데."

"올라가서 좀 보고 있을게요."

어른들은 빨리 두 사람이 함께 있는 모습을 보고 싶은 모양이었다. 윤성이 먼저 자리에서 일어나 그녀를 바라보았다. 이런 상황이 민망하지도 않은 건지 그는 유유자적하게 얼굴에 미소까지 지으며 승연에게 손을 내밀었다. 승연은 씩 웃으며 그가 내민 손을 잡고 자리에서 일어났다. 홍 여사는 두 사람의 모습을 보며 흐뭇하게 말했다.

"저렇게 잘 어울리는데 그동안 뭘 했나 몰라. 좀 빨리 결혼했으면 벌써 손주도 안아봤을 텐데. 안 그래요, 여보?"

"그러게 말이오."

뒤통수로 느껴지는 사람들의 시선에 피부가 따끔거리며 아파오는 것 같았다. 꼭 운동을 한 다음날처럼 다리가 무거워 제대로 걷고 있는지조차 알 수가 없었다. 2층으로 올라와 사람들의 모습이 완전히 보이지 않게 되었을 때 승연은 자신이 숨도 쉬지 않고 있었다는 사실을 깨달았다.

"아파."

갑작스러운 윤성의 말에 승연은 고개를 숙였다. 그의 손을 있는 힘껏 꽉 쥐고 있었던 모양이다. 승연이 서둘러 그의 손을 놓았다. 그의 손등에 그녀의 손톱자국이 진하게 박혀 있었다.

"미안."

"들어와."

윤성이 먼저 문을 열고 방 안으로 들어갔다. 한쪽 벽은 완전한 유리로 되어 있고 넓은 공간에 있는 거라곤 커다란 침대와 흔들의자, 그 옆에 책이 쌓인 작은 테이블뿐이었다. 이 집엔 자주 왔지만 윤성의 방에 들어온 건 처음이다. 고개를 돌리자 벽 한쪽엔 그의 가족사진과 유치원 졸업사진으로 보이는 액자가 나란히 걸려 있었다.

승연은 그 앞으로 걸어가 유치원 시절의 윤성을 보았다.

반듯한 이목구비가 그대로였다. 하나도 변함없이 그대로 큰 모양이다. 어릴 땐 잘 웃었는지 그는 가지런한 작은 이를 드러내며 웃고 있었다.

"변한 게 하나도 없네?"

"넌?"

"나? 많이 변했을걸."

"수술한 건 아니지?"

"너 나하고 열일곱 살 때부터 봐왔거든?"

"요즘은 중학생 때 이미 수술 다 한다고 해서."

그는 흔들의자에 앉더니 탁자 위의 여행 책자를 들춰보고 있다. 승연은 탁자에서 보석 책자를 들고 창가로 가 넓은 창틀에 앉아 정원을 보았다. 윤성의 집 정원은 그녀의 집보다 몇 배는 넓어 보였다. 벽 한쪽으로는 인공 폭포가 흐르고 그 밑으론 결코 작다고 말할 수 없는 연못이 있다. 나무가 빽빽이 들어차 있고, 잔디밭은 금빛으로 물들어 있었다.

"가까운 곳으로 가. 빌라 빌려서 거기에만 있어도 좋고."

그렇게까지 말했는데 윤성에게선 아무 말이 없었다. 왜 그러나 싶어 돌아보자 윤성은 미간을 찌푸린 채 책자를 뚫어지게 바라보고 있었다. 그래, 그는 지영과 함께 휴양지를 가고 싶을 것이다.

"지영이 그때 방학이니까 먼저 가서 기다리라고 하면 되잖아."

"연시흔도 부르게?"

여기서 왜 시흔을 걸고넘어지는 것일까. 하긴, 윤성은 지금 그녀가 시흔과 사귀고 있다고 착각하고 있었다. 그리고 승연 역시 그 착각을 일부러 깨줄 마음은 없었다.

"시흔인 바빠."

"지영이도 연수 있어."

"그럼 어쩔 수 없지, 뭐."

그와 외국에서 며칠을 잘 버틸 수 있을까.

"너희 별장으로 가, 그럼."

"어디?"

"제주도나 속초."

그 말에 책자에 시선을 두고 있던 윤성의 얼굴이 그녀를 향해 돌아왔다. 그녀가 국내를 말할 거라곤 윤성은 아예 상상도 못 한 표정이다.

"왜?"

"윤 여사님이 퍽이나 좋아하시겠다."

윤 여사는 보라보라섬이 좋았다면서 꼭 그곳으로 신혼여행을 가보라고 했다. 승묵도, 승진도 아무 의견을 내세우지 못하고 그곳으로 신혼여행을 다녀왔다. 하지만 승연까지 그곳을 갈 마음은 없었다.

"엄만 상관없어. 이건 내 신혼여행이니까."

"내 신혼여행이기도 하지."

윤성이 신혼여행에 의미를 둘 일은 없었다. 그것이 의아해 승연이 고개를 갸웃거리며 물었다.

"외국으로 나가고 싶단 말이야?"

"입사하자마자 정신없이 달려왔어. 그 정도 휴가쯤은 줘도 된다고 생각해. 우리 아버지도 그건 별말 안 하실 거고."

최 회장은 아들에게도 가차 없었다. 아니, 오히려 더 일을 부려먹는다고 윤성이 몇 번이나 투덜댔다. 한 달 동안 딱 한 번 쉬었다며 그거 노동청에 고발해야 하는 거 아니냐고 시흔에게 우스갯소리로 말한 적도 있었다.

"너희 회사에 낼 수 있는 휴일 말씀하실 거 아니야."

"사랑스러운 며느리가 오래 있고 싶다고 하면 충분히 허락하시겠지. 나 지금 그거 믿고 있는 거야."

그 말에 승연은 절로 웃음이 나왔다. 하지만 요즘 윤성의 얼굴이 정말 지쳐 보이기는 한다. 일이 워낙 바빠서 그런 거라고 생각하지만 그는 정말 잠이 필요하다는 얼굴이다. 전혀 볼 수 없던 눈밑의 그림자는 요즘 일이 아니라 역시 지영이 마음에 걸려 그런 것일까?

"신혼여행지는 그럼 네가 골라서 말씀드려. 결혼반지는 대충 내가 골라서 말씀드릴게. 좀 쉬어."

"내려가게?"

"나 오늘 하루 종일 엄마한테 끌려다녀서 피곤해. 집에 가서 좀 쉬고 싶어."

그때 윤성이 자리에서 일어나 창가로 다가왔다. 그러고 그녀와 같은 자세로 창틀에 마주 보며 앉아 다리를 뻗어 교차시켰다.

"신승연."

"왜?"

"사랑이라는 거, 뭐라고 생각해?"

승연의 얼굴이 굳었다. 윤성이 저런 것을 물어올 거라고는 전혀 상상을 하지 못했다. 언제나 늘 모든 것에 자신만만한 남자였다. 하지만 오늘 윤성은 어딘가 약해 보여 모성애를 자극하는 것 같기도 했다.

"내가 지금 옳은 길을 가고 있나 헷갈리기도 해. 지영이를 그렇게 울리면서 이렇게까지 해야 하나. 그냥 놔주는 게 옳은 건가."

"놓을 수는 있어?"

"생각 안 해봤는데?"

"그러면서 왜 쓸데없는 고민을 해? 괜히 힘 빠지게."

"그러는 넌?"

윤성이 물어왔다. 하지만 무슨 뜻이 담겨 있는지 몰라 승연은 그를 물끄러미 바라보았다.

"시흔이와 사귀면서 왜 내 제안 허락했어?"

"너와 비슷한 이유."

"비슷?"

"우리 아빠는 몰라도 엄마가 시흔일 허락하실 것 같아?"

분명 윤 여사는 소녀와 같은 감성을 가지고 있다. 착하고 순했지만 그것과는 별개였다. 웬만한 사윗감은 윤 여사의 눈에 차지 않을 것이다. 윤성이야 뭣 하나 빠지는 게 없고 예전부터 욕심을 내던 사윗감이니 윤 여사는 드디어 자식들의 결혼을 모두 성공시켰다고 기뻐하고 있었다.

윤 여사에게 만약 시흔을 인사시켰다면 어땠을까? 보지 않아도 알 수 있었다. 아마 머리를 싸매고 누웠을 것이다. 그녀의 친구로

서, 또 변호사로서의 시흔은 좋아했지만 사위로는 상상도 하지 못했을, 아니, 하지 않았을 테니까.

"하긴."

"그리고 이 계약으로 내가 얻는 게 더 많잖아?"

"그런가?"

"행실 안 좋은 딸 번듯한 집에 시집가 부모님 걱정 덜어줘, 나중에 이혼을 해도 받아줄 연시흔이 있어. 좋잖아."

마음에도 없는 소리가 너무나 자연스럽게 흘러나온다. 그 모든 거짓말을 추호도 의심하지 않고 윤성은 그저 고개를 끄덕이고 있었다. 그런 윤성을 보며 승연은 그저 웃을 수밖에 없었다. 그때 똑똑 소리와 함께 문이 열리며 홍 여사의 얼굴이 드러났다.

"내가 방해했니?"

"아니에요, 어머님. 들어오세요."

"괜찮아. 앉아 있어. 잠깐 이것 좀 주려고 들어온 거니까."

잠시 엉거주춤하던 승연은 자신이 원피스를 입고 있는 것을 깨닫고는 재빨리 다리를 창틀에서 내리며 오므렸다. 홍 여사는 그녀의 옆으로 앉아 보랏빛 벨벳 케이스를 열어 새끼손톱만 한 다이아몬드 반지를 꺼내 승연의 손가락에 끼워주었다. 그 반지는 거짓말처럼 그녀의 손에 꼭 맞았다.

"어머님."

"마음에 드니?"

"이렇게 큰 걸……."

"언젠가 내 며느리가 될 아이에게 주고 싶어서 사놨던 거야."

왠지 모를 가슴속의 울컥함이 버석 소리를 내며 움직였다. 승연의 눈에 눈물이 고이고 순식간에 볼을 타고 흘러내렸다. 홍 여사는 살며시 웃으며 그녀의 눈물을 다정히 닦아주고 따뜻하게 안아주었다.

"내 며느리가 되어주어서 고맙다, 승연아."

더는 울지 않기 위해 눈물을 참으며 고개만 끄덕였다. 그녀는 이런 것을 누릴 자격이 되지 않는다. 하지만 승연은 윤성과의 결혼 3년간 최선을 다해 최 회장과 홍 여사를 친부모처럼 여기자고 다짐했다. 이분들이 3년 뒤에 느끼실 상실감에 벌써부터 죄스러워졌다. 그때 윤성과 눈이 마주쳤다. 씁쓸한 얼굴로 웃고 있는 윤성 역시 그녀와 같은 생각을 하고 있음이 틀림없었다.

이제 더는 돌이킬 수 없었다.

4화 시작되다

상견례가 있던 날 승연은 긴장을 많이 해서인지 아니면 마음이 불편해서였는지 집에 돌아오자마자 고열로 인해 쓰러지고 말았다. 윤 여사는 요즘 그림 그린다고 무리해서 그런 거라며 투덜대면서도 밤새 그녀의 곁에 앉아 간호를 해주었다. 주치의가 와서 링거를 놔주고 스트레스 받지 말고 쉬면 금방 일어날 수 있을 거라고 했지만 승연은 무려 3일이나 끙끙 앓았다.

그 와중에 안 비서는 그녀의 작업실에서 그림을 가져갔고, 윤 여사는 약혼녀가 이렇게 아픈데 윤성은 와보지도 않는다며 승연에게 눈치를 주었다. 겨우 정신이 들어 핸드폰을 꺼내 들었을 때 승연이 픽 웃었다. 거짓말처럼 윤성에게 전화가 오고 있었기 때문이다.

"여보세요."

[아프다며?]

"안 비서님께 들었니? 오전에 그림 가져가신다고 전화 왔던데."

[그렇다고 넌 작업실 비밀번호를 멋대로 가르쳐 주면 어떡해?]

정말 더 이상 웃을 힘도 없는데 거짓말처럼 웃음이 흘러나왔다. 윤성이 회사에서도 그렇고 사적으로도 제일 믿고 있는 사람이 안 비서라는 건 그녀도 잘 알고 있다. 그런 사람이 지금 누구에게 훈계 중인 건지 어이가 없을 지경이었다.

"퇴근 후 시간 나면 좀 들러. 윤 여사님 자꾸 나 이상하게 쳐다봐."

[시간 봐서.]

그 말을 끝으로 통화가 뚝 끊겼다. 예나 지금이나 용건만 말하는 건 여전하다. 침대에서 일어나자 살짝 어지러웠지만 그렇다고 활동하지 못할 정도는 아니었다. 아니, 언제 아팠나 싶게 생생한 느낌이다.

우선은 좀 씻어야겠다. 그래야 정신이 완전히 돌아올 것 같으니까. 방 안쪽에 있는 샤워실로 들어가 땀으로 젖어 있는 옷을 벗어내고 샤워부스 안으로 들어서서 거울을 보았다. 링거만 맞았을 뿐 3일 내내 뭘 먹지 못했으니 얼굴이 해쓱해진 건 당연한 일이었다. 왠지 모르게 눈이 퀭해 보이는 게 그렇게 초라해 보일 수가 없었다.

차가운 물이 몸을 덮치자 이가 덜덜 떨려왔다. 하지만 아직 미세하게 남아 있는 열을 식혀주는 느낌이 들어 오히려 시원한 기분이 들기도 했다. 얼굴로 올라온 열을 식히고 샤워를 끝마쳤을 때 입을 옷을 챙기지 않았다는 것을 깨달았다.

바스타월로 대충 몸을 가리고 욕실에서 나왔다. 머리카락을 쓸어 올리며 화장대 옆 붙박이장을 열려고 하는데 침대 옆에 누군가가 서 있는 것이 보였다. 승연은 저도 모르게 헉 소리를 내고 말았다.

평소 침대에 커다란 인형들을 옆에 두고 자는 버릇이 있어 시트로 그것들을 덮어둔 게 문제였다. 윤성은 그녀가 누워 있는 줄 알고 허리를 숙여 시트를 막 걷으려는 찰나 헉 소리를 내는 승연 때문에 고개를 돌렸다.

"노크해도 대답이 없어서. 나가 있을게."

놀란 건 그녀뿐인 모양이다. 윤성은 심드렁한 얼굴로 그렇게 말하더니 이내 그녀를 지나쳐 방을 빠져나갔다. 잠시 멍하니 서 있던 승연은 화장대 거울에 비친 자신의 모습을 보았다.

머리카락에 남은 물기는 어깨로 뚝뚝 떨어지고 타월은 무게를 이기지 못해 살짝 흘러내려 가슴을 반이나 드러내고 있다. 서둘러 끌어 올렸지만 이미 윤성이 다 보고 나간 뒤였다.

승연은 화장대 위에 있는 손목시계를 보았다. 샤워를 한 시간은 겨우 20분 남짓이다. 그렇다면 이미 윤성이 이곳으로 오면서 전화를 한 것이라는 결론이 나온다. 이럴 줄 알았으면 씻지도 않았을 것이다. 아니, 씻지 않고 구질구질한 상태로 윤성을 보지 않는 것보단 이게 나으려나? 이런 그녀의 모습을 보고도 윤성은 아무 반응을 보이지 않았다. 그것을 다행이라고 해야 할지 속상하다고 해야 할지.

승연은 고개를 저으며 서둘러 속옷을 입고 평소 집에서 즐겨 입는 트레이닝복 세트를 꺼내 들었다. 너무 후줄근한 느낌인가 싶어 고개를 돌리자 지영이 선물로 사준 트레이닝복이 눈에 들어왔다.

보랏빛의 벨벳 트레이닝복이었는데 지영은 편해 보이지만 신경을 쓴 느낌이라며 그녀에게 선물해 주었다. 대체적으로 루즈한 타입을 좋아하는 승연은 몸에 딱 맞는 핏이라 선물을 받아두고서도 한 번도 입지 않았다. 지영이 선물한 것을 제일 처음 입고 윤성을 보다니. 승연은 고개를 저으면서도 바지를 입고 후드를 걸친 다음 지퍼를 끌어 올렸다.

지영의 말이 맞았다. 이건 편해 보이지만 예쁘게도 보이고 싶을 때 입는 여자들의 옷이었다. 대충 수분크림을 바르고 CC크림이라도 바를까 생각하던 승연은 이내 그것을 포기하고 방문 앞으로 가 문을 열었다.

윤성은 뒤로 돌아선 채 2층 거실에서 환히 보이는 뒤뜰을 보고 있었다. 그러고 보니 윤성이 그녀의 집에 와 2층까지 올라온 것도, 그녀의 방에 온 것도 처음이다.

"들어와."

괜히 윤성을 보기 민망해 승연은 살짝 머리를 쓸어 넘기며 바로 돌아서서 창문 옆 테이블 앞으로 걸어갔다. 그녀가 의자에 앉자 윤성이 이내 맞은편에 앉았다.

"아주머니가 바로 올라가 보라고 해서."

"우리 엄마 없었어?"

"외출하셨다는데?"

"안 올 것처럼 굴더니, 그래도 윤 여사님이 무섭긴 했나 봐?"

그 말에 윤성이 픽 웃으며 고개를 끄덕였다. 역시 윤성은 이 계획적인 결혼 생활에 오점을 남기고 싶어 하지 않는 게 틀림없었다.

"많이 아팠다며?"

"처음이야, 이렇게 아픈 건. 몸살이 좀 겹쳤나 봐."

"오전부터 내내 회의가 있어서 안 비서님께 듣자마자 전화한 거야."

"되도록 하루 한 번 정도는 연락해 줄래? 그래야 서로에게 무슨 일이 있는지 알 거 아니야."

승연이 팔을 뻗어 바로 앞에 있는 미니 냉장고에서 주스를 꺼내 들었다. 유기농 오렌지라며 윤 여사는 그녀의 냉장고에 늘 채워두었다. 평소 과일을 즐겨 먹지 않는 그녀에게 이렇게라도 먹여야겠다면서. 오늘은 이게 제법 괜찮은 것 같았다.

"마셔. 유기농이래."

"몸을 그렇게 끔찍하게 생각하면서 3일을 정신도 차리지 못할 정도로 아픈가?"

"그러게. 챙겨 먹는 것들이 다 소용없는 건지 어쩐 건지."

"오피스텔 가자마자 잊지 말고 비밀번호부터 바꿔. 그림 가지러 안 비서만 간 거 아니야."

윤성의 말이 맞았다. 요즘 핸드폰은 성능이 좋아서 그런지 상대의 목소리가 죄다 퍼져 나갔다. 그녀의 비밀번호도 그림을 가지러 간 사람들에게 들렸을지도 모른다. 어울리지 않게 윤성은 그런 부분에선 세심했다. 그는 어릴 때 외국 지사에 있던 최 회장 때문에 계속 외국에서 살았다. 열다섯 살이 되었을 때 미국으로 쫓겨나고 부모님은 한국으로 들어왔다. 그리고 그의 위치상 어릴 때 여러 번 납치를 당할 뻔한 적이 있다고 들었다. 그래서인지 안전에 대해서는 누구보다도 신경을 곤두세웠다.

"집은 내가 산 곳으로 가. 이 동네에서 한 시간 정도 떨어진 곳인데 괜찮지? 우리 어머니가 구해주시면 아무래도 그곳 경비원들까지 죄다 매수해서 우릴 스물네 시간 감시하실 것 같거든."

"아파트로?"

"아니, 주택. 예전에 지나가다 마음에 들어 사두었던 곳이야. 2층짜리 아담한 곳인데 마음에 안 들면 네가 다른 곳 구해도 되고."

윤성은 그곳에서 지영과 사는 꿈을 꾸었을 것이다. 왠지 주인이 있는데 그것을 무시하고 들어가는 느낌이 들지 않을까?

"결혼하기 전까지는 하루 세 번 연락할 거야. 어디에 누구와 있는지도 말해야 하니까 그렇게 알아. 이번엔 내가 갑작스러운 제주 출장 때문에 넘어갔지만 다음에 또 이런 일 발생하면 우리 어머니 눈치챌지도 모르니까."

홍 여사는 눈치가 무척이나 빠른 사람이다. 그래서 윤성이 어떻게 지영과 몰래 만나온 것인지 신기할 정도니까. 한 번씩은 승연이 좋은 알리바이가 되어주기도 했다. 어쨌거나 홍 여사는 지영을 상상도 하지 못하고 있었다. 그저 승연의 친한 친구 정도로만 알고 있으니까.

"나 좀 쉬고 싶은데."

"이번 주부터 바빠질 거야. 여기 오다 전화 받았는데 이번 주말에 웨딩촬영 잡혀 있다고 하니까."

남들 앞에서 두 사람은 가식적으로 웃으며 사진을 찍어야 한다. 그냥 간단하게 결혼이라는 것만 생각했지 세세한 것들은 염두에 두지도 않았다. 상상만으로도 벌써 숨이 턱 막혀오는 느낌이었다.

"가서 사진은 간단하게 찍자. 남들 앞에서 가식 떠는 거 오래 하고 싶지 않으니까."

막 자리에서 일어서던 윤성이 승연의 말에 다시 앉았다. 승연은 오렌지주스 절반을 비워내고 저도 모르게 인상을 찌푸렸다. 평소엔 무척이나 달다 느꼈는데 이제 막 이를 닦아서 그런지 지독하게 쓴맛이 느껴졌다. 그것도 아니면 몸이 아파 입맛 자체가 돌아오지 않아 그런 것인지도 몰랐다.

"계획이라고 하더라도 난 충실하게 해달라고 부탁했어."

그럴 수 있다고 믿었다. 하지만 그와 같이 있으면 있을수록 원하는 게 커질 텐데 욕심을 주체할 수가 있을까? 이렇게라도 해야 그나마 마음을 다잡을 수 있을 것 같았다.

"그러다 정이라도 들면 곤란하잖아. 만약 혹시라도 내가 널 좋아하게 되면 어떻게 하려고 그래?"

가슴이 뛰었다. 뒷말까지 하고 싶은 건 아니었다. 그저 그렇게 말하고 싶다는 생각만 한 것이 뇌를 배신하고 입 밖으로 튀어 나오고 말았다. 잠시 멍한 표정을 짓고 있던 윤성이 어이가 없다는 얼굴로 웃으며 고개를 저었다.

"신승연이 날?"

상상할 수도 없고, 혹시라도 그런 일이 생긴다면 바로 잘라 내버린다는 뜻이 담겨 있는 냉정한 말투였다. 예상 못 한 건 아니지만 생각보다 훨씬 더 씁쓸해서 승연은 저도 모르게 웃고 말았다.

"누구 하나 제대로 좋아해 본 적도 없잖아."

그녀를 무척이나 잘 알고 있다는 말투에 다시 웃음이 터져 나왔다. 하나도 모르는 주제에 하여간 아는 척은 잘도 한다.

"아, 연시흔은 다른가?"

"달라."

그건 자신 있게 말할 수 있었다. 시흔은 그녀가 감정을 숨기지 않아도 되는 유일한 사람이니까. 윤성과 지영에겐 절대 보여주지 못할 모습도 보여줄 수 있는 유일한 친구이다. 이 세상에 그렇게 믿을 수 있는 친구 한 명이 있다는 건 나름 성공한 인생이 아닐까? 쓸데없이 넓은 인맥이 좋은 건 아니라고 배웠으니 말이다.

"의외네. 신승연이 누굴 좋아하는 건 죽을 때까지 못 볼 줄 알았는데."

"뭐?"

"자기밖에 사랑하지 않잖아."

저렇게 말하고 있는 상대는 그녀의 감정을 전혀 모르고 있었다. 그러니 저렇게 자신만만하게 이야기하는 거겠지. 언젠간 저 얼굴이 그녀로 인해서 일그러질 수 있을까? 그 모습을 보게 된다면……. 아니, 있을 수 없는 일이다. 최윤성에게 신승연은 그저 있으나 없으나 그저 그런 친구일 뿐이니까.

"같이 내려가. 아무것도 못 먹었다며?"

"알아서 먹을게."

"죽 사왔어. 식기 전에 먹어."

윤성은 한 가지 목표를 세우면 절대 실수하지 않는 타입이다. 그는 현재 그녀의 약혼자 노릇을 완벽하게 해내고 있었다. 그는 이혼을 할 때까지 아마 실수는 하지 않을 것이다. 그런 그의 기대에 부응하려면 그녀 역시 정신을 차려야 했다. 언제까지 이런 바보 같은 감정에 질질 끌려다닐 수는 없었다. 어차피 이렇게 마음

먹은 거, 승연은 가슴 아픈 것은 집어치우고 차라리 즐기자고 마음먹었다.

결국 윤성을 따라 1층으로 내려온 승연은 그가 사온 전복죽을 남기지 않고 깨끗이 먹었다. 그는 그녀가 죽을 모두 비우는 것을 봐주었고, 추운데 나올 필요 없다며 다시 승연의 방으로 올라와 침대에 눕는 것을 보고 나갔다. 그가 완벽한 약혼녀를 원한다면 그렇게 움직여 줄 것이다.

윤 여사는 어제 윤성이 찾아와 보인 행동에 상당히 감동을 받은 모양이다. 포항댁이 무슨 말을 했는지는 모르지만 분명 윤성이 한 모든 행동을 하나도 빠짐없이 보고했을 것이다.

아침부터 어딜 나가냐며 승연은 윤 여사의 잔소리를 들어야 했다. 결혼식도 얼마 남지 않았고 아파서 받지 못한 피부 관리도 해야 한다고 했지만 승연은 몰래 집을 벗어났다. 마트로 향해 필요한 것들을 이것저것 골라 담은 뒤 바로 오피스텔로 향했다.

윤성의 말대로 바로 비밀번호를 바꾼 다음 완전히 안으로 들어섰을 때 승연은 왠지 모를 허탈감을 느꼈다. 몇 개월간 가운데 자리를 차지하고 있던 캔버스가 없어져 그런 것뿐이라며 스스로를 위로했다. 하지만 허탈함을 어쩌지 못하고 캔버스가 있던 자리의 의자에 앉아 멍하니 허공을 바라보았다.

인물은 그리지 않던 그녀가 처음으로 자신을 투영시켜 그린 그림이다. 가능하다면 혼자 두고 보고 싶던 그림이다. 그 그림의 어떤 점이 윤성의 마음에 들었기에 그렇게 비싼 값을 쳐주었는지 모르겠다. 그녀에겐 그저 바라보면 마음이 아프고 심연으로 가라앉는 느낌일 뿐이었는데.

어차피 이미 자신의 손을 떠나 버린 그림이다. 더 이상 생각하는 게 의미 없는. 자리를 털고 일어나 식탁으로 걸어간 승연은 장을 봐온 물건들을 정리하기 시작했다. 시흔은 생긴 것과 다르게 간식거리를 좋아하는 편이었다. 그래서 한 번씩 초코쿠키를 만들어주곤 했는데 그게 생각나 재료를 사왔다.

쿠키를 반죽하다 승연은 이틀 전이 윤성의 생일이었던 것을 깨달았다. 충분히 지영이 챙겨주었겠지만 그래도 이대로 넘어가는 게 마음에 걸렸다. 성의 없이 고른 시계를 선물로 주긴 했지만 왠지 이대로 넘어가기도 찝찝했다. 결국 승연은 싱크대 서랍에서 케이크 틀을 꺼내 들었다.

제빵에 관심이 많아 이것저것 관련 책들을 사서 보고 자주 만들어보곤 했다. 다행히 손으로 하는 것들에 재주가 있는 편이라 그녀가 만든 빵을 가족들은 좋아했다. 한 번씩 만들어주면 시흔과 지영도 맛있다는 말을 아끼지 않았다. 윤성은 분명 단것을 좋아한 것 같았는데 어느 순간부터는 먹질 않았다. 하지만 지금 있는 재료로 만들 수 있는 건 초콜릿이 들어간 케이크뿐이다. 할 수 없이 다크 초콜릿을 중탕해 만들 수밖에 없었다.

빵과 쿠키, 음식들을 만들기 시작하니 어느새 시간은 훅 지나가 벌써 7시에 가까워지고 있었다. 시흔이 언제쯤 올까 궁금해 가방을 뒤져 핸드폰을 꺼내 들었다.

부재중 전화가 다섯 통. 진동으로 해놓아서 전화가 온 것도 모르고 있었다. 최근 기록을 확인해 보니 모두 윤성에게서 걸려온 전화였다. 그러고 보니 어제 윤성이 하루 세 번 전화할 거라고 말한 게 떠올랐다. 잠시 갈팡질팡하던 손가락이 이내 움직였다. 단 두 번의 울림 끝에 윤성의 목소리가 들려왔다.

[왜 이리 통화가 안 돼? 또 아픈 거 아니야?]

"진동으로 해놔서 몰랐어."

[어딘데?]

"오피스텔."

[몸도 안 좋은데 벌써? 비밀번호는?]

역시 잊지 않고 그것부터 물어온다.

"바꿨어."

[당분간 그림은 좀 쉬지 그래?]

그 말엔 결혼식 때까지 아프면 곤란하다는 뜻이 들어 있었다. 그녀도 당분간은 쉴 생각이다. 하지만 사람들은 원래 청개구리 심보를 가지고 있는 법이다.

"해야 할 게 있어서."

아주 잠시 침묵이 이어졌다. 그건 윤성은 지금 이 상황이 마음에 들지 않는다는 뜻이었다.

[그래서 일어나자마자 오피스텔에 간 건가?]

"오늘은……."

그냥 사실대로 말하지 않는 편이 나으려나? 하지만 윤성은 그녀가 누구를 만나는지도 모조리 알아야겠다고 말했다.

"별일 없으면 오던지."

[무슨 일인데?]

"네 생일인데 그냥 넘어간 것도 그렇고 해서 케이크 만들었거든. 넌 별로 안 좋아할 것 같지만."

윤성은 잠시 말이 없었다. 그건 침묵과는 다른 의미였다. 그는 지금 잠시 스케줄을 보고 있을 수도 있고, 굳이 케이크를 받으러 와야 하나 고민하는 것일 수도 있다.

[지금 갈게.]

"요즘 바쁘지 않은가 봐?"

[곧 결혼이라고 하니 스케줄이 어느새 넉넉해졌어.]

"그럼 지……."

아니다. 지영은 그녀가 전화를 해서 부르는 게 낫겠다는 생각이 들었다.

[뭔데?]

"아냐, 천천히 오라고."

[그래.]

전화가 끊기자 승연은 서둘러 지영에게 전화를 걸었다. 잠시 후 토요일보다는 밝은 지영의 목소리가 들려왔다.

"지영아, 혹시 지금 시간 괜찮아?"

[무슨 일 있어?]

"아니, 오피스텔에 와서 같이 밥 먹을래? 시흔이도 오고 윤성이도 온다고 했거든."

[윤성 씨도?]

"걔 생일 그냥 넘어간 것도 좀 그렇고 해서 케이크 구웠거든."

[30분 정도 늦어도 괜찮을까? 나도 토요일 이후로 윤성 씨 못 만났거든.]

"아, 출장으로 제주도 다녀왔다더니 그래서 그랬나? 걔 좀 쓸쓸한 생일 보냈겠네?"

통화가 끊긴 건가? 갑자기 지영의 목소리가 들리지 않아 승연은 귀에서 핸드폰을 떼고 액정을 보았다. 하지만 통화 시간은 계속 흘러가고 있었다.

"여보세요? 지영아."

곧 흐느끼는 소리가 들려왔다. 어디에서 그녀가 실수한 것일까. 바로 앞에 있는 것도 아닌데 지영이 울고 있으니 속이 답답해져 왔다. 지영이 우는 건 이렇게 소리를 듣는 것뿐인데도 가슴이 아팠다.

[승연아, 나 마음을 다독이는데…… 자꾸 네가 미워지려고 그래.]

이해할 수 있다. 그래서 승연은 지독한 자기혐오에 빠지는 것 같았다. 이제 스스로에게 세뇌를 걸어야겠다. 최윤성은 좋아하면 안 되는 사람이라고. 더 이상 욕심을 내는 건 인간으로서 할 일이 아니라고.

지영과의 전화를 끊고 나서 그렇게 멍하니 앉아 있었다. '취사가 완료되었습니다' 라는 소리가 나지 않았더라면 아마 계속 그렇게 앉아 있었을 것이다. 자리에서 일어나 국을 끓인 냄비를 다시 데우기 위해 약하게 화력을 올리고 밥솥의 밥을 뒤집었다. 그때 초인종 소리가 울렸고, 승연은 앞치마에 대충 물기를 닦으며 인터폰을 보았다. 화면 속에 비친 건 시흔과 윤성이었다. 두 사람이 도착한 시간이 얼추 맞았던 모양이다.

현관 앞으로 걸어가 문을 열자 키가 큰 두 사람이 틈도 보이지 않게 앞을 가득 채우고 있다. 승연이 웃으며 뒤로 물러섰다.

"들어와. 오는 시간이 맞았던 모양이네?"

"두 사람 데이트에 내가 괜히 끼어든 건가?"

윤성이 마음에도 없는 말을 하며 먼저 안으로 들어왔다. 시흔은 픽 웃으며 승연에게 상자 하나를 건넸다.

"이게 뭐야?"

"맛있는 밥 주는데 그냥 올 수 있나? 너 좋아하는 와인."

시흔의 말에 상자를 살펴보자 크뤼그 1996년산 와인이었다. 승연이 짧게 휘파람을 불며 안으로 들어와 상자를 싱크대에 올려두고 꺼내놓은 접시에 만들어놓은 음식을 담기 시작했다. 시흔은 재킷을 벗고 어느새 손까지 씻은 뒤 팔을 걷어붙이며 자연스럽게 그녀를 돕기 시작했다.

"국그릇이 네 개야?"

"지영이도 오기로 했거든."

그렇게 말하며 승연이 슬쩍 고개를 돌려 윤성을 바라보았다. 윤성은 오피스텔 왼쪽에 걸어둔 그녀의 미완성인 그림들을 보고 있었다. 그것에 집중하느라 그녀의 말을 못 들은 모양이다.

"시흔이 너, 괜찮지?"

"뭐가?"

"뭐긴, 엑스였잖아."

그 말에 시흔이 픽 웃었다.

"언젯적 이야기를 하고 있는 거야. 그리고 사귄 것도 아니고 그냥 호감 정도에서 끝난 거라니까."

승연은 잠시 눈을 동그랗게 떴다. 그녀는 이제껏 두 사람이 사귄 것으로 알고 있었다. 하지만 시흔의 말을 들어보니 그게 아니었던 모양이다. 하긴, 지영도 시흔과 사귀고 있다고 똑바로 말해준 적이 없었다. 혼자 지레짐작했던 모양이다. 그만큼 두 사람이 같이 있을 때 잘 어울렸다.

"지영이 오기로 했다고?"

윤성이 식탁 앞에 앉으며 그녀가 사다 모은 미니어처들을 만지고 있었다. 승연은 네모난 접시를 내려놓으며 한숨을 내쉬었다.

"너희 싸웠어?"

"아니."

"생일날 만나지도 않았다며? 지영이 너 제주도 간 것도 모르고 있던데?"

"갑자기 출장 결정됐고, 가는 내내 회의였어. 제주도에선 잠도 못 자고 계속 회의했고. 전화할 시간이 없었어."

그럼 오늘이라도 했어야지 하는 말이 목구멍을 차고 올라왔다. 하지만 승연은 시흔의 앞에서 싸울 게 분명한 일을 보여주고 싶지 않아 뒤돌아서는 것으로 대신했다. 시흔은 어느새 국과 밥을 퍼 쟁반 위에 내려놓고 있었다.

"밥이 너무 적지 않아?"

"우리 사무실 여직원들은 밥 조금 먹던데. 늘 반 공기 정도만 먹더라고."

"그건 연 변호사님께 잘 보이고 싶어서 내숭 떠는 거지. 내가 언제 밥 남긴 적 있어? 난 많이 줘."

그 말에 시흔이 웃으며 밥그릇에 정말 머슴밥처럼 가득 펐다.

승연이 옆구리를 살짝 치자 장난이었다며 살짝 덜어냈다. 시흔이 밥과 국그릇을 다 나르고 승연은 냉장고에서 잘 굳힌 케이크를 꺼내 들었다. 케이크를 식탁 가운데에 두고 촛불이 없나 싱크대를 뒤졌다. 예전에 승묵이 결혼 3주년이라며 받았다는 케이크를 그녀에게 주었을 때 그 속에 들어 있던 3 자 모양의 커다란 초가 하나 나왔다.

"서른이니까 그냥 이거 꽂아도 되지?"

윤성이 고개를 살짝 끄덕였다. 얼굴이 굳어 있는 것을 보니 썩 마음에 들지 않는 모양이다.

"밑에 편의점 가서 초 좀 사올까?"

"됐어, 뭘 그렇게까지. 얻어먹는데 그냥 먹어야지. 뭐 해? 앉아."

지금 고자세를 취해야 할 사람은 그녀이다. 그런데 저도 모르게 윤성의 앞에서 고개를 숙이고 만다. 원래 좋아하는 쪽이 지는 거라는 것을 잘 알고 있다. 자연스럽게 시흔의 옆에 앉았을 때 초인종이 울렸다. 윤성이 자리에서 일어나 인터폰을 확인하고 버튼을 눌렀다.

"엘리베이터 타고 올라올 거니까 지영이 오면 초 켜."

여자친구는 끔찍이도 챙긴다 싶어 절로 웃음이 나왔다. 하지만 그게 씁쓸한 웃음이라는 것을 윤성은 보지 못했을 것이다. 이미 현관 앞으로 걸어가 지영이 오기를 기다리고 있었으니까.

"너 주려고 쿠키 굽다가 재 생일 깜빡하고 지나가서."

"얼굴이 왜 이래? 다이어트 했어?"

평소 시흔은 누군가의 헤어가 바뀌었다는가 하는 것을 잘 캐치하지 못하는 타입이다. 그런데 시흔이 이런 식의 반응을 보인다는 건 꽤나 해쓱해 보인다는 뜻이었다.

"그렇게 예뻐졌어?"

"아니, 해골 같아. 다이어트를 왜 해?"

"그런 거 아니야. 그냥 조금 아팠어."

"뭐?"

시흔의 목소리가 단번에 커졌다. 그때 초인종 소리가 울렸고, 두 사람은 자연스럽게 의자에서 일어났다. 곧 문이 열리는 소리와 함께 지영이 들어왔다. 윤성은 자연스럽게 지영의 어깨에 손을 올리며 식탁 앞으로 걸어왔다. 승연은 제일 먼저 지영의 얼굴을 살폈다. 통화할 때 그렇게 서럽게 울고 있었는데 화장을 꼼꼼하게 잘 고친 건지 거짓말처럼 울음기는 전혀 찾아볼 수 없었다.

"시흔이 오랜만이네?"

"잘 지냈지?"

두 사람이 가볍게 인사를 하고 자리에 앉았다. 지영은 곧 윤성의 품에 선물을 안겨주었다. 이렇게 앉아 있는 두 사람은 누가 보더라도 잘 어울려 보인다. 윤성은 지영을 향해 자연스럽게 웃고 있고 지영 역시 행복해 보인다.

"배고파. 빨리 불 끄고 밥 먹자."

승연의 말에 시흔이 웃으며 초에 불을 켜고 윤성을 보았다. 윤성은 물끄러미 케이크를 바라보고 있었다.

"유치하게 노래 불러달라는 건 아니지?"

입술을 삐죽이며 승연이 말하자 윤성은 픽 웃곤 살짝 고개를 숙여 촛불을 껐다.

"이럴 줄 알았으면 선물 좀 사올 걸 그랬네. 나만 못 해줬잖아."

"선물은 무슨, 어린애도 아니고."

윤성이 심드렁하게 말하며 지영이 건네준 선물을 풀고 있었다. 잠시 윤성의 얼굴의 난감한 빛이 스쳐 지나갔다. 왜 그런가 싶어 승연이 고개를 숙이자 그의 손엔 가죽 손목시계가 들어가 있는 상자가 들려 있었다. 잠시 윤성과 승연의 시선이 부딪쳤다. 승연은 어깨를 살짝 들어 올리며 케이크를 잘라내었다.

"윤성 씨가 평소 차고 다니는 것처럼 좋은 건 아니지만 고심해서 골랐어. 괜찮지?"

"어, 마음에 든다."

윤성이 손목에서 시계를 풀어내었다. 그녀가 사주었던 시계는 분명히 마음에 들지 않았을 것이다. 그래서 차고 있을 거란 기대도 하지 않았는데, 그 시계는 분명 그녀가 사주었던 것이다.

그녀가 사주었던 시계는 케이스 안으로 들어가고 지영이 사준 시계가 그의 손목에 걸쳐졌다. 이런 것 정도는 마음이 아프지도 않다. 아니, 어쩌면 이젠 계속 상처를 받았던 곳이 딱딱해진 건지도 모른다. 그래서 감각을 느낄 수 없는지도.

조용한 식사가 시작되었다. 주로 병아리처럼 이야기하는 건 지영이었고, 윤성과 시흔은 고개를 끄덕이며 이야기를 들어주고 있었다. 선생님이다 보니 지영에겐 늘 새로운 이야기가 흘러나왔다. 아이들을 정말 좋아해서 지영이 가르치고 있는 학생들은 그것을 잘 알고 더욱 그녀에게 잘해주었다. 그리고 지영의 생일이나 스승의 날에도 정성 들인 선물을 많이 주곤 했다.

"와인 마실까?"

승연의 말에 시흔이 먼저 일어섰다. 자연스럽게 오프너를 찾아 든 시흔이 코르크마개를 따기 시작하자 승연은 와인잔을 꺼내 식탁 위에 올려두었다. 시흔은 와인을 따르고 네 사람은 잔을 부딪친 뒤 와인을 입으로 가져갔다.

"향 좋다."

"괜찮아? 난 잘 몰라서 그냥 직원에게 골라달라고 했는데."

"무리한 거 아니야? 이거 빈티지 라인, 비쌀 텐데."

"이 정도쯤이야. 우리 공주님이 드실 건데."

승연이 시흔의 어깨를 툭 쳤다. 다정한 두 사람의 모습에 지영이 웃으며 말했다.

"시흔이 여기 자주 오나 봐?"

"둘 사귄대."

윤성의 말에 지영의 눈이 곧 튀어나올 것처럼 크게 부풀어 올랐다. 승연이 어색하게 웃자 시흔은 가볍게 그녀의 어깨에 팔을 둘렀다.

"잘 어울려?"

"언제부터?"

"그냥 자연스럽게?"

그 반응이 너무나 자연스러워 승연은 스스로도 정말 시흔과 사귀고 있는 게 아닌지 착각이 될 정도였다. 그렇게 생각하자 절로 웃음이 나왔다.

"그럼 승연이 너, 좋아한다고 한 남자가 시흔이었어?"

지영의 얼굴이 눈에 띄게 환해졌다. 어쩌면 지영은 그녀가 윤성을 좋아하고 있는 것을 눈치채지 않았을까? 아니, 어쩌면 의심을 하고 있었을지도 모르겠다. 자꾸 집요하게 그녀가 좋아하는 남자가 누구인지 묻곤 했으니까. 이렇게 지영을 안심시킬 수 있다면 다행이겠다 싶다.

"그렇게 됐어."

"잘 어울린다, 두 사람. 윤성 씨, 안 그래?"

윤성은 별 관심 없는 듯 고개를 끄덕이며 그녀가 잘라놓은 케이크를 뒤적이고 있었다. 뒤적여 봐도 자체가 달아 보이는지 윤성은 살짝 미간을 찌푸린 채 차마 먹을 생각을 하지 못하고 있었다.

"못 먹겠으면 안 먹어도 돼."

"와, 진짜 맛있다."

역시 단 걸 좋아하는 시흔의 입맛에는 잘 맞는 모양이다. 그래도 너무 달지 않게 다크 초콜릿을 이용했는데 윤성은 엄두도 내지 못하고 있는 게 틀림없었다.

"정말 맛있다. 그렇게 많이 달지도 않은데?"

"그래?"

지영의 말에 윤성이 반응을 보이며 케이크를 입에 넣었다. 별것도 아닌데 대체 왜 이렇게 긴장이 되는 걸까? 승연은 저도 모르게 젓가락을 쥔 손에 힘을 주었다. 하지만 이내 윤성이 인상을 찌푸리며 와인을 입으로 가져가자 손의 힘이 탁 풀렸다. 대체 뭘 기대하고 있었던 걸까.

"잡채도 맛있고."

"싸놨어. 갈 때 가져가 할아버님, 할머님 드리고, 반찬 몇 개도 사놨어. 할머니 병원에 계셔서 할아버님도 드시는 거 부실할 거 아니야."

"좋아하시겠다."

시흔이 부드럽게 웃으며 그녀의 머리를 가볍게 쓰다듬었다. 자신의 조부모님을 생각하는 그녀를 대견스러워하는 게 틀림없었다. 정말 시흔은 한 번씩 꼭 오빠처럼 굴곤 했다. 하긴, 어쩔 땐 승묵과 승진보다 훨씬 더 어른스럽다고 느끼곤 했으니까. 그때 정적을 깨는 벨소리가 울렸다. 그건 윤성의 핸드폰이었다.

"네, 어머니. 아뇨, 같이 있습니다. 잠시만요."

윤성이 핸드폰을 건네주었다. 승연은 저도 모르게 한숨을 내쉬며 핸드폰을 건네받았다. 모두의 시선이 그녀에게로 옮겨왔다.

"여보세요?"

[승연아, 전화가 안 되는구나. 몸은 괜찮니?]

"많이 좋아졌어요. 별로 아픈 것도 아니었는데 걱정하셨죠? 진동으로 해놓고 계속 몰랐나 봐요. 전화하셨어요?"

[다행이구나. 참, 네 엄마랑 오늘 가구 좀 골랐다. 윤성이 녀석이 이미 집까지 구해놓은 줄도 몰랐다는 거 아니니. 내일 오후쯤 윤성이하고 같이 가서 둘러봐. 마음에 들었으면 좋겠는데 어떨지 모르겠네.]

"어떤 분이 골라주신 건데 당연히 마음에 들겠죠. 고맙습니다."

[드레스는 신상으로 나온 거 네 엄마가 몇 개 골라놨으니까 웨딩촬영 전에 가서 좀 보고, 가봉하는 데 시간 좀 걸린다고 하니까.]

분명 드레스는 윤 여사가 골랐을 것이다. 무조건 신상으로 골라 올케들 결혼할 때도 입혔으니까. 그 누구도 입어보지 않은 것으로만 골랐고, 다행히 올케들은 드레스를 무척이나 마음에 들어

했다.

여자들은 웨딩드레스에 대한 로망이 있다며 다들 호들갑을 떠는데 정작 승연은 그런 데에 무심했다. 원래 패션에 별 관심이 있는 것도 아니고, 여성들의 전유물 같은 것들은 별로 눈에 들어오지 않았다.

[둘이 데이트 잘하고, 윤성이에게 꼭 집에 들어가는 거 보고 가라고 하고. 알았지?]

"네, 그럴게요. 바꿔 드릴까요?"

[그러렴.]

승연이 바로 핸드폰을 윤성에게로 건넸다. 심드렁한 표정으로 다시 핸드폰을 받은 윤성의 표정이 잠시 굳었다. 그러나 이내 알겠다는 얼굴로 고개를 끄덕이며 전화를 끊었다. 통화가 끊기자 오피스텔 안이 적막으로 젖어들었다. 누구 하나 쉽게 말을 꺼내지 못하는 중 지영이 먼저 입을 열었다.

"결혼식 날 부케, 내가 받아도 돼?"

생각도 해보지 못했다. 아니, 지영이 결혼식에 올 거라고 생각을 하지 못했다. 만약 지영이 오지 않으면 윤 여사는 호들갑을 떨게 분명했다. 하지만 지영이 그 모습을 보고 싶지 않을 거라고 생각했다.

그래, 그녀의 결혼식인데 지영이 와서 부케를 받는 게 당연했다. 지영은 옛날부터 두 사람이 결혼하면 서로 부케를 받아주자고 했으니까. 승연은 고개를 끄덕였지만 윤성이 핸드폰을 탁 소리가 나게 내려놓았다. 모두의 시선이 윤성에게로 돌아갔다.

"오지 마."

그 말투는 무척이나 무미건조하고, 어떻게 보면 냉정하게도 들렸다. 승연과 시흔의 얼굴엔 경악이 비쳤지만 지영은 의외로 덤덤해 보였다. 승연이 뭐라 말하려는 찰나 시흔이 그녀의 팔을 붙잡았다. 승연은 영문을 모르겠다는 얼굴로 시흔을 바라보았다. 고개를 흔드는 시흔을 보고 승연은 다시 고개를 돌려 지영과 윤성을 번갈아 보았다.

얼마 전까지만 해도, 아니, 한 시간 전까지만 해도 잘 어울리는 커플이라고 생각했다. 그런데 지금의 최윤성은 사랑하는 여자를 거의 무시하고 있지 않은가. 어찌 되었건 지영은 그녀의 가장 친한 친구였다.

"최윤성, 이야기 좀 해."

"그래, 애들 보내고 하자."

절로 헛웃음이 튀어 나왔다. 지금 윤성은 자기가 정말 갑의 위치에 있다고 생각하는 걸까? 따지고 보자면 탯줄 잘 얻어 걸려 나온 주제에 지영의 우위에 있다고 착각하고 있는 것 같았다. 지영을 더 좋아해서 먼저 쫓아다닌 사람은 분명히 윤성이었다. 두 사람이 사귄 1년 사이에 많은 것이 변한 걸까?

대부분의 남자들이 잡은 물고기에 더 이상 흥미를 느끼지 않는다고 들었다. 하지만 그건 일부 남자들을 폄하하기 위한 말이라고 생각했다. 눈앞에서 윤성의 이런 모습을 보기 전에는.

"최윤성."

승연의 굳은 목소리에 와인잔을 만지고 있던 그가 시선만 옮겨 그녀를 바라보았다. 하지만 지영이 먼저 두 사람의 아슬아슬한 긴장을 깨뜨려 주었다.

"승연아, 윤성 씨 말이 맞아. 난 가지 않는 게 좋겠어."

"무슨 소리야? 우리 엄마는 무조건 너 올 거라고 생각하시는데. 그리고……."

"내가 그런 자리에 잘 어울리지 않다는 거 네가 제일 잘 알잖아."

무기력하고 자신감 없는 말투에 승연은 정말 앞에 있는 여자가 민지영이 맞나 착각할 정도였다. 그녀가 알고 있는 지영은 가진 것은 없어도 늘 당당하고 현명한 여자였다. 고작 사랑 하나 따위에 저렇게 휘둘리는 사람이 아니었다. 승연의 고개가 자연히 윤성에게로 돌아갔다. 최윤성이 새삼 참 대단하다고 생각됐다.

"두 사람, 이야기 좀 해. 난 시흔이랑 그만 가볼게."

승연은 윤성에게 다시 한 번 쏘아대려다 말고 고개를 끄덕였다. 그리고 미리 싸두었던 음식을 두 사람 손에 들려주었다. 됐다고 말하는 두 사람을 엘리베이터 앞까지 배웅하기 위해 나온 승연은 지영을 보고 애써 웃어 보였다.

"쟤 요즘 회사 일 바쁜가 봐? 왜 저래?"

"일이 많다고 하더라고."

"그래도 그렇지, 너한테 원래 저러지 않았잖아. 누가 보면 자기가 결혼 준비하는 여자인 줄 알겠네. 쟤 그날이라니?"

승연의 농담에 지영의 얼굴에도 가까스로 웃음이 생겨났다. 그래, 승연은 지영이 웃는 게 좋았다. 그리고 지영이 웃을 수 있다면 무엇이든 해줄 수 있었다.

"지영아, 어머님 건강은 괜찮으시지?"

"그럼. 가게도 잘되시고 이제 걱정할 거 없어."

지영의 엄마인 경진은 지선이 죽고 나서 한동안 정신을 차리지 못했다. 정신을 차렸다가도 쓰러지기 일쑤라 병원에만 무려 한 달을 넘게 있었다. 누구보다도 믿고 의지하던 총명한 큰딸이 하루아침에 그렇게 죽었으니 얼마나 허망했겠으며 승연이 원망스러웠겠는가. 하지만 경진은 누구에게나 일어날 수 있는 사고였다며 오히려 나중엔 승연을 위로해 주었다. 승연은 경진의 앞에서 참 많이도 울었다. 그리고 결국엔 유학이라는 이름으로 도망을 치고 말았다.

윤 여사는 경진에게 반찬가게를 열어주었다. 한사코 거절하는 경진에게 윤 여사는 이거라도 받아주지 않으면 승연이 살지 못한다고 말했다. 평생을 남의 식당에서 음식만 만들어오던 경진은 처음엔 자식 목숨 값으로 가게를 받은 것 같아 마음이 좋지 않다고 했다. 하지만 인간이란 시간이 흐르면 감정이 무뎌지는 법이다.

시간이 흘러 가게도 자리 잡고 쌍둥이의 학비까지 대고도 넉넉하게 남아 요즘 경진의 얼굴엔 웃음꽃이 피었다고 한다. 윤성 역시 경진에게 잘했고, 그래서 지영이 더 이상 많이 힘들지 않은 것으로 생각했다. 지영의 얼굴이 며칠 새에 저렇게 좋지 않은 건 모두 다 윤성 때문이었다.

"걔 계속 저딴 식이면 확 차버려. 네가 차이는 꼴 나는 못 봐."

"수출 건이 좀 꼬여서 요즘 예민한가 봐. 승연아, 결혼식 날 나 안 가도 섭섭해 하지 않을 거지?"

"에이, 진짜 결혼식도 아닌데, 뭐. 나중에 내가 진짜 결혼하면 그때 와서 부케 받아주면 되잖아."

말은 그렇게 하고 있어도 승연은 이미 가슴이 너덜너덜해졌다.

이제 더 이상 이렇게 얼굴색 하나 변하지 않고 거짓을 말할 수 있었다. 승연은 스스로가 참 뻔뻔하면서도 이 관계를 지키기 위해 어쩔 수 없다고 자위했다.

"시흔아, 미안. 내가 괜히 저 화상을 오라고 해서."

"괜찮아. 주말에 혹시 시간 되면 할머니 병원에 좀 들를 수 있겠어? 우리 할머니, 너 엄청 보고 싶으신 모양이야."

"이번 주말에 웨……. 어쩌지. 이번 주는 안 되겠는데. 내가 다음 주 중에 한번 뵈러 간다고 말씀드려."

"그래, 그럼. 도착했다."

"갈게, 승연아."

시흔의 말과 동시에 엘리베이터 문이 열렸다. 지영이 인사를 하고 엘리베이터 안으로 들어간 뒤 문이 닫힐 때까지 승연은 그 자리에 멍하니 서 있었다. 머리가 복잡해서 정리가 잘 되질 않았다.

"안 들어와?"

옆에서 들리는 소리에 승연의 고개가 돌아갔다. 언제부터 나와 있던 것인지 윤성이 벽에 기대어 그녀를 바라보고 있었다. 잠시 밭은 숨을 내쉰 승연이 발걸음을 옮겼다. 하지만 문과 벽 사이에 기대서 있는 윤성 때문에 안으로 들어갈 수가 없었다.

"나 좀 숨 막히려고 그래."

"뭐 때문에?"

뻔뻔하다. 아니, 원래 윤성은 뻔뻔한 남자였다. 자기가 관심 있는 것 외엔 모든 것에 무관심한 남자였고, 굳이 이해하려 들지도 않았다. 아니, 다른 사람을 이해할 필요조차 없는 위치에 있으니 당연한 것일지도 모른다.

"보면 모르겠어?"

어깨로 그를 밀치고 안으로 들어갔다. 음식 냄새 때문에 화실 특유의 향이 사라졌다고 생각했는데 어느새 식어버린 음식을 모두 덮어버렸다. 머리가 띵하며 아파오는 것 같아 창문을 열고 공기청정기를 작동시켰다. 문이 쾅 소리를 내며 닫혔고, 윤성이 소파에 앉으며 자연스럽게 거의 누울 듯 몸을 기대었다.

지영의 말이 맞다. 윤성은 지금 무척이나 피곤해 보였다. 결 좋아 보이는 피부 아래 짙은 피로감이 보인다. 몇 번이나 눈가를 주무르는 윤성을 보는 승연의 마음이 한결 수그러들었다.

"수출 건 때문에 피곤하다며?"

"어느 정도 해결됐어."

"그래도 그렇지, 지영이에게 그런 식으로 대하면 안 되지."

"그럼 굳이 우리 결혼식장에 와서 그 화려한 거 다 두 눈으로 보고 속으로 아파하면 더 마음이 편해?"

쏘아대는 윤성의 말에 승연은 순간 아무 말도 하지 못했다. 윤성의 말이 맞았다. 아무리 표면적인 결혼이라는 것을 지영이 알고 있다 해도 그 결혼식에 오는 순간 마음이 싸늘할 것이다. 친한 친구라면서 왜 거기까지 생각하지 못했을까. 무심한 건 윤성이 아니라 바로 자신이었음을 깨달았다.

왠지 허탈하고 어이가 없어 승연은 저도 모르게 헛웃음을 내뱉으며 의자에 털썩 주저앉았다. 윤성이 소파에서 다리를 내리고 주머니에서 상자 하나를 꺼내 들었다. 승연이 팔을 뻗어 케이스를 열자 거기엔 같은 디자인의 반지 한 쌍이 들어 있었다. 얇지도 두껍지도 않은 링 모양의 다이아몬드가 촘촘히 박혀 있었다.

"결혼반지 내내 끼고 있어야 할 거야. 그냥 심플한 걸로 골랐어. 어차피 어머니에게 받은 거 따로 있잖아."

"마음에 드네."

"여행지는 제주도로 잡았어."

그 말에 반지를 보고 있던 승연의 고개가 올라갔다. 분명 윤성은 외국으로 나가 편하게 쉬고 싶다고 했다. 그리고 계속 피로감을 보이는 윤성을 보며 승연도 그러는 게 좋겠다고 생각했다. 그런데 왜 갑자기 마음이 바뀐 걸까? 그녀의 얼굴에 의문이 나타난 모양인지 윤성이 픽 웃으며 고개를 뒤로 젖혔다.

"신혼여행인데 아버지도 올라오라고 전화 못 하시겠다 싶어서. 여행 기간 내내 별장 출입 없으실 거라고도 약속하셨고. 정말 조용히 쉬고 싶어."

윤성의 목소리가 꼭 잠이 들 것처럼 잠겨들었다. 승연은 고개를 비스듬히 기울이며 윤성의 모습을 물끄러미 바라보았다. 반듯한 이마와 짙은 눈썹과 곧게 뻗은 코. 눈을 감고 있어도 앞에 있는 남자가 얼마나 잘생겼는지 알려주고 있다.

승연은 이젤을 살짝 돌려세우고 오랜만에 켄트지를 꺼내 들었다. 그리고 눈에 보이는 대로 윤성을 그려 내려갔다. 인물을 그려 내는 건 참 오랜만이라 힘들지 않을까 생각했는데 예상외로 연필은 쉽게 선을 그리며 윤곽을 나타내었다. 사실 눈을 감고도 윤성의 얼굴은 그릴 수 있었다. 늘 꿈에 나타나니까.

"내 얼굴 비싸다."

잠이 든 게 아닌 모양이다. 순간 손가락에서 연필이 흘러내릴 뻔해 승연은 손가락에 있는 힘껏 힘을 주었다.

"치사하게. 좀 빌려주는 게 어때서."

"정당한 값을 지불해야지."

"값이 얼만데?"

"애들이 결혼 축하 파티 한다고 장소 다 잡아놨어."

윤성이 말하는 친구들을 승연도 잘 알고 있었다. 명목상은 친선 모임이라고 하지만 그들만의 리그가 아니던가. 또 짓궂은 장난이나 쳐댈 게 뻔하다. 그럼에도 윤성이 그것을 허락했다는 것은 그만큼 그들과의 관계가 중요하다는 것이니 승연도 빠져나갈 길이 없었다. 워낙 그런 자리를 싫어하던 승연은 어차피 인맥 쌓기 아니냐며 기피했고, 윤 여사도 강요하지는 않았다. 하지만 윤성과 결혼을 한다는 건 더 이상 피할 수 없는 일이기도 했다. 결국 승연은 고개를 끄덕이고 말았다.

❖ ❖ ❖

예전에 다른 사람들 이야기를 들었을 때 결혼이라는 건 굉장히 많은 트러블이 일어난다고 했다. 하지만 그녀의 결혼 준비는 너무도 순탄하게 진행되고 있었다. 조용한 게 오히려 더 두려울 정도로.

웨딩드레스는 군말 없이 윤 여사가 제일 마음에 들어 하는 것으로 골랐고, 윤성이 구해두었다는 집도 다녀왔다. 윤 여사는 집이 적당히 크고 채광이 좋아 마음에 든다고 했다. 승연은 이게 적당히 큰 거냐며 고개를 저었다.

1층엔 방이 세 개였고, 거실과 욕실이 세 개에 식당과 부엌이 따로 있었다. 그리고 거실 앞으로는 테라스가 크게 자리 잡고 있고, 2층은 거실 겸 방 하나로 윤 여사가 그녀에게 작업실로 쓰면 되겠다고 호들갑을 떨었다. 지금 있는 오피스텔을 처분할 생각은 없지만 어차피 집에서도 그려야겠다면 이곳도 괜찮다는 생각이 들었다. 작은 다락방같이 한쪽 지붕 면이 기울어져 있는 것도 마음에 들었다.

웨딩촬영도 별 무리 없이 끝났다. 오히려 걱정했던 윤성은 훨씬 자연스럽게 미소를 짓고 포즈를 잡았다. 사보 촬영을 몇 번 해보았다더니, 학교 다닐 때 사진과에 다니던 친구들 때문에 몇 번인가 모델을 해보았던 그녀보다 더 자연스러웠다. 사진작가는 정말 오랜만에 이렇게 잘 어울리고 멋진 미남미녀를 상대해 보았다며 만족스러워했다. 그러고 웨딩촬영 사진도 홍 여사와 윤 여사의 마음에 쏙 든 모양이었다. 벌써 액자를 만들어 각자의 집에 가져다 놓은 것을 보면.

어느새 한 달이 지나갔고, 결혼식은 다음날로 다가왔다. 윤성의 친구들이 주최한 파티는 클럽 하나를 아예 빌렸고, 다들 축하한다고 말하며 술잔을 돌리고 있었다. 내일이 결혼식이라며 윤성은 술잔을 거절했다.

여자들이 그녀의 주위로 몰려들었다. 다들 둘이 결혼할 줄 몰랐다고 하면서도 그 속엔 은근한 부러움과 시기가 깔려 있다는 것을 승연은 간파했다. 이래서 이런 모임을 갖기 피곤한 것이었다.

여자들은 은근히 견제를 하며 상대가 자신보다 더 잘나가는 것을 못마땅해 했다. 그 속에서 피곤함을 느끼는 건 분명 그녀 혼자뿐만이 아닐 것이다. 다만 그 잘난 금맥보다 귀하다는 인맥을 잡기 위해 참여하는 것일 뿐.

내일의 신부님이라며 남자들은 대부분 그녀에게 술을 건네지 않았다. 하지만 여우처럼 여자들이 건네는 양주를 최대한 피해보려 했지만 결국 다 피하진 못하고 석 잔을 내리 마시고 말았다. 양주 석 잔에 취기가 오른 승연은 잠시 자리를 비우겠다며 일어섰다.

전화가 온 척 일어섰지만 자리를 피하기 마땅치 않아 화장실로 들어가 문을 닫고 털썩 주저앉았다. 며칠간 제대로 먹은 게 없어서 그런지, 아니면 오늘 일어나 먹은 게 아예 없어서인지 고작 양주 석 잔에 취하고 만 자신이 우스웠다. 얼마나 이곳에서 시간을 보내야 할까 생각하는데 여러 명의 목소리가 들려왔다.

"그러게 말이야. 진짜 재수 없지 않니? 윤성 오빠한테 전혀 관심 없는 척 굴더니 나중에 낚아채는 것 봐."

"우리 그래도 말은 똑바로 하자. 낚아챈 게 아니라 정확히는 하루통상으로 선택받은 거지."

"그깟 하루통상이 뭐가 대단하다고 태일은 그렇게 탐을 내는 거래?"

"회사를 탐내는 게 아니라 그 집안을 좋아하는 거지. 이미 태일은 가질 거 다 가졌고, 그러니 명문가 자제가 좋았던 거지."

"명문가 자제면 뭘 해, 남들 다 아는 걸렌데?"

입에서 절로 웃음이 터져 나왔다. 대학을 나온 뒤 어느 정도 소문이 잦아들었다고 생각했는데 그들 모임에서는 여전한 모양이다. 그들 모임과는 거의 접촉이나 만날 일이 없었는데 말이다.

"너희 그거 들었어? 정민건설 차남이랑도 그렇고 그런 사이였다는데?"

"정말? 누가 그래?"

"누가 그러긴, 그 차남이 떠벌리고 다녔대. 그렇게 내숭을 떨기에 벗겨보니 별거 아니었다고."

여자들의 웃음소리가 공기 중에 퍼져 나갔다. 그들에겐 별거 아닌 말들이 남에겐 비수가 되어 꽂힌다는 것을 모르는 모양이다. 하긴, 이젠 그러거나 말거나 별 상관도 없지만 말이다. 승연은 자리에서 일어나 괜히 바지 앞부분을 한번 털고 문을 열어 밖으로 나갔다. 거울을 보며 화장을 고치던 여자들의 얼굴이 거울에 비친 그녀의 모습을 보고 순식간에 사색이 되었다. 승연은 그 앞으로 걸어가 손을 씻으며 거울 속의 여자들을 하나하나 훑어보았다.

"화진설비, 요즘 태일호텔에 간당간당하다더니 괜찮은가 봐?"

"저기, 언니, 그게 아니라……."

"헤리티지에 우리 자기 꽤 크게 들어가지 않던가? 거기 막내딸이 이렇게 입 함부로 놀리고 다니는 거 알면 우리 아버지 꽤 실망하시겠어?"

승연이 일부러 과장되게 손을 탈탈 털었다. 그것만으로도 다들 겁을 먹었는지 꿀 먹은 벙어리처럼 조용해졌다. 앞에서는 당당하지 못하면서 왜 꼭 뒤에서 이러는 걸까. 승연은 그녀들을 한 번씩 훑어보곤 한숨을 내쉬며 화장실에서 빠져나왔다.

다시 자리로 돌아가기 위해 고개를 들었는데 갑자기 모두가 일어서서 승연을 반기기 시작했다. 갑자기 왜 이러나 싶어 앞을 보자 윤성은 이미 무대 위로 올라가 있었다. 조용하다 싶었더니 음악 볼륨은 이미 최저로 줄여진 뒤였고, 놀기 좋아하는 대신그룹의 서정훈이 마이크를 들고 서 있었다. 정훈은 대웅식품의 경민과 더불어 윤성의 가장 친한 친구이기도 했다.

"오늘의 주인공을 앞으로 모시겠습니다."

무슨 유치한 짓인가 싶어 그 자리에 서서 무대를 보았다. 겨우 한 계단 높은 정도일 뿐이지만 왠지 승연은 윤성이 서 있는 곳이 무척이나 높고 멀어 보였다. 그녀가 꿈쩍 않고 있자 정훈이 윤성에게 눈치를 보냈다. 결국 윤성이 가까이 다가와 그녀의 앞으로 손을 내밀었다. 마음 같아선 가방을 들고 당장 나가고 싶었지만 서로를 곤란하게 만들지 말자는 약속이 깔려 있지 않았던가. 승연은 하는 수 없이 윤성의 손을 잡았다.

"대충 맞춰주고 가자. 길어질수록 피곤해."

오늘의 마지막 이벤트인 모양이다. 승연은 수긍하듯 고개를 끄덕이며 무대 가운데로 걸어갔다. 정훈 역시 두 사람의 계약결혼을 모르고 있을 것이다. 이 계약결혼을 알고 있는 사람은 윤성과 승연, 그리고 시흔뿐이다. 장난기 가득한 정훈의 눈빛을 보며 승연은 그것을 확신했다.

"처음에 윤성이가 자기는 결혼하면 와이프만 보고 산다고 했을 때 아, 저 자식, 결혼하지 않으려는 거구나 생각했습니다."

그 말에 일제히 웃음을 터뜨렸다. 승연 역시 고개를 저으며 웃고 말았다. 윤성이 그런 말을 했다는 것 자체가 놀라웠다. 하지만 최 회장을 보면 그럴 만도 했다. 최 회장과 홍 여사는 분명 정략으로 맺어진 관계라고 했지만 진심으로 서로를 사랑하게 되었다고 했다. 그리고 최 회장은 소문난 애처가였다. 그런 아버지를 보고 커왔으니 윤성 역시 그럴지도 모른다고 생각됐다.

"그런 최윤성이 결혼까지 결정했다면 두 사람 사이의 기류가 심상치 않다는 건데, 이쯤에서 테스트 한번 해보죠. 저도 두 사람의 결혼 발표를 도무지 믿을 수 없었거든요. 진하게 키스 한번 해주시죠?"

이런 유치한 장난에 넘어갈 정도로 승연은 바보가 아니었다. 당장 앞으로 걸어가 정훈의 마이크를 빼앗으려고 했다. 하지만 윤성이 픽 웃더니 그녀의 팔을 잡아 품 안으로 끌어당겼다. 애써 붙잡고 있던 승연의 심장이 다시 철렁 내려앉았다.

"시끄럽게 하지 말고 보여주고 끝내. 피곤해서 돌아가실 것 같으니까."

윤성은 정말 피곤하다는 것 외에는 다른 감정이 들어 있지 않은 얼굴이었다. 승연은 혼자 가슴을 끓인 게 억울해서 저도 모르게 한숨이 새어 나왔다.

"넌 이게 쉽니?"

"어려울 건 또 뭔데?"

그 말에 승연이 픽 웃었다. 그래, 차라리 먼저 하는 게 낫다. 승연은 두 손을 들어 올려 윤성의 얼굴을 잡고 그대로 키스했다.

5화 결혼 여행

별장을 쓴단 말만 해놓고 그 외는 아무 말도 하지 않은 모양이다. 그렇지 않았다면 승연이 이렇게 옆에 캐리어를 가득 쌓아둔 채 공항 앞에 서 있진 않았을 것이다. 팔짱을 낀 채 한숨을 푹푹 내쉬고 있는데 옆에서 누가 어깨를 엄청난 힘으로 치고 가는 게 아닌가. 몸에 힘을 주고 있지 않던 탓에 절로 앞으로 쏠리는 것도 모자라 털썩 주저앉고 말았다. 윤 여사의 말을 듣고 원피스를 입었다면 분명 무릎이 나갔을 것이다.

"어, 죄송합니다. 괜찮으세요?"

"괜찮으니 갈 길 가세요."

손을 짚고 자리에서 일어나 대충 바지를 터는데 앞에 서 있는 인영이 움직이지 않고 있자 승연이 고개를 들어 올렸다. 얼굴이 이상하게 익숙하다 싶었는데 앞에 있는 남자가 그녀를 향해 손가락질을 했다.

"신승연!"

"저기……."

"섭섭하네. 우리 과 몇 명 되지도 않는데. 그리고 난 잊기 쉽지 않을 텐데."

"성진 오빠?"

이런 확률이 얼마나 되는 걸까? 서울도 아닌 제주도에서, 이런 날 학교 선배이자 그녀를 좋아한다며 학부도 모자라 예술대 전체를 들썩이게 만들었던 사람을 만난다는 것은. 그것도 참 오래된 추억이라 이젠 웃음이 다 나올 지경이다.

얼마나 시끄럽게 떠들어댔으면 남에겐 별 관심도 없는 지영의 귀까지 들어가 한동안 승연은 꽤 곤란했다. 그때 학교에선 웬만큼 잘나가는 남자들이면 신승연 위에 올라타 보지 않았느냐는 저질스러운 유언비어가 한창이었다. 그때 성진은 그런 말 함부로 하는 거 아니라면서 그녀를 두둔해 준 유일한 사람이기도 했다.

"와! 여기 제주도가 아니라 하와이였던가? 내가 비행기 잘못 탄 줄 알았네. 어떻게 여기에 신승연이 다 있어?"

다분히 놀리는 말투에 승연은 고개를 숙이며 픽 웃고 말았다. 초반엔 서늘하고 말 없는 승연 때문에 별별 소문이 다 돌았었다. 기껏 스무 살에 외제차도 모자라 기사까지 대동하고 다녔으니 지금 생각해도 아무도 다가오지 않는 게 당연했다.

그나마 콩쿠르에서 만나 같은 대학에 진학한 지영만이 유일한 친구가 되어주었는데, 그것도 학부가 달라 학교에선 만나기가 쉽지 않았다. 그리고 같이 다닌다는 사람들이 태일의 최윤성과 수석

입학자인 연시흔이었으니 이런저런 말도 안 되는 소문이 도는 게 당연했을지도.

그런 승연에게 스스럼없이 다가온 사람이 성진이었다. 대뜸 그녀를 보고 이제껏 본 여자 중에 제일 예쁘다고 하질 않나, 여자친구가 되어주면 안 되겠냐면서 그녀의 뒤를 졸졸 쫓아다니곤 했다. 처음엔 그런 식으로 다가온 성진이 부담스러워서 피했는데 알고 보니 괜한 따돌림이나 차별당하는 것을 못 참아하는 사람이었다.

졸업을 하자마자 미국으로 유학을 갔으니 칠팔 년 만에 보는 것이다. 스물 초중반에 키가 작아 조금 앳되어 보였던 성진은 이제 확실한 어른이 되어 있었다. 귀염성 있는 얼굴은 여전했지만 표정에도 여유가 드러나고 옷차림도 세련됐다.

"여행 온 거야? 난 여기 리조트 디자인 때문에. 참, 여기 명함."

성진이 주머니에서 지갑을 꺼내 들었다. 그 속에서 나온 건 눈에 낯익은 명함이었다. 그것을 받아 들자 '태일건설'이라고 정확히 찍힌 활자가 보였다.

"그림 계속하는 거 아니었어요?"

"미국 가서 아르바이트를 했는데 인테리어 쪽에 소질이 더 있더라고."

승연은 '아!' 하며 고개를 끄덕였다. 그래, 성진의 그림을 보고 있으면 센스가 있다는 생각이 절로 들었다. 하긴 졸업을 하고 나서 취직 때문에 교직 이수를 같이 받아 선생이 되거나 디자인 회사로 가는 경우가 대부분이었다. 누구 말대로 그녀는 금수저 잘 물고 태어나 생업 걱정 없이 그림을 그릴 수 있었다. 왠지 그렇게 생각하자 저도 모르게 웃음이 터졌다.

"여행?"

"아, 그게……."

뭐라고 설명해야 할까. 성진의 말대로 여행은 여행이다. 그게 신혼여행이라는 것이 문제지만. 한숨을 막 내쉬려던 그때 클랙슨 소리와 함께 하얀 세단이 멈춰 섰다. 고개를 돌리자 윤성이 평소 타고 다니던 차량과 똑같은 렌터카가 서 있었다. 트렁크가 열리며 동시에 차에서 내리는 윤성의 얼굴이 드러났다. 승연은 저도 모르게 한숨을 내쉬며 키가 비슷한 성진을 똑바로 바라보았다.

"최, 최윤성 팀장님?"

그러고 보니 윤성이 호텔형 리조트가 어쩌고 하면서 제주도에 몇 번 다니는 것을 들었다. 그러고 보면 세상 참 좁다. 이런 식으로 관계가 엮일 수도 있구나 싶어 절로 웃음이 나왔다. 윤성이 가까이 다가와 성진을 보며 손을 내밀었다.

"이 대리님, 오늘 출장이셨습니까?"

"주말엔 여행 겸 해서 제주도 자주 옵니다. 제가 좋아하는 섬이거든요. 그런데 팀장님, 오늘 결혼……."

성진이 정확하게 찍었다. 도무지 믿지 못하겠다는 얼굴로 승연을 보던 성진이 윤성에게로 고개를 돌렸다. 성진과 가볍게 악수를 한 윤성이 캐리어를 들어 트렁크 안으로 넣기 시작했다.

"승연이 너, 결혼했어?"

고개를 끄덕인 승연이 고개로 윤성을 가리켰다. 성진은 정말 놀랐는지 입을 쩍 벌리고 몇 번이나 두 사람을 번갈아 보았다.

"신승연, 타. 이 대리님, 나중에 회사에서 보죠."

"네? 아, 네, 팀장님. 좋은 시간 보내십시오."

윤성이 먼저 차에 올라타자 승연은 성진을 향해 손을 내밀었다. 오랜만에 만난 선배를 향한 예의였다. 성진은 여전히 얼떨떨한 표정으로 그녀가 내민 손을 잡으며 고개를 끄덕였다.

"나중에 연락할게요. 내 그림 좀 봐줘요. 오빠 그림 잘 보잖아."

"아직 그림 그려?"

"할 줄 아는 게 그거뿐이잖아요."

승연이 한쪽 어깨를 들썩이며 말했다.

"신승연, 빨리 타."

성질이 급한 걸 티 내는 것인지 창문까지 열어 그녀에게 말하고 있다. 승연은 고개를 저으며 성진에게 고개를 숙여 보이곤 차에 올라탔다. 안전벨트를 하기도 전에 윤성이 급히 차를 출발시켰다. 그 탓에 반동으로 몸이 앞으로 쏠린 승연이 대시보드에 이마를 찍고 말았다. 비명을 지르며 이마를 부여잡고 윤성을 노려보았다.

"안 그래도 오늘 피곤해서 힘없는데 자꾸 이러고 싶니?"

윤성은 그저 그녀를 한 번 쳐다보기만 할 뿐 말이 없었다. 그의 표정에도 짙은 피곤이 깔려 있었다. 일이 조금 널널해졌다고 한 것도 잠시였는지 윤성은 웨딩촬영을 한 다음날부터 계속 야근을 했다. 거기다 어제는 계속 술을 마셔서 오늘 아침에도 숍에서 계속 눈을 감고 있어 결혼은 제대로 할 수 있을지 걱정된다며 홍 여사의 잔소리를 들었다.

"조용히 가자."

잔뜩 잠겨 있는 목소리에 피곤한 얼굴을 한 윤성은 결혼식이 끝나고 어떻게 그렇게 웃는 낯으로 손님들에게 인사를 했는지 신기할 정도였다. 하긴, 오전엔 메이크업을 받아서 얼굴이 화사해 보였는지도 모른다. 얼굴이 답답하다며 공항에 도착하자마자 얼굴을 씻어낸 윤성은 비행기에 올라타서도 그 짧은 시간 동안 잠만 잤다.

윤성의 왼쪽 네 번째 손가락에 끼고 있는 반지를 본 뒤 고개를 돌려 자신의 손을 보았다. 같은 디자인의 반지를 끼고 있으니 왠지 묘한 느낌이 들었다. 비록 계약결혼이라고는 하지만 혼자서 많은 의미 부여를 하고 있었다.

3년간은 혼자서 마음껏 좋아하자 마음먹었는데 막상 옆에 이렇게 있으니 심장이 마구잡이로 널을 뛴다. 이러다 정말 숨길 수 없게 되면 어떻게 해야 하는 걸까. 숨겨야 한다고 마음먹을수록 욕심은 더 커지고 지영에겐 더욱 미안해진다.

분명 그녀의 마음을 알게 되면 윤성은 비웃을 것이고, 다시는 보려 하지 않을지도 모른다. 언젠가 윤성은 그녀가 생각하는 것보다 훨씬 더 소중한 친구라고 말했으니까. 남에게 마음을 잘 열지 않는 윤성은 아마 엄청난 배신감을 느낄 것이다. 게다가 그녀에게 제일 중요한 친구인 지영과 사귀고 있는 남자이다.

포기하라고 종용할수록 마음은 점점 걷잡을 수 없이 커져 가고, 얼굴을 보지 않으면 괜찮을 거라고 생각하면서도 이젠 같은 집에서 살아야 하니 걱정은 점점 커져 갔다. 차라리 그림을 그린다고 오피스텔에 계속 박혀 있을까 하는 생각도 했다. 하지만 마음껏 그의 얼굴을 볼 수 있는 시간이 이 시간뿐인데 이 정도의 여유는 주지 않아도 되나 스스로를 설득했다. 너무 안 된다고 스스로를 옥죄면 마음은 더 조급해지고 욕심이 커질 것을 알고 있다. 승연은 스스로에게 여유를 주기로 마음먹었다.

오른편으로 짙고 푸른 제주의 바다가 펼쳐졌다. 승연은 창문을 열고 바다를 보았다. 시원하고, 바다 특유의 향이 고스란히 느껴지자 숨을 깊게 들이마셨다. 춥다고 할 줄 알았던 윤성은 말없이 운전석 쪽의 창문도 열었다. 바닷바람이 얼굴을, 귓가를, 머리카락을 스쳐 온몸을 지나가며 향을 묻혔다.

"차 좀 세워봐."

이럴 줄 알았으면 차를 하나 더 빌릴 걸 그랬다. 윤성은 분명 별장 안에서만 지낼 것이고, 그녀와는 따로 행동할 것이다. 아니, 어차피 차야 전화를 해서 빌리면 그만이다. 멈출 것 같지 않던 윤성이 곧 차를 오른쪽으로 멈춰 세우며 시동을 끄고 핸들을 놓았다. 그냥 잠깐 세울 줄 알았는데 의외라 승연은 윤성을 물끄러미 바라보고는 차에서 내려 바다 앞으로 걸어갔다.

제주의 투명하고 푸른 바다가 눈앞에 펼쳐지자 시원한 느낌이 들었다. 요 며칠 속이 답답하고 계속 체한 것 같이 메슥거리던 것도 확 풀리는 것 같다. 윤 여사는 혹시 아니냐며 그녀를 향해 의심의 눈초리를 보냈다. 그때 승연은 하늘을 봐야 별을 따는 거라고 윤 여사에게 핀잔을 주었다. 손이 귀한 집이라고 다들 기다리시겠다며 분발하라는 윤 여사를 보고 승연은 그저 웃고 말았다. 앞으로 3년 내내 시달려야 할 것들은 그때 가서 고민하자고 마음먹었다.

언제 차에서 내린 건지 윤성이 그녀의 곁에 서서 바다를 바라보고 있었다. 피곤하다며 곧바로 별장으로 향할 줄 알았는데 윤성은 의외로 그녀의 요구를 들어주었다. 차가운 바람이 얼굴을 스쳐도 그다지 추운 줄도 모르겠다. 그냥 시원한 느낌이 들어 그게 좋았다.

"바다, 오랜만에 보네."

윤성이 손을 주머니에 찔러 넣은 채로 바닥의 돌을 툭 치며 말했다. 그러고 보니 저번 여름휴가도 윤성이 시간을 내지 못해 지영은 승연과 시간을 보냈다. 다 큰 성인들끼리 시간도 같이 보내지 못하는데 이게 무슨 재미냐고 승연은 지영을 놀렸다. 그렇게 지영을 짝사랑하더니 막상 사귀게 되니 윤성은 그전보다 못한 것 같다고 말했는데 그때 지영은 그저 웃고 말았다. 그때 승연은 지영을 이끌고 이곳에 왔었다.

"좋아해."

"나?"

눈을 동그랗게 뜬 윤성이 그녀를 바라보았다. 그 말에 멍하니 윤성을 보던 승연이 이내 웃음을 터뜨렸다. 웃고는 있었지만 순간 가슴이 철렁 내려앉았다. 꼭 차가운 음료수를 마셨을 때 가슴이 조이는 그런 느낌이다.

"키스 한 번에 정신 나갔나 봐?"

뇌는 생각도 하지 않고 말을 내뱉는다. 그래, 그녀는 바로 어제 윤성에게 키스를 했다. 비록 그게 연출이었다 하더라도 그녀로서는 꽤 큰 용기를 냈던 일이다. 먼저 그녀를 도발했지만 바로 뿌리칠 거라고 생각했던 윤성은 잠시 당황한 듯했지만 이내 고개를 숙이며 키스를 받아주었다. 동시에 놀란 승연이 먼저 입술을 떨어뜨렸다. 만약 조금 더 깊어졌으면 그녀는 장난인 것을 잊었을 것이다.

괜한 말을 했다고 생각하며 승연은 고개를 반대편으로 돌리며 눈을 질끈 감았다. 옆에서 윤성의 낮은 웃음소리가 들렸다.

"신승연, 키스 잘하더라?"

다분히 놀리는 말투에 승연은 실없는 웃음을 터뜨렸다.

"친구들 수준, 딱 그만하더라."

"애들이 좀 유치하긴 하지. 다들 줄 잘 잡고 태어나서 고생 한번 안 해본 애들이란 거 잘 알잖아."

윤성이 어깨를 들썩이며 머리를 쓸어 넘겼다. 왁스로 잘 고정되어 있던 머리카락이 세수를 하면서 다 풀어진 모양이다.

"지영이 여기 좋아한다고."

그 말에 윤성이 고개를 돌려 바다를 바라보았다. 그리고 눈빛으로 '여기?' 하며 의문을 보였다. 승연은 고개를 끄덕이고 난간에 허리를 기대고 정면을 보았다. 도로 위로 간간이 몇 대의 차들이 지나갔고, 하늘 위로는 비행기가 날아가고 있었다.

잘못 생각했다. 윤성의 말대로 그냥 외국으로 나갈 것을 그랬다. 제주도는 참 좋은 곳이지만 지영의 생각을 떨칠 수가 없었다. 여름이면 늘 이곳에서 지영과 시간을 보냈기 때문이다.

"둘이 싸웠니?"

"싸우긴."

윤성이 난간 위에 왼손을 올려두고 손가락으로 마치 박자를 맞추듯 툭툭 두드렸다. 저건 분명 무슨 일이 있단 의미이다.

"싸웠네. 나 때문이야?"

"정확히는 이 결혼 때문이지."

"둘 사이 이야기 다 끝나고 나한테 말한 거 아니었어? 왜 자꾸 신경 쓰게 만들어?"

저도 모르게 투정부리는 듯한 말투가 튀어 나갔다. 그래, 요즘 계속 잠을 자지 못하게 만든 사람은 바로 앞에 있는 윤성과 지영이었다. 윤 여사는 왜 며칠 새 이렇게 피부가 칙칙해졌느냐며 아침에 그녀를 보고 속상해했다.

아무리 자려고 애를 써도 잠이 오지 않는 건 어쩔 수 없었다. 마음대로 붓질을 하다 캔버스를 몇 번이나 찢어먹고 말았다. 정확히는 윤성이 그 그림을 가지고 간 날부터 잠이 오지 않았다.

"생각하고 현실이 다른 모양이지."

"넌?"

"내가 뭘?"

"넌 생각하고 현실이 같아?"

"다를 게 뭐가 있어?"

그는 마치 남 얘기하듯 가볍게 말하고 있었다.

"남자들은 단순해서 참 좋겠어."

"왜? 연시흔도 예민하게 굴어? 오늘 보니까 변죽 좋게 웃고 있던데."

시흔은 오늘 와서 몇 번이나 그녀를 보고 예쁘다고 말해주었다. 그녀 역시 평범한 여자인지라 예쁘다는 말에 환히 웃었다. 승연이 웃자 시흔도 몇 번이나 웃었는데, 윤성이 그 모습을 보고 하는 말인 것 같았다.

"와이프 남자친구 그만 비웃지?"

"언제 한번 술 한잔하자고 해."

"왜?"

"남의 여자친구를 멋대로 3년이나 빌리는데 그 정도는 해야지."

"됐어. 사이도 안 좋으면서, 뭘."

그 말에 윤성이 코웃음을 쳤다.

"아하, 최윤성이 일방적으로 싫어하는 거였지?"

"싫어하긴."

"맞잖아. 그러고 보면 좀 이상해. 시흔이가 뭐 밉보인 거 있어? 그것도 아니면 너도 선민사상에 물들어서 다 아랫사람으로 보여?"

다분히 비꼬는 말투다. 윤성이 바로 맞받아칠 거라고 생각했는데 의외로 그는 말없이 바다만 보고 있었다. 승연도 몸을 돌려 난간에 두 팔을 기대어 그가 바라보고 있는 곳을 향했다. 하얀 요트 한 대가 유유히 바다를 가로지르고 있었다.

"난 지금 이 관계가 좋아. 너와 지영이, 나랑 시흔이. 딱 이대로가 좋은 것 같아."

"바뀔 게 있나?"

"이미 많이 바뀐 것 같은데."

"왜? 우리 결혼 때문에? 어차피 계약인 거 다 아는데."

"남자들은 참 단순해서 좋겠어."

다시 한 번 듣기가 거북한 건지 윤성이 탁 소리 나게 난간을 내려쳤다. 나무로 되어 있어 소리가 크진 않았지만 간간이 들리는 차 소리와 파도 소리와는 달라 승연은 저도 모르게 어깨를 움찔거리고 말았다.

"불만이 있으면 말을 해."

"무슨 불만?"

"내가 결혼 이야기 꺼낸 날부터 너 계속 이상하게 굴잖아."

"내가 뭘 이상하게 굴었어?"

"신승연, 나 너하고 싸우고 싶지 않아. 그냥 우리 편했잖아. 편한 친구 아니었어?"

아니라고 되받아치고 싶다. 하지만 그러면 3년 내내 괴로울 사람은 바로 자신이라는 것을 승연은 잘 알고 있었다. 욕심을 조금만 버리면 된다고 스스로를 계속 설득하는데 왜 자꾸 욕심이라는 것은 끝을 모르고 커지려고 하는 것일까.

"가자. 추워."

"신승연."

"불편하게 구는 사람, 나 아니라 너야. 그날 이후부터 너희 커플 사이에 껴서 스트레스 받고 있는 사람 나니까. 잘 생각해 봐."

"뭐?"

"똑바로 굴 사람은 내가 아니라 최윤성이라는 뜻이야. 지영이에게 상처 주지 마. 네 말대로 이 결혼은 계약이고, 난 끝날 때까지 잘 지켜낼 테니까."

이건 스스로에게 하는 약속이자 우정을 지키기 위한 다짐이다. 그리고 승연은 스스로의 욕심을 내려놓았다.

"태일자동차, 진심으로 욕심나기 시작했거든."

본인이 주겠다고 직접 말했으면서 윤성은 꽤 놀란 얼굴을 하고 있다. 아님 말로는 그렇게 하고 그녀가 그것까진 가지지 않을 거라고 생각한 걸까? 그렇다면 윤성이 잘못 생각한 거다. 그녀에게 남는 무엇이라도 하나는 있어야 할 거 아닌가. 그녀는 3년 뒤 더 이상 윤성을 보지 않더라도 윤성은 끊임없이 그녀를 보길 원했다. 그녀가 '태일자동차'를 정말 집어삼킨다면 최소 며칠에 한 번 정도는 계속 기사가 날 테니까 윤성은 그것을 통해 그녀를 확인할 수 있을 것이다.

이내 윤성이 슬쩍 한쪽 입매를 끌어올리며 고개를 저었다. 그리고 재킷 왼쪽 주머니에서 선글라스를 꺼내 쓰며 고개를 돌렸다.

"웬만한 사람들 다 욕심내는 기업인데 신승연이라고 다를 거 없지. 너, 야망이 꽤 큰 여자일 거라고 생각했거든."

사실 그녀는 살아가면서 딱히 무엇인가를 욕심 내본 적이 없다. 처음으로 가지고 싶은 게 물건이 아닌 인간이었다. 그것도 바로 앞에 서 있는 이 남자. 아무런 생각이 없었다고 해도 옆에서 부추기는데 갖지 않으면 바보이다. 승연은 단 하나라도 가지기로 마음먹었다. 이젠 마음이 편해졌다.

"가자. 자고 싶어졌어."

승연의 경쾌한 목소리에 윤성이 가볍게 고개를 끄덕였다. 선글라스에 가려져 눈을 읽을 순 없었지만 불과 몇 분 전과 다른 그녀의 모습에 윤성이 의아해할 것은 틀림없었다. 지금 이곳은 단 한 번뿐인 신혼 여행지였다.

제주도 지형에 익숙한 만큼 윤성은 다소 과격하게 차를 몰았다. 보통 그녀라면 공항에서 이곳까지 40분 이상 차를 몰아야 했겠지만, 윤성은 잠깐 바닷가에 내린 시간을 제외한다면 정확히 25분 만에 도착했다.

이야기만 들었을 뿐 제주도의 별장은 처음이다. 사유지라고 하기에는 꼭 잘 꾸며진 정원 숲 같았다. 차를 타고도 한참을 들어와야 했고, 주변은 비자나무로 가득했다. 별장은 붉은 벽돌로 만들어진 2층짜리 건물이었는데 예상외로 이질적이지 않고 주변 환경과도 잘 어울렸다.

고개를 돌려보니 윤성은 이미 커다란 캐리어 두 개를 가지고 별장 안으로 들어서고 있었다. 윤성은 캐리어 하나만을 들고 왔으니 다른 하나는 당연히 그녀의 것이다. 승연은 다시 주위를 둘러보았다. 한라산은 하얗게 눈으로 물들어 있었지만 이곳은 바닷가와 더 가까워서 그런지 마치 초겨울처럼 느껴졌다. 나무 틈 사이로 하얗게 파도치는 바다가 보여 승연은 한참이나 그 자리에 멍하니 서 있었다.

아직 트렁크에 남아 있는 기내용 캐리어를 꺼내 들고 낮은 돌계단 두 개를 오르자 점점 닫히고 있던 문이 벌컥 열리며 윤성의 얼굴이 드러났다. 그리고 그녀가 뭐라 말을 하기도 전에 캐리어를 들어 안으로 들여놓더니 다시 문을 닫았다.

"안이 추워. 난로에 불 때놨으니 주변 좀 보다 들어가."

"하지만 신발 좀 바꿔 신어야겠는걸."

승연이 주위를 둘러보며 말했다. 온통 흙길에 자갈밭이라 이 에나멜 구두를 신고 다니면 죄다 흠이 나고 말 것이다. 더 큰 문제는 구두의 흠집이 아니었다. 굽이 7㎝라 잘못 발을 헛디뎠다간 돌 틈에 껴 크게 다칠 수도 있었다.

윤성이 다시 문을 열더니 신발장을 뒤적여 그녀가 신을 만한 것을 내왔다. 그건 종아리까지 올라오는 하얀 장화였다.

"안은 천으로 처리되어 있어서 그나마 덜 추울 거야. 어차피 너 가져온 거 죄다 구두일 거 아니야."

아니다. 그녀의 캐리어 안엔 러닝화가 들어 있었지만 어차피 맨 구석에 있을 것이다. 승연은 말없이 테라스에 있는 나무 의자에 앉아 구두를 벗고 장화로 갈아 신었다. 조금 크긴 하지만 신지 못할 정도는 아니었다. 구두를 한쪽으로 밀어 넣고 자리에서 일어선 승연이 창문에 비친 자신의 모습을 보았다.

결혼을 축하한다며 연희가 사준 보랏빛 토드백과 화려한 차림의 원피스에 하얀 장화라……. 조금 우스워 보일 수도 있는 차림새였는데 나쁘지 않았다. 승연은 토트백도 의자에 내려두고 걷기 시작했다. 건물 왼편으로 작은 길이 보인다. 그곳이 산책로인 듯 윤성도 자연스럽게 발걸음을 옮기고 있었다.

바다가 지척이건만 이곳은 바람이 없다. 다만 파도 소리가 크게 들려온다. 이곳은 꼭 모든 시간이 멈춘 곳 같았다. 절로 승연의 호흡이 늦춰지는 만큼 시간도 느려졌다. 시간의 흐름도 예측할 수 없고, 윤성과 함께 있는 이 공간은 멋대로 압축되어 꼭 아무것도 알 수 없는 미지로 흘러가는 것 같았다.

이렇게 여유롭게 윤성과 시간을 보낼 수 있을 거라고는 생각하지 않았다. 그리고 이게 처음이자 마지막이라는 것도 알고 있다. 여행이 끝나고 다시 각자의 자리로 돌아가면 이렇게 함께할 시간이 없다는 것을 깨달은 승연은 저도 모르게 씁쓸한 웃음을 지었다. 생각이 꼬리에 꼬리를 물수록 그녀를 아득한 어둠으로 몰아넣고 있었다.

어깨에 따뜻한 기운이 느껴졌다. 그 따뜻함을 느끼는 순간 집중력은 생명을 다했다. 윤성의 몸이 그녀에게로 바싹 기울었다.

"코트 정도는 입었어야지."

낮게 속삭이는 목소리가 귓가를 간질였다. 지금 어떤 표정을 짓고 있는지 도무지 상상이 되질 않는다. 아니, 상상하기조차 싫었다. 다행인 건 윤성이 재킷을 어깨에 씌워준 뒤 앞만 보며 걸어 그녀의 얼굴을 확인하지 못했다는 것이다.

호흡이 다시 가빠졌다. 심연의 저 깊은 곳으로 잠수하고 막 물을 헤집고 나온 사람처럼 연거푸 숨을 몰아쉬었다. 하지만 그에겐 들리지 않게 아주 조용히. 시려 괴로운데도 차가운 겨울의 공기는 폐 속으로 꾸역꾸역 밀고 들어온다.

"좋아."

그 말에 윤성의 걸음이 멈추었다. 그녀의 얼굴은 이미 다시 평소의 표정으로 돌아온 뒤였다. 그 좋다는 말 앞에 '너' 라는 단어가 빠졌지만 승연은 그것만으로도 만족했다.

"뭐?"

"여기…… 좋아."

이렇게 또 그녀는 고슴도치처럼 방어 태세를 갖추었다. 차마 하지 못할 말을 쓰게 삼키며 더 이상 상처받고 싶지 않은 사람처럼.

"미안하지만 여긴 안 돼."

갑작스러운 윤성의 말에 승연이 눈을 크게 뜨고 그를 바라보았다. 윤성은 쌀쌀한지 앞으로 팔짱을 끼며 주위를 둘러보았다.

"어머니가 태어나셨을 때 외할아버지께서 직접 손수 가꾸신 곳이야. 어머닌 사후에 이곳을 기부하기로 결정하셨어."

이곳을 욕심낸 것도 아니다. 분명 사유지로 두기엔 너무 아깝다는 생각을 하긴 했다. 아름다운 곳이라 많은 사람들이 보았으면 좋겠다고 생각했다. 하지만 윤성은 정말 그런 이유가 아니었다면 이곳도 주고 싶었던 걸까? 그만큼 지영에 대한 사랑이 깊어서 주체할 수가 없는 것일까? 지영에 대한 생각을 하지 않으려고 해도 윤성과 함께 있으면 어쩔 수 없이 저절로 떠오르고 만다. 욕심을 내지 말라는 스스로를 향한 경고인 것을 승연은 잘 알고 있었다.

오솔길을 걷다 왼쪽으로 난 길을 보고 의아해했다. 바닷가로 바로 갈 수 있는 길이었는데 왜 하필 그곳으로 길이 나 있는지 궁금하던 건 별장 안으로 들어와 의문이 풀렸다. 별장 거실 한가운데에 있는 커다란 창으로 그 길이 뻥 뚫려 있어 푸른 바다가 한눈에 들어왔다. 역시 이곳은 사유지로 계속 점유당하는 것이 아까운 곳이었다.

윤성은 휴가를 무려 열흘이나 냈다. 원래는 보름을 신청했는데 최 회장이 5일에서 양보했다며 윤성은 어느 정도 만족한 얼굴을 하고 있었다. 시간은 멈추거나 느리게 가는 거라고 여기던 이곳에서의 생활도 어느덧 일주일을 넘기고 있었다. 내일이면 다시 올라가야 한다는 게 아쉬울 정도이다.

예상외로 두 사람의 시간도 평탄하게 흘러갔다. 아니, 그녀가 더 이상 욕심을 내지 않기로 하자 두 사람의 사이에 다시 예전처럼 평화가 찾아왔다.

윤성은 늘어지게 아침을 자고 일어나면 가볍게 조깅을 했다. 그리고 나머지 시간은 거의 책을 읽으며 보냈다. 한 번씩 밖에서 길게 통화를 하는 건 지영이라는 것을 알 수 있었다.

승연은 새벽 6시에 일어나 바닷가까지 뛰고 돌아와 가볍게 식사를 하고 다시 잠을 청했다. 정오가 될 때쯤 일어나 윤성이 차려놓은 밥을 먹고 같이 독서를 하거나 바깥으로 나가 회를 사 먹기도 했고, 우도에도 다녀왔다. 윤성은 요리 솜씨가 좋지는 않았지만 나쁘지도 않았다.

아침을 먹지 않는 윤성이 식탁 앞으로 다가왔다. 승연이 호밀빵을 들어 보이자 윤성이 고개를 끄덕였다. 토스트기에 빵을 넣고 먼저 구워놓은 빵을 윤성 앞으로 내밀었다. 윤성은 나이프로 크림치즈와 버터를 대충 발라 한입 크게 물었다. 승연은 유리잔에 오렌지주스를 따라 앞으로 내밀었다.

노릇하게 구워진 빵에 버터를 바른 뒤 메이플 시럽을 뿌리는 승연과 윤성의 눈이 마주쳤다. 보기에도 달아 보이는지 그는 살짝 인상을 찌푸리고 있었다.

"사람 먹는 건데 신기하게 보지 말지?"

"오늘 마지막 날인데, 이대로 박혀 있기도 그렇잖아."

"나갈까?"

"가고 싶은 데 있어?"

잠시 눈동자를 돌리던 승연이 빵을 한입 물었다. 윤성은 자리에서 일어나 커피포트에 내려놓은 커피를 두 잔 따라 다시 돌아와 앉았다. 승연은 은은한 커피 향을 맡으며 한 모금 마시고 고개를 끄덕였다.

"최윤성이 유치하다고 안 갈 것 같은데."

"어딘데? 테디베어 박물관 뭐 이런 데?"

승연이 고개를 저었다. 승연은 서둘러 빵을 내려두고 윤성의 손에서도 빵을 빼앗아 들었다. 갑자기 빵을 뺏기자 윤성은 그녀를 바라보았다. 다행히 두 사람은 아침 운동을 하고 씻은 뒤였다.

"먼저 해녀의 집에 가서 전복죽을 먹자."

"이러고 싶어서 일주일간 어떻게 참았냐?"

"가기 싫어?"

"가자."

윤성도 일주일 내내 이러고 있는 게 따분했던 건 분명했다. 사실 그녀야 따분하다기보다 오히려 편한 마음이 더 컸다. 우선 욕심을 내려두고 여긴 아무도 방해할 사람이 없으니 시간의 흐름에 몸을 맡겼기 때문이다.

2층 방으로 올라가 서둘러 트레이닝 복과 패딩 조끼를 걸쳐 입고 계단을 내려오는데 슈트 차림으로 윤성이 나오자 승연이 멈춰 섰다. 윤성 역시 막 넥타이를 매만지다 그녀를 보고 행동을 멈추었다.

"난 트레이닝 복 없는데."

"그럼 좀 편하게라도 입지?"

"신승연이 갈아입는 건 어때?"

"그럼 화장도 해야 돼."

그 말에 윤성이 다시 방 안으로 들어갔다. 사실 집에서는 이렇게 편안한 옷을 입고 돌아다니지 못했다. 윤 여사의 간섭도 있었지만 아무래도 보는 사람들이 많다 보니 절로 차려입을 수밖에 없었다.

연희와 함께 백화점에서 이 트레이닝 복을 살 때도 사실은 살짝 들떠 있었다. 제주도에 가서 편하게 입을 수 있겠다며. 승연은 학교를 졸업한 뒤로 트레이닝 복을 운동할 때 이외에는 입어본 적이 없다.

곧 문을 열고 나온 윤성을 보고 승연이 한숨을 내쉬었다. 짙은 남색 면바지에 파스텔 톤의 분홍빛 브이넥 니트와 손엔 바지와 같은 색의 울 코트를 들고 있다. 그래도 저 정도면 선방했다 싶어 승연은 고개를 끄덕이고 별장을 나섰다.

차는 조용히 움직이기 시작했다. 날이 흐린 듯싶더니 곧 눈을 뿌려대기 시작했다. 어차피 해안가 쪽이라 오는 둥 마는 둥 했지만 승연은 창문을 열고 눈을 구경했다.

“전복죽은 어디서 먹는데?”

“성산 일출봉 해녀의 집.”

“가봤어?”

“자주 가봤지. 넌 제주도 와서 전복죽도 안 먹어봤어?”

“먹어봤지, 호텔에서.”

이래서 뼛속까지 도련님이라는 거다. 승연이 가볍게 코웃음을 치자 윤성이 핸들을 살짝 오른쪽으로 꺾었다 다시 제자리로 돌렸다. 순식간에 몸이 휘청거리고 승연은 이마를 문틈에 찧고 말았다. 그렇지 않아도 첫날 대시보드에 찍어 이마가 아픈 게 가라앉은 지 얼마 되지 않았는데. 승연은 서둘러 사이드미러로 이마를 확인했다. 다행히 푹신한 곳이라 이마가 조금 얼얼했지만 붓거나 하진 않았다.

“정말 유치하게.”

“먼저 무시한 게 누군데?”

“넌 무슨 재미로 살았니?”

은근히 이런 거친 장난을 좋아하는 윤성을 보며 승연이 입술을 삐죽이고 창문을 올렸다. 세찬 바람 소리가 잦아들고 찬바람도 사라졌다. 몸을 똑바로 하고 고개를 돌려 윤성을 바라보았다.

"어릴 땐 할아버지께서 부모님 따라 들어오지도 말라고 해서 미국에서 굴러먹고, 한국 들어와 대학 나온 뒤 군대 다녀와 바로 입사해서 계속 해외로 돌고. 돈 버는 기계."

윤성이 군대 갔을 때 승연은 무척이나 놀랐다. 주변 사람들을 보면 손을 써 빠지는 경우가 대부분이었다. 하지만 윤성은 보란 듯 102보충대로 갔고, 훈련을 마치자마자 지원해 수색대대에 들어갔다. 2년간 DMZ를 몇 번을 들락거렸는지 모르겠다며 허세를 떠는 윤성을 보고 승연은 코웃음을 쳤다. 그가 북한군과 대치했다는 이야기를 듣기 전까지는.

바로 뒤에서 목소리가 들리는데 어디에 있는지 감을 잡지 못해 이젠 정말 죽었다는 생각이 들었다고 했다. 그 말은 적에게 자신들이 노출되어 있다는 뜻이니까. 수색할 땐 여섯 명이 한 조가 되어 들어가는데 그때 여섯 사람은 죽기 살기로 뒤도 돌아보지 않고 뛰었다고 했다. 그때 윤성은 우리나라가 휴전국임을 절실히 깨달았다고 말했다.

생각해 보면 윤성은 무척이나 빠듯한 십대와 이십대를 보냈다. 이젠 회사에서도 팀장으로 올라섰고, 자리를 잡아 여유가 생긴 것 같았다. 새삼 윤성이 부러워졌다. 그렇게 빡빡한 틈에서도 누군가를 사랑할 수 있는 열정이 남아 있었다.

그에 비해, 아니, 보통 대한민국 평균 이십대들과 비교해 보아도 그녀는 정말 유유자적한 시간을 보냈다. 그녀의 이십대는 무엇 하나 제대로 남아 있는 게 없었다. 있다면 그건 지영일 것이다. 그 외에는 잃은 게 훨씬 많았다. 차라리 누군가를 열렬히 사랑이라도 해보았으면 덜 억울했을까?

"너 혼자 잘 웃는다?"

"내가 그랬나?"

씁쓸함이었는데 윤성은 웃는 걸로 본 모양이다. 사랑에 빠져 있는 사람들 눈엔 세상이 온통 핑크빛으로 보이는 것일까? 이젠 별걸 다 생각한다. 승연은 숨을 가득 내뱉으며 창틀에 팔을 들어 올려 머리를 기대었다.

"시흔이 녀석은 걱정도 안 되나 봐?"

그 말에 승연이 눈동자만 살짝 굴려 윤성을 보았다.

"통화하는 걸 한 번도 못 본 것 같아서."

그래, 그는 지영과 착실히 통화하고 있었다. 보통의 연인이라면 응당 그래야 할 것이다. 승연은 잠시 눈동자를 굴리며 숨을 깊게 몰아쉬었다. 그럼에도 불구하고 폐는 산소가 부족한 느낌이다.

"바쁘니까."

"쿨한 관곈가?"

"무슨 뜻이야?"

"아니, 좋아하는 사람들끼리 그게 가능한가 해서. 얼굴 못 보면 목소리라도 듣고 싶어지는 게 정상 아닌가?"

전혀 이해가 가지 않는다는 투로 윤성이 말했다. 그래, 이해할 수 없는 게 당연하다. 그녀와 시흔은 진짜 연인 관계가 아니니까.
그때 거짓말처럼 그녀의 핸드폰이 울렸다. 주인공은 시흔이었다.

"시흔아."

[어디야?]

"오늘은 오랜만에 나와 봤어. 전복죽 먹으려고. 밥은 먹었어?"

[커피 한 잔.]

“그러다 속 버린다.”

[계속 정신이 없었어. 시장 상인들 생존권 때문에 계속 뛰어다니느라 바빴거든.]

시흔은 마치 그동안 연락하지 못한 것을 변명이라도 하듯 계속 말을 이어갔다. 승연은 이것도 시흔의 배려라는 것을 알고 가만히 들어주었다. 시흔은 분명 지금 그녀의 옆에 윤성이 있다는 것을 알아챈 게 틀림없었다. 그게 아니더라도 시흔은 충분한 연기를 해주고 있었다.

[언제 올라오는 거야? 모레?]

“내일 올라가서 우리 집에 들러 하루 자고 다음날 최윤성 집으로 가야지.”

[한 침대 쓰는 건 아니지?]

그 말에 승연이 웃고 말았다. 시흔의 낮은 웃음소리도 들려왔다. 대화를 모두 듣고 있는 윤성은 미간을 찌푸린 채 운전에 집중하고 있었다. 그때 전화기 너머로 시흔을 부르는 비서의 목소리가 들려왔다.

[재판 전 약속 있는 걸 깜박했네. 내일 올라오면 전화 줘.]

“그래, 재판 잘하고.”

전화가 끊기자 차 안은 다시 적막으로 가득했다. 차 밖으로 세차게 불어대는 바람 소리만이 간헐적으로 들려왔다.

“신승연도 잘하고 있네.”

“뭘?”

“사랑.”

어딘지 모르게 가시 돋친 말 같았지만 승연은 자신이 잘못 들은 것이라고 생각했다. 윤성이 그렇게 나올 필요가 전혀 없었으니까. 승연은 고개를 완전히 돌린 뒤 입을 열었다.

"내가 과연 잘하고 있는 걸까?"

"뭘?"

"사실은 잘 모르겠거든, 누군가를 사랑한다는 걸."

"그럼 너하고 연시흔이 하는 건 뭔데?"

윤성의 목소리엔 궁금함이 들어 있었다. 승연은 살짝 고개를 들어 올리며 시흔을 떠올렸다. 시흔은 좋은 친구이자 좋은 사람이다.

"연민? 우정?"

"신승연은 그따위 걸로 남자를 사귈 수 있나 봐?"

"그따위?"

"너희 섹스하는 사이 같지는 않아 보이거든."

승연의 얼굴이 그대로 굳었다. 그녀의 고개가 저도 모르게 천천히 돌아가 윤성을 바라보았다. 이렇게 노골적으로 물어볼 거라 생각하지 못했다. 아니, 이런 대화를 윤성과 할 거라고는 아예 상상도 해보지 않았다. 그녀가 한 번씩 윤성을 보며 지영과 키스는 하는 사이니 어쩌니 하며 놀리긴 했지만 그건 말 그대로 가벼운 것이었다. 하지만 어딘지 윤성이 말하는 그 섹스라는 단어는 무척이나 무거워서 그녀의 얼이 빠지게 만들기에 충분했다. 왠지 윤성에게 한 방 먹은 느낌이다.

"뭐 해? 안 내려?"

저도 모르게 놀라서 멍한 상태가 지속되었는데 어느새 해녀의 집 앞에 도착한 모양이다. 승연은 저도 모르게 고개를 젓고 웃으며 차에서 내려 앞을 보았다. 10시가 되기 전이라 이미 아침 시간은 지나간 모양인지 주차장도 제법 한산했다.

처음 이곳에 왔을 땐 꼭 오래된 휴게소 같다는 생각을 했다. 문에서 그리 멀지 않은 곳에 자리를 잡은 두 사람은 메뉴를 훑어보았다. 벽에 빼곡하게 쓰여 있는 메뉴를 보며 윤성은 식탁이 끈적끈적하다고 느꼈는지 올려놓았던 팔을 다시 슥 내리고 있었다.

“이모님, 잘 지내셨죠?”

“아이고, 예쁜이. 오랜만에 왔네? 남자친구?”

“아, 친구요. 저희 전복죽 하나, 문어 하나 주세요.”

“조금만 기다려.”

오랜만에 보는 사람에게도 친근하게 구는 승연을 보는 윤성의 눈은 꽤 호기심이 깃들어 있었다. 승연은 컵에 물을 따르며 그런 윤성을 보고 픽 웃었다.

“여기 자주 왔나 봐?”

“제주도 오면 꼭 여기서 아침 먹었거든.”

그림이 잘 풀리거나 하지 않을 때면 자주 제주행을 택했다. 다른 이유가 있다기보다 제주에 오면 마음이 편해졌기 때문이다. 어려서부터 식구들과 자주 왔기 때문이었는지도 모른다. 예전엔 분기에 한 번씩 왔었다면 근래에 들어선 한 달에 한 번 정도 오고는 했다. 그게 단 하루라고 해도 좋았다. 어쨌거나 제주도에 오면 한결 가벼워진 마음으로 돌아가곤 했다.

“그러고 보니 너 제주도 자주 갔었지?”

승연이 고개를 끄덕였다. 윤성은 자연스럽게 수저가 들어 있는 통을 열고 그 안에서 숟가락과 젓가락을 꺼내 들었다. 앞으로 놓아줄 거라고 생각하고 기다리고 있는데 윤성은 그것을 계속 들고 있었다.

곧 식탁으로 앞 접시와 전복죽, 문어가 놓이자 그제야 앞접시를 그녀 앞으로 놓아주며 그 위로 수저와 젓가락을 올려놓았다. 그 행동에 승연은 고개를 흔들었고, 윤성도 머쓱한지 슬쩍 웃고 말았다. 그러면서 전복죽을 잘 저어 접시에 일정량의 죽을 덜고 그녀의 앞으로 밀어주었다.

"죽을 두 개 시킬 걸 그랬나?"

"이 정도도 충분한데, 뭘."

"지영이랑 왔을 땐 늘 이렇게 시켜 먹었거든. 그럼 배부르고, 나가서 돌아다니다 보면 또 먹을 거 많이 있으니까."

자연스럽게 말을 뱉었는데 윤성의 손이 허공에서 멈춰 있다. 승연은 전복죽이 들어 있는 청자기를 아예 윤성의 앞으로 내려놓았다.

"다 먹어."

"그래."

"지영이가 여기 죽 좋아해."

"몰랐네."

"지영이가 전복죽 좋아하는 거?"

"이런 데 한 번도 온 적이 없어."

무심하게 내뱉으며 윤성이 죽을 입으로 넣었다. 승연은 고동색으로 잘 퍼진 죽을 바라보며 숟가락을 들었다. 여기 오기 전까지만 해도 맛있게 먹을 수 있겠다 생각했는데 잊고 있던 지영을 떠올리자마자 거짓말처럼 입맛이 사라졌다.

그래, 윤성과 함께 있는 한 지영을 아예 배제할 수는 없었다. 그걸 알면서도 자꾸 지영을 잊게 된다. 그것은 지금 지영이 눈에 보이지 않으니 가능한 일이었다. 당장 앞에 지영이 있었다면 감정이 널을 뛰지는 않았을 것이다. 그때 그녀의 숟가락 위로 문어 한 조각이 올라왔다.

"제사 지내?"

"먹어."

야들야들하게 잘 삶아진 문어는 몇 번 씹지 않았음에도 쉽게 식도를 타고 넘어갔다. 여기에는 소주가 잘 어울릴 거라고 생각했지만 아침부터 술을 마실 순 없어 괜히 입맛을 다셨다. 윤성의 시선이 승연의 시선을 좇았다.

"혼자 오피스텔에 있으면서 술만 마시는구만?"

"아니거든?"

"눈이 자연스럽게 술을 찾잖아."

"그냥 소주에 잘 어울리는 안주다, 이거지."

그 말에 윤성이 인정한다는 듯 고개를 끄덕였다. 그때부터 두 사람은 말없이 음식을 먹기 시작했다. 그릇을 깨끗하게 비우고 일어선 두 사람은 곧바로 주차장으로 나왔다.

"그래서, 가고 싶은 곳이 어디라고?"

"아쿠아리움."

"아쿠아리움?"

전혀 생각도 하지 않았다는 얼굴로 윤성이 내비게이션을 찍고 아쿠아리움으로 향했다. 멀지 않은 곳이라 금방 도착한 두 사람은 차를 세우고 건물을 향해 걷기 시작했다. 계단 양옆으로 만들어진 긴 분수대를 걸으며 윤성이 말했다.

"오사카에 있는 건물들에 이런 거 많던데."

"안도 다다오 건물?"

"가봤어?"

"예전에 호텔에 묵은 적 있어. 정원이 꽤 컸던 걸로 기억하는데……. 원전 터지고는 가본 적이 없어서."

그 말에 윤성이 픽 웃었다. 또 그녀보고 유난 떤다고 할 줄 알았는데 의외로 윤성은 말없이 낮은 계단을 걷고 있었다. 윤성이 먼저 매표소로 다가가 계산을 하고 그녀에게 다가와 손목에 입장표를 둘러주며 말했다.

"여기 와봤어?"

"아니, 처음이야."

"너 오사카 갔을 때 아쿠아리움 좋아한다고 말하지 않았나?"

고등학교 시절에 오사카로 여행을 가 아쿠아리움에 간 적이 있다. 신경 쓰지 않아서 몰랐는데 그때 그곳을 꽤 마음에 들어 했던 모양이다. 윤성이 기억하고 있는 것을 보니 또 가고 싶다고 노래를 부른 게 틀림없었다.

"그러게. 제주를 그렇게 많이 왔는데 여긴 처음이네."

일요일이라 그런지 사람들이 가득했다. 그 탓에 두 사람은 사람들 틈 속에서 거의 밀리다시피 붙어 걸어갈 수밖에 없었다. 사람이 너무 많아 소란스럽고 보고 싶은 게 있어도 멈추지를 못했다. 펭귄 수족관 앞에 멈춰 선 승연은 뭔가 허전한 느낌에 주위를 둘러보았다. 가족 단위나 연인들로 가득한 틈새 속에서 그녀는 홀로 우두커니 남겨졌다.

왠지 길을 잃은 아이처럼 승연은 그 자리에 우두커니 서서 유리 너머로 보이는 펭귄을 물끄러미 바라보았다. 헤엄을 치고 있는 펭귄은 한 마리도 없고 다들 우두커니 서서 허공을 바라보고 있었다. 승연은 이 펭귄들이 무척 답답할 거라는 생각이 들었다. 하긴, 이 모든 것이 다 인간들의 눈요기를 위해 만들어진 것들이 아닌가. 정신이 나간다고 하더라도 이해할 수 있을 것 같았다.

그녀가 속해 있는 세상도 남들 보기엔 화려하고 좋아 보일지 모르겠지만 꼭 유리관 속에 갇힌 것만 같았다. 사람들은 그들을 통해 대리만족을 하려고 하고, 심심풀이로 멋대로 루머를 만들어낸다. 그녀도 따지고 보면 루머의 피해자였다. 아니 땐 굴뚝에 연기가 실제로 나기도 하는 세상이었다.

그 어이없는 악의적인 소문 탓에 신 사장과 윤 여사는 꽤나 속이 썩어났다. 승묵과 승진은 늘 모범생으로 어긋나는 법이 없었다. 하지만 그녀는 고집이 있고 고분고분 말을 잘 듣는 타입이 아니었다. 다행히 집중력은 좋아 공부를 썩 잘한 편이라 윤 여사는 학업에 대해서만은 관여하지 않았다.

그녀를 음악가로 키우고 싶어 하던 윤 여사는 승연의 하기 싫다는 말 한마디에 알겠다며 고개를 끄덕였다. 사실 그때 승연은 윤 여사가 한 번 더 간곡하게 부탁했으면 그대로 음악을 했을지도 모르겠단 생각을 했다. 그녀는 남들이 생각하는 것보다 가족이라는 것을 더 소중히 생각했다.

안쪽으로 더 들어가 볼까 생각하고 고개를 들어 올리는데, 누군가가 그녀의 손목을 움켜쥐었다. 놀라서 상대를 보니 윤성이 인상을 찡그린 채 서 있었다. 분명 들어올 때 코트를 입고 있었는데 지금은 니트 하나만 걸치고 있었다.

"너 코트는?"

"없어."

"뭐?"

"커피 사온다고 가만히 있으라니까 어딜 그렇게 혼자 다닌 거야?"

그러고 보니 옆에서 윤성이 뭐라고 속삭였던 것 같다. 워낙 시끄럽고 눈은 물고기들을 좇고 있어 제대로 듣지 못한 것이다. 이곳의 공기는 서늘할 정도인데 윤성의 이마엔 식은땀이 맺혀 있었다.

"찾아다녔어?"

"사람들 헤치고 다니느라 난리를 쳤다."

"전화를 하지."

"핸드폰 봐보든가."

윤성이 숨을 팍 내쉬며 앞으로 걷기 시작했다. 손목이 잡혀 끌려가면서 승연은 주머니에서 핸드폰을 꺼내 들었다. 액정엔 부재중 전화 일곱 통이 찍혀 있었다. 워낙 소란스러워 소리가 들리지 않은 모양이다. 결국 미안한 마음에 승연은 커피숍으로 가는 내내 아무 말도 하지 못했다. 카운터 앞에 서자 바리스타가 환히 웃으며 인사를 했다.

"아이스아메리카노로 주세요. 넌?"

"전 따뜻한 걸로 주세요."

윤성이 바지 뒷주머니에서 지갑을 꺼내 카드를 내밀었다. 잠시만 기다리라고 말하는 바리스타에게 고개를 끄덕이고 픽업 카운터로 발걸음을 옮겼다. 윤성은 이마를 가볍게 훑으며 멋대로 흘러내린 앞머리를 쓸어 넘겼다. 늘 왁스로 힘을 주었던 머리카락이 오늘은 하늘하늘했다.

집에 있을 땐 대부분 그는 편한 옷차림을 선호했다. 그래서 왁스를 바르지 않는 모습도 제주도에 와서 처음 보았다. 면바지에 니트 차림인데다 머리카락도 이마를 덮고 있어 그는 평소 힘을 준 모습보다 훨씬 어려 보였다. 주로 슈트 차림을 하는 이유는 나이가 어린 걸로 은근한 무시를 당했기 때문이다.

낙하산이 아니더라도 나이가 어린 윤성은 꽤나 더러운 꼴을 많이 본다며 몇 번이나 말하곤 했다. 하루는 정말 열을 받았는지 술을 마시며 몇 번이나 욕설을 내뱉기도 했다. 윤성이 정말 욕설을 내뱉는 건 처음 보아서 그게 의외이기도 하고 왠지 보통 사람 같기도 했다. 그리고 사회생활이라는 게 어렵다는 것을 승연은 그때 깨달았다. 천하의 최윤성도 사회생활에 스트레스를 받는다며 승연은 고개를 저었다.

커피를 받고 사람들 틈을 피해 대형 수족관 앞으로 갔다. 계단식 벤치에 앉아 수족관을 보며 마시는 커피 맛은 쓰고 눈은 편안했다. 유유히 헤엄을 치고 있는 대형 가오리들은 꼭 하늘 위를 날아다니는 것처럼 보였다.

"그림."

"그림?"

"사무실에 뒀는데, 그거 볼 때마다 진짜 바다 보는 느낌 나서 좋더라."

구도상 여자의 뒷모습이 커서 바다는 눈에 잘 안 들어올 것 같았다. 그런데 윤성은 바다를 더 보는 모양이다.

"그냥 바다만 그린 그림 있는데 그걸로 가져가지 그랬어."

윤성이 고개를 저으며 아예 뚜껑을 열고 커피를 마시며 얼음을 깨 먹고 있었다. 그녀를 찾아다니느라 꽤나 갈증이 난 모양이다.

"그 여자 뒷모습을 보는 게 좋아."

가슴이 철렁 내려앉았다. 윤성이 그 그림 속의 여자가 자신이라는 것을 모를 텐데도 그냥 그것을 좋아한다는 게 기뻤다. 그림을 그린다는 게 이런 걸 느끼기 위한 것일까? 묘한 쾌감이 등줄기를 타고 흘러내렸다.

"보면서 뭘 느끼는데?"

"난 그림을 잘 모르는데…… 쓸쓸해 보이면서 바다가 희망인 것 같은 느낌?"

윤성이 잘 보았다. 그녀는 그런 마음으로 그림을 그렸다. 따뜻한 봄날에 바다를 바라보며 발가벗은 여자의 뒷모습은 쓸쓸해 보이지만 몸짓은 바다가 희망인 것처럼 향해 있다. 그건 언젠가 윤성이 자신을 바라봐 줄까 해서 그린 건 아니었다. 언젠간 이 마음이 없어지고 지영과 윤성을 편히 볼 수 있으면 좋겠다는 소망이기도 했다.

"고맙네, 내 그림 잘 봐줘서."

"소질 있어, 너."

"칭찬 고마워."

"그럼 왜 그리는 건데?"

그녀가 별 의미 없이 받아들이고 있다고 느낀 건지 윤성이 그렇게 물어왔다. 승연은 커피를 옆으로 내려두고 두 손을 앞으로 모아 쥐었다.

"내가 원하는 세상을 마음대로 그릴 수 있잖아."

"그건 그렇지. 난 예술적 기질이 없어서 그런지 예술 하는 사람들이 신기하거든."

처음 윤성이 지영을 본 곳도 학교 대강당이었다. 지영이 피아노를 치고 있는 것을 보며 앉아 있던 승연은 밥을 먹자는 윤성의 전화에 그곳으로 오라고 했다. 그를 좋아하고 나서 늘 그 순간을 후회했지만.

그때 연한 분홍빛의 원피스를 입고 피아노를 치고 있는 지영의 모습은 승연이 다시 떠올려 보아도 예뻤다. 그러니 윤성의 눈엔 오죽했을까. 승연이 커피를 다시 쥐고 자리에서 일어났다.

"나가자."

"지금?"

"갑갑해. 평일에 와야겠어. 사람들 많으니까 제대로 볼 수도 없잖아."

그 말에 윤성이 고개를 끄덕이며 자리에서 일어났다. 두 사람은 천천히 밖으로 나가는 길을 찾다 푸드 코드 옆쪽 출구를 발견했다. 성산 일출봉이 그대로 보이는 모습에 나가려고 하다 밖에도 많은 사람들이 있는 것을 보고 승연은 고개를 저었다. 결국 나오기 직전 승연은 커다란 돌고래 인형을 하나 샀다.

차에 올라탄 윤성은 시동을 걸지도 않고 고래 인형을 만지고 있는 승연을 물끄러미 바라보았다. 윤성의 시선을 느낀 승연은 어색하게 웃으며 뒷좌석으로 인형을 넘겨놓았다. 승연이 안전벨트를 매자 윤성은 시동을 걸고 핸들을 돌렸다.

"회나 떠서 들어가서 먹을까?"

"술?"

그 말에 윤성이 고개를 끄덕였다. 어차피 별장의 위치도 애매해서 밖에서 술을 마시고 대리를 불러 들어가기도 어려웠다. 두 사람은 가까운 마트로 가 주차를 하고 나와 카트를 끌고 안으로 들어섰다. 사람은 많았지만 아쿠아리움처럼 가득 찬 것은 아니었다. 이미 손질되어 있는 광어와 연어 회를 담고 작은 초고추장도 넣었다. 들어가서 마실 소주와 맥주, 과일도 몇 가지 집어넣었다.

"내일 올라갈 건데 뭘 이렇게 많이 사?"

승연의 말에 윤성이 카트 안을 보았다. 역시 한 번도 이런 것을 해보지 않은 티가 바로 난다. 아니, 윤성은 아마 한국에서 처음으로 장을 보는 것임이 틀림없었다. 혼자 외국으로 쫓겨났을 때야 고생을 많이 해보았다지만 한국에 들어와서는 역시나 도련님답게 살았을 것이다.

대학을 다닐 때도 그는 MT 같은 것도 참석하지 않았다. 예상외로 그는 늘 도서관에 박혀 살았는데, 최대한 많은 지식을 습득하기 위해 안달 난 사람처럼 굴었다.

결국 승연의 중재로 오늘 하루 먹을 정도만 사서 마트를 벗어난 두 사람은 다시 차에 올라탔다. 잠시 멈췄던 눈이 다시 내리기 시작했다. 꽤 많이 내려 와이퍼를 빨리 움직여야 할 정도였다.

"해변 좀 보다 들어갈래?"

윤성의 말에 승연이 고개를 저었다. 눈이 더 올 것 같았고, 그러면 별장까지 가기 힘들어질 것 같았다. 정 보고 싶으면 산책길을 나가 바로 앞에 있는 해변으로 가면 될 것이다.

별장에 도착하자마자 윤성은 소파 앞 편백나무 탁자 위에 사온 것들을 늘여놓기 시작했다. 순식간에 차려놓고 욕실로 들어가 샤워를 하고 나온 윤성은 가벼운 면티를 입고 나와 벽난로에 장작을 넣고 불을 더 피웠다.

타닥타닥 타들어가는 소리와 창밖으로 흩날리듯 떨어지는 눈을 보며 두 사람은 그렇게 술잔을 기울였다. 말없이 마시다 보니 취기는 더 빨리 돌았고, 소파 밑에 앉아 있던 윤성이 고개를 젖혔다. 소파에 앉아 술잔을 비운 승연이 술병을 집기 위해 몸을 앞으로 숙였다. 샤워를 하고 말리지 않아 아직 채 마르지 않은 머리카락이 흘러 윤성의 얼굴을 스친 모양이다.

"너 이러다 감기 걸린다."

승연이 픽 웃고는 잔에 와인을 가득 따랐다. 향이 좋은 와인이 있다며 윤성이 와인냉장고에서 꺼내온 것이다. 알코올 맛보다 달콤한 맛이 더 강해 마시다 보니 어느새 병을 거의 다 비웠다. 윤성의 손이 승연의 머리카락을 마치 커튼을 치우듯 하며 그 틈 사이로 들어와 그녀가 들고 있는 잔을 가지고 갔다.

승연은 탁자 위를 보았다. 파인애플과 치즈만 조금 사라졌을 뿐 회는 고스란히 남아 있었다. 그리고 바닥엔 이미 비운 소주 세 병과 맥주병이 굴러다니고 있었다. 둘 다 제대로 먹지도 않고 술만 비워댄 것이다.

그녀의 웃음소리에 윤성이 몸을 돌렸을 뿐 여전히 바닥에 앉은 채 승연을 올려다보았다. 얼굴색은 평소와 다름없었지만 살짝 눈이 풀려 있는 것을 보니 윤성도 취한 모양이다. 와인잔을 든 윤성의 손이 입 앞으로 가까이 다가왔다. 마치 어린아이에게 물을 먹이듯 하는 윤성의 모습에 승연이 웃으며 살짝 고개를 젓혔다. 하지만 서로 행동이 맞지 않아 승연의 입가로 술이 흘러내렸다.

"이게 뭐야."

"아깝게 너는 이걸 다 흘리고 그러냐."

그녀의 두 다리는 윤성의 팔 사이에 가두어져 있고 얼굴은 너무나 가까웠다. 윤성의 손이 가볍게 그녀의 입술을 훔쳤다.

취해서 그런 걸까? 이 분위기가 위험하다고 분명 생각하고 있었다. 하지만 술에 취해서인지 몸이 마음대로 움직여지지 않았다. 윤성의 얼굴이 점점 가까워진다고 생각할 때쯤 뜨겁게 달궈진 입술이 맞닿았다.

6화 귀를 막다

키스는 깊어지지 못했다. 순간적으로 정신이 든 승연이 몸을 뒤로 당겨 빼며 윤성을 피했기 때문이다. 이대로 모르는 척 눈을 감고 윤성에게 빠져들어 만약 아이라도 갖게 된다면, 그땐 아이만 보고 윤성을 떠나보낸 채 살 수 있을까?

윤성은 아마 술에 취해 사랑하지 않는 여자를 안은 대가로 크게 후회할 것이다. 그리고 지영은 물론 윤성도 평생 그녀를 더 원망하게 될 것이다. 아주 짧은 순간 많은 생각이 스쳐 지나갔다.

무언가에 홀린 눈으로 여전히 그녀의 뺨을 쥐고 있는 윤성을 본 승연이 두 눈을 질끈 감고 그 따뜻하고 다정한 손길을 쳐내었다. 윤성을 욕심내지 않을 것이다. 그의 곁에서 함께하는 동안 서서히 마음을 정리해 나갈 것이다.

만약 이 상황이 어제였다면 이렇게 윤성을 뿌리치지 못했을 것이다. 그저 욕심과 욕망에 휩싸여 한순간의 쾌락에 빠져 헐떡거렸을 것이다. 힘없이 떨어진 윤성의 팔을 물끄러미 바라보던 승연이 비틀거리며 자리에서 일어났다.

"많이 취했어."

윤성은 아무 말이 없었다. 비틀거리는 걸음으로 겨우 옆에 있는 가구와 벽을 붙잡으며 승연이 계단으로 올라섰다. 아마 잠깐이라도 윤성이 그녀를 붙잡았더라면 못 이기는 척 넘어갔을지도 모른다. 그만큼 승연은 자신의 다짐이 별 볼 일 없다는 것을 알고 있었다. 계단으로 올라서고 있는 이 순간에도 몇 번이나 뒤로 돌아설까 고민했다. 하지만 승연은 손바닥이 손톱에 의해 파일 정도로 힘을 주고 문을 열었다.

끼익 하는 나무문이 내는 소리가 귓등을 타고 몸을 훑어 내렸다. 쾅 소리와 함께 문이 닫히고 잠시 등을 문에 기대었던 승연은 무거운 발걸음을 이끌어 침대에 쓰러지듯 누웠다. 겨우 몸을 돌리고 천장을 올려보았을 땐 짙은 한숨이 새어 나왔다. 다락방처럼 비스듬한 천장에 뚫린 창문은 쏟아지는 눈을 고스란히 맞고 있었다. 승연은 마치 창문을 뚫고 눈이 쏟아지는 것 같아 파르르 떨리는 눈꺼풀을 몇 번이나 감아야 했다.

오늘의 일은 없었던 것이다. 술에 취해 이성을 잃은 윤성은 그저 앞에 있는 여자를 착각했을 뿐이다. 그렇지 않으면 그런 다정한 눈빛과 손길을 그녀에게 보내지 않았을 테니까. 언젠간 오늘을 후회하게 될지도 모른다. 한 번이라도 그를 안고 싶었다면서. 하지만 그럴 수 없다는 것을 승연은 누구보다도 잘 알고 있었다.

머리가 지끈거리며 아파왔다. 어젯밤 엉망진창으로 술을 섞어 마신 대가이다. 고개를 돌려 시계를 보니 이미 7시가 넘어가고 있었다. 자리에서 일어난 승연은 점퍼를 입은 뒤 방문을 열고 천천히 계단을 타고 내려갔다. 어제 두 사람이 마신 술자리는 꼭 없었던 것처럼 깨끗하게 치워져 있었다.

욕실로 들어가 이를 닦고 간단히 세수를 했다. 얼굴의 물기를 깨끗하게 닦아내고 샘플용 수분크림을 손바닥에 짜 얼굴을 문지르듯 발라냈다. 손을 내리고 거울을 본 승연은 자신의 얼굴에 짙은 후회가 남아 있는 것을 발견했다. 이대로 윤성을 볼 수는 없었다.

별장을 나선 승연은 산책길을 따라 천천히 해변으로 향했다. 분명 어제 눈이 많이 온 것 같은데 주변은 곳곳에 흔적만 남아 있을 뿐 쌓여 있진 않았다. 주머니에 두 손을 꽂고 바닥만 보며 걷던 승연은 시야에 들어오는 신발에 천천히 고개를 들었다.

점퍼나 재킷을 걸치지도 않은 윤성이 삐딱하게 서서 그녀를 바라보고 있었다. 잠시 놀란 얼굴을 한 승연은 이내 웃음을 터뜨리고 말았다. 머리카락은 마구잡이로 헝클어진 채 얼마나 뛴 건지 추운 날씨임에도 불구하고 얼굴은 땀으로 범벅되어 있었다. 그런 몰골로 인상을 찌푸리고 있으니 웃음이 흘러나오는 게 당연했다.

"머리도 안 아프니?"

그래, 어젠 술에 많이 취했다. 아주 잠깐 꿈을 꾼 건지도 모른다. 너무 원해서 한 번만 윤성이 먼저 다가와 주었으면 해서 멋대로 꿈을 꾼 것이다. 짝사랑이 깊어져 멋대로 상상하고 만 것이다.

"어젠."

막 윤성의 곁을 지나쳤을 때 억눌린 목소리가 들려왔다. 꿈이 아니고 환상이 아니었다는 것을 고스란히 들려주는 목소리다.

"미안하다고 안 해도 돼."

걱정과는 다르게 덤덤한 목소리가 흘러나와 승연은 스스로에게 놀라웠다. 분명 목소리가 덜덜 떨리거나 나오지 않을 거라고 생각했다. 하지만 상처받기 싫은 것이다. 윤성이 무슨 말을 할지 잘 알고 있기 때문에.

"어차피 미안하다는 말은 안 했겠지만."

몸을 돌려 세우자 고개를 숙여 바닥을 보고 있는 윤성이 보였다. 어제의 그는 술에 취한 것뿐이었다. 술은 이성을 잠들게 만든다. 그래서 윤성도 평소 술을 자제하는 것일 테고. 다만 어젠 친구인 그녀와 함께 있어 마음 놓고 술을 마신 것뿐이다.

누군가 그랬다. 밤과 술이 있는 한 남자와 여자는 친구가 될 수 없다고. 그리고 남녀가 친구인 건 다른 사람이 짝사랑을 하고 있어야만 가능하다고. 그래, 그렇게 두 사람은 그런 아슬아슬한 관계였던 것이다. 친구가 될 수는 없었다. 그래서 이 결혼 생활이 끝나면 그녀는 떠나야 했다.

"지금 들어가 씻고 출발해야 돼."

다행이다. 승연은 웃었다.

"10분만 있다 들어갈게."

다시 돌아섰다.

"신승연."

하지만 걸을 수는 없었다.

"미안하다."

승연은 눈을 질끈 감았다. 울고 싶지 않아 다시 주먹에 힘을 주었을 때 아릿하게 느껴지는 아픔에 손바닥을 펼쳐 보았다. 어제 얼마나 힘을 주어 참아내었는지 손바닥엔 생채기가 나 있었다. 세수를 할 때도 느끼지 못했는데 이제야 아프다니. 덕분에 눈물이 나지 않았다. 미안하다는 말은 끝까지 듣고 싶지 않았는데. 승연이 씁쓸하게 웃으며 바다를 보았다.

윤성은 아무래도 그녀와 단둘이 있는 것을 피하고 싶은 모양이었다. 공항에 도착하자마자 그녀의 집으로 와 인사를 한 뒤 안 비서에게 갑자기 전화가 왔다며 윤 여사에게 양해를 구하고 먼저 일어섰다. 윤 여사는 배웅하라고 했지만 윤성은 추우니 됐다고 말하며 혼자 밖으로 나갔다.

"둘이 싸웠니?"

"싸우긴."

아무리 있기 싫어도 점심은 먹고 가야 했다. 회사 핑계를 대고 일어섰지만 지영을 만나러 갔다는 것쯤은 알고 있다. 자신을 무시하는 건 괜찮지만 가족들까지 무시하는 건 볼 수 없었다. 내일 만난다면 그 점에 대해서는 확실히 짚고 넘어가야 할 것 같았다.

"어머님, 아가씨 많이 피곤해 보이는데 좀 올라가 쉬게 해주세요."

연희의 말에 윤 여사가 승연의 얼굴을 살폈다. 어제 술을 많이 마셔서 오늘 하루 종일 피곤한 것뿐인데 윤 여사는 안쓰러운 표정으로 그녀를 바라보았다.

"딱 싸웠네."

"정말 아니라니까. 싸울 일이 뭐가 있어? 올라가서 좀 쉴게. 아빠 오시면 좀 깨워줘."

"밥 좀 먹고 올라가지."

"생각 없어."

혀를 차는 윤 여사를 뒤로한 채 승연은 연희를 보고 웃곤 계단으로 올라섰다. 방으로 들어선 승연은 낮게 한숨을 내쉬며 의자에 털썩 앉았다. 머리만 아플 뿐이지 잠은 오지 않았다. 차라리 잠이라도 잤으면 좋겠지만 꼭 이럴 때면 불면증이 찾아오곤 했다.

지끈거리는 머리를 부여잡고 머리를 쓸어 올리는데 벨소리가 들렸다. 가방을 뒤져 핸드폰을 찾은 승연의 얼굴이 단번에 굳었다. 잠시 망설이는 사이 핸드폰이 잠잠해졌다. 다행이다 생각하며 아예 전원을 끄려고 했지만 벨소리가 다시 크게 울렸다. 결국 승연이 손가락을 움직였다.

"그래, 지영아."

[도착했어?]

어딘지 낮게 가라앉아 있는 지영의 목소리 때문에 승연은 저도 모르게 더 밝게 소리를 냈다.

"최윤성 아직 도착 안 했어?"

[우리 집?]

"우리 집에 와서 인사하고 나서 부리나케 뛰어가던데?"

[정말?]

거짓말처럼 지영의 목소리가 밝아졌다. 그래, 어차피 그녀 혼자 아파하면 될 일을 몇 사람이나 끌어안고 힘들어할 필요는 없었다. 윤성에게 화가 나지 않는 건 아니지만 그래도 마음이 씁쓸한 건 어쩔 수 없는 일인 걸까?

"지영아, 미안한데 어쩌지? 나 지금 좀 바쁜 일이 있는데."

[아, 미안. 시간 뺏었네. 조만간 만나서 같이 밥 먹자.]

그 같이라는 단어에 윤성이 들어가 있는 것을 알았지만 승연은 그러자고 하며 전화를 끊었다. 그리고 통화가 종료됨과 동시에 긴 한숨을 뱉어내었다. 하루 종일 이런 식으로 집에 있다간 긴 심연 속으로 빠질 것만 같은 느낌이 들었다. 자리에서 일어난 승연은 옷을 갈아입고 나갈까 잠시 망설이다 이대로 나가는 것을 선택했다. 막 계단을 내려가는데 들뜬 얼굴로 걸어오는 윤 여사의 얼굴이 보였다.

"어머, 얘. 윤성이가 너 생각하는 게 정말 보통이 아닌 모양이다."

"어?"

"빨리 나와 봐!"

평소의 윤 여사였다면 그녀의 트레이닝복 차림에 잔소리를 해댔을 것이다. 하지만 지금은 그런 게 눈에 보이지 않는 모양이다. 서두르는 윤 여사의 행동 때문에 얼떨결에 신발도 제대로 신지 못하고 끌려 나갔다. 정원 옆 계단을 가로질러 대문을 나서자 그 앞엔 특유의 삼지창 모양을 달고 있는 짙은 남색의 커다란 차가 세워져 있었다.

처음엔 윤성을 놀려보려 한 말이고, 곧바로 윤성이 안 비서를 시켜 차 계약을 했지만 보기 전까지는 믿지 않고 있었다. 아니, 애초에 별 관심도 없었으니 신경을 쓰지 않았다. 고개를 돌리자 직원이 다가와 친절하게 사인을 요구하고 그녀에게 스마트키를 들려주었다. 이런저런 이야기를 윤 여사는 경청을, 그녀는 건성건성 흘려들었다. 직원이 가고 나자 윤 여사는 차 이곳저곳을 둘러보느라 여념이 없었다. 그런 윤 여사의 모습에 승연의 입에서 절로 웃음이 흘러나왔다.

"엄마, 그렇게 좋아?"

"얘는, 그럼 좋지 안 좋니? 이 차, 네 오빠가 그렇게 갖고 싶다고 난리 치던 그 차 아니니. 네 아버지가 반대하신 그거잖아."

모든 것에 별 욕심이 없어 보이던 승묵이 유일하게 갖고 싶어하던 것이다. 그녀도 실제로 이 차를 가까이에서 보는 것은 처음이었다. 사실 차에 별 관심도 없었고 어렴풋이 승묵이 말하던 차라 기억하고 있었다. 유니크한 차량이라 배기음만으로도 고개가 돌아간다면서.

승묵이 사려고 했지만 신 사장은 과한 소비라며 반대했다. 효자라고 소문난 승묵은 바로 깨끗이 포기하고 국산차를 계약했다. 그런데 정말 차엔 관심도 없고 디자인도 제대로 모르고 있던 승연이 이 차를 소유하게 되었다. 윤 여사는 가죽 박음질부터 다르다며 행복한 얼굴로 차 내부를 보고 있었다.

"돈이 좋긴 좋다."

윤 여사 역시 남부럽지 않을 만큼의 돈을 가지고 있다. 하지만 신 사장과 마찬가지로 검소하고 아껴 쓰는 게 생활화되어 있었다. 물론 본인에겐 아끼지만 자식들에겐 과감하게 투자했다.

"이거 엄마 탈래?"

"뭐? 이런 차가 엄마랑 어울리기나 하니?"

"스포츠 모드 안 하면 배기음도 그렇게 안 크다고 하잖아. 엄마가 타. 나는 아줌, 아니, 어머님이 차 한 대 주셨잖아."

그녀는 홍 여사에게도 차를 한 대 받았다. 예전에 지나가다 재규어를 보고 예쁘다고 한 것을 홍 여사가 기억하고 있었던 모양이다. 결혼식이 끝나고 공항에 갈 때 그 차를 타고 갔다. 홍 여사는 부담 갖지 말라고 했지만 당연히 부담이 될 수밖에 없는 상황이었다. 아마 홍 여사는 그녀가 이 차를 선물 받은 것을 모르고 있을 것이다.

"그래도 엄마가 타는 건 아니지, 최 서방이 준 건데. 그냥 차고에 넣어두고 번갈아 가면서 타."

"알았어. 추운데 빨리 들어가. 나 나갔다 올게."

"어딜?"

"잠깐 오피스텔에 들러야 해. 가서 그림 확인해야 하거든."

"최 서방은 오늘 들어온다니?"

"모르겠어. 이따가 전화 오겠지. 아무튼 다녀올게요."

윤 여사가 고개를 끄덕이며 집 안으로 들어갔다. 잠시 차를 보던 승연은 차고를 열어 본래 자신이 타고 다니던 차를 꺼내고 그 자리에 배달되어 온 차를 넣었다. 묵직함과 날렵함이 공존하는 이 차는 역시 자신이 타기엔 무리라는 생각이 들었다. 차에서 내려 차고 문을 닫고 뒤를 돌아보았다. 차고가 닫혀 특유의 삼지창 모양이 더 이상 보지 않자 승연은 고개를 돌려 자신의 차에 올라탔다.

평일의 도로는 평소보다 훨씬 한산했다. 승연은 거칠게 차를 몰고 주차장으로 들어섰다. 엘리베이터 근처에 주차를 하고 내려 사무실로 올라갔을 때는 시흔이 책에 몰두하고 있었다. 얼마나 집중하고 있는지 그녀가 앞으로 걸어가 책상을 두드렸음에도 책에만 열중하고 있었다. 결국 승연이 팔을 뻗어 시흔을 건드렸다.

"신승연?"

평소 자주 있는 일인지 시흔은 놀라지 않았지만 앞에 서 있는 그녀를 보고 헛것을 보았다고 생각한 모양이다. 승연이 픽 웃으며 시흔의 앞으로 차 키를 던져 주었다. 갑자기 그녀의 차 키를 받아 든 시흔이 영문을 모르겠다는 얼굴로 승연을 보았다.

"나 졸지에 차가 세 대나 생겼어. 그러니까 내 차 사줘."

"뭐?"

"별로 타지도 않았어. 만 키로도 안 돼. 싸게 쳐줄게. 시세 3분의 1만 받을 거야."

"뭐라고?"

"너 똥차 오늘내일한다며."

마음 같아선 시흔에게 윤성이 선물로 준 차를 주고 싶은 심정이다. 하지만 그렇게 했다간 윤성과 시흔의 사이는 더 골이 깊어질 것이다. 그렇다고 홍 여사에게 받은 차를 줄 수도 없었다.

"갑자기 무슨 말이야?"

"윤성이가 내 그림 빼앗아 가려고 하잖아. 그래서 농담으로 '차 한 대 사내' 라고 했더니 결혼 선물이라며 떡하니 정말 차를 보내 준 거야."

"대체 뭘 사줬는데 네 차를 나한테 시세의 반도 안 받고 넘긴다는 거야?"

"마세라티."

그 말에 시흔의 눈이 휘둥그레졌다. 역시 시흔도 남자인지라 그 차가 뭔지 잘 알고 있는 모양이다. 시흔이 이내 입술을 모으더니 고개를 끄덕이곤 휘파람 소리를 짧게 내었다.

"또 다른 한 대는 뭔데?"

"홍 여사님이 주셨어."

"우리 신 여사님, 시집 잘 가셨네요."

시흔이 웃으며 말하자 승연은 슬쩍 눈을 흘겼다. 시흔은 인형이 달린 스마트키를 뱅뱅 돌렸다.

"어쩌지? 나 현금 없는데."

"천천히 줘."

"안 주면?"

"인권변호사님께 투자했다고 칠게. 보험도 들어가 있으니까 그냥 몰아도 돼."

"이거 정말 받아도 되는 건가?"

"내 애인 해주기로 한 계약금이야."

그 말에 시흔이 더 참지 못하고 크게 웃었다. 주위를 둘러보니 사무실을 정리하는 모양인지 책장도 거의 비워 있고 군데군데 짐을 넣어둔 상자들이 보였다. 승연의 시선을 따라 시흔의 고개도 돌아갔다.

"그래도 정 들었는데 떠나기 좀 아쉽긴 해."

"우리 아빠 잘 부탁해."

"누가 할 소릴. 그나저나 신혼여행까지 다녀오셨는데 빈손이다?"

"차 줬잖아."

아침 이후로 윤성과는 아무런 말도 하지 못했다. 그래서 공항에 들러 면세점에서 선물이라도 잠깐 살까 하던 계획이 완전히 틀어지고 말았다.

"오후 스케줄 어때?"

"없어."

"데이트 좀 할까?"

"그러지, 뭐."

웬일로 데이트에 순순히 응하는 시흔을 보며 승연은 웃고 말았다. 시흔은 비서에게 몇 가지 일을 시킨 다음 사무실을 나섰다. 주차장으로 내려가 차 앞에 선 시흔은 잠시 망설이더니 잠금장치를 풀었다.

"정말 나보고 운전하라는 거야?"

승연은 대답 없이 차 보조석으로 올라탔다. 이보다 더 확실한 대답이 있을까? '허!' 하며 웃던 시흔이 결국 운전대를 잡았다. 자신의 키에 맞춰 능숙하게 의자와 핸들을 조정하고 백미러까지 확인한 시흔이 조심스럽게 차를 출발시켰다.

"능숙해 보인다? 설마 밤엔 대리운전 하는 건 아니지?"

"대리운전 그거 많이 했지, 선배들."

그 말에 승연이 웃으며 고개를 저었다. 확실히 예전부터 시흔은 술을 좋아하는 타입이 아니었고, 승연과 마실 때는 그녀에게 맞춰주는 편이었다. 그때마다 대부분 주스나 음료수를 마시곤 했다. 알코올의 맛이 코끝을 시큰하게 만든다며 시흔은 고개를 젓곤 했다.

"어디로 가는데?"

"백화점."

"백화점?"

"빈손으로 갈 순 없잖아."

그 말에 시흔의 시선이 돌아왔다. 승연은 괜히 헛기침을 하며 가슴 앞에 있는 벨트 끈만 매만졌다.

"공항에서 작은 거라도 안 샀어?"

"못 샀어."

"싸웠군?"

"싸우긴, 우리가 애야?"

"너희 유치하게 잘 싸우잖아."

예전엔 그랬다. 하지만 이번엔 조금 달랐다. 싸운 것도, 그렇지 않다고도 말할 수 없는 그런 애매한 분위기였다. 아니, 사실 일방적으로 그녀가 화를 내야 함이 옳았다. 그리고 윤성 역시 그녀가 화가 났다고 생각해 미안하다고 했을 것이다. 그 최윤성이 미안하다는 말을 했다.

"자기 잘못은 아는 모양이더라?"

"왜?"

"나한테 무려 미안하다는 말을 했어."

그 말에 막 신호에 걸려 브레이크로 발을 옮기던 시흔이 페달을 꽉 밟아 두 사람 모두 몸이 앞으로 쏠렸다가 다시 돌아왔다. 도무지 믿기지 않는 것인지 시흔은 놀란 표정을 짓고 승연을 보고 있다. 그런 시흔의 표정에 승연이 픽 웃으며 고개를 젓혔다.

"최윤성이?"

"나도 내가 잘못 들은 줄 알았어."

"올해 들은 이야기 중 제일 쇼킹하다."

"올해가 아직 한 달도 안 지났거든요?"

"이거 한 1년 갈 이야긴데?"

도무지 믿어지지 않는 듯 말하면서 시흔은 고개를 절레절레 흔들었다. 그러다 이내 생각난 듯 승연을 보았다.

"그나저나 너 결혼한 지 이제 일주일 좀 넘었는데 외간남자하고 백화점 돌아다녀도 되는 거야?"

"지금 내 옷 꼬라지를 봐. 선글라스 끼면 돼. 그리고 있는 집 자제분들은 백화점을 안 돌아다니십니다."

그 말에 시흔이 알겠다는 듯 고개를 끄덕였다. 승연은 룸미러 뒤쪽 공간에서 선글라스를 꺼내 쓰고는 얼굴을 대충 훑곤 주머니에서 핸드폰을 꺼냈다. 잠시 망설이다 문자를 써 내려가기 시작했다.

—나 백화점 가는 길이야. 부모님 뭐 좋아하시는지 알아? 그래도 어느 정도 취향은 고려해야지.

문자를 보내놓고 답을 기대한 건 아니다. 그래도 혹시나 싶어 보내곤 주머니에 핸드폰을 집어넣었다. 차가 막 백화점 주차장으로 들어서는 순간 핸드폰이 울리기 시작했다. 윤 여사인가 싶어 핸드폰을 꺼내 액정을 보고 상대방을 확인한 승연의 표정이 굳었다. 목소리를 듣기 싫어 문자를 한 것인데 윤성은 문자를 확인하자마자 전화를 걸어왔다.

"여보세요."

[어디야?]

"백화점 다 왔어."

[혼자?]

"아니."

잠시 윤성은 대답이 없었다. 이내 낮게 한숨을 내쉬는 게 귓전을 타고 흘러들어 왔다. 앞에 윤성이 있는 것도 아닌데 꼭 마주 대하는 묵직함이 느껴졌다. 그래, 사실 피하고 싶은 사람은 윤성이 아니라 자신이었음을 인정해야 했다.

[연시흔?]

"중요해?"

[무슨 백화점이야?]

그 말에 승연의 미간에 주름이 잡혔다. 말을 하고 전화를 끊긴 했지만 설마 윤성이 오진 않겠지 생각했다. 백화점에 들어서서도 별다른 낌새가 보이지 않자 승연은 안심했다. 하지만 막상 와서도 뭘 사야 할지 고민되어 쉽게 결정을 하지 못했다.

"백화점 온 김에 너 슈트 한 벌 살래?"

"뭐?"

"그 넥타이, 내가 사준 거 맞지? 정확히는 우리 엄마가 사준 거지만. 거기에 맞는 거 한 벌 사자."

"나 옷 많아."

"제대로 된 정장 몇 벌 없잖아. 누나가 오늘 기분 좋아서 사주는 거야. 그러니까 그냥 조용히 따라와."

됐다고 말하는 시흔을 무조건 이끌고 승연은 신사복을 파는 매장으로 들어섰다. 직원의 추천을 받아 시흔을 탈의실로 보내고 주변을 훑어보았다. 그때 눈에 띄는 색에 절로 발걸음이 향했다. 코발트블루가 윤성에게 무척이나 잘 어울린다. 절로 손이 가 그것을 집어 들자 직원이 이번 신상이고 무척이나 잘 나간다며 그녀의 안목을 칭찬했다.

"이건 좀 따로 포장해 주실래요?"

"알겠습니다."

그때 탈의실 문이 열리며 슬림한 모습의 시흔이 드러났다. 브랜드의 모델이 입고 있는 것과 같은 것이었는데 시흔에게 더 잘 어울리는 것 같았다. 키가 크고 늘씬한 시흔은 마치 모델 같은 체형이다.

"내가 보기엔 괜찮은데, 넌 어때?"

승연의 물음에 시흔이 거울을 보며 고개를 끄덕였다. 워낙 팔다리가 길어 따로 수선할 것도 없다는 직원의 말에 승연은 고개를 끄덕이며 왼쪽 주머니에서 카드를 꺼냈다. 아무것도 듣기 싫어 나올 때 패딩조끼 왼쪽 주머니엔 카드 한 장, 오른쪽 주머니엔 핸드폰을 가지고 나온 게 전부였다.

"할부는 어떻게 해드릴까요?"

"일시불로 해주세요."

"넥타이도 같이 계산해 드리겠습니다."

직원의 말에 셔츠를 보고 있던 시흔이 승연을 돌아보았다.

"넥타이?"

"최윤성 거도 하나 샀어."

"싸운 거 맞네."

"아니라니까."

"그래, 그거 주면서 화해해 봐."

"연시흔, 넌 최윤성이 무…… 아니다."

"무슨 말인데 하려다 말아?"

시흔이 궁금한 듯 살짝 고개를 기울이며 물어왔다. 답답해서 터뜨리고 싶지만 차마 말할 수 없어 승연은 그저 웃어넘길 수밖에 없었다. 아무리 서로 잴 것 없는 친구 사이라도 할 말이 있고 하지 말아야 할 말이 있었다.

"여기 있습니다. 불편하시면 언제든 말씀해 주세요."

직원은 그녀의 손엔 넥타이가 든 작은 가방을, 시흔에겐 슈트를 들려주었다. 시흔이 그녀의 손에서 가방을 가져가려고 했지만 승연은 고개를 저었다.

"이 정도는 내가 들어도 돼. 그나저나 뭘 사가야 하나?"

"아무거나 사가도 좋아하시지 않을까?"

"그런가?"

"워낙 예뻐하시는 며느리잖아. 결혼식 날 보니까 윤성이 부모님, 너 예뻐서 어쩔 줄 몰라 하시더라."

"그날 좀 내가 많이 예쁘긴 했지?"

괜히 머리카락을 귓가로 쓸어 올리며 선글라스를 벗고 눈을 깜빡였다. 그 모습에 웃던 시흔이 고개를 돌리다 갑자기 표정이 변했다. 왜 그러는지 몰라 고개를 돌리던 승연의 얼굴에서도 역시 미소가 사라졌다.

그 자리엔 쥐색의 울 코트를 입은 채 삐딱하게 윤성이 서 있었다. 백화점을 물어보았지만 설마 여기까지 올 줄은 몰랐다. 그것 때문에 놀라 승연은 그대로 굳고 말았다. 그때 시흔이 살짝 고개를 숙여 그녀의 귓가에 속삭였다.

"내가 자리 피해줄게."

"그래."

"키는?"

"이제 너 쓰는 거야."

"전화해."

승연이 고개를 끄덕였다. 시혼이 윤성의 곁을 지나며 가볍게 어깨를 두드렸다. 윤성은 그것도 기분이 나쁜지 어깨를 튕기며 시혼의 손을 쳐냈다. 그 모습에 승연의 미간에 주름이 깊어졌다. 에스컬레이터를 타고 내려가는 시혼의 뒷모습이 완전히 사라지자 윤성이 고개를 돌려 승연을 바라보곤 가까이 다가왔다.

"생각이라는 걸 하고 사는 건가?"

"알아듣기 쉽게 설명해."

"우리 지금 이제 막 신혼여행에서 돌아온 거야."

"네가 막무가내로 나가지만 않았어도 이러지 않았어."

평일 오후 시간임에도 백화점은 붐볐다. 그나마 남성복 코너는 한가하다는 게 다행일 정도로. 하지만 앞에 서 있는 직원들은 젊은 커플의 싸움이 막 시작되려는 것을 캐치하고 있었다.

그것을 윤성도 눈치챈 모양인지 그녀의 팔을 끌고 걷기 시작했다. 엘리베이터 앞으로 가자 주변엔 아무도 보이지 않았고, 윤성은 그녀를 웨이팅 의자에 앉게 하고 팔을 놓았다. 순간 얼마나 쥐어 잡았는지 팔에 피가 통하지 않는 느낌에 승연은 저도 모르게 그 부분을 주물렀다. 그 모습을 본 윤성의 얼굴에 잠시 난감함이 어렸지만 승연이 순간 잘못 봤나 싶을 정도로 이내 무표정으로 변했다.

"지영이는?"

"여기서 지영이가 왜 나와?"

"지영이 만나러 간 거 아니었어?"

"나 분명히 네 앞에서 안 비서님 전화 받고 나왔어."

그 말에 승연도 대답을 하지 못했다. 분명 윤성은 안 비서의 전화를 받고 나갔다. 하지만 그건 그냥 핑계라고 생각했다. 승연은 스스로 떨치기 위해 애쓰던 지영을 계속 신경 쓰고 있었다는 것을 인정할 수밖에 없었다.

"미안. 내가 잘못 생각했어."

계속 팔을 주무르며 승연이 윤성을 올려다보았다. 윤성은 조금 전보다 표정이 풀린 상태로 한숨을 내쉬며 그녀의 옆으로 앉아 다시 한 번 길게 한숨을 내뱉었다.

"어때?"

승연의 물음에 윤성이 살짝 고개를 숙인 채 그녀를 돌아보았다. 눈빛이 의문을 담고 있다.

"결혼이라는 거, 생각보다 피곤하지?"

"넌 알고 있었다는 투다?"

윤성이 몸을 완전히 펴고 등을 등받이에 기댔다. 피곤한지 그는 고개를 뒤로 젖혀 벽에 완전히 기댄 뒤 눈을 감았다. 차이나 칼라의 울 코트에 그 안엔 검정색 폴라를 받쳐 입고 있는 윤성은 오늘도 여전히 머리카락에 아무것도 바르지 않아 언뜻 보면 학생처럼 보일 정도이다.

"피곤해, 양쪽 다 신경 써야 하니까."

윤성이 순순히 불 듯 말했다. 승연은 픽 웃으며 고개를 저었다.

"됐어. 넌 지영이한테만 신경 써."

그 말에 윤성이 눈을 뜨고 살짝 고개를 돌려 그녀를 바라보았다. 윤성의 표정에선 아무것도 읽을 수 없었다. 그 시선이 따가워지는데 윤성은 아무 말이 없었다. 승연은 손에 들고 있던 가방을 윤성의 다리 위로 올려놓았다. 윤성이 고개를 숙이며 자신의 다리

위에 있는 가방을 물끄러미 바라보았다.

"너 그 색 잘 받잖아. 하나 샀어."

"미안하긴 했나 보네."

"차 왔더라. 고마워."

그 말에 윤성이 픽 웃으며 가방에서 상자를 꺼내 들었다. 리본은 풀어내고 케이스를 열자 그녀가 고른 넥타이가 단정히 자리 잡고 있었다.

"그림 받고 사준 건데, 뭘."

"너무 과했어."

"말했잖아, 그 그림 보고 있으면 편안해진다고. 그것만으로도 충분한 값어치야."

"업무 스트레스가 많나 봐?"

물음에 윤성은 아무 말도 하지 않았지만 그게 긍정을 나타내고 있다는 것쯤은 알 수 있었다. 그녀는 사회 활동도, 그런 조직 활동도 해보지 않았다. 그래서 윤성을 이해할 수가 없었다. 다만 평소 신 사장과 승묵을 보면서 업무 스트레스가 상당하다는 것을 간접적으로나마 알 수 있었다.

승연은 물끄러미 윤성을 바라보았다. 선물에 대한 관심이 금방 떨어질 거라고 생각했는데 윤성은 넥타이를 직접 꺼내어 꼼꼼히 살펴보고 있었다. 평소 쓰던 명품이 아니라는 것을 확인하는 것 같아 살짝 인상을 찌푸리려는 찰나, 직접 목에 가져가 대는 것을 보고 승연이 낮은 웃음을 터뜨렸다. 왠지 오늘 아침부터 하루 종일 긴장했던 것이 조금은 풀리는 느낌이 들었다.

"마음에 들어?"

"음."

그냥 마음에 든다고 하면 되는 거지 제대로 말을 하지 않는 윤성이 오늘은 왠지 모르게 조금 귀여운 구석이 있어 보였다. 물론 이런 말은 윤성의 앞에서 하지 않는 게 좋다는 것을 승연도 알고 있었다. 그때 윤성과 시선이 마주쳤다.

"밥은?"

"아직."

"나가. 가서 밥 먹어."

"선물 사야지."

"안 비서님에게 말해놓을게."

"그래도 우리가 사야 하지 않을까? 아직 그렇게 배가 고픈 것도 아니고."

"내가 배고파서 그래."

그 말에 승연도 결국 고개를 끄덕였다. 윤성이 자리에서 일어나자 승연도 일어나 엘리베이터 앞에 섰다. 곧 문이 열리며 도착하자 안으로 들어서며 윤성이 말했다.

"먹고 싶은 건?"

"내가 먹고 싶은 건 네가 못 먹을걸."

"말이나 해."

"이 시각엔 안 열었을 것 같으니까 그냥 대충 가. 나도 갑자기 배고파졌어."

정말 갑작스럽게 허기가 졌다. 앞에 아무거나 있다 해도 바로 먹을 수 있을 것 같았다. 지하로 내려갈 거라고 생각했는데 윤성은 바로 1층에서 내려 로비를 걷기 시작했다. 정문 바로 앞에 윤성의 차가 서 있는 것을 보고 승연이 기가 차다는 듯 고개를 저었다.

일부러 태일백화점을 피해 왔다. 하지만 윤성은 어느 백화점이나 MVG 자격이 있는 모양이었다. 아니, 오히려 이런 식으로 주차를 하고 급히 나가도 어떻게 조치를 취할 수가 없는 게 바로 최윤성이라는 남자의 위치였다.

"기가 차다."

"뭘?"

"이런 식으로 차를 마음대로 세워……."

차에 막 올라타는 그때 윤성의 핸드폰이 울렸다. 승연이 받으라는 듯 턱을 한번 들어 올리자 윤성이 주머니에서 핸드폰을 꺼내 들었다. 잠시 멈칫하던 윤성이 이내 손가락을 움직였다.

"그래, 지영아."

심장이 저도 모르게 쿵 떨어졌다. 그래, 비록 지금은 이러고 있지만 윤성은 지영의 남자였다. 윤성의 얼굴이 눈에 띄게 굳었다.

"무슨 병원이야?"

그 말에 승연의 고개가 돌아갔다.

핸드폰을 내려놓자마자 윤성은 있는 힘껏 페달을 눌렀다. RPM이 순식간에 솟아오르며 엔진이 굉음을 냈고, 승연은 벨트를 꽉 쥐었다. 그건 불안함이 뒤섞인 손짓이었다. 하늘이 하얗게, 파랗게, 까맣게 보였다 흐려졌고, 차가 거칠게 멈췄을 때 승연은 몇 번이나 헛손질을 하고서야 벨트를 풀 수 있었다. 차 문을 열고 미친 듯 뛰기 시작했다.

눈앞이 흐려 앞이 제대로 보이지 않았다. 무조건 응급실을 찾아 뛰어 들어가 고개를 두리번거렸다. 심장이 너무나 빨리 뛰어 숨도 제대로 쉴 수 없어 그저 흐느낌만 강해지고 어깨의 들썩임만 계속 되었다. 그때 침대에 누워 의사에게 치료를 받고 있는 지영의 파리한 얼굴이 보였다.

"지영아!"

승연의 목소리가 격앙되어 새된 소리가 나왔다. 지영은 그녀의 목소리에 놀랐는지 상체를 재빨리 일으켰다. 얼굴이 파리한 지영을 보며 승연은 재빨리 뛰어가 의사가 치료하고 있는 부위를 살폈다.

"뭐야? 어떻게 된 거야? 이거 뭐예요? 화상이에요?"

"별거 아니야. 잠깐 엄마 도와주다가 부주의로 다친 거야."

"조심해야지! 이거 흉 남는 거 아니죠?"

지영이나 의사에게 화를 낼 일이 아닌데 승연의 목소리는 금방이라도 터질 것처럼 들렸다. 아니, 그보다 날카로움에 가까워 의사가 저도 모르게 어깨를 움찔거렸다.

"너무 걱정하지 마십시오. 응급처치도 훌륭했고, 간단히 치료받으시면 될 것 같습니다. 그럼."

의사가 서둘러 일어나 사라졌다. 승연은 고개를 숙여 지영의 오른쪽 종아리에 둘둘 말린 붕대를 보며 한숨을 내쉬었다. 속상해서 가슴이 몇 번이나 철렁 내려앉았다. 그리고 이제껏 자신이 선글라스를 쓰고 있었다는 걸 깨달았다. 선글라스를 벗어 주머니에 넣을 때 응급실로 막 들어오는 윤성이 보였다.

"어떻게 된 거야?"

"윤성 씨."

제법 담담해 보이던 지영이 그제야 눈물을 보였다. 겁이 나도 승연에겐 걱정을 끼치지 않으려 지영은 참고 있었음이 틀림없었다.

윤성을 보자 그제야 안도와 아픔의 눈물이 나오는 모양이었다.

"어떻게 된 거야? 의사는?"

"별거 아니야. 그냥 국 좀 옮기다 내 부주의로 엎은 것뿐이니까. 흉도 안 남는대."

"조심 좀 하지 그랬어."

윤성은 붕대로 감긴 지영의 다리를 보며 자신이 아픈 것처럼 인상을 찌푸렸다. 손이 절로 다리로 가고 있었지만 이내 주춤거리며 주먹을 쥐는 윤성을 보고 승연은 고개를 숙였다. 이런 다정한 연인을 보고 멋대로 오해할 뻔했다. 혹시 윤성이 조금은 흔들리고 있을지도 모른다고 자만했다. 스스로에게 드는 혐오감에 차마 더 있지 못하고 그대로 돌아서서 응급실을 빠져나왔다.

터벅터벅 걸어가 아직 눈이 쌓여 있는 벤치에 털썩 앉고 말았다. 응급실을 빠져나오면서 누군가와 어깨를 부딪친 것 같은데 반사적으로 '죄송합니다' 라고 말했을 뿐이다. 이제야 부딪친 어깨가 아파왔다. 오른손을 들어 올려 왼쪽 어깨를 꾹 눌렀다. 사실 그건 사시나무 떨듯 뛰는 심장을 진정시키기 위해서 한 행동인지도 몰랐다.

벤치에 등을 기대고 고개를 젖혔다. 구름 한 점 없는 파란 하늘이 눈을 차고 들어와 시리게 만든다. 얄미울 정도로 푸른 하늘이 오늘따라 원망스럽다. 짝사랑이라는 건 정말 사람 피를 말리게 하고 웃게도 만들지만 결론은 모든 것을 혼자 삭여야만 하는 감정이라는 것을 이제야 깨달았다.

절로 눈물이 흘러나왔다. 승연은 이제 두 다리를 모아 끌어안고 혼자만의 서러움을 쏟아냈다. 이렇게 눈물을 쏟아낸 건 아주 어렸을 때 이후로 처음이다. 그녀가 여섯 살에 선물 받은 쌍둥이 고양이 인형을 승묵과 승진이 장난치다 두 동강을 낸 이후로 처음이다. 두 사람은 용돈을 모아 똑같은 인형을 사주었지만 승연은 그 인형이 아니라며 펑펑 울었다. 다시는 냐미와 야미를 볼 수 없다며 얼마나 서럽게 울었는지 모른다.

그 뒤론 어떤 인형을 보아도 시큰둥했다. 그건 그때와 같은 마음을 가질 수 없어서임을 어렸어도 깨달았기 때문이다. 이제 승연은 이 짝사랑을 더 이상 할 수 없다는 것을 깨달았다. 그래서 쏟아내는 설움이고 아픔이었다.

몇 번이나 눈물을 닦아내었다. 화장을 하지 않은 게 다행이라 생각할 정도였다. 눈물을 계속 닦아내어도 흐르고 또 흘러 이젠 피부가 따끔거린단 생각이 들었다. 몇 번이나 숨을 몰아쉬고 손바닥으로 두 눈을 꾹꾹 눌렀다. 매서운 겨울바람에 꽁꽁 언 두 손이 눈두덩이의 열기로 조금씩 온기를 찾아내는 것 같았다.

벤치에 쌓여 있던 눈 때문에 엉덩이가 축축하게 젖었다는 걸 느끼곤 승연은 몇 번이나 고개를 저으며 실없이 웃고 말았다. 자리에서 일어나면 이제 어떻게 걸어야 할까 생각만 해도 웃음이 끊이지 않고 나왔다. 아직 울음의 여운이 가시지 않아 들썩이는 가슴을 애써 진정시키며 고개를 들었을 때 자신을 물끄러미 바라보고 있는 윤성과 눈이 마주쳤다.

정신이 번쩍 들었다. 대체 언제부터 보고 있었던 걸까? 설마 혼자 서럽게 울고 있는 것을 본 건 아닐 것이다. 승연은 서둘러 주머니에서 선글라스를 꺼내어 다시 썼다. 충혈된 눈을 보이면 그땐 정말 뭐라 할 변명의 여지가 없다. 아니, 윤성과 눈을 마주칠 수가 없었다.

"추운데 거기서 뭐 해?"

또 괜한 걱정을 했다. 울든 말든 윤성은 그녀에게 아무 관심이 없는데. 가슴은 꼭 빈속에 알코올이 타고 내려간 것처럼 찌릿하고 싸한 느낌이 들었다. 자리에서 일어나 걷기 시작했다.

"주차장 이쪽이야."

"혼자 갈게. 지영이 많이 놀랐을 텐데 달래주고 와."

잠시 주춤거리던 윤성이 이내 고개를 끄덕이며 몸을 돌렸다. 승연은 그제야 속이 조금 후련한 느낌이 들었다. 그리고 이대로 계약 기간 동안 무난한 생활을 할 수 있을 거라 생각했다. 마음을 천천히 비워가는 건 어렵지 않은 일 같았다.

결혼 생활은 예상외로 평탄하게 흘러갔다. 모임이나 행사가 있을 때만 사이좋은 부부처럼 얼굴을 비추고 각자의 생활을 계속했다. 아니, 솔직히 승연은 그저 편한 척하는 것뿐이었다. 의도적으로 윤성과 지영을 피하고 오피스텔이나 2층에서 거의 모든 시간을 보냈다. 하루 종일 그림을 그리다 기름 냄새에 머리가 아프면 쉬고, 다시 일어나 그림을 그리고, 배가 고프면 먹고 하는 생활을 계속했다.

아주 추운 날 결혼했던 것 같은데 어느새 뜨거운 여름을 마주하고 있었다. 화단을 관리해 주는 사람을 윤성은 따로 두었지만 승연은 물은 직접 자신이 주겠다고 했다. 여름이 오자 자연스레 아침저녁으로 물을 주어야 했고, 자연스레 정원에서 보내는 시간이 늘어났다.

오늘은 눈이 일찍 뜨였다. 이틀 내내 밤을 새우고 그림을 그려 어젠 7시도 되지 않아 씻자마자 곯아떨어졌다. 시계는 새벽 5시를 가리키고 있었지만 바깥은 이미 해가 모습을 드러내 밝았다. 일어나지 않으려는 무거운 몸을 겨우 일으키고 욕실로 들어가 간단히 세수를 하고 이를 닦은 다음 방으로 돌아와 수분크림을 발랐다. 머리를 대충 묶고 잠옷을 벗은 뒤 트레이닝복으로 갈아입었다.

정말 금목서가 마음에 들었는지 윤성은 한쪽 벽면 앞을 죄다 금목서로 채워두었다. 그 옆으론 그녀가 봄에 심어두었던 나리와 수국이 하얗고 탐스럽게 피어 있었다. 꽃향기와 잔디에서 올라오는 냄새에 승연이 숨을 크게 들이쉬었다. 아침 일찍 일어나 맡는 이 공기가 좋았다.

요즘은 꽤 아침 일찍 일어나 활동하는 탓에 올빼미에서 벗어났다. 그리고 정말 신기하다고 생각한 건 동이 터올 때쯤이면 새들이 지저귀는 소리가 들린다. 예전엔 모르고 지나갔는데 그걸 깨달은 순간부터 새소리에 귀를 기울이게 되었다. 이렇게 아침을 맞이하는 게 좋았다.

호스를 들고 나무 하나하나에 물을 주며 잎사귀를 만져 주었다. 꼭 대화를 하는 것처럼 승연은 그렇게 정원에 있는 모든 나무 하나하나에 정성을 쏟았다. 사실 그림은 잡생각을 지우기 위해 그리는 것뿐이다. 그래서 몇 개월간 제대로 된 그림이 하나도 없었다. 그저 하루 종일 물감으로 캔버스에 선을 긋다 끝나는 게 다였다. 이 집이 아니면 마음 둘 곳이 없었기에 그런지도 몰랐다.

왠지 모를 씁쓸한 마음에 저도 모르게 헛웃음이 흘러나왔다. 누군가는 몸에서 멀어지면 마음도 멀어진다고 했다. 하지만 승연은 그게 아니라는 것을 알고 있었다. 한 달 가까이 보지 않아 마음을 놓고 있을 때 다시 윤성을 마주하게 되면 수그러지던 그 감정이 다시 거짓말처럼 솟아올랐다. 결국 어느 순간부터 승연은 자포자기 상태가 되었다.

한참 물을 주고 호스의 버튼을 눌렀다. 마치 뱀처럼 힘차게 솟구치던 호스가 완전히 축 늘어지고 채 나오지 못한 물줄기가 후두두 떨어졌다. 호스를 정리하기 위해 동그랗게 말던 승연은 막 대문에서 나는 소리에 고개를 돌렸다.

육중한 대문을 열고 들어선 사람은 윤성이었다. 피곤한 얼굴로 넥타이를 풀어헤치며 들어서던 윤성과 눈이 마주쳤다. 승연은 이제 연기도 곧잘 하게 되었다. 무심하게 윤성을 바라보며 자연스럽게 시선을 돌리고 정리를 마감했다.

"신발은?"

윤성의 말에 승연은 고개를 숙여 자신의 발을 보았다. 맨발로 잔디밭을 밟고 물을 주어 흙과 풀로 엉망이었다.

"원래 맨발로 줘."

"계속?"

"날이 따뜻해졌을 때부터. 왜?"

"세 시간만 자고 일어날 거야. 외출 준비해."

"외출?"

"할아버지 제사야."

승연은 고개를 끄덕였다. 호스와 뜯어낸 풀을 정리한 다음 계단을 타고 올라가 뒤로 돌아 부엌 쪽으로 뚫린 다용도실로 들어갔다. 발을 깨끗하게 씻어내고 식당 안으로 들어서자 정수기 앞에 윤성이 서 있었다.

"일하시는 분들 안 와?"

"안 와."

"안 온다고?"

이 집에서 무려 6개월을 같이 살았다. 아니, 엄밀히 말하자면 같이 산다고 말할 수는 없었다. 이렇게 얼굴을 마주한 게 채 다섯 번도 되지 않는다. 승묵에게 들은 바로는 요즘 주가 변동 등 움직임이 뭔가 심상치 않다고 하더니 정말 윤성은 집에 거의 들어오지 못했다. 지영도 윤성을 거의 만나지 못하고 통화만 간간이 하는 정도라고 했다. 그녀는 언론 매체나 신문에서 윤성의 이름을 보고 싶지 않아 거의 모든 것을 끊어 어떻게 돌아가는지도 몰랐다. 승묵의 이야기를 들어보니 태일이 아니라 다른 기업의 문제들이라 우선 걱정은 접어두기로 했다.

윤성이 어이가 없는 얼굴로 승연을 바라보았다. 그녀는 어깨를 들썩이며 식탁 앞에 앉아 바구니에서 오렌지 하나를 꺼내 손가락에 힘을 주어 까기 시작했다.

"왜?"

"내가 청소하니까. 그리고 우리가 따로 자는 게 알려져 봤자 좋을 것도 없고."

안방은 그녀가 쓰고 작은방은 윤성이 쓴다. 그 방은 다른 사람들이 보았을 땐 손님용으로 알고 있다. 안방에 두 사람이 찍은 웨딩 사진 액자가 크게 걸려 있고, 누가 보아도 신혼 분위기가 났기 때문이다. 그리고 안방 안쪽의 드레스룸은 그녀의 옷이 가득 들어차 있었다.

윤성은 집에 들어오면 거의 씻고 옷을 갈아입고 나가기에 바빴다. 남는 방 하나를 윤성의 옷방으로 쓰고 있기 때문에 정말 마주볼 시간이 거의 없었다. 최 회장 역시 회사 일이 바빠 미안하다며 오히려 승연을 안쓰러워했다. 홍 여사는 이러다 손주는 언제 안아보냐며 최 회장을 흘기곤 했다. 그런 이야기를 들을 때면 승연은 멋쩍게 웃곤 했지만, 윤성은 따분한 얼굴로 일관했다.

"청소하기 힘들 텐데."

윤성이 주변을 한번 둘러보고 말했다. 승연 역시 청소라는 것을 이곳에 와서 처음으로 해보기 시작했다. 의외로 나쁘지 않았다. 정원에 물을 주고 집 안을 청소하면 오전 시간이 훌쩍 지나갔다. 그러면 오후에 그림을 그리려 몇 번이나 물감을 개고 붓질을 하면 피곤해 그대로 나가떨어지기 일쑤였다. 그 생활이 거의 6개월을 가다 보니 평생 바뀌지 않을 거라 생각하던 밤낮이 원래대로 돌아왔다.

"할 만해."

"공주님이?"

요즘 사람들을 통 만나지 않아 듣지 않던 말을 오랜만에 들었다. 예전 같으면 인상을 찌푸리며 짜증을 냈겠지만 이젠 그저 웃음만 나왔다.

"회사 일 많나 봐?"

"조금."

"들어가서 좀 자. 내가 깨워줄게."

컵을 식탁 위에 내려놓던 윤성이 다시 돌아 싱크대 앞으로 가 깨끗하게 씻어내고 건조대에 올려놓았다. 그 모습에 승연은 다시 웃고 말았다. 예전 같았으면 그 행동에 착각했을지도 모른다. 하지만 이제는 아니었다.

당연히 할아버지 제사라고 했기 때문에 그녀는 시부모님 댁으로 가는 줄 알았다. 하지만 가는 길이 달랐고, 곧 윤성의 차는 고속도로로 올라서고 있었다. 저도 모르게 눈을 크게 뜨고 윤성을 보았다.

"제사라며?"

"큰댁에서 지내."

윤성의 말에 승연은 머릿속을 헤집었다. 그래, 윤성의 할아버지는 집안의 막내로 태어났다고 했다. 할아버지 제사를 큰댁에서 지낸다고 하면 남들은 웃을지도 모른다. 하지만 윤성은 태일기업의 후계자였다.

"제사가 오늘이라고?"

"정확히는 새벽."

"그런데 오늘 내려가도 되는 거야? 음식 장만 같은 건?"

"할 줄 알기는 해?"

물론 잘하는 것은 아니다. 하지만 넉 달 전부터는 요리학원도 나가고 있었다. 별로 가고 싶은 마음은 없었지만 홍 여사가 나이가 비슷한 며느리들 친목 활동에 좋겠다며 그녀를 소개시켜 주었다.

그중엔 헤리티지백화점의 며느리와 ST건설의 며느리도 있었다. 헤리티지 막내딸과는 껄끄러움이 남아 있었지만 헤리티지 며느리와는 아니었다. 셋 중 나이가 제일 많은 사람은 승연이었고, 자연스레 그녀를 중심으로 친해지게 되었다. 저번 달부터는 일주일에 한 번 만나 브런치를 하기 시작했다.

두 사람 모두 공주님으로 자라서 그런지 유순하고 순박했다. 대부분의 사람들은 그런 집안의 자제들을 보면 이기적이고 계산적일 거라고 아는 사람들이 많다. 하지만 모두 그런 것은 아니었는지 두 사람은 마음 자체가 여유롭고 긍정적이었다. 나이 차이가 두 살, 다섯 살이었지만 승연은 그 사이에서 편안함을 느꼈다.

ST건설의 며느리인 지희는 소문만 듣고 승연의 성격이 까다로울 거라 생각했다고 말했다. 사실 그런 모임에 거의 참석하지 않는 승연에겐 이상한 소문들이 늘 꼬리를 달고 다녔다. 문란했다는 이야기는 그녀가 결혼하면서 거의 사라진 것 같았지만 사람들의 잔상엔 남아 있었다. 하지만 지희와 선민은 승연이 그럴 사람이 아니라며 다 잘못된 소문이었다고 말했다.

그런 두 사람이 고마워 승연은 그림도 선물해 주었다. 그녀의 그림을 받고 정말 받아도 되는 거냐며 기뻐하던 두 사람이 눈에 선했다. 그러고 보니 오늘이 약속이 있는 날이었다. 승연은 가방에서 핸드폰을 꺼내 세 사람이 있는 단체 채팅방으로 들어가 오늘은 나가지 못한다는 이야기를 남겼다. 얼마 지나지 않아 선민은 무슨 일 있느냐며 물어왔다. 심지어 지희에겐 전화까지 왔다.

[언니, 무슨 일 있어요?]

"아니, 할아버님 제사가 있어서."

[아, 그럼 경주 가는 중이겠네요? 윤성 오빠 제사 있으면 늘 경주 갔었잖아요. 참, 언니, 오해할까 봐 하는 말인데, 저희 신랑하

고 윤성 오빠하고 친구인 거 알고 있죠?]

경주란 말에 놀란 승연은 이어 말하는 지희 때문에 웃고 말았다. 그러고 보니 윤성이 ST그룹의 아들인 지원과 친하다는 이야기를 몇 번인가 들어본 것 같았다. 지원도 대기업 그룹의 후계자답지 않게 꽤 소탈하고 사람이 좋다며 신 사장과 윤 여사가 칭찬하는 것도 몇 번 들었다. 그러고 보면 윤성도 주변에 꽤 좋은 사람들을 곁에 두는 것 같아 그녀는 처음으로 그가 사업가처럼 보일 정도였다.

"다음 주에 보자, 그럼. 정말? 그래, 그럼 토요일이 내일이지? 그럼 내일 봐. 둘이 맛있게 먹어."

핸드폰을 끊자 윤성이 누구냐는 듯 그녀를 보았다. 남자 목소리도 아니고 여자 목소리인데 궁금해하는 게 의외라고 생각했다. 그러다 그녀가 사적인 통화를 했다는 것을 깨달았다.

"ST그룹 큰며느리."

"지원이 와이프?"

승연이 고개를 끄덕이며 핸드폰 액정으로 손을 가져갔다.

"전화 다시 해야겠네."

"왜?"

"일요일까지 우리 못 올라와."

그 말에 승연의 눈이 커졌다. 윤성은 별것 아니라는 듯 웃으며 고개를 저었다.

"각오 좀 해야 할 거야."

7화 감정 착각

이렇게까지 힘들 줄 알았다면 아마 윤성만 보냈을 것이다. 최 회장과 홍 여사에게 전화가 왔는데 급한 사업 건 때문에 중국 지사에 있다며 승연을 안타까워했다. 경주에 도착했다는 승연의 말에 홍 여사는 탐탁지 않아 했다. 홍 여사 역시 젊은 시절부터 사업을 해온 터라 제대로 경주에 온 적이 없다고 했다.

윤성이 놈은 핑계라도 대서 널 데려가지 않아야 했다며 홍 여사는 당장 전화를 바꾸라고 했다. 덤덤한 표정으로 전화를 받은 윤성은 그저 '네'라는 대답으로 일축했다. 홍 여사는 한국에 들어가면 맛있는 것 사주겠다며 그녀를 달랬다. 승연은 왜 이렇게까지 유난인가 하며 방심하고 있었다.

도착하자마자 단정히 인사를 드렸다고 생각했는데 그녀는 어르신들에게 혼이 났다. 생각해 보니 결혼식 날은 워낙 정신이 없어 잊고 있었는데, 폐백을 할 때 끝도 없이 이어진 어르신들의 행렬에 계속 절을 하느라 꼭 운동하고 난 다음날처럼 다리가 아팠던 것이 떠올랐다.

홍 여사는 큰댁과 사이가 좋은 것도 그렇지 않은 것도 아니나 서로 30년 넘게 많은 왕래는 하지 않았다고 했다. 윤성의 할아버지, 할머니의 제사만 큰댁에서 지내기 때문에 처음 3년간만 내려오고 나머지는 되도록 최 회장과 윤성만 제사에 참석했다고 한다. 어느 정도 윤성도 눈치를 채고 있는 것으로 알았는데 몰랐던 것 같다며 홍 여사는 다음부턴 그런 일이 없도록 하겠다고 약속까지 했다.

제사상엔 정성이 들어가야 한다며 집안 여자들은 직접 음식을 하고 있었다. 민속촌이나 박물관에서나 보던 커다란 기와를 얹고 있는 한옥 집을 보자마자 아연실색하긴 했다. 그나마 부엌은 신식으로 리모델링을 한 듯했지만 사랑채가 있는 곳은 옛날 그대로였다. 처음엔 옛것이 그대로 남아 있고 궁금한 마음에 호기심을 갖고 둘러보려 했지만 인사를 드리고 곧바로 부엌으로 가 밤 11시가 넘을 때까지 옆에서 음식 장만을 도왔다.

귀한 집에서 자라 할 줄 아는 게 있겠냐는 듯한 말투에 승연은 아무 말도 하지 않았다. 비슷한 또래로 보이는 여자들은 그녀를 보면 위아래로 훑곤 했다. 윤성은 사촌들과도 그다지 사이가 좋은 것 같지 않아 보였다. 사랑채에 앉아 어르신들과 이야기만 하고 있는 윤성을 본 뒤 승연은 잠시 고민했다.

결국 승연은 살갑게 그들에게 다가갔다. 처음엔 탐탁잖아 하던 사람들도 승연의 넉살에 조금은 당황한 눈치였다. 하지만 역시 이곳도 사람들이 사는 곳이라 이내 그녀에게 마음을 열어주었다. 사실 알고 보면 나쁜 사람들은 없었다. 워낙 서로 경계하고 선을 그으려 해서 그렇지.

사실 그녀도 별 상관없는 사람들이라면 평소처럼 무시하고 지나갔을 것이다. 하지만 이 사람들은 어쨌거나 윤성의 식구들이고 나쁜 평판을 들어봤자 득 될 것이 없다고 생각했다. 그의 곁에 있는 동안은 민폐 끼치는 여자가 되고 싶지 않았다.

상냥하고 사근사근한 승연의 태도에 사람들은 뻣뻣한 홍 여사와 다르다고 말했다. 승연은 어머님이 사업으로 바쁘셔서 그런 거라고, 마음은 그렇지 않다고 변명을 해주었다. 어른들은 젊은 사람이 생각도 깊다며 고개를 끄덕였고, 젊은 사람들은 소위 '척'을 하지 않는다고 그녀에게로 몰려들었다.

비록 음식엔 손도 대지 못하고 잔심부름을 했지만 그것만으로도 바빠 허리가 끊어질 듯 아파왔다. 12시 정각이 되자 제사상을 다 차리고 뒤로 물러섰다. 전통복으로 차려입은 남자들은 얼을 모시고 일동 배례를 시작했다.

축문을 읽기 시작하자 하루 종일 긴장하고 노동하느라 피곤했던 몸은 이러면 안 된다는 것을 알면서도 자꾸 눈이 감기기 시작했다. 순간 잠이 든 것 같았는데 몸이 기우뚱했다. 바로 눈이 떠졌지만 이미 몸은 옆으로 기울고 있었다.

넘어지겠구나 생각한 순간 옆에서 누군가가 그녀를 붙잡아주었다. 다행이다 생각하며 고개를 돌리는데 바로 옆에 윤성이 서 있었다. 분명 제사상의 퇴줏그릇 앞에 있는 윤성을 보았다. 그럼 그대로 서서 최소 5분 이상을 졸고 있었다는 뜻이다. 옆에서 터지는 웃음소리에 승연은 고개를 숙이며 인상을 찌푸렸다.

"그래도 할아버님인데 술 한잔 올리지."

큰할아버지라고 윤성이 말했던 분이 말씀하셨다. 그녀를 불러도 나오지 않자 윤성이 다가온 모양이다. 승연은 제사상 앞으로 갔다. 윤성의 사촌 중 제일 큰형이 퇴줏그릇에 잔을 비우고 윤성에게 건네주었다. 윤성은 세 번에 걸쳐 술을 받아 잔을 올리고 뒤로 한 발자국 물러섰다. 윤성이 슬쩍 고개를 돌려 승연을 바라보았다. 승연은 고개를 끄덕이며 상을 향해 두 번 절을 했다. 그녀의 집에서도 제사를 지내본 적이 없어 이렇게 직접 참여해 보는 것은 처음이었다.

제사가 끝난 뒤 제사상을 거두어 음식을 다 함께 먹기 시작했다. 피곤해 입맛이 없어 피하려고 했지만 꼭 먹어야 한다는 이야기에 그녀는 잘 깎아진 밤을 하나 집어 입으로 가지고 갔다. 달달한 맛은 느껴지지만 입안에 혓바늘이 돋아 저도 모르게 인상을 찌푸리고 말았다.

부엌으로 가 설거지를 하고 제기들을 마른 수건으로 깨끗이 닦아 정리한 다음에야 그곳에서 벗어날 수 있었다. 씻고 나와 고개를 돌려보니 시계는 벌써 새벽 4시를 향하고 있었다. 어디로 가서 잠을 자야 하나 생각할 때 문지방 아래쪽에 익숙한 구두가 보였다. 그때 문이 열리며 윤성의 얼굴이 드러났다.

"들어와."

잠시 눈동자를 굴리던 승연이 대청마루 위로 올라섰다. 방 안으로 들어서자 삼베로 만들어진 이불이 가운데에 깔려 있고 벽 쪽으론 비단 요와 그 앞엔 나무로 된 경상이 놓여 있었다. 경상 위론

책도 몇 권 놓여 있었다. 벽걸이 에어컨에서 나오는 바람 때문에 방 안의 공기는 쾌적했다.

"우리 할아버지가 어릴 때 쓰시던 방."

윤성의 말에 승연이 고개를 끄덕였다. 그러고 보니 바로 올라갈 줄 알고 아무것도 준비해 온 것이 없었다. 윤성은 자신의 캐리어에서 셔츠와 바지를 꺼내어 그녀에게 건네주었다.

"이 시각에 형수님들 깨울 순 없잖아."

사실 그 생각을 하지 않은 것도 아니다. 하지만 막내인 이유로 그녀가 제일 마지막까지 남아 정리하고 씻고 나왔기 때문에 다른 사람들은 이미 잠들었을 것이다. 결국 윤성이 방에서 나가고 그녀는 앞에 있는 옷을 물끄러미 바라보았다. 불편하게 잘 수는 없기 때문에 결국 윤성의 옷을 입기로 결정했다.

옷을 다 갈아입고 다시 윤성을 불러야 할 것인지 승연은 잠시 고민했다. 윤성은 부르기 전까지는 들어오지 않을 것이다. 결국 승연은 조용히 문을 열었다. 윤성은 마루에 앉아 하늘을 올려다보고 있었다. 승연은 방에서 나와 고개를 들어 올리곤 살짝 입을 벌렸다. 윤성이 왜 하늘을 보고 있는지 쉽게 이해가 되었다.

반짝이는 별들은 새까만 도화지 위에 보석을 박아 넣은 듯 반짝이며 빛나고 있었다. 서울에서는 흔히 볼 수 없는 광경이었다.

마루는 그녀가 발걸음을 옮기자 삐거덕거리며 존재감을 일깨워 주었다. 그 소리에 반응한 윤성이 살짝 고개를 돌리고 그녀를 보며 옆에 앉으라는 듯 고개를 까딱였다. 잠시 고민하던 승연은 허리를 몇 번이나 접었지만 흘러내리는 바지춤을 잡고 조심스럽게 걸어가 윤성의 옆에 앉았다. 그와의 거리는 불과 1m도 되지 않았지만 별과 별 사이의 거리처럼 멀게 느껴졌다.

그렇게 한참 동안 두 사람은 고개만 젖힌 채 하늘을 보고 있었다. 어느 날부터인가 승연은 자연스레 신문이나 TV 보는 것을 끊었다. 조금이라도 윤성에 대한 소식을 보고 싶지도, 듣고 싶지도 않았기 때문이다. 피하다 보면 조금씩 마음이 정리될 수 있다고 믿었다. 지희와 선민에게도 회사 일에 대한 이야기는 하지 말아달라 부탁하였고, 기업인의 아내이기 전에 평범한 여자인 두 사람은 승연의 말에 고개를 끄덕였다. 그저 짐작으로 윤성이 많이 바쁘다는 것 정도만 알고 있었다.

"오늘 날이 좋아서 그런가, 별이 많이 떠 있네?"

그 말에 윤성이 픽 웃는 소리가 들렸다. 너무나 어린애 같은 생각으로 말을 내뱉은 걸까? 차라리 가만히 있는 게 나을 뻔했다.

"그래 봤자 불덩이지."

윤성의 낮은 목소리는 어딘가 모르게 불만을 품고 있는 것 같았다.

"뭐?"

"빛을 내는 불덩이. 그리고 이미 저건 없어진 건지도 모르고."

"무슨 뜻이야?"

"빛은 진공 상태에서 초속 30만㎞밖에 못 가. 한 시간이면 10억㎞를 갈 뿐이지. 저 빛은 언제 온 걸까? 태양이 비치는 빛이 지구에 도달하려면 약 8분이 걸리는데 저 별은 저 멀리 있을 거 아니야. 빛이 지구로 오고 있는 사이 저 별은 터져 죽었을지도 모르지. 블랙홀에 빨려 들어갔거나."

윤성은 어린애 같은 말만 하고 있었다. 왠지 고등학교 시절 물리 수업을 받을 때가 떠올랐다. 윤성은 꼭 그때의 물리 선생처럼 말하고 있었으니까. 어차피 그건 모두 의미 없는 말장난에 불과했다. 그녀의 말에 저런 대답을 한다는 건 별로 말을 섞고 싶지 않다는 의미인지도 모른다. 아니면 그 빛의 거리만큼 두 사람이 떨어져 있다는 뜻인지도 몰랐다.

"예전에 네가 말했던 학생."

그 말에 승연이 살짝 눈가에 힘을 주었다.

"우리 그룹 재단에서 청소년 지원은 없었는데 이번에 추진하게 됐어. 네 말대로 실력이 좋은 모양인지 재단에서도 기대가 커. 어머니가 꽤 관심을 많이 보이시더군. 미술 좋아하시잖아."

그제야 기억났다. 그저 장학금 정도로만 기대를 했는데 윤성의 말을 들어보니 평소 예술 쪽으로 관심이 많던 홍 여사가 일을 추진한 모양이다. 포트폴리오를 달라고 해서 건네주고 나선 별다른 말이 없기에 잊고 있었다. 며칠 전 모르는 번호로 전화가 왔는데 뒷자리가 익숙한 걸 보니 선배였던 모양이다. 다음 주쯤 먼저 전화해서 안부라도 물어야 할 것 같았다.

"어머님께 식사 대접해야겠네."

그 말에 윤성이 슬쩍 웃으며 고개를 끄덕였다.

"왜 웃어?"

"굳이 그러지 않아도 돼. 오늘 꽤 피곤했을 텐데 들어가자."

윤성이 먼저 자리에서 일어났다. 승연은 잠시 고민했다. 윤성이 뻗고 있는 손을 잡아야 하는 것인지 말아야 하는 것인지. 결혼하고 나서 왠지 모르게 많이 멀어진 느낌이 들었다. 윤성은 바빠서 못 느낄지 모르나 그녀는 결혼 전과 확실히 달라졌다는 것을 깨달았다. 결국 승연은 윤성의 손을 잡는 것을 택했다.

방으로 돌아와 자리를 잡고 눕자 윤성이 불을 껐다. 다른 사람들은 두 사람을 평범한 부부로 알고 있다. 따로 잔다는 건 이 집에선 불가능한 일이었다. 두 사람은 처음으로 같은 이불을 덮고 눕게 되었다.

조금 전까지만 해도 눕게 된다면 그대로 기절할 수 있을 거라고 생각했다. 그렇지 않아도 요즘 계속 불면증에 시달리고 있었으니까. 하지만 지금은 이상하게 정신이 또렷해지는 느낌이다. 쏟아질 듯 빛나는 별들을 보고 들어와서일까? 눈을 감아도 그 별들이 여전히 보이는 느낌이다.

"……가야."

잠이 오지 않는다고 생각한 건 거짓말이었던 모양이다. 윤성의 목소리가 줄어들었다 커졌다.

"뭐라고?"

"수요일까지 휴가라고."

"잘됐네. 이 기회에 좀 쉬어. 6개월간 거의 쉬는 날이 없었잖아."

목소리가 잠겨들었다. 낮게 헛기침을 해보았지만 뭐가 목구멍에 걸린 것처럼 시원하지가 않았다. 요즘 들어 계속 잠을 제대로 못 자 자주 나타나는 증상이었다. 거기다 혼자 있는 시간이 길어 말도 많이 하지 않기 때문에 목을 쓸 일이 거의 없었다.

"지영이하고 휴가는 맞췄어?"

"아니."

"기대하고 있을 텐데."

그 말에도 윤성은 대답이 없었다. 승연이 고개만 살짝 돌려 윤성을 바라보다 저도 모르게 몸을 움찔거렸다. 언제부터인지 모르겠지만 윤성이 몸을 아예 모로 돌려 그녀를 보고 있었다. 어쩌면 불을 끄고 이불 속으로 들어와 계속 이 자세였는지도 모르겠다. 그래, 윤성은 원래 옆으로 누워 잠을 자는 것일지도 모른다.

"화상 흉터는 안 남았어?"

"싸웠나 봐?"

윤성의 말에 승연은 낮은 한숨을 쉬었다. 지영을 피한다고 신경을 쓰는 통에 통화만 몇 번 했다. 그러는 동안 윤성을 원망하기도 했다. 아니, 사실 윤성을 원망할 필요도 없었다. 그냥 결혼을 선택한 스스로의 결정에 후회했을 뿐.

"어린애도 아니고 싸우긴."

"그때가 언제라고, 깨끗해."

"다행이다. 곧 지선 언니 기일인데 난 조금 늦을 것 같아. 네가 대신 가서 위로 좀 해줘."

벌써 많은 시간이 흘렀다. 하지만 아직 지영의 동생들을 만나는 것은 무서웠다. 그들에게 사랑스러웠던 누나를, 큰딸을 다시 볼 수 없게 만든 장본인이 바로 그녀이다. 아무리 윤 여사가 돈을 쏟아붓는다고 해도 지선은 돌아올 수 없었다. 때론 그 사실이 견딜 수 없어 온 집 안에 불을 다 켜놓고 구석에 혼자 쭈그리고 앉아 떨기도 했다.

이 아픔은 몇 년이 지나야 조금은 옅어질까. 아니, 죽을 때까지 사라지지 않을 것이다. 지선의 얼굴이 흐릿해지고 또 떠올랐다 수면 아래로 가라앉는 것처럼 사라진다.

정신이 꿈과 현실 세계를 넘나들었다. 옆에서 윤성이 뭐라 중얼거리는 소리가 들린다. 승연은 몇 번인가 알겠다고 대답하고 그대로 잠이 들었다.

한여름이라는 걸 분명히 알고 있었다. 그런데 서늘한 느낌에 절로 잠이 깨었다. 분명히 몸은 따뜻하지만 등 뒤가 차가운 느낌이다. 하지만 피곤함이 몰려와 눈꺼풀이 쉽사리 움직이지 않았다. 청각에 귀를 기울였다. 에어컨 바람 소리가 미세하게 들려온다. 그리고 다른 사람의 숨소리도. 거기까지 생각이 미치자 승연이 눈을 번쩍 떴다. 그녀의 눈앞에 윤성의 얼굴이 보인다.

이건 꿈일까 하며 몽롱한 눈으로 시선을 떼지 못했다. 눈을 감은 속눈썹은 숱이 많고 짙어 꼭 그림을 그려놓은 듯했다. 언젠가 아주 긴 시간이 흐르고 나면 윤성의 얼굴을 그릴 수 있지 않을까? 아니, 눈물이 나서 제대로 그리기 힘들 거라고 생각됐다. 보고 있는 지금 이 순간도 눈물이 날 것 같으니까.

에어컨 바람이 두 사람에게 너무 차가웠던 모양이다. 온기를 찾아 서로 몸을 뒤척이다 자연스럽게 끌어안고 잔 것 같았다. 윤성의 품에서 벗어나려고 하던 승연은 그의 팔이 생각보다 훨씬 강한 힘으로 그녀를 옥죄고 있다는 것을 깨달았다. 억지로 두른 팔을 떼어내려면 윤성이 깰 것이다. 피곤 때문에 까칠해진 피부를 보며 승연은 그가 조금 더 잠을 자면 좋겠다는 생각이 들었다.

그래, 그녀도 오랜만에 악몽을 꾸지 않고 잠을 잤다. 늘 같은 악몽을 꾸느라 잠을 자는 게 두려웠던 그녀로서는 1년에 몇 번 없는 단잠이었다. 승연은 천천히 눈을 감았다. 이대로 조금 더 자도 좋을 것 같았다. 어제의 일에 대한 보상 정도라고 스스로를 설득시킨 승연은 잠의 세계로 빠져들었다.

그건 현명하지 못한 선택이었다. 악몽은 다시 찾아들었고, 승연은 몇 번이나 몸부림을 치려고 했다. 하지만 다시는 빠져나올 수 없는 늪에 몸이 침식되는 것처럼 꿈쩍할 수도 없었다. 이것은 사람들이 흔히 말하는 가위는 아니었지만 또 아니라고도 말할 수 없었다. 그녀의 의지로는 마음대로 끊어낼 수 없었다.

"……연. 신승연!"

번쩍 두 눈이 뜨였다. 인상을 찌푸린 채 잔뜩 걱정스러운 표정으로 자신을 내려다보고 있는 사람은 다름 아닌 윤성이었다. 에어컨으로 인해 여전히 방 안의 공기는 싸늘할 정도로 온도가 낮고 한기마저 느낄 정도였지만 승연은 온몸이 식은땀으로 인해 질척이는 것을 느꼈다. 저도 모르게 몸을 떨며 주먹을 쥐고 있는 손에 힘을 주었다.

식은땀으로 인해 질척한 손에 잡힌 건 윤성이 입고 있는 옷자락이었다. 몸이 사시나무 떨듯 떨려왔다. 숨도 제대로 쉴 수 없어 날숨만이 쉬어졌다. 가슴은 숨을 쉬려는 듯 빠르게 위아래로 움찔거리는데 산소는 마음껏 마셔지지 않았다.

"천천히 내뱉어!"

윤성의 커다란 손이 그녀의 가슴 가운데에 닿았다. 살짝 힘주어 대고 있는 손바닥의 온기에 승연이 입술을 깨물고 그 손의 속도에 숨을 내뱉는 것을 맞추었다.

"그래, 조금 더 천천히."

마치 어린아이를 달래듯 조곤조곤한 윤성의 목소리에 승연의 숨이 점차 안정을 되찾아갔다. 윤성이 낮게 한숨을 내쉬며 그녀를 품 안으로 끌어안고 안심한 듯 안도의 한숨을 내뱉었다. 그의 가슴은 넓고 따뜻했지만 승연은 팔을 둘러 끌어안고 싶은 유혹을 물리치고 조심스레 윤성의 가슴을 밀었다. 윤성은 천천히 그녀를 놓아주었다.

"씻고 와."

고개를 끄덕였지만 아직 몸에 제대로 힘이 들어가질 않는다. 오늘의 악몽은 평소보다 훨씬 끔찍했다. 조금의 욕심도 스스로에게 허락되지 않는다는 것을 깨달은 승연의 기분은 나락으로 떨어졌다. 윤성의 작은 온기도 원하면 안 된다는 것을 스스로 알게 되었다. 아니, 알고 있었던 것을 모른 척하고 있었을 뿐이다.

뜨거운 물을 맞으며 떨리는 몸을 진정시키기 위해 몇 번이나 참아내었다. 하지만 살갗이 벌겋게 변하도록 뜨거운 물을 마주하고 있었지만 떨리는 몸은 쉽게 진정되지 않았다. 몸에 제대로 힘이 들어가지 않는다.

샤워를 마치고 마루를 지나 방으로 돌아왔을 땐 갑작스러운 차가운 바람에 그대로 주저앉을 뻔했다. 가까스로 옆에 있는 무엇인가를 붙잡아 서며 두 눈을 질끈 감았다가 다시 떴다. 막 이불을 정리하고 있던 윤성이 재빨리 다가와 그녀의 앞에 서서 안색을 살폈다.

"어제 무리해서 이래?"

그저 옆에 서서 잔심부름을 했을 뿐이다. 그리고 그 정도로 약

골은 아니었다. 이런 강도가 높은 악몽을 꾸고 나면 하루가 힘들었다. 새벽에 눈을 떴을 때 그대로 자리에서 일어났어야 했다. 결국 승연은 더 이상 참지 못하고 그대로 주저앉았다. 그녀의 어깨를 잡고 있던 윤성의 몸도 자연히 앞으로 수그러졌다.

"잠깐만 기다려."

윤성이 밖으로 나갔다. 문을 여는 순간 벌써부터 무더위를 예고하는 듯한 더운 공기가 등을 때렸다. 문이 다시 닫히고 차가운 바람이 몸을 덮자 숨이 막힐 것 같았다. 승연은 팔을 뻗어 문을 밀어내었다. 뜨거운 바람이 얼굴을 스치자 비로소 숨을 편히 내뱉을 수 있었다. 덜덜 떨리던 몸도 점차 안정을 찾아갔다.

"추워?"

언제 돌아온 건지 윤성이 에어컨을 끄고 문을 활짝 열었다. 순식간에 더운 공기가 슬금슬금 들어와 차가운 공기를 몰아내었다. 하지만 밤새 내내 틀어놓은 에어컨으로 인해 바닥은 꼭 대리석을 만지고 있는 것처럼 차가웠다.

윤성은 빠른 손놀림으로 캐리어를 정리하고 그녀를 일으켜 세웠다. 아무래도 윤성은 그녀가 어제 사람들 틈에 서서 일을 했기 때문에 피곤하다고 생각하는 모양이었다. 잠시 주춤거린 승연이 신발을 신으며 뒤를 돌아보았다.

"인사는 하고 가야 할 것 같은데."

"내가 하고 왔어."

"그래도 예의가 아니지."

"너 얼굴색이나 보고 말해."

윤성이 가볍게 코웃음을 치며 그녀의 팔을 이끌었다. 결국 그녀는 인사도 하지 못한 채 큰댁에서 빠져나와 윤성의 차에 올라탔다. 아침의 햇살을 고스란히 받은 윤성의 차 안은 숨이 막힐 듯 더웠다. 트렁크에 캐리어를 싣고 운전석으로 돌아온 윤성이 재빨리 시동을 켜고 창문을 모두 열었다. 온도를 낮춰 에어컨을 가동시키고 꼭 무엇에 쫓기기라도 하는 사람처럼 속도를 높였다.

그들이 타고 있는 차는 순식간에 고속도로로 들어섰고, 에어컨의 온도는 이제 쾌적했다. 그녀의 하얗게 질렸던 얼굴색도 이제 평소처럼 되돌아왔다. 잠시 멍하니 거울을 보던 승연은 자신의 가방을 윤성이 들고 와 캐리어와 함께 트렁크에 넣은 것을 기억해냈다. 콘솔박스를 열자 선글라스가 보였다. 그것을 꺼내 착용한 뒤 머리를 쓸어 올리고 한숨을 길게 내쉬었다.

"뭘 새삼스레 가리고 그래?"

고등학교를 졸업한 이후로 그녀는 단 한 번도 민낯을 윤성에게 보여준 적이 없었다. 그래서 민낯은 왠지 모르게 발가벗고 있는 느낌이 들었다. 그런데 윤성은 대수롭지 않게 생각하는 모양이었다.

"이 나이에 화장도 안 한 얼굴 보여주는 거 민폐야."

"그게 더 낫던데?"

"뭐?"

"평소처럼 덕지덕지 바르고 있으면 피부가 숨은 쉬어? 그리고 어제오늘 보니 화장 안 한 게 더 낫던데."

윤성은 지나가는 투로 말했지만 승연의 심장은 갈비뼈를 곧바로 뚫은 것처럼 맹렬한 기세로 뛰기 시작했다. 짝사랑은 이래서 괴로운 것이다. 상대는 별 의미 없이 한 말에 당사자는 괜한 희망을 품게 된다. 정말 별 뜻 없이 하는 말인데도 불구하고.

"왜? 연시흔은 화장 안 한 모습이 싫대?"

"시흔이가 그런 말 할 애인가?"

"요즘 바빠 보이더라?"

"시흔이?"

고개를 끄덕이는 윤성을 보며 승연이 고개를 돌렸다. 그러고 보니 요즘 시흔을 거의 만나지 못했다. 하루통상으로 들어간 뒤 시흔은 더 바빠진 것 같았다. 다행히 할아버지, 할머니의 건강은 다시 좋아지셨고, 시흔은 그래서 더 힘을 내 일을 하는 모양이었다. 요즘 가족들에게도 일에 대한 건 묻지 않으니 얼마나 바쁜지 그녀는 모르고 있었다.

"이번에 하루통상이 디자인 표절 묵인하지 않고 잡아낸다더니."

그런 일이 있다는 것도 모르고 있었다. 윤 여사는 매출은 늘었지만 계속되는 표절 때문에 신 사장이 골치를 썩고 있다고 했다. 하루통상은 독특한 문양으로 워낙 유명했고, 그 탓에 여기저기서 우후죽순으로 찍어내 팔고 있는 모양이었다.

하루통상의 자기가 아닌데 사기를 당했다며 걸려오는 전화도 많다고 했다. 하루통상은 단 한 번도 가격을 낮추어 팔지 않았고, 자부심으로 계속 성장해 가고 있는 회사였다. 제조사도 제대로 알아보지 않고 절반도 채 되지 않는 가격에 자기들을 사고 괜한 분풀이를 하고 있는 사람들이 많았다. 이래서 사업은 어려운 거라고 말하고 넘어갔는데 왜 시흔이 그렇게 바쁜지도 윤성의 말을 조합해 보니 쉽게 알 수 있었다.

"다음 달에 태국 가."

윤성이 출장을 많이 다닌다는 것은 알고 있었다. 하지만 이렇게 행선지를 말한 적은 없기 때문에 승연이 의외라는 얼굴로 바라보았다.

"올해 첫 해외 출장이기도 하고 기간이 좀 길거든."

"얼마나?"

"보름 정도?"

"잘 다녀와."

그렇게 말하고 다시 창밖으로 고개를 돌리던 승연의 시선이 다시 윤성에게로 꽂혔다.

"같이 가."

잠시 잘못 들은 게 아닌가 생각했다. 승연의 입에서 저도 모르게 실소가 흘러나왔다. 윤성은 그 웃음이 마음에 들지 않는 모양이었다.

"부모님도 그때가 휴가라 그쪽으로 오신다고 하셔서."

승연이 고개를 끄덕이며 아, 소리를 냈다. 윤성의 부모님은 두 사람을 평범한 신혼부부로 알고 있다. 남편이 이삼 일도 아니고 무려 보름이나 해외로 출장을 가니 같이 가는 게 당연하다고 생각할 수도 있을 것 같았다.

"다음 달 며칠?"

"2일."

경민이 그림을 한 점 부탁해 그리고 있는 것이 있다. 어차피 거의 마무리가 되긴 했고, 윤성과 함께 태국을 가더라도 딱히 걸리는 문제는 없었다.

"3일 정도만 있다가 와도 돼?"

"일 있어?"

"음, 경민이가 맡긴 일도 있고……."

말을 잘못 내뱉었다. 경민은 윤성과 가장 친한 친구인데…….

"끝난 거 아니었어?"

"어, 그게……."

"경민이한테 거의 끝났다고 했다면서?"

"통화…… 했어?"

"엊그제 만나서 밥 먹었어. 그러다 보니 이야기 나왔고. 넌 왜 안 나왔어?"

그 말에 승연이 고개를 돌리며 슬쩍 입술을 깨물었다. 그건 서로 있는 척을 하기 위해 만든 모임이다. 그래서 그녀는 참석하지 않았고. 물론 그쪽에서 그녀를 묘하게 따돌리는 감이 있긴 했다. 유치한 반응에 승연은 더 상대하지 않았다. 하지만 윤성과 결혼하고 나서부터는 쓸데없는 말도 사라지고 다들 그녀의 눈치를 보느라 바빴다. 참석하지 않고 있긴 해도 불러주는 사람 하나 없다니. 갑자기 어이가 없어 웃음이 다 나올 지경이다.

"나도 결혼하고 나서 처음 나갔거든."

윤성의 말에 승연은 입을 다물었다. 그녀의 반응에 윤성이 눈치챈 모양이다. 오른손으로 핸들을 턱 소리가 나게 내려쳤다.

"감히 태일을 물로 봐?"

그래, 윤성이 지금 기분이 상하는 건 초대를 받지 못한 사람이 바로 그녀가 아니라 태일의 며느리라는 뜻이다.

"됐어. 어차피 그런 자리 관……."

"아니, 앞으로 그런 일 절대 없어."

윤성이 바로 핸드폰을 연결시켰다. 조용한 차 안에 요즘 한창 유행하고 있다는 음악 소리가 울려 퍼졌다. 그리고 곧이어 낮은 음성이 들려왔다.

[그래, 윤성아.]

"장경민, 엊그제 어떻게 된 거야?"

[다짜고짜 그게 무슨 말이야?]

"신승연이 오지 않은 이유."

그 말에 잠시 정적이 흘렀다. 무엇인가 넘기는 소리가 들리고 키보드를 누르는 소리도 들려왔다.

"그딴 식으로 신승연 무시하면 다들 재미없을 거라고 전해."

[윤성아, 그게…….]

"나 두 번 말 안 해."

[애들이 뭔가 착오가 있었던 모양이다. 앞으론 그런 일 없도록 할게. 승연이에게 미안하다고 전해주라. 난 승연이가 불편해하는 줄 알았어. 그래서 신경 못 썼다.]

친한 친구라고는 하지만 누가 더 우위에 있는지 확실히 알 수 있는 통화였다. 괜찮다고 말하고 싶었지만 그러면 경민이 더 곤란해질까 봐 승연은 입을 다물고 있는 편을 택했다. 대웅식품의 후계자인 경민은 윤성의 가장 친한 친구였다. 그리고 그녀와는 많이 친하진 않지만 승연의 작품을 좋아해 주고 유일하게 있는 그대로 봐주는 친구이기도 했다. 경민은 성격이 좋아 두루두루 사람들과 친한 그런 타입이었다.

"신승연 그림 급해?"

[거의 완성돼서 마무리하고 말리기만 하면 된다고 들었는데, 갑자기 왜?]

"태국 출장 잡혀서."

[거 사이좋은 신혼부부일세? 그렇지 않아도 너희 금슬 좋다고 유명하더라. 친구였는데 어떻게 그런 사이가 됐냐면서. 남녀 사이에는 역시 친구가 없어.]

그 말에 윤성이 나른한 웃음을 흘렸다.

"누가 그래, 금슬 좋다고?"

[너희 장난 아니다. 무슨 잡지에도 나왔다던데? 특히 승연이 패션이 유명한가 보더라. 20대 여자들이 열광하는 이유? 태일 사모님인 것으로도 모자라 하루통상 막내 공주님이니 말 다 했지.]

예전 같았으면 저 말에 인상을 찌푸렸을 것이다. 하지만 요즘은 사람들도 거의 만나지 않고 만나는 사람들도 그런 말을 하지 않으니 그저 헛웃음만 나올 뿐이었다.

"잡지에 나왔다고?"

[너희 어머니랑 찍힌 거 나왔어. 저번 달 너희 회사 창립기념일에 찍힌 거 아주 난리도 아니었다. 우리 와이프도 승연이가 들고 있던 가방 어디 거냐고 아주 난리를 피우는데. 네가 좀 물어봐 주라. 여자들 가방은 다 거기서 거기라 말이지.]

"그랬지, 저번 달에. 가방은 물어볼게."

윤성이 승연을 한 번 흘깃거리며 말했다. 승연은 웃으며 고개를 내저었다.

[최윤성 너, 제대로 빠진 모양이더라?]

"뭐가?"

[너희 찍힌 사진 보는데 너 완전 신승연 잡아먹겠더라?]

그 말에 승연의 얼굴에서 미소가 사라졌다. 그건 윤성도 마찬가지였다. 하지만 승연은 잘 알고 있었다. 사진이라는 것은 거짓말을 참 잘해서 그건 그냥 미소를 짓고 있을 때뿐이었다는 것을. 윤성이 다시 입가에 미소를 지었다.

"그렇게 보이냐?"

[그 정도뿐이겠냐? 너희 신혼이라고 너무 무리하는 거 아니야?]

"무슨 소리야?"

[저번 주에 보니까 승연이 살이 쭉 빠진 게 네가 밤마다 괴롭히는 거 아닌가 싶어서.]

"인마, 집에 들어갈 시간도 없다. 끊어. 운전 중이야."

[그래, 조심하고. 참, 그 가방 꼭 물어봐라.]

전화가 끊기자 차 안이 다시 조용해졌다. 승연이 참았던 답답함을 벗듯 숨을 크게 내쉬었다. 남자들끼리의 대화는 꽤나 노골적인 모양이다. 아마 그녀가 없었더라면 윤성은 대충 맞장구를 쳤을지도 모른다.

"가방 어디 건데?"

"시간 날 때 내가 만든 거야. 파우치로 만들어서 가볍게 들고 다니기 편하거든. 갖고 싶다고 하면 만들어준다고 해."

생각해 보니 재봉틀을 만져 본 지 오래됐다. 무엇인가를 만드는 것보다는 그리는 것을 좋아했다. 그런데 그 가방은 길을 가다 천이 좋아 보여 생각 없이 가져다 만든 것이었다. 이제껏 들고 다녀도 관심을 가진 사람이 없었는데 역시 태일의 며느리라는 자리가 후광을 만드는 모양이다.

"왜 웃어?"

"아냐. 태일이 정말 대단한가 보다 하는 그런 생각이 들어서."

"그냥 태국은 같이 나가서 같이 들어와."

"그렇게 해, 그럼."

몸에 조금 힘이 생겼다. 경민과의 통화를 듣고 그런 것 같았다. 하긴, 옛날부터 경민과는 대화를 하고 나면 왠지 모르게 상큼한 과즙을 먹은 것 같단 생각이 들었다. 워낙 성격이 둥글고 모난 곳이 없어 상대하기가 제일 편했다. 굳이 긴장을 하지 않아도 되는 유일한 사람이 있다면 바로 시흔과 경민이었다.

"여기 집으로 가는 고속도로 아니지 않아?"

신경을 쓰고 있지 않았는데 이정표를 보니 양산과 부산이 보였다. 윤성이 가볍게 고개를 끄덕였다.

"내가 수요일까지 휴가라고 하지 않았던가?"

그래, 어젯밤에 누워 있을 때 그런 말을 들은 것 같다. 지영과 휴가를 맞추지 않았다는 것도 들었다. 그럼 설마 자신과 휴가를 보낼 생각인가?

"피곤해? 그럼 올라가고."

"아냐. 오랜만에 바다 구경 해보는 것 같네. 제주도 이후로는 처음이거든."

승연은 실수했다고 생각했다. 제주도 이야기는 그동안 계속 피해 오지 않았던가. 윤성 역시 말없이 정면만 응시한 채 운전에 집중하고 있었다. 그건 꽤 오래전의 이야기임에도 불구하고 입술엔 그날의 기운이 남아 있는 것처럼 뜨거웠다. 그건 장난도 아닌, 그저 술기운이었을 뿐이다.

"계속 부산에 있을 거야?"

"따로 가고 싶은 곳 있어?"

"아니. 나 해운대 한 번도 가본 적 없거든."

그 말에 윤성이 정말이냐는 듯한 눈으로 승연을 보았다. 창피한 말이지만 그녀는 국내 여행을 제대로 해본 적이 없었다. 거의 외국으로 다녔고 국내는 가봤자 제주도나 강원도 정도뿐이었다.

"넌 많이 가봤어?"

"부산은 한 달에 두 번은 다녀."

생각해 보니 태일백화점 본점이 부산이라는 것을 깜빡 잊고 있었다. 그럴 수밖에 없을 거란 생각에 승연은 고개를 끄덕이며 고개를 돌렸다. 톨게이트를 막 지나쳤는데 바다는 보이지 않았다.

"바로 바다가 보이는 게 아니네?"

"부산 사람들 주식이 회일 거라고 생각하는 건 아니지?"

"그런 농담, 직원들 앞에선 하지 마."

"안 먹히네?"

혼자 썰렁한 농담을 해놓고서 그게 마음에 든 모양인지 윤성은 웃음을 흘리고 있었다. 이런 팀장 밑에서 일을 하다 보면 직원들이 피곤하겠단 생각에 결국 승연도 웃고 말았다. 부산으로 들어섰지만 해운대로 가는 길은 의외로 좁고 고불고불했다. 운전자들도 상당히 거칠어 보이고 깜빡이도 켜지 않고 사람들이 끼어들었다.

"아침엔 왜 그런 거야?"

"아, 그냥. 악몽을 좀 꿨어."

"자주 꿔?"

"자주라기보단……."

그때였다, 쿵 소리와 함께 그녀의 몸이 앞으로 쏠린 것은.

벨트를 하고 있어 몸이 크게 요동치진 않았지만 더 놀란 건 윤성이 그녀의 몸 앞으로 팔을 뻗어 막았다는 것이다. 순간이었지만 윤성은 그렇게 하고 낮은 한숨을 내쉬며 차에서 내렸다.

놀란 상태로 눈만 동그랗게 뜬 채 앞만 보고 있던 승연은 차 밖에서 들리는 고성에 정신을 차리고 사이드미러를 보았다. 윤성과 키가 비슷하지만 덩치는 1.5배쯤 큰 남자가 인상을 쓰며 소리를 지르고 있었다. 뒷모습이라 윤성의 표정은 볼 수 없었지만 그것만으로도 지금 그가 화를 누르고 있다는 것을 알 수 있었다. 승연이 벨트를 풀고 차에서 내리자 남자의 시선이 따라왔다.

"샌님 새끼 주제에 똥차 타고 다니면서 저런 여자는 태워 다니네."

덩치가 큰 남자는 마치 점수를 매기듯 그녀를 위아래로 쭉 훑었다. 미간을 찌푸린 채로 윤성이 살짝 뒤를 돌아보았다.

"들어가 있어. 보험 처리 해드리겠다지 않습니까. 서로 갈 길 바쁜데 그만하시죠."

"새끼, 여자 앞이라고 폼 잡냐?"

운전을 하다 보면 이상한 사람들을 많이 보게 마련이다. 그녀도 몇 번이나 경험한 적이 있다. 에어컨 바람이 답답해 창문을 열고 다닐 땐 여자 주제에, 그것도 어린것이 외제차 몰고 다닌다며 욕설하는 것도 들어본 적이 있다. 기가 막히고 황당해 뭐라고 말이라도 할라 치면 그 사람들은 재빨리 속도를 높이며 도망갔다. 그것을 몇 번 당하고 나서 승연은 에어컨을 트는 한이 있더라도 차문을 열지 않았다. 그런데 그런 이상한 종자가 부산에도 있는 모양이었다.

남자의 행동은 점점 도를 넘어서고 있었다. 발로 윤성의 차를 퍽퍽 차는 것도 모자라 계속 욕설을 퍼붓고 똥차 운운하고 있었다. 윤성의 차는 태일자동차에서 제일 잘나가고 있다는 중형 세단이었다. 가격이 꽤 나가는 것으로 알고 있는데 이 정도로 무시하는 것을 보니 남자는 퍽이나 잘난 모양이었다.

승연이 팔짱을 낀 채로 앞으로 걸어갔다. 남자의 차는 그녀가 예전에 타고 다니던 모델과 같은 것이었다. 자신의 차에 관심을 보인 것으로 알았는지 남자는 비릿하게 웃으며 그녀에게로 가까이 다가왔다.

"저런 놈 버리고 같이 노는 게 어때? 내가 근사하게 쏠게."

꼴을 보니 휴가를 온 사람 같았다. 조수석에 다른 여자까지 태워두고 그녀에게 이런 식으로 집적거리는 게 평소에도 시답잖은 돈으로 여자들을 꾀는 모양이었다.

"이 남자가 뒤에서 박았는데 왜 상대해 주고 있어?"

승연이 고개만 살짝 돌린 채 윤성을 향해 말했다. 그녀도 교통법률에 대해선 자세히 알지 못했지만 앞차가 고의적으로 급정거를 하지 않는 한 안전거리를 유지하지 않고 따라온 차의 잘못이 100%라는 것쯤은 알고 있었다.

윤성은 그냥 조용히 피해 가기 위해 남자에게 돈을 지불하려고 했을 것이다. 하지만 그것도 통하지 않자 보험 처리를 해주겠다고 설득하고 있는 중일 것이다. 아마 그녀가 차에서 내리지 않았다면 보험 처리를 해주겠다고 약속한 뒤 현금까지 쥐어 보냈을 것이다. 어쨌거나 윤성은 이런 가벼운 일로 언론에 오르내리는 것을 좋아하지 않았으니 말이다.

"신승연."

윤성은 복잡해지는 건 딱 질색이라는 얼굴로 인상을 찌푸렸다.

"호구니? 잘못한 것도 없는데 뭘 상대해? 경찰 부르죠. 아님 보험회사부터 먼저 부를까?"

그녀가 주머니를 뒤져 핸드폰을 꺼내 들었다. 윤성의 범퍼는 움푹 들어가 있고 남자의 헤드라이트는 깨져 박살이 나 있었다. 딱 봐도 정황상 증거가 확실한데 남자는 큰일은 피하고 싶어 무조건 수그리고 들어가는 윤성을 보고 옳거니 하며 먹잇감을 무는 상어처럼 덤벼들었을 것이다.

날카로운 물건으로 차를 긁어도 모자랄 판이지만 승연 역시도 현재 자신의 위치를 잘 알고 있다. 그래서 이 정도로 끝내는 것을 남자는 다행으로 여겨야 할 것이다. 결국 윤성이 가까이 와 승연의 팔을 잡아 끌어당겼다.

"그냥 조용히 넘어가."

"이미 그럴 수 없는 상황까지 왔어."

그때였다. 누군가가 신고를 한 모양인지, 아니면 순찰을 하다 상황을 본 건지 경찰차가 가까이 와서 섰다. 결국 윤성은 더 이상 조용히 넘어갈 문제가 아니라는 것을 알았는지 그녀를 반강제적으로 차에 태웠다.

"최윤성."

"머리 아프니까 잠깐만 앉아 있어. 금방 끝나."

어차피 경찰이 개입되었다. 승연은 이로써 자신이 할 일이 없다는 것을 깨달았다. 그저 가만히 앉아 사이드미러로 사람들 하는 양을 보는 수밖에 없었다. 윤성은 주머니에서 신분증을 꺼내고 있는 중이고 남자에게도 무엇인가를 건넸다.

그건 명함이라는 것을 알 수 있었다. 덩치가 큰 남자는 명함을 받고 놀란 얼굴을 하더니 이내 경찰과 몇 마디를 주고받는 게 보였다. 그리고 바로 공손해지기 시작했다. 그건 윤성이 가진 힘을 알았기 때문일 것이다.

거짓말처럼 머리까지 조아리는 남자를 보며 승연은 실소를 머금었다. 방금 전과 변한 게 아무것도 없는 윤성의 태도와는 다르게 남자는 완전히 바뀌었다. 조금 전 윤성은 부당한 일을 당하고도 의견을 피력할 수 없는 사람 같아 보였다면 지금은 그 누구보다 우위에 있는, 혹은 군림하고 있는 사람처럼 보였다.

윤성은 여전히 허리를 꼿꼿이 펴고 무심한 얼굴로 남자를 바라보고 있었다. 게다가 윤성이 살짝 허리를 숙이고 남자에게 뭐라 말하고 있었는데 믿기 힘들 정도로 남자의 얼굴이 허옇게 질리는 게 보였다.

결국 경찰이 오고 5분도 되지 않아 상황이 모두 정리되었는지 윤성이 차에 올라탔다. 승연이 그를 바라보았다.

"어떻게 됐어?"

"각자 처리하기로 했어."

"뭐?"

"범퍼 정도야 뭐, 어차피 소모품인데 괜히 복잡할 거 없잖아. 몸은?"

"퍽도 빨리 생각해 준다. 괜찮으니까 갈 길 가. 그 남자가 발로 차서 상한 것도 신경 썼어야지."

승연의 말에 윤성이 이제 깨달았다는 듯 '아!' 하며 고개를 끄덕였다.

"그걸 생각 못 했네."

"그런데 그 남자한테 뭐라고 한 거야? 얼굴색이 완전히 변하던데."

"별말 안 했어. 앞으로 조심하라고. 그나저나 내일 아플 수도 있어. 그냥 올라가서 빨리 쉬는 게 낫겠다."

그녀는 정말 괜찮았다. 그렇게 큰 충격이 있는 것도 아니고 사실 바다가 보고 싶기도 했다. 게다가 부산까지 다 와서 돌아간다는 건 정말 아쉬웠다. 하지만 생각해 보니 윤성이 휴가를 같이 보내고 싶은 사람은 따로 있다는 것이 떠올랐다. 바다가 보고 싶다고 한마디만 하면 되는데 입술을 떼는 것은 무척이나 어려웠다. 결국 윤성의 차가 다시 고속도로로 들어설 때까지 승연은 아무 말도 하지 못했다.

그동안 살인적인 스케줄을 소화해서 그런지 윤성은 휴가 내내 잠만 잤다. 잠에서 깨면 책을 읽기 위해 거실에 나와 소파에 누워 있기도 했지만 어느새 다시 잠에 빠져들었다. 결국 승연은 윤성을 위해 삼계탕을 만들기로 했다. 수산시장에 들러 자연산 전복까지 사와 푹 고아 삼계탕을 준비했다.

거의 완성되어 윤성을 깨우고 차리기만 하면 될 때 초인종이 울렸다. 올 사람이 없다고 생각하며 거실로 나왔을 때 이미 윤성이 자리에서 일어나 현관 앞에 서 있었다. 승연은 아무 의심 없이 지영인가 싶었다. 사실 이 집에 지영이 한 번도 온 적은 없지만 정말 자연스레 그런 생각을 했다. 지영이 와도 이상할 것은 없었다. 하지만 현관문이 열리며 드러나는 얼굴을 보고 승연은 들고 있던 국자를 그대로 떨어뜨릴 뻔했다.

"어머님!"

"우리 며느리 얼굴 좀 보자."

"어머, 이 시각에 어쩐 일이세요? 연락 좀 주시지. 아버님도 오셨어요? 중국 출장 가신 일은 마무리 잘되셨어요?"

홍 여사의 뒤로 최 회장의 얼굴도 보였다. 최 회장은 직접 운전을 하고 온 모양인지 두 손에 한가득 짐을 들고 있었다. 윤성이 재빨리 팔을 뻗어 받으려고 했지만 최 회장은 직접 부엌으로 들어와 식탁 위에 올려두었다.

"요즘 우리 며느리 살 너무 빠졌다는 이야기 듣고 네 어머니가 열심히 준비하더라."

"정말요? 저 괜찮은데."

최 회장이 허허 웃으며 앉자 홍 여사도 그 옆으로 자리를 잡았다. 자연스레 윤성과 승연은 그 앞에 앉으며 홍 여사가 꺼내는 물건들을 보았다. 그녀가 좋아하는 게장, 새우장, 전복장이 깨소금까지 뿌려져 얌전히 자리를 잡고 있었다.

"제가 이런 거 좋아하는 건 어떻게 아셨어요?"

"어떻게 알긴, 윤 여사에게 물어봤지. 최고로 맛있다는 집에서 공수한 건데 입맛에 맞을지 모르겠구나."

"참, 아직 식사 안 하셨죠? 마침 저 삼계탕 끓이고 있었거든요.

혹시 몰라서 네 마리 끓였는데 잘됐다."

사실 윤성이 내일까지 집에만 계속 있을 것 같아 한꺼번에 고아 놓은 것이다. 두 마리만 끓이는 것보다 잘됐다고 생각하며 승연은 뚝배기 두 개를 더 꺼내었다. 홍 여사는 자연스럽게 승연을 돕기 시작했다.

식탁 위는 제법 풍성했다. 닭이 한 마리씩 들어가 있는 뚝배기와 홍 여사가 가져온 반찬들을 접시에 담아 놓자 더할 나위 없이 좋았다. 그리고 만족스러웠다.

지난 6개월간 승연은 더없는 좋은 며느리가 되었다. 살갑고 애교가 많은 그녀를 보며 홍 여사와 최 회장은 이런 게 딸 키우는 재미라면서 그녀를 무척이나 아껴주었다. 그 사랑을 받을 때마다 승연은 애써 현실을 지우려고 노력했다. 이분들과 진짜 가족이 되었으면 좋았을 거라고 생각했다.

"우리 승연이는 어쩜 이렇게 손끝도 야무지니?"

"그래, 전문점에서 만들었다고 해도 믿겠구나."

"입맛에 맞으세요? 윤성 씨는 한 번도 맛있다고 해주는 법이 없어요."

승연이 슬쩍 윤성을 흘기며 말했다. 어제와 오늘 내내 집에서 잠만 자고 일어나는 윤성에게 밥을 만들어주었다. 그녀가 만든 음식이 입맛에 맞는 것인지 윤성은 깨끗이 비워냈지만 잘 먹었다거나 맛있었다는 말은 해주지 않았다. 특별히 윤성에게 그런 말을 기대한 것도 아니지만 홍 여사와 최 회장에겐 평범한 며느리가 할 수 있는 그런 투정이었다.

"재가 저렇게 무심해. 그런 말 한마디 하면 어디 덧나니? 잰 집에서도 그런 말 해본 적이 한 번도 없단다."

"그래도 깨끗하게 비워주니까 속으로는 맛있구나 생각하고 있어요."

"너희 결혼하고 나서 회사가 정신없이 돌아가는 바람에 새아가에게 많이 미안하구나. 윤성이 저놈 출장이 많아서. 조만간 승진하고 나면 시간 좀 남을 거니 참아주거라."

최 회장은 정말 미안한 얼굴로 말하고 있었다. 승연은 애써 웃고 있었지만 손끝이 파르르 떨렸다. 식탁 아래로 손을 내려 있는 힘껏 주먹을 쥐었지만 마치 꿈속에서처럼 힘이 들어가질 않는다. 옆에 윤성이 없으면 이런 연극쯤은 훨씬 더 쉽게 할 수 있을 것이다. 그리고 이제껏 그렇게 해오기도 했다. 승연은 조금 더 참자고 마음먹었다.

"그렇지 않아도 태국 출장은 같이 가기로 했어요."

"어머, 그랬니? 잘됐구나. 승연이 바쁘진 않니?"

"괜찮아요. 경민이가 맡긴 일 하고 있었는데 거의 마무리도 됐고 천천히 달라고 하더라구요."

홍 여사는 진심으로 기쁜 모양이었다. 비록 일 때문에 가는 것이긴 하지만 일을 조금 더 빨리 마무리하고 가족여행을 하면 좋겠다고 말했다. 홍 여사의 의견에 최 회장도 찬성하며 승연에게 기대해도 좋을 거라고 장담했다. 벌써 최 회장에게는 몇 개의 보석과 건물도 받았다. 승연이 건물은 도저히 받을 수 없다고 말했지만 최 회장은 시아버지가 며느리에게 주는 것이니 무조건 받아야 한다고 우겼다. 하는 수 없이 받았지만 나중에 윤성에게 돌려줄 생각이었다.

같이하는 시간이 많지 않으니 최 회장은 금전적으로라도 늘 그녀에게 무엇인가를 주고 싶어 했다. 그 마음이 부담스럽고 또 죄송해 승연은 그저 웃을 수밖에 없었다. 마치 장식장에 들어가 있는 인형처럼.

식사를 마치고 과일과 차를 준비해 거실로 가니 홍 여사는 돕지도 않는다며 윤성을 타박했다. 결국 윤성이 그녀의 손에서 쟁반을 가지고 갔다. 그는 자연스럽게 홍차를 잔에 따르며 그녀에게도 건네주었다.

"힘들 텐데 그냥 도우미 쓰는 게 어떠니?"

"괜찮아요. 제집인데 제가 하고 싶어요, 재미도 있고."

"우리가 무슨 복이 있다고 이런 며느리를 얻은 건지 모르겠다. 너희 아버지 손주 태어나면 주신다고 벌써부터 좋은 땅 알아보고 계시잖니."

그 말에 승연은 들고 있던 잔을 놓칠 뻔했다. 언젠가는 이런 이야기가 나올 거라는 것을 알고 있었다. 하지만 이렇게 빠를 줄은 몰랐다. 아니, 생각해 보면 윤성의 집은 손이 귀해 누구보다 기다리고 있을 것이다. 승연은 저도 모르게 불안한 얼굴로 윤성을 바라보았다. 윤성은 잔을 탁자 위로 내려놓더니 낮은 한숨을 내쉬었다.

"저희 아직 젊어요. 부담 주지 마세요."

"부담은. 그냥 그렇다는 거지. 너희 설마 피임하는 거니?"

그 말에 승연이 눈동자를 굴렸다. 홍 여사는 충분히 이런 말을 할 수 있는 자격이 있는 사람이다.

"자연스럽게 생기면 낳도록 해."

"저희가 알아서 해요."

윤성이 한쪽 눈썹을 추켜올렸다. 그건 지금 이 상황이 마음에 들지 않는다는 뜻이었다. 홍 여사도 그런 아들의 버릇쯤은 알고 있을 것이다. 하지만 멈추지 않고 확답을 듣길 원하는 듯했다.

"이 기회에 너희 건강검진 좀 받자. 약도 좀 먹고."

"회사에서 받은 지 얼마 안 됐어요. 그리고 저희가 알아서 하겠다니까요."

"더 늦어져 봤자 좋을 거 없다. 그리고 누가 그런 건강검진이라고 하니? 승연아, 혹시 아직 애 갖기 싫은 거니?"

모두의 시선이 그녀에게로 돌아왔다. 윤성이 살짝 미간을 찌푸리며 그녀에게 답을 요하는 듯했다. 하지만 승연은 홍 여사와 최 회장의 눈빛에 더 주눅이 들고 말았다. 인자한 얼굴을 하고 있지만 거기엔 대를 잇기 위한 욕심이 들어가 있었다.

"노력해야죠."

"그렇지? 내일은 시간 어떠니? 강 박사에게 부탁하면 너희 검진 빨리 받을 수 있을 것 같은데."

"여행 다녀와서 하면 안 될까요? 아무래도 검사하고 나면 더 신경 쓰일 것 같은데."

최대한 빠져나갈 수 있는, 지금 이 상황에서 할 수 있는 최고의 발악이었다. 윤성의 미간이 더 깊게 파였으나 홍 여사와 최 회장은 승연만 보고 있었다.

"그래, 그게 더 편하겠구나. 강 박사에게 말해놓으마."

"네, 아버님."

다행이다. 그래도 어느 정도 시간을 벌어두었으니. 승연은 웃었지만 윤성은 최 회장 내외가 갈 때까지 찌푸린 표정을 풀지 않았다.

결국 최 회장 내외가 타고 있는 차가 사라지고 더 이상 보이지 않자 승연은 맥이 풀린 듯 담벼락에 몸을 기대고 말았다. 말 그대로 기진맥진하다는 게 어떤 것인지 알 수 있을 것 같았다. 홍 여사가 말하는 건강검진은 아마도 산부인과일 것이다. 승연은 저도 모르게 답답함에 입술을 질끈 깨물었다.

"그러게 후회할 말을 왜 해?"

그녀의 얼굴에서 답을 읽은 모양인지 윤성이 혀를 찼다.

"그럼 그 앞에서 애 갖기 싫습니다, 해야 해?"

"말하려고 했는데 네가 말렸어."

그랬다. 분명 중간에 윤성이 그 말을 하고 싶어 하는 것 같아 승연은 재빨리 손을 뻗어 그의 옷자락을 쥐었다. 하지만 보통 그 상황이라면 누구나 그렇게 했을 것이다. 이럴 때 보면 윤성은 눈치가 빠른 것인지 없는 것인지 헷갈렸다.

"언제부터 내 눈치 봤니?"

윤성은 여기서 말이 길어지면 다툼으로 이어질 거라는 것을 알고 있는 모양이다. 낮게 한숨을 내쉬더니 몇 번인가 입술을 깨물었다.

"최대한 내가 막아볼게."

"앞으로 2년이나 더? 어떻게?"

"어떻게든."

낮은 윤성의 목소리에 승연은 그를 물고 잡고 늘어져 봤자 답이 나오지 않는다는 것을 깨달았다. 아니, 윤성의 말이 맞았다. 그를 말리지 말았어야 했다. 어차피 헤어질 거라는 걸 알고 있는 사이이고, 서로에게 바라는 것도 없어야 했다. 승연이 낮게 숨을 내뱉으며 먼저 발걸음을 옮겼다. 정원을 지나치기 전 뒤따라온 윤성이 그녀의 팔을 잡아 멈춰 세웠다.

"어머니 바라시는 대로 검사만 받아. 그 정도는 어렵지 않잖아."

"그게 그냥 검사인 줄 알아?"

"그럼 뭐가 또 있는데?"

"산부인과 검사라고."

"그게 어때서?"

승연이 입술을 깨물었다. 이런 말까지 윤성에게 해야 하는 걸까? 그와 함께한 결혼 생활 중 오늘이 가장 후회가 되는 날이었다. 윤성은 전혀 상상도 하지 못하는 얼굴을 하고 있다. 승연은 왠지 모르게 저 잘난 윤성의 얼굴이 당혹감으로 물들면 좋겠단 생각이 들었다.

"어쩌지?"

"뭐가?"

"나 그 검사 못 받아."

"못 받는 이유가 뭔데?"

"나 경험 없거든."

성공이다. 윤성의 얼굴이 순식간에 굳었다.

사실을 말하고 마음이 무거울 거라고 생각했다. 하지만 예상외로 마음이 편해지고 홀가분해졌다. 그녀를 따라다니던 질 나쁜 소문들에 대해 당당하게 아니라고 떳떳하게 행동할 수 있는 건 그

때문이기도 했다. 물론 혼자 당당하면 된다고 생각했지만 그 근본을 알 수 없는 소문들은 끈적끈적하게 달라붙어 마치 사실인 양 엉켜들어 왔지만.

윤성 역시 그 자리에 있는 한 그녀에 대한 헛소문을 계속 들어왔을 것이고, 은연중 믿고 있었을지도 모른다. 그래서 지금 저렇게 멍한 얼굴을 하고 있는 게 아닌가. 몸을 돌려세웠다. 하지만 뒤에서 나는 웃음소리에 승연이 다시 돌아보았다.

승연의 예상과는 다르게 윤성은 그녀를 비웃고 있는 게 아니었다. 그저 조금 황당하고 어이없는 얼굴을 하고 있었다. 픽 웃던 윤성이 그녀의 곁을 지나치며 손가락으로 볼을 쓱 쓸어 올렸다.

"생각보다 강한데, 신승연?"

그렇게 말한 윤성이 짧은 휘파람을 불고 집 안으로 들어갔다. 잠시 그 상태로 멍하니 서 있던 승연도 윤성의 뒤를 따라 집 안으로 들어왔다. 소파에 앉아 다시 책을 읽을 준비를 할 거라고 생각했는데 윤성의 모습이 보이지 않았다. 그때 부엌 쪽에서 물소리가 들려와 들어가 보니 윤성이 싱크대 앞에서 서성이고 있었다.

"설거지?"

"얻어먹었는데 이 정도는 해야지."

"할 줄 알아?"

"혼자 지낸 세월이 몇 년인데."

한 번씩 잊곤 했다. 그가 어린 나이에 외국에 혼자 남아 유학 생활을 했다는 것을. 몸에 밴 것들은 쉽게 사라지지 않는다고 하더니 한국에 와선 해보지 않았을 텐데 윤성의 손놀림은 제법 매끄러워 보였다. 승연은 그 옆에 서서 그가 거품 칠을 해놓은 그릇들을 헹구기 시작했다.

"검사 어떻게 할 거야?"

"강 박사님 밑에 아는 애들 몇 있어. 내가 대충 해결해 놓을게."

별것 아니라는 투로 말하는 윤성을 보며 승연은 낮은 한숨을 내쉬었다. 그런 그녀의 모습에 윤성이 하던 것을 멈추고 슬쩍 고개를 돌렸다. 그러고선 마치 승연을 스캔하듯 위아래로 쭉 훑어 내렸다.

"왜?"

"시흔이 녀석, 잘도 참고 있다 싶어서."

그 말에 승연이 당했다는 듯 눈을 감고 웃음을 터뜨렸다. 그래, 원래 두 사람은 이런 말쯤은 쉽게 할 수 있는 친구 사이였다. 언제부터 이렇게 불편한 사이가 된 것일까? 그를 좋아한단 자각을 했을 때에도 불편하진 않았다. 윤성과 지영이 사귄다고 했을 때에도. 이런 불편한 사이가 된 건 그가 결혼 이야기를 했을 때부터이다.

윤성에겐 그저 업무 정도에 불과한 일이겠지만 그녀에겐 아닌 모양이었다. 애초에 그 '결혼'이라는 것에 기대도 하지 않았다고 생각했는데 마음은 아니었던 것이다. 그것을 깨닫자 승연은 왜인지 모르게 뒤통수를 강타당하는 느낌이었다. 윤성은 아무렇지도 않은데 정작 혼자 예민해져 신경을 곤두세우고 있었던 것이다. 그런 그녀를 윤성이 이상하게 느끼는 건 어쩌면 당연했다.

"왜? 내 몸매 보면 동할 것 같아서?"

"보통 남자라면?"

승연이 저도 모르게 입을 슬쩍 벌리고 윤성을 바라보았다. 기분이 이상하면서도 좋다고 느껴지는 건 무슨 이유일까.

"너도 그럴 때가 있었나 봐?"

윤성이 입을 다물었다. 그냥 웃고 넘어갔어야 하는데 괜한 말을 내뱉은 게 아닌가 싶었다. 부엌 안은 물 흐르는 소리, 그릇 부딪치는 소리만이 흘렀다. 승연은 괜히 눈동자를 굴리며 입술을 슬쩍 깨물었다.

"연시흔."

"어? 시흔이?"

"만나러 안 나가냐고."

이런, 순간 손가락에 힘이 빠지며 유리컵이 떨어지고 말았다. 잡으려 팔을 뻗었을 때 윤성의 손이 그녀의 손목을 잡았다. 하지만 컵이 깨지는 게 더 빨라 그녀의 손가락에서 흘러나온 피가 뚝뚝 떨어져 물줄기에 섞여 분홍빛으로 사라져 갔다. 윤성이 낮은 한숨을 내쉬며 손을 헹군 다음 그녀의 팔을 이끌고 거실로 나갔다.

소파에 그녀를 앉히고서 서랍을 뒤지던 윤성이 원하던 것을 찾지 못했는지 서재이자 자신이 쓰고 있는 방으로 들어갔다. 잠시 후 방에서 나온 윤성은 손에 구급상자를 들고 있었다. 그녀의 바로 앞에 앉은 윤성이 상자를 열고 그 속에서 소독용 알코올과 핀셋을 꺼내었다.

알코올이 상처에 닿으면 아프다는 것을 본능적으로 알아 움찔거리는 승연을 윤성이 손목을 힘주어 잡아왔다. 그 탓에 그녀는 더 이상 움직일 수가 없어 피가 흐르고 있는 손가락에 집중했다. 픽 웃는 소리가 들려 윤성에게 뭐라 말하려던 찰나 시린 아픔이 손가락 끝에서 느껴졌다.

알코올을 붓고 상처를 살피던 윤성이 조심스러운 손길로 핀셋을 가져다 댔다. 그냥 스치기만 한 줄 알았는데 파편이 박혀든 모양이다. 크진 않지만 그렇다고 작지도 않은 유리 조각이 핀셋 끝에 걸려 나왔다. 저도 모르게 낮은 신음을 흘리며 승연은 입술을 깨물었다.

"어린애같이 겁도 많긴."

"아픈 걸 어떡해. 원래 이런 작은 상처가 아픈 법이거든?"

"혼자 하게 두지 뭐 하러 옆에서 알짱대서."

"그냥 빨리 하려고 했지."

윤성은 몇 번이나 더 알코올을 붓고 또 다른 조각이 없는지 세밀하게 살폈다. 피도 거의 멈추어가고 더 이상 파편이 보이지 않자 윤성은 면봉을 이용해 상처 부위에 연고를 바른 다음 방수 밴드를 뜯어 조심스레 그녀의 손가락을 감쌌다. 손가락 끝이 저미고 아파 승연은 거기에서 눈을 떼지 못했다.

"어때?"

그 말에 괜찮다고 말하며 고개를 돌리려던 찰나 승연은 윤성의 얼굴이 너무 가까이에 있다는 것을 알아차렸다. 숨을 쉬면 그 숨결이 얼굴에 닿을 만큼 가까웠다. 심장이 철렁 내려앉아 승연이 어색하게 웃으며 몸을 뒤로 물려 세웠다.

"괜찮아."

잠시 우두커니 앉아 있던 윤성이 고개를 끄덕이고선 구급상자를 정리하기 시작했다. 잠시 내려앉았던 심장이 다시 올라와 자리를 잡고 천천히 뛰기 시작했다. 입술을 슬쩍 깨물며 다친 손을 물끄러미 바라보았다. 아마 그녀는 자신의 손으로 이 상처가 다 나을 때까지 밴드를 벗겨내지 못할 것이다.

"좀 나갔다 올게."

상자를 들고 일어난 윤성이 그렇게 말했다. 딱히 일이 없어 집에서 쉴 거라고 하더니 지영을 보러 가는 모양이다. 승연은 말없이 고개를 끄덕이곤 자리에서 일어나 계단을 향해 올라섰다.

마음이 공허해질 때면 무조건 붓을 잡는다. 그저 선만 그어 내릴 뿐인데도 불구하고 거기에 집중하면 조금은 울퉁불퉁했던 마음이 마치 망치로 두드린 것처럼 평평해진다. 오늘도 아마 2층에 올라가서 벗어날 수 없을 거라고 생각했다. 주머니에 들어 있는 핸드폰이 울리기 전까지는.

이미 장례식장은 많은 사람들이 오가고 있었다. 대부분이 법조계 사람들인 것으로 보아 시흔의 인맥이 틀림없었다. 몇몇 익숙한 얼굴도 보였다. 고등학교 때 친구들이고, 거기엔 벌써 정훈과 경민도 와 있었다. 모두 같은 대학 출신이긴 하지만 시흔과도 알고 지낸단 생각은 해보지 못했다.

"어, 신승연 왔네?"

경민이 먼저 아는 척을 해왔다. 승연은 대충 인사를 하고 먼저 영정 앞으로 걸어가 향초를 올리고 절을 했다. 시흔은 말없이 그녀를 보며 웃고 있었다. 분명 웃고 있지만 눈이 슬퍼 승연은 참지 못하고 눈물을 쏟아내고 말았다. 결국 시흔이 다가와 오히려 그녀를 위로해 주었다.

시흔은 불과 4개월 전 할아버지를 잃고 세상에 단 한 명뿐인 가족마저 잃게 되었다. 시흔의 할머니는 늘 그녀를 보면 곱다고 하시며 시흔이에게 이렇게 예쁜 여자친구가 있어 다행이라고 말해 주었다.

요 근래 바쁘다는 핑계로 찾아뵙지 못한 게 죄스러워 승연은 시흔의 품에 안겨 엉엉 울고 말았다. 주위 사람들도 그녀를 보며 눈가를 훔쳐 내고 있었지만 시흔은 곧 울 것 같은 눈을 하면서도 웃고 있었다.

"미안. 내가 울면 안 되는데."

"괜찮아. 우리 할머니, 너 많이 예뻐하셨잖아."

할아버지가 갑작스럽게 교통사고로 돌아가신 뒤 할머니가 많이 약해지셨다며 시흔은 그녀의 어깨를 두드려 주었다. 곧 밀려오는 사람들로 인해 시흔은 다시 상주 자리로 돌아가 문상객들을 맞이했다. 정훈과 경민이 그녀를 이끌어 테이블 앞에 앉히고 소주를 따라주었다.

"혹시 아직 아니지?"

"뭐가?"

경민이 눈으로 그녀의 배를 가리켰다. 하긴, 결혼을 하고 난 뒤로 종종 이런 이야기를 듣곤 했다. 승연은 고개를 흔들며 잔을 들어 소주를 마셨다. 미지근한 소주는 더욱 뜨겁게 식도를 타고 내려가는 것 같았다. 그 알코올의 쓴맛에 절로 인상이 써지고 입에선 낮은 한숨이 흘러나왔다.

"윤성이네 부모님 닦달하지 않으시냐? 하실 텐데?"

"너휜 어떻게 시흔이하고 아는 사이야?"

"이야, 심하다, 신승연."

"얘 진짜 우리한테 관심 없나 봐."

"무슨 소리야?"

"우리 다 같은 고등학교 출신이야."

정훈과 경민의 말에 승연은 저도 모르게 낮은 숨소리를 내뱉으며 웃고 말았다. 정훈이 고개를 내저으며 경민과 그녀의 잔에 다시 소주를 따랐다. 익숙한 얼굴들이 몇 보인다 싶더니 고등학교 동창들인 모양이었다. 대부분이 세 사람이 앉아 있는 테이블 양옆으로 자리를 잡고 앉으며 인사를 해왔다. 잔만 손에 쥔 채 승연은 어색하게 웃으며 그저 인사를 건네듯 고개만 끄덕였다.

"저기, 승연아, 그 모임 말인데, 우린 여자애들하고 말 많이 하지 않다 보니 신경을 못 썼다. 미안하다."

"괜찮아. 어차피 최윤성이 혼자 그런 거야. 앞으로도 난 참석할 생각 없거든."

"뭐? 야, 그럼 안 되지. 너 더 이상 하루통상 공주님 아니거든? 이제 태일기업 사모님이라고."

맞다. 그녀는 태일의 일원이 되었고, 비록 그게 정해진 시간이 있을지라도 지금은 그에 맞는 행동을 해야 하는 사람이었다. 이 자리에 있을 때만큼은 윤성에게 피해를 주는 일 같은 건 하고 싶지 않았다.

"다음 모임이 언젠데?"

"생각 잘했다. 윤성이 다음 주 토요일에 태국 출장 간다고 해서 금요일로 잡았는데, 괜찮지?"

그때 웅성거림이 잦아들었다. 구두를 벗고 올라서는 사람이 다름 아닌 윤성이었기 때문이다. 승연의 눈은 자연스럽게 그 뒤를 좇았다. 지영이 보이지 않는 건 다행인 걸까, 아닌 걸까. 윤성은 영정 앞으로 걸어가 재킷을 단정히 하고 향초를 꽂은 뒤 절을 두 번 올렸다. 그리고 시혼과 마주 보며 절을 한 뒤 이야기를 나누고 있었다.

승연은 종이컵에 가득 차 있는 소주를 바라보다 그대로 들어 입으로 부어 넣었다. 단 세 모금 만에 잔이 깨끗하게 비었다. 경민이 두 눈을 동그랗게 뜨더니 손에 쥐고 있는 소주병을 힘주어 잡고 그녀의 잔을 더 이상 채우지 않았다. 승연이 앞으로 잔을 내밀었지만 경민은 고개를 좌우로 흔들었다.

"뭔데 그래?"

언제 이야기를 마친 건지 윤성이 그녀의 옆으로 자연스럽게 자리를 잡으며 말을 건넸다. 주위에서 윤성을 향해 인사를 해왔지만 그는 대충 고개만 끄덕여 인사한 뒤 경민의 손에서 소주병을 빼앗아 들어 그녀의 잔을 채웠다. 그녀의 잔이 채워지는 대신 병은 비었다. 승연이 고개만 돌려 물끄러미 윤성을 바라보았다.

"야, 지금 그 소주 승연이가 다 마신 거야."

"얘 술 잘 마셔."

"와, 이제 와이프 됐다고 술 잘 먹이는 거냐?"

"예전엔 술 먹는 꼴 못 보더니."

무슨 소린가 싶어 소주가 들어 있는 종이컵을 바라보다 고개를 들어 올렸다. 경민이 윤성을 보며 히죽 웃었다.

"얘 지금 여기 앉은 지 10분도 안 됐어. 안주는 손도 안 댔다."

경민의 말에 윤성은 그녀의 손에서 잔을 빼앗고 플라스틱 숟가락을 들려주었다. 승연은 멍하니 윤성을 바라보았다. 윤성은 온통 새까만 옷을 입고 있었다. 슈트도, 셔츠도, 넥타이도 모두 검었다. 집을 나설 때 윤성은 가볍고 밝은 셔츠 차림에 슬랙스를 걸치고 있었다. 옷감의 주름이 그대로 잡혀 있는 것을 보니 연락을 받고 이곳으로 오다 눈에 보이는 곳으로 들어가 급히 사 입은 것 같았다.

"안 먹어?"

"어?"

"먹여줘야 돼?"

그 말에 승연은 정신을 차린 듯 붉은 육개장을 보았다. 속이 쓰려 왠지 넘어가지 않을 것 같아 그저 맨밥만 떠 입으로 가져가 한참을 씹었다. 흰쌀밥 특유의 단맛이 입안으로 퍼져들었다. 그녀의 모습을 경민과 정훈이 멍하니 보고 있었다.

"뭘 그렇게 봐?"

"밥만 먹는 게 신기해서."

정훈의 말에 고개를 숙이자 수북하게 쌓여 있던 흰밥이 벌써 절반이 줄어들어 있었다. 그 모습을 보고 있던 윤성이 낮게 한숨을 내뱉으며 그녀에게서 빼앗아갔던 잔을 들어 한 번에 털어 넣었다. 승연은 숟가락을 놓고 새로운 소주를 들고 두 잔에 가득 부었다.

"최윤성, 뭐 해? 승연이 좀 말려."

"너희 싸웠냐? 왜 말 한마디도 안 하고 소주만 마셔?"

"싸우긴, 딱 봐도 최윤성이 슬슬 기는데. 예전엔 승연이 술 마시는 꼴도 못 보더니."

소주병을 놓고 승연이 잔을 들었다. 보통 때 같았으면 소주 두 병 정도는 괜찮았지만 지금은 아니었다. 한 병도 채 마시지 않았지만 워낙 짧은 시간에 마셔서 그런지 얼굴로 열이 치솟고 살짝 앞이 어지러웠다.

"날 술을 못 마시게 했다고?"

"좀 오래되긴 했는데 우리 수학여행 갈 때 윤성이는 안 갔잖아. 그날 선생들이 쥐 잡듯 잡아서 우리 술 다 빼앗겼잖아."

그때가 기억난다. 윤성은 수학여행이고 수련회고 모두 참석하지 않았었다. 수학여행은 아이들이 다들 기대를 했는데, 거기엔 술을 마실 수 있다는 즐거움을 담고 있었다. 선생들도 보통 그땐 설렁설렁 넘긴다고 해 다들 양주까지 가져왔다며 즐거워했다. 그런데 그날따라 선생들은 정말 심하다 싶을 정도로 소지품 검사를 했다. 그것도 매일 아침저녁으로 소지품 검사를 하는 바람에 아이들은 술을 한 모금도 입에 대지 못했다.

"그거 최윤성이 학교에 압력 넣어서 그랬던 거잖아. 절대 술 못 마시게 하라고."

승연이 의외라는 듯 윤성을 바라보았다. 윤성은 말없이 그녀가 따라놓은 소주를 한 모금을 마시고 다시 내려놓았다.

"그런데 그게 왜 나하고 상관이 있어?"

그 말에 경민과 정훈이 기가 막힌 듯 웃으며 입을 쩍 벌렸다.

"설마 너 아직도 몰라?"

"윤성이 너, 말 안 했냐?"

윤성은 나머지 소주까지 깨끗이 비워냈다. 승연은 그런 윤성이 우스워 이곳이 장례식장이라는 것도 잊고 크게 웃을 뻔했다. 아니, 조금 더 그러고 있었으면 아마 웃었을 것이다. 하지만 이어지는 정훈의 말에 승연은 아무 말도 하지 못했다.

"와, 저 엉큼한 자식."

"최윤성 군이 신승연 양을 꽤 많이 좋아했지?"

"그것도 안달 날 정도로."

승연의 시선이 윤성에게서 정훈으로, 그리고 다시 윤성에게로 향했다. 윤성은 여전히 굳은 얼굴로 텅 빈 종이컵을 바라보고 있었다. 심장이 크게 뛰어 귀가 먹먹할 정도이다. 마음대로 착각할 뻔했다. 그의 왼쪽 손목에 빛나고 있는 시계를 보며 그녀의 심장은 다시 본래의 속도를 되찾기 시작했다. 그 시계는 지영이 선물한 것이었다.

8화 거짓 아픔

“최윤성 저 지독한 자식, 승연이 얼굴 보니까 전혀 몰랐던 표정이네.”

경민은 거의 경악에 가까운 얼굴로 윤성을 보며 말했다. 그러니까 머릿속으로 정리를 해야 한다고 생각하면서도 승연은 저도 모르게 몇 번이나 ‘허!’ 하는 짧은 소리만 냈다. 이건 정말이지, 말 그대로 허를 찔린 느낌이다. 승연의 반응에 경민과 정훈은 눈치를 살피고 있었다. 윤성은 가볍게 웃으며 손가락으로 텅 빈 종이컵을 툭 건드렸다.

“우리 고등학교 때 신승연 안 좋아해 본 놈도 있었냐?”

덤덤한 목소리가 낮게 깔렸다. 그 말에 경민과 정훈도 고개를 끄덕였다.

“그랬지.”

"승연이가 오죽 예뻤냐? 다들 열병 좀 앓았지."

그러니까 저 말을 종합해 본다면 그녀를 좋아하는 건 일종의 유행이었다는 거다. 하지만 여전히 놀라고 있는 건 그런 유행 따윈 넘어가지도 않을 것 같은 윤성이 동참했단 것이다. 하나 가슴이 뛰지 않는다. 그건 과거일 뿐이고, 흔히 있을 수 있는 사춘기 때의 마음일 뿐이다. 그냥 착각 정도로 넘어갈 수 있는.

"오늘 와줘서 고맙다."

여전히 정신을 차리지 못하고 있는데 잔뜩 가라앉은 시흔의 목소리가 들려왔다. 승연이 고개를 돌리자 슬쩍 미소를 머금고 있는 시흔의 모습이 보인다. 무척이나 피곤해 보이는 시흔의 모습에 승연이 재빨리 잔에 음료수를 따라 건네주었다.

"밥 안 넘어갈 거 아니야. 음료수라도 마셔. 단것 먹어야 조문객 맞이하지."

"고맙다."

시흔이 손을 들어 올려 승연의 뒤통수를 가볍게 쓸어내렸다. 그 모습에 경민이 '어허!' 하며 손사래를 쳤다.

"옆에 남편이 떡하니 눈 뜨고 있는 아녀자한테 그런 스킨십 하는 거 아니다, 인마."

정훈이 웃으며 돌직구를 날렸다. 잠시 시흔의 손바닥이 갈 곳을 잃고 공중에 머물러 있었다. 그러곤 이내 고개를 끄덕이더니 손을 내리고 그녀가 준 음료수를 단번에 비워냈다. 씁쓸하게 웃고 있는 시흔의 눈이 슬퍼 보여 승연의 눈가에 눈물이 맺혔다. 세상에 가족이 없다는 건 정말 상상할 수 없을 정도로 슬픈 일이다. 곁에 있던 누군가가 떠나간다는 건 정말 가슴 아픈 일이었다.

"그나저나 너 그 자리 나가서 10분 만에 나갔다며? 승미 괜찮다니까. 내 사촌 동생이라 이런 말 하는 거 절대 아니다."

"나한텐 과분하지."

"고승미?"

윤성도 승미라는 여자를 알고 있는 모양이다. 시흔의 과분하다는 말에 이어 바로 이름이 튀어 나오는 것을 보니. 하긴 정훈의 사촌이라면 대신그룹 사람일 것이고, 재벌의 인맥이야 거기서 거기이니 윤성도 알고 있을 것이다. 그럼 정훈이 시흔에게 사촌 동생을 소개해 주었단 말인가? 정훈이 사촌 동생까지 소개해 줄 정도라면 시흔은 저 무리에서 꽤 인정받고 있는 게 틀림없었다.

저들은 친구로는 좋지만 남들에겐 어쩔 수 없는 우위에 있는 사람들이다. 저도 모르게 선민주의가 몸에 밴 사람들이고, 그런 환경에서 자랐으니 그것을 또 당연하게 생각했다. 그런 사람들이 단지 유능한 변호사이자 친구라는 이유로 받아들일 이유는 없다. 그만큼 시흔은 저들 사이에서 신뢰를 쌓고 있는 사람이라는 뜻이다.

"연시흔, 나 좀 보자."

윤성이 먼저 자리에서 일어나 영정 옆에 있는 상주 방으로 들어갔다. 승연은 아차 하는 얼굴로 시흔을 바라보았다. 윤성은 분명 그녀가 시흔과 사귄다고 알고 있다. 시흔은 걱정 말라는 얼굴로 웃으며 그녀의 머리를 쓸어주고 일어났다. 정훈이 마음에 안 든다는 듯 코를 찡그리며 말했다.

"저 자식, 남의 와이프 머리를 왜 그렇게 쓰다듬어."

"시흔이 버릇이잖아."

"승연아."

"왜?"

막 소주를 잔에 따르려던 승연의 손이 정훈에 의해 멈췄다. 시계는 새벽 1시를 넘어가고 있었다. 술에 취한 동창들은 구석에서 잠을 자거나 돌아간 뒤였고, 저 멀리에선 알지 못하는 사람들이 술을 마시고 있었다. 방금 전까지만 해도 시끌벅적하던 장례식장이 지금은 쥐 죽은 듯 조용해진 느낌이다.

"설마 아니지?"

"무슨 소리야?"

"아니, 소문 좀 이상하게 돌더라고."

"무슨 소문?"

정훈이 괜히 그녀의 눈치를 보며 입을 다물었다. 도저히 말을 하지 못하겠는지 정훈은 경민을 한번 바라보았다. 경민은 눈을 찡그리며 이마를 긁적였다.

"너하고 시흔이하고 사귄다는 소문 돌던데."

"누가 그래?"

승연의 목소리가 단번에 올라갔다. 그건 들켰다는 의미가 아니다. 어차피 시흔과는 정말 사귀는 게 아니다. 억울해서 시흔을 끌어들인 것뿐이다. 어차피 윤성과 지영은 누군가에게 말을 옮길 사람들이 아니다. 당장 걱정되는 건 그녀가 아니라 시흔이었다. 시흔은 전도 유망한 변호사이고 지금은 하루통상에 속해 있다. 괜한 소문이 돌면 곤란해지는 건 시흔이었다.

"나는 와이프가 이야기하는 거 들었지."

경민이 머리를 긁적였다. 경민은 스물네 살에 결혼해 벌써 일곱 살 난 딸을 두었다. 그리고 와이프와는 사이가 무척이나 좋다고 알고 있었다. 경민의 부인과 친할 것 같은 사람들을 생각해 보았으나 딱히 떠오르는 얼굴이 없었다.

"우리 애 가르치는 과외선생이 너하고 시흔이 백화점에서 봤다길래."

"과외선생이 내 얼굴은 어떻게 알고?"

"우리 대학 나왔더라고. 그리고 너 여자들 보는 잡지에도 몇 번 나왔잖아."

잘못한 것도 없으면서 경민은 승연의 날카로운 눈초리에 겁을 먹은 것인지 점점 기어들어 가는 목소리로 말하고 있었다. 승연은 말도 안 된다고 생각하며 앞에 있는 잔을 움켜쥐었다. 반쯤 찬 소주가 종이컵이 어그러지며 그녀의 손으로 넘쳐흘렀다.

"물론 말도 안 되지. 최윤성을 놓고 네가 어떻게 시흔이를……. 객관적으로 시흔이도 빠지는 놈은 아니지만 그래도 윤성이한텐 안 되잖냐."

"경민이 네가 그 과외선생 입 좀 다물게 만들어. 괜한 소문나면 골치 아프니까."

"그럼. 걱정 마."

"또 다른 소문 흐르면 그거 네 탓인 줄 알 거야."

그 말에 경민이 겁을 먹은 듯 고개를 크게 끄덕였다. 승연이 손에 흐른 소주를 닦으려 할 때 문이 열리며 윤성이 들어왔다. 기분이 나쁜 것인지, 아니면 피곤한 건지 윤성의 표정은 좋지 않았다.

"그만 일어나."

"그래도 시흔이 혼자 있는데……."

"신승연."

윤성의 목소리가 딱딱 끊어졌다. 그래, 잊고 있었다. 그녀는 현재 표면적으로 윤성과 결혼한 사람이다. 결국 승연이 자리에서 일어났다. 윤성은 허리를 숙여 그녀의 린넨 재킷을 집어 들었다.

"뭐야? 신승연이 꽉 잡혀 사는 거였어?"

분위기가 심상치 않아 보이는지 정훈이 괜한 장난기 어린 목소리로 말했다. 윤성이 픽 웃으며 승연의 토드백까지 집어 들었다.

"간다. 내일모레 보자."

윤성의 그 말은 뼈가 있었다. 내일은 이곳에 얼씬도 하지 말라고, 시훈의 할머니를 장지로 모시는 날 온다는 말이다. 윤성의 말이 옳다는 것을 알면서도 승연은 왠지 모를 삐죽 솟아오르는 마음이 생겼다.

그때 방에서 나오는 시훈과 시선이 부딪쳤다. 인사를 할 틈도 없이 윤성이 그녀의 손목을 잡아 이끌었다. 엉겁결에 끌려가 플랫슈즈도 제대로 신지 못했다. 로비를 나서기 전 승연이 힘을 주어 버티고 멈추어 섰다. 그러자 윤성이 가던 길을 멈추고 뒤를 돌아보았다.

"안 가?"

"인사는 하고 가야지."

하지만 윤성은 그럴 마음이 없다는 듯 그녀의 손목을 잡고 다시 이끌기 시작했다. 이대로 버티다간 다리를 끌 것 같아 승연도 움직일 수밖에 없었다. 하지만 그녀도 술을 마셨고 윤성도 마셨다. 그 사실을 윤성도 깨달았는지 낮은 웃음을 터뜨리며 차 앞에 멈춰 섰다.

"승연아."

뒤에서 들리는 소리에 몸을 틀었다. 시흔이 걱정스러운 표정으로 그녀에게 다가왔다.

"조심히 들어가. 와줘서 고맙다, 승연아."

"고맙긴, 같이 있어주지 못해서 미안해."

"아냐. 이렇게 와준 것만도 고맙지."

"모레 보자. 내일은 못 와."

"오지 않아도 돼. 고향에 모실 거라 멀리 갈 거거든."

왠지 모르게 시흔이 그녀가 오는 것을 꺼리는 것 같았다. 문득 생각이 스쳤다. 결국 승연이 고개를 끄덕이고 말았다.

"윤성아, 와줘서 고맙다."

"그래, 간다."

사이가 좋지 않더라도 오늘 시흔은 세상에 단 한 명인 가족을 잃은 날이다. 그런데 윤성은 노골적으로 기분 나쁜 얼굴을 하고 있었다. 결국 시흔이 짧게 웃고는 몸을 돌려세워 다시 안으로 들어갔다. 윤성은 그녀의 손을 잡고 다시 이끌기 시작했다.

"최윤성."

"조용히 하고 그냥 따라와."

"왜 이래, 갑자기?"

"택시 잡자."

"소문 도는 거 들었니?"

윤성의 걸음이 멈췄다. 그리고 순간이지만 윤성의 등 근육이 움찔대는 것을 보았다.

"그런 소문 간단히 막아줄 수 있다며?"

그 말에 대꾸도 없이 윤성은 도로변에 섰다. 곧 택시 한 대가 빠르게 다가와 정확히 두 사람 앞에 멈춰 섰다. 윤성은 뒷좌석 문을 열고 승연을 안으로 집어넣었다. 그러고 그 옆으로 앉으며 문을 닫고 기사를 향해 목적지를 알려주었다. 택시 안은 차가운 에어컨 바람으로 쾌적했지만 왠지 모를 답답함을 안겨주었다. 아니, 이건 윤성에게 느껴지는 것이었다. 하지만 승연은 택시가 집 앞에 도착할 때까지 입을 꾹 다물었다.

택시에서 내리자마자 윤성은 빠른 걸음으로 집 안으로 들어가 버렸다. 뒤늦게 택시에서 내린 승연은 차 문을 닫고 반쯤 열려 있는 대문을 바라보았다. 오늘 오전까지만 해도 서로 불편한 것 없이 제법 평탄한 시간을 보냈다. 대체 또 무엇이 윤성의 심기를 건드린 걸까? 어차피 그녀의 이야기 따윈 그의 심기를 건드릴 수 없다는 걸 알고 있었다. 이유는 한 곳으로 귀결됐다. 이젠 더 이상 윤성의 자신에게 향하는 의미 없는 화를 받아들이고 싶지 않았다.

생각해 보니 이상했다. 경민과 정훈은 누가 뭐래도 윤성과 가장 친한 친구들이다. 그런데 정말 윤성이 지영과 사귀고 있다는 것을 모르고 있는 것일까? 오늘 직접 대한 경민과 정훈은 그녀를 정말 윤성의 아내로 대우해 주고 있었다.

"최윤성, 정말 지독하네."

"뒤에서 씹지 말고 들어오지?"

그녀가 들어오지 않자 윤성이 다시 나온 모양이다. 승연은 신경질적으로 발걸음을 옮기며 일부러 그의 어깨를 스치고 지나갔다.

"신승연."

"너, 왜 그러는데?"

단번에 윤성의 말을 지르며 승연이 물었다. 대문을 막 닫고 계단을 올라서던 윤성이 그녀를 빤히 바라보았다.

“지영이와 싸웠으면 지영이와 해결해. 괜한 신경질 나한테 부리지 말고.”

윤성이 낮게 한숨을 쉬었다. 그러곤 피곤한 듯 얼굴을 쓸어내렸다. 버석거리는 건조한 소리가 귓등을 때렸다. 그럼에도 피곤이 가시지 않는지 윤성은 다시 한 번 눈썹과 미간을 연이어 쓸어내렸다.

“넌 아무것도 모르지.”

윤성이 그렇게 말하며 그녀를 스쳐 지나갔다. 8월 말의 밤공기는 무척이나 뜨거웠다. 하지만 스쳐 가는 윤성에게선 냉기가 흘렀다. 무슨 뜻인지 쉽게 이해가 가지 않아 팔을 뻗었지만 윤성은 그것을 쉽게 피해냈다. 승연의 손이 공중에서 길을 잃은 것처럼 우두커니 멈췄다.

“내가 널 친구로 두기 위해서 무슨 짓을 하는지 넌 아무것도 몰라.”

어딘지 원망과 답답함이 담긴 말투였다. 승연은 눈을 동그랗게 뜨고 윤성을 빤히 바라보았다. 가까이 있는 윤성에게선 짙은 알코올 냄새가 풍겼다. 시흔과 함께 방으로 들어갔을 때 술을 조금 더 마신 것 같았다.

“들어가. 더워.”

윤성이 그렇게 말하며 몸을 돌렸다. 하지만 공중에 멈춰 있던 승연의 손이 그의 옷자락을 쥐어 잡았다. 윤성은 더 움직이지 못하고 그대로 멈춰 섰다. 그의 목울대가 크게 움직였다.

“무슨 뜻인지 제대로 설명 좀 해줄래?”

"나 혼자 널 친구로 생각하지. 넌 아니야."

"내가 그런 적 있어?"

"한 번도 말해주지 않았잖아. 너 자신에 대한 건 하나도 알려주지 않으면서 나에 대한 건 다 알고 있지."

"대체 내가 뭘 알려주지 않았는데?"

"민지선이 어떻게 죽었어? 넌 왜 지영이한테 늘 약자처럼 굴어? 대체 그 악몽은 뭔데? 제대로 잠들지도 못하고 잠들면 악몽 때문에 온몸이 바들바들 떨릴 정도로 시달리는데 나한텐 설명 하나 하지 않지."

승연의 까만 눈동자가 제대로 중심을 잡지 못하고 흔들렸다. 흥분에 악이 받친 소리가 흘러나오던 윤성은 스스로 안정을 취하려는 듯 낮게 숨을 몰아쉬었다. 달큰한 알코올 냄새가 코끝을 스쳤다.

약자처럼 구는 게 아니다. 지선은 그녀 때문에 죽었다. 그래서 평생을 사죄하고 죄스러운 마음으로 살아가야 한다. 지선 대신으로 살게 된 그녀는 한때 무척이나 힘겨웠다. 유학을 가서도 몇 날 며칠을 혼자 울다 웃다를 반복했다. 이대로 살면 안 된다는 생각에 열심히 학교를 다니기도 했지만, 한 번씩 찾아오는 두려움에 죽고 싶을 때가 한두 번이 아니었다. 그때 출장이라며 갑작스레 들른 윤성이 아니었다면 그녀는 어쩌면 이미 이 세상에 남아 있지 않을 수도 있었다. 그날부터 윤성을 좋아하지 않았더라면 차라리 더 나았을까?

"미안. 울리려던 건 아니었어."

그녀의 눈이 잘못되었겠지만 지금의 윤성은 어딘지 모르게 혼란스러워 보였다. 머리를 좌우로 흔들며 마치 술에 취한 듯 행동하는 윤성을 보고 승연은 고개를 숙이며 그의 가슴에 이마를 툭 가져다 대었다. 윤성의 움직임이 일순 멈추었다.

"내가 원래 좀 재수 없었잖아. 여자애들에겐 정말 더 재수 없었을 거야. 세상이 어떻게 돌아가는지도 몰랐거든. 그걸 가르쳐 준 사람이 지선 언니였어."

윤성은 그 자세 그대로 유지한 채 그녀의 말을 들어주었다.

"나 그때 열등감이 뭔지 처음 느껴봤거든. 그게 사람 엄청 괴롭히는 거더라. 사람을 밑바닥으로 마구잡이로 끌어내리는데 벗어날 수가 없는 거야. 자존심 때문에 다른 사람에겐 말도 못 하고. 친구가 되고 싶은 척 다가갔는데 지선 언니가 먼저 날 알아보고 손을 내밀어줬어. 난 사실 내 잘난 맛에 살아서 누구한테 질 수도 있다는 생각을 해보지 않았거든. 그래서 부딪치지도 않고 그냥 돌아섰어. 그런데 지선 언니는 그걸 알고 있었나 봐. 그 애가 특별한 거다. 넌 그냥 하고 싶지 않은 일에 등 떠밀린 거다. 그러니 패배감 느낄 필요 없고 하고 싶은 일 하면 된다. 그렇게 날 다독여 주고 아껴주었어."

피아노 콩쿠르에 나갔을 때 지영의 연주를 듣고 부딪칠 자신이 없어 그대로 뒤돌아섰다. 말로는 피아노가 시시해졌다고 했지만 이길 자신이 없어 무서워 도망친 것이다. 대학을 가 다시 지영을 만났을 때 승연은 모르는 척 다가갔다. 사실 다가가서 지영을 짓밟아주고 싶은 마음도 있었다. 그게 없다면 거짓일 것이다. 하지만 동시에 만나게 된 지선은 승연을 따뜻하게 보듬어주었다. 세상에 이런 사람이 또 있을까 싶을 정도로 지선은 그녀에게 세상의 모든 것을 알려주었다. 자연스레 지선을 따르게 되고, 지영과는 다시없는 친구가 되었다.

"그런데 내가 죽인 거야."

"뭐?"

"술에 취해 있었다곤 하지만 내 의지였잖아. 결국은 그게 어떻게 되었든. 그날을 몇 번이나 후회해. 왜 술을 마신 걸까. 왜 하필 그 공사장이었을까. 난 왜 거기서 지선 언니와 싸운 걸까."

"알아듣게 이야기해. 아니지?"

승연이 고개를 들어 올렸다. 윤성은 알고 있었던 걸까? 그녀가 경찰서에 가서 벌벌 떨던 것도, 온 손이 피범벅이 되었던 것도 윤성은 다 알고 있는 걸까?

"아니야. 내가 죽이지 않았어."

윤성이 낮은 한숨을 내쉬며 팔을 뻗어 그녀를 끌어안았다.

"그래, 아니야. 네가 한 거 아니야. 넌 부모님 댁에 가서 좀 쉬는 게 좋겠어. 출장은 나 혼자 다녀올게."

눈물이 차오른다. 울고 싶지 않은데 또 눈물이 흘러내릴 것 같다. 머리가 아프고 심장이 무섭게 뛰기 시작한다. 오늘 이대로 잠들지 못할 것은 분명하다. 승연은 부들부들 떨리는 손으로 윤성의 옷자락을 힘 있게 잡았다.

"오늘…… 곁에 있어줘. 부탁이야."

그렇게 말을 해놓고도 기대를 한 건 아니다. 하지만 그녀가 씻고 욕실에서 나와 드레스룸의 복도를 지났을 때 승연은 순간 잘못 찾아왔나 했다. 침대 옆에 의자를 끌고 와 앉아 있는 사람은 다름 아닌 윤성이었다. 그도 씻고 나온 건지 아직 물기가 묻어 있는 머리카락으로 책을 손에 쥐고 있었다. 승연이 웃으며 화장대 위에 수건을 놓고 침대로 걸어갔다.

"안 누워?"

"뭐 해?"

"곁에 있어달라며. 잠들 때까지 옆에 있어줄게. 좀 자."

그가 팔까지 뻗어 침대를 툭툭 두드렸다. 얼떨떨한 기분으로 침대에 앉은 승연은 고개를 들어 천장을 보았다. 그녀는 거의 히터를 틀지 않았다. 바닥의 난방만으로도 기관지가 건조해 침대 옆에는 공기청정기와 가습기를 두었다. 팔을 뻗어 히터를 끄고 가습기를 켰다. 물안개같이 앞으로 퍼지는 하얀 연기를 보며 침대에 누웠다. 버석거리는 구스다운 시트의 촉감은 적당한 온도를 머금어 차갑지도 뜨겁지도 않았다.

의자에 앉은 채로 팔을 뻗어 그는 꼭 아빠처럼 시트를 바람이 들어가지 않게 꼼꼼히 덮어주었다. 그러곤 만족스럽다는 듯 고개를 끄덕이고 다시 자세를 똑바로 잡으며 책으로 시선을 돌렸다.

"어디까지 알아?"

이렇게 물었지만 분명 윤성은 바로 알아들었을 것이다. 책장을 넘기던 손이 멈칫하며 시선이 그녀를 향해 돌아왔다.

"한동안 수면제 처방받지 않으면 잠 못 자던 것까지."

"언제 알았어?"

이젠 제법 무뎌졌다고 생각했다. 함께했던 시간에서 추억을 빼면 기억이 된다고 하지 않던가. 그건 너무 끔찍한 시간이었고, 다신 추억하고 싶지 않은 기억이다. 여전히 생생하게 그녀를 괴롭히고 있는 중이었다.

"너 유학 갔을 때."

"바로?"

승연의 눈이 더 이상 커질 수 없을 만큼 커졌다. 윤성이 고개를 저으며 시선을 다시 책으로 옮겼다.

"난 그냥…… 출장 온 김에 들렀다고……."

"어떤 미친놈이 일정이 5일밖에 안 되는데 일부러 휴가를 이틀이나 더 내서 가겠어. 그것도 스페인에서 스웨덴까지."

"노르웨이에 온 줄 알았어."

"이제 알겠지? 끈을 계속 잡고 있는 건 나였어."

가슴이 저리다. 그녀가 몇 번이나 놓고 싶던 것을 윤성은 끝까지 잡아주고 있었다. 그게 어떤 형태가 되었든. 왠지 모르게 눈물이 핑 도는 것 같았다. 지금 윤성이 책을 보고 있는 게 다행이었다. 승연은 고개만 살짝 반대편으로 돌리며 주먹에 힘을 꽉 주고 눈물을 참아내었다.

"나 사실은 그때 기억이 잘 안 나."

"술 마셨잖아. 지금은 그냥 아무 생각 하지 말고 자. 그게 좋겠어."

윤성의 목소리엔 잠이 오게 하는 힘이 있는 걸까? 나른하고 듣기 좋은 중저음은 그녀의 눈꺼풀을 무겁게 만들었다. 곁에 있어달라는 의미가 이런 뜻이 아니라는 것을 윤성은 알았을까? 아마 모를 것이다.

그는 정말 순수하게 친구로서 그녀를 걱정해 주고 있었다. 윤성은 누구보다도 도덕적인 사람이고 그녀의 곁에 시흔이 있다는 것을 정확히 인지하고 있었다. 그래, 욕심내지 말자고 스스로 다독였다. 자꾸 커져가는 욕심이 자신을 집어삼키기 전에 윤성을 놓아주자고 마음먹었다.

몸살에 걸려 호되게 앓았다. 윤성이 부른 주치의는 무리하면 안 된다고 몇 번이나 당부했다. 링거를 맞는데도 온몸에 힘이 들어가지 않았다. 갑작스러운 그녀의 몸살에 양측 어른들은 혹시 하는 기대를 했지만 결국 몸살로 판명 났다. 그녀를 안쓰럽게 바라보다가도 실망하는 표정이 역력한 어른들을 보니 마음 한구석이 불편해져 왔다.

"처갓집 가서 몸 좀 추스르고 있어. 그냥 내가 바래다주고 가는 게 마음 편하겠다."

예상외였다. 윤성이 곁에 있으면 늘 불편하다고 생각했다. 하지만 그는 일주일 가까이 일하는 시간을 제외하곤 꼬박 옆에 붙어 그녀를 돌봐 주었다. 시흔 할머니의 장지에는 그녀의 등쌀에 다녀왔고, 지난 금요일엔 또 왜 모임에 나오지 않느냐는 경민에게 아프다고 말하자 혹시 임신한 거 아니냐는 물음이 단번에 튀어 나왔다. 픽 웃는 윤성의 얼굴을 보며 혹시 그도 빨리 아이가 갖고 싶은 건 아닌지 궁금해졌다.

"비행기 시간 빠듯하잖아. 엄마가 곧 오신댔으니까 그냥 가. 몸 조심하고."

"누구한테 할 말을."

그 말에 승연은 낮은 목소리로 웃고 말았다. '한여름엔 개도 감기에 걸리지 않는다는데' 하며 얼버무리는 윤성의 팔을 툭 쳤다. 시트 속으로 다시 집어넣으려는데 윤성이 그녀의 손을 잡아왔다. 손가락이 얽히는 강한 힘에 승연의 시선이 윤성의 얼굴로 타고 올라갔다.

"나 다녀와서 이야기 좀 해."

"무슨 이야기?"

"나도 정리할 게 좀 있어서."

"정리?"

"아니야. 너 낫고 이야기해."

윤성이 무슨 이야기를 하자고 하는 걸까? 얼떨결에 고개를 끄덕이긴 했지만 머릿속이 뒤죽박죽이다.

"좀 더 자. 다녀올게."

그의 다녀온다는 말이 어쩐지 멀게 느껴진다. 윤성이 슬쩍 미소를 머금고 방문을 닫았지만 승연은 잠들 수가 없었다. 정리할 게 있다는 말이 무엇인지 굳이 말하지 않아도 알 수 있을 것 같았다. 더 이상 자신과 결혼 생활을 할 수 없다는 말 외에 무엇이 있을까. 왠지 눈물이 흘러나올 것 같았다. 참으려 했지만 한 번 터져 버린 눈물은 끅끅 소리를 내며 애써 참으려는 그녀의 의지를 무시했다.

결국 윤 여사가 와서 속을 태울 때까지 그녀는 지난 시간 참아온 눈물을 계속 쏟아냈다. 윤 여사도 그녀가 다 울 때까지 아무 말 없이 곁을 지켜주었다.

결혼하기 전까지 지내던 집으로 돌아와 방에 누울 때까지도 그녀는 눈물이 남아 마치 딸꾹질을 하듯 가슴을 들썩일 수밖에 없었다. 윤 여사는 속이 터진다며 가슴을 몇 번이나 두드렸다.

"뭐니? 왜? 윤성이가 속 썩여? 이유를 말해봐."

승연이 다 울었다고 생각했는지 그녀를 독촉했다. 그녀는 그저 고개만 좌우로 흔들었다.

"뭐, 바람이라도 피운다니?"

"엄마!"

"대체 왜 그렇게 세상 떠나가라 우는 건데? 이 어미 죽어도 그렇게는 안 울겠다."

윤 여사는 아이스 팩을 그녀에게 건네주며 혀를 찼다. 승연은 픽 웃으며 그것을 받아 들고 눈두덩으로 가져갔다. 얼마나 많이 울었는지 잘 붓지 않는 체질인 승연이 손의 감촉으로도 알 수 있을 정도로 부어 있었다.

"엄마, 내 얼굴 못 봐줄 정도야?"

"눈을 뜬 건지 감은 건지도 모르겠다."

"윤성이가 이 얼굴 계속 봤는데."

저도 모르게 볼멘소리가 흘러나왔다. 윤 여사는 '어이구!' 하며 그녀의 팔뚝을 살짝 때렸다. 아무 말 않고 울던 그녀가 퍽이나 걱정되었던 모양이다.

"그래도 신랑이라고 예쁘게 보이고는 싶니?"

"엄마도 아빠한테 예쁘게 보이고 싶어 하면서."

"그거야 뭐, 그렇지만. 대체 뭐야? 왜 그렇게 운 건데?"

"몸이 아파서."

"정말 그것뿐이야? 너 이제 거의 나은 것 같으니까 내일은 맥 좀 짚고 약 먹자."

"무슨 약?"

"무슨 약은, 몸 건강해지고 애 잘 들어서는 약이지."

그 말에 승연이 저도 모르게 입을 쩍 벌렸다. 차마 윤 여사 앞이라 말은 하지 못하고 입만 벙긋거렸다.

"오빠도 아직인데 왜 나한테 그래?"

"우리야 괜찮지만 사돈댁은 아니잖니. 거기는 윤성이 하나고, 그러다 보니 은근히 바라는 눈치야."

"어머님이 그래?"

"어후, 말은 안 하는데 당연히 기다리지. 너 같음 안 그러겠니?"

"윤성이도 기다릴까?"

"당연하지. 남자라면 누구나 바라는 게 당연한 거야. 너희 오빠도 슬슬 가지려고 준비한다더라."

그 말에 승연이 고개를 끄덕였다. 그걸 긍정적으로 알아들은 윤 여사의 얼굴에 함박꽃이 피었다. 머릿속으로 말도 안 되는 생각이 스치고 지나갔다. 윤성에게 아이라도 한 명 가질 수 있게 해달라고 하면 다시는 그녀를 보지 않으려고 할까? 아마 윤성은 그럴지도 모르겠다. 사랑하지도 않는 여자에게서 아이를 갖고 싶지 않은 것은 당연한 일이니까.

"연 변호사 얼굴 수척해진 게 안쓰럽더라. 이왕 가는 김에 연 변호사 약도 한 재 지어야겠어."

"그래, 엄마가 시흔이 좀 챙겨줘. 나도 갑자기 아파서 가보지도 못했는데."

"아빠도 출장 있어서 다음날 갔잖니. 얼마나 미안해하던지. 좀 더 자. 몸살엔 푹 쉬는 게 좋아."

윤 여사가 시트를 잘 덮어주고 그녀의 이마에 재빨리 입을 맞추고 몸을 일으켰다. 평소 같으면 승연이 기겁하면서 일어났겠지만 조만간 일어날 일 때문에 마음이 아플 윤 여사를 위해 이 정도 참는 것쯤은 일도 아니었다. 윤 여사도 반항 없이 누워 있는 승연을 보고 놀란 모양이다.

"너 정말 아프긴 아프구나?"

"왜 당해줘도 뭐라고 해?"

"좀 이상한데?"

"이상하긴, 나 정말 피곤해. 좀 잘게."

"그래, 딸. 아빠 퇴근하면 깨울게."

승연이 고개를 끄덕이자 윤 여사가 조심스레 문을 닫았다. 한숨이 길게 흘러나왔다. 자고 일어나면 몸이 조금 더 가뿐해질 것이다. 그래, 지금은 아무 생각 없이 자는 게 최선이었다.

태국에서의 일이 더 복잡해진 모양이다. 부지 결정과 함께 공사에 들어가게 됐다며 윤성은 출장이 조금 더 길어질 것이라고 했다. 거기다 태국에 있는 일경그룹의 공장 하나를 또 인수하게 되었다며 초조해하는 기색까지 보였다. 그건 분명 좋을 일일 텐데 왜 초조한 기색을 보이는 것인지 이해를 하지 못했다.

생각과는 다르게 출장은 계속 늘어났고, 결국 윤성은 잠깐 시간을 내 한국에 들어와 기족들과 식사를 하고선 바로 또 태국으로 들어갔다. 가족 모임에서도 계속 최 회장과 사업 이야기를 하느라 그녀와는 눈도 제대로 마주치지 못했다. 그런데 평소와 다른 게 있다면 그날따라 윤성이 무척이나 초조해한다는 것이었다. 최 회장은 신혼인 두 사람에게 미안하다며 이번 일 마무리되고 내년이면 윤성을 외국 지사로 보내 좀 편하게 만들어주겠다고 약속했다.

공항에 가서도 계속 이어지는 이야기 탓에 그녀와는 딱 5분 정도 이야기를 나눌 시간밖에 주어지지 않았다. 거기다 회사 사람들과 안 비서도 있는 탓에 윤성은 몇 번이나 머리를 헝클어뜨리며 입술을 깨물었다.

"다음 주면 다 마무리되니까 들어와서 휴가 낼게. 그때 부산 가."

"부산?"

설마 그녀가 한 번도 해운대에 가보지 못했다고 한 이야기를 기억하고 있는 것일까? 그러고 보니 신혼여행 이후 제주도도 가보지 못했다.

"예약 다 해놨어."

"알았어."

"같이 태국…… 아니다. 와봤자 계속 일 때문에 호텔엔 자주 들어가지도 못하는데 한국에 있는 게 낫겠어."

이렇게 한 번씩 윤성은 사람을 헷갈리게 한다. 사람들 앞이라 연기를 하는 것일까? 정말 그녀가 태국에 가겠다고 했으면 아마 사색이 되었을 것이다. 그것도 아니면 지영에 대해 묻고 싶은데 주변 사람들 눈치가 보여 그러는 것일까?

"오늘 시흔이하고 지영이하고 밥 먹기로 했어."

"셋이?"

"어. 왜?"

어디가 마음에 안 드는 것인지 윤성은 미간을 찌푸렸다. 시흔 때문에 그러는 것일까?

"지금 들어가셔야 합니다."

안 비서의 말에 윤성이 고개를 끄덕였다. 그리고 손을 들어 올려 그녀의 어깨를 한 번 두드려 주었다.

"아냐. 들어가서 전화할게."

승연은 고개를 끄덕였다. 주변 사람들을 아랑곳 않고 윤성은 그녀를 힘주어 끌어안았다. 왠지 눈물이 왈칵 쏟아질 것 같아 승연은 입술에 힘을 주며 눈을 꽉 감았다. 그러곤 그의 등을 두드려 주었다. 그녀의 행동에 윤성의 등 근육이 순간 고양이처럼 일렁거렸다. 윤성이 서둘러 그녀의 어깨를 짚고 재빨리 품에서 떼어냈다.

"들어간다."

잘못 본 것일까? 윤성의 얼굴이 어딘지 모르게 새빨갛게 달아오른 것 같았다. 이제 12월에 들어서는데 공항 안은 제법 후끈했다. 하긴, 윤성은 원래 더위를 많이 타는 편이니 그럴 수도 있겠구나 싶었다. 입국장으로 들어서던 윤성이 뒤를 돌아 그녀를 보았다. 승연은 비스듬히 서서 그를 향해 손을 흔들어주었다. 그녀의 모습에 윤성도 웃으며 고개를 끄덕이곤 다시 발걸음을 재촉했다.

문이 닫히고 더 이상 윤성의 모습이 보이지 않자 승연은 서서히 몸을 돌렸다. 요즘은 악몽을 많이 꾸지 않는다. 조금이지만 윤성에게 이야기를 하고 나서는 악몽을 거의 꾸지 않게 됐다.

그냥 친정에서 지내라는 시부모님과 부모님의 이야기에도 불구하고 고개를 저었다. 집이 있는데 왜 다른 곳에 가서 지내냐면서.

조금이라도 그와 함께 있던 집에서 시간을 보내고 싶었다.

셔츠 하나를 걸쳐 입고도 뜨거웠을 때 출장을 간 윤성은 코트를 여며 입어도 매서운 바람이 밀치고 들어오는 겨울이 될 때까지도 돌아오지 못했다. 사실 그의 출장이 길어져서 더 좋은 것도 있었다. 헤어지자는 말을 조금이라도 미룰 수 있고, 조금 더 그의 아내로서 살 수 있으니까.

요즘은 착실히 모임에도 나가고 있고, 몇몇 사람들과는 친해졌다. 지희와 선민의 도움으로 사람들은 그녀를 오해하고 있던 것을 조금 더 풀었으며, 경민과 정훈은 윤성에게서 어떤 부탁을 받은 것인지 그녀를 알뜰히 챙겨주었다.

백화점에 들를 시간을 놓치고 말았다. 공항에서 빠져나가는 길은 퇴근 시각과 맞물려 꽤 막혔다. 거기다 설상가상으로 눈까지 내리기 시작했다. 전화를 해 오피스텔로 필요한 물건들을 가져다 달라고 말한 뒤 시흔과 지영에게 먼저 도착하면 들어가 있으라고 비밀번호까지 알려주었다. 그러곤 물건이 올 테니 받아달라고 했다.

예상보다 훨씬 늦은 시간에 도착한 승연은 마음이 급해졌다. 너무 급히 밟느라 차가 눈길에 미끄러지며 기둥까지 박고 말았다. 왜 이리 늦느냐는 시흔의 전화에 잠깐 사고가 생겼으니 늦을 거라고 말했다. 배고프면 나가서 먹고 내일 보자고 했지만 혹시 몰라 차가 실려 가는 것을 보고서야 오피스텔로 달려왔다.

엘리베이터에서 내리자마자 그녀의 오피스텔 현관문이 보였다. 배달이 다녀간 뒤 문을 제대로 닫지 않은 것인지 고리가 걸려 있어 살짝 틈이 보였다. 손잡이로 팔을 가져가는데 안에서 낮은 목소리가 들려왔다.

"그래서 언제까지 이렇게 할 생각인데?"

"어차피 윤성이를 끌어내릴 수 없으니 승연이라도 내려줘야지."

"그게 될 것 같아? 최윤성, 이번 달에 그 사람들 중국에서 찾아냈어. 검찰까지 움직였단 말이야. 거기서 네가 빠져나갈 수 있을 것 같아?"

대체 두 사람이 무슨 말을 하고 있는 것일까? 승연은 순간 자신이 꿈을 꾸고 있는 게 아닐까 생각했다.

"원본을 없애는 게 낫겠어."

시흔의 목소리가 낮아졌다. 원본? 대체 무슨 소리를 하고 있는 것일까? 지영과 시흔이 무슨 일을 꾸미고 있던 걸까?

"그만 가자. 사고 때문에 계속 늦어지는 모양인데."

그 목소리에 승연이 주위를 둘러보았다. 엘리베이터 바로 옆 비상계단으로 다리에 힘을 주며 걸었다. 소리가 나선 곤란했다. 가까스로 비상구 안으로 들어섰을 때 낮은 목소리가 들려왔다.

"최윤성 만만히 보지 마, 민지영."

"그런 적 없어."

"승연일 지키기 위해선 무슨 짓이든 할 거야."

"카드는 내가 쥐고 있어. 언제든 신승연, 살인자로 몰아넣을 수 있어. 그렇게 되면 태일기업이나 하루통상이 무너지진 않겠지만 평생 신승연을 묻어야 되겠지. 그걸 아는 한 최윤성도 아무 짓 못해."

숨이 제대로 쉬어지지 않았다. 아무리 숨을 쉬어보려 해도 공기 중의 산소가 부족한 것처럼 느껴졌다. 승연은 정말 가까스로 벽에 기대서 있었다. 머리가 제대로 돌아가지 않는다. 원본은 뭐고 카드를 쥐고 있다니? 살인자로 몰아넣어?

정신이 없다. 이걸 어디서부터 알아봐야 하는 걸까? 승묵에게? 그것도 아니면 신 사장에게? 아니, 지금은 차라리 윤성에게 가는 게 낫겠단 생각이 들었다. 지영은 그렇다 치더라도 시흔은 어떻게 연결되어 있는 걸까?

"시흔이 너, 나 도와주는 척하면서 사실은 목적이 있는 거잖아."

지영의 침착하고 낮은 목소리가 들려왔다. 엘리베이터가 아직 도착하지 않은 걸까? 그래, 그러니 아직 두 사람은 대화를 하고 있을 것이다.

"신승연이 네 두 손에 온전히 떨어지는 것."

"민지영."

"조금만 기다려. 넌 신승연을, 난 최윤성을 가지면 되니까."

"이런 식으론!"

"아니, 가질 거야. 신승연 것은 전부 다."

고개가 밑으로 툭 떨어졌다. 다리에 힘이 풀리고 더 이상은 서 있을 수도 없었다. 승연은 후들거리는 다리에 어떻게든 힘을 주려고 했지만 그대로 쭉 미끄러지고 말았다. 차가운 대리석 기운이 등줄기를 타고 올라온다. 머리가 아파온다.

그때의 일은 단편적으로 머리를 훑고 지나갈 뿐이다. 정신을 차렸을 땐 두 손 가득 피가 묻어 있었다는 것, 경찰차에 타고 있었다는 것뿐이다. 그날은 술을 많이 마신 것도 아니다. 양주 단 석 잔을 마셨다. 평소 주량을 생각한다면 그 정도로 취하는 건 있을 수도 없는 일이었다. 하지만 꼭 필름이 끊긴 것처럼 중간중간 기억이 흐릿했다. 아니, 술집을 벗어나던 순간부터 양손에 묻어 있는 피를 보기까지 기억이 남아 있질 않았다.

밖이 고요하다. 공기는 무겁게 내려앉아 있고 더 이상 바닥의 소름 끼치도록 차가운 기운도 느껴지지 않는다. 어느덧 숨 막힘도 사라졌고, 일어설 수 있는 힘도 생겨났다. 비틀거리며 자리에서 일어난 승연은 비상구를 빠져나와 엘리베이터 앞에 섰다. 버튼을 누르자마자 엘리베이터 문이 열렸는데 거긴 익숙한 뒷모습이 서 있었다. 승연은 두 눈을 감고 심호흡을 하듯 낮은 한숨과 함께 눈을 떴다.

"시흔아."

넓은 어깨가 움찔거리는 것이 보임과 동시에 시흔이 고개를 돌렸다. 승연은 자연스럽게 입매에 힘을 주며 끌어올렸다.

"너희 간 줄 알았어."

"아, 지영이는 먼저 갔어."

"가려던 거야? 1층도 안 누르고 뭐 해?"

"야경이…… 예뻐서."

시흔의 말에 승연이 고개를 살짝 왼쪽으로 꺾으며 엘리베이터 밖을 보았다. 화려한 야경은 마치 커다란 별처럼 눈에 박혀 들어왔다. 그녀는 늘 이곳을 다니면서도 저 밖을 본 적이 없었다. 잃어버린 과거를 생각해 내지 않으려는 것처럼 그동안 많은 것들을 외면하고 있었다.

"너무 늦었지? 미안. 오던 길에 사고가 좀 있어서."

"다친 곳은 없어?"

"없어. 차가 미끄러지면서 가로등을 박았거든. 인도에 사람이 지나가지 않아서 다행이었어."

걱정스러운 눈빛은 거짓이 아니다. 시흔은 정말 그녀를 걱정 가득한 눈으로 바라보며 몸을 훑어보고 있었다. 팔을 잡고 있는 시흔의 손이 소름 끼쳤지만 승연은 그 떨림을 무시하기 위해 입술 안쪽 살을 질끈 깨물었다.

"왜 이렇게 떨어? 추워?"

"조금 춥네."

"병원 가자. 아무래도 그게 낫겠어."

"이 정도로 병원은 무슨."

"그럼 뭐 따뜻한 거라도 먹으러 갈까?"

"사실 좀 피곤해. 들어가서 쉬고 싶어."

"바래다줄게."

"아냐. 눈도 와서 위험해. 그냥 난 택시 타고 들어갈게."

엘리베이터는 어느새 로비에 도착했다. 시흔은 몇 번이나 데려다 주겠다고 말했지만 승연은 고집을 피우며 택시에 올라탔다. 그럼에도 불구하고 안심이 되지 않는 것인지 시흔은 몇 번이나 도착하면 전화를 달라고 말했다. 승연은 고개를 끄덕이고는 창문을 올렸다.

"하루통상 본사로 가주세요."

방금 전까지만 해도 웃고 있는 것이 거짓이었던 듯 승연의 얼굴이 단번에 굳어졌다. 시각이 늦었다. 하지만 승묵은 아직 회사에 남아 있을 것이다. 올케의 말을 들어보니 일이 바빠 11시 이전에 퇴근하는 일이 거의 없다고 했다. 진실이 무엇인지 승연은 알고 싶어졌다.

막 택시에서 내릴 때 승묵의 모습이 보였다. 차에 올라타려던 승묵은 시선을 느낀 건지 멈추어 서서 승연을 바라보았다.

"승연아."

"오빠, 이야기 좀 해."

"왜 그래? 무슨 일 있어?"

"들어가. 들어가서 이야기해."

"그래, 그러자."

승묵이 차를 잠그고 바들바들 떨고 있는 그녀의 어깨를 잡고 다시 회사로 발걸음을 옮겼다. 승연은 긴장이 풀려서인지 다시 몸이 떨려오는 것을 느꼈다. 승묵의 사무실로 올라와 따뜻한 찻잔을 손에 쥐었음에도 불구하고 떨림이 멈추지 않았다.

"왜 그래? 무슨 일이야?"

"오빠."

"그래, 천천히 말해봐."

"그때 나한테 무슨 일 있었어? 내가…… 지선 언니 죽인 거야?"

"무슨 그런 말도 안 되는 말을!"

승묵이 생각할 가치도 없다는 듯 화를 내며 탁자를 내려쳤다. 그 탓에 손에 들고 있던 찻잔이 깨지며 승묵의 손에서 검붉은 피가 흘러내리기 시작했다.

"어떤 작자가 그딴 소리를 해?"

"날…… 살인자로 몰아넣을 수도 있대. 우리 회사가 무너지거나 하진 않겠지만 나란 존재를 숨겨야 할 수도 있다고……."

"승연아, 그날 질 나쁜 새끼들한테 걸린 거야. 우린 널…… 네가 아무 일 없다는 것만으로도 그냥 조용히 덮으려고 했어."

"일이…… 어떻게 된 거야?"

"그날은 민지선 생일도 아니었어."

생일이 아니었다고? 아니, 그럴 리가 없다. 지선과 지영을 만나는 그날 생일파티를 했다. 무엇을 해야 할지 몰라 한참을 방황할 때 지영이 자신의 언니라며 지선을 소개해 주었고, 그렇게 몇 년을 함께했다.

"클럽에서 너흰 질 나쁜 놈들에게 걸려 수면제 탄 술을 마셨어. 그때 윤성이가 아니었다면…… 이렇게 널 대하고 있지도 못했을 거다."

"최윤성?"

"우리도 몰랐는데, 윤성이가 해외 지사로 가기 전에 너에게 사설 경호를 붙여놨어. 너희가 장난으로 내기를 했다며?"

잊고 있던 기억이다. 하지만 이젠 기억이 난다. 윤성의 할아버지는 어린 그를 미국으로 내쫓았을 때 혹시 모를 사고를 대비해 사설 경호원을 몰래 붙였다고 했다. 나중에 그걸 알게 되었을 때 얼마나 치욕스럽고 곤욕스러웠는지 윤성은 치가 떨리게 싫다고 했다. 그걸 듣던 승연은 그게 뭐가 불편하냐면서 자신은 충분히 견딜 수 있다고 말했다. 윤성은 그럼 모르는 사이에 남들에게 감시당하는 게 어떤 기분인지 느껴보겠냐고 말했고, 그녀는 고개를 끄덕였다. 그래, 이제껏 전혀 몰랐다. 그녀가 경호를 받고 있었다는 것도.

"그게 장난이 아니었던 거야?"

"윤성인 그저 그런 네 친구가 아니야. 태일의 최윤성이야, 한 번 내뱉은 건 무조건 지키는."

그래, 알고 있다. 윤성은 허투루 말하는 법이 없었다. 그냥 스쳐 지나갈 만한 이야기도 꼭 기억해서 지키는 사람이었다.

"내 손에 묻어 있던 그 피…… 지선 언니야?"

"아니."

"그럼?"

"널 겁탈하려고 했던 놈."

"내가 그런 거야?"

승묵은 잠시 고민하는 듯 우물거렸다. 승연은 찻잔을 세게 내려놓으며 테이블을 움켜쥐듯 힘을 주었다. 승묵이 깨뜨린 찻잔의 파편이 승연의 손바닥에 박혀들어 아릿한 아픔을 안겨주었다. 승묵이 서둘러 티슈를 뽑아 들고 승연의 상처를 살피기 위해 팔을 뻗었지만 그녀는 주먹을 뒤로 숨겼다. 승묵이 낮은 한숨을 내쉬었다.

"그놈들 사이에서 시비가 있었어. 서로 널 먼저 상대하겠다고. 술에 취해 있어 흥분한 상태였고, 네 위에 엎어졌던 놈을 다른 놈이 찌른 거야."

전혀 상상도 하지 못했다. 아니, 취해 있는 그녀를 구해주려 하다 지선이 칼에 찔린 줄 알았다. 그리고 그 남자들이 지선을 공사장 밖으로 떨어뜨리려 했고, 그녀는 비틀거리며 걸어가 잡으려고 했지만 바로 앞에서 놓치고 말았다. 손에 남은 건 지선이 늘 차고 다니던 팔찌뿐이었다. 그 하얀 손을 잡지 못해 얼마나 시달렸는가. 그건 아직도 악몽으로 남아 있었다.

바로 앞은 낭떠러지였고, 승연은 앞을, 지선은 뒤를 보고 있었다. 손을 뻗으면 멀어지는 지선은 늘 무서운 얼굴로 그녀를 바라보았다. 구하지 못했다는 죄책감에 늘 악몽을 꾸고, 그래서 잠드는 게 두려워졌다.

"최윤성 아니었으면…… 나 그때 죽었겠네?"

"승연아."

"죽진 않았더라도 폭행당하고 이렇게 살 수 없었을 거 아니야."

"신승연."

"하지만 지선 언니 구하지 못한 건 사실이잖아, 오빠."

승묵이 고개를 숙이며 그녀의 눈길을 피했다. 이제야 알겠다. 윤 여사가 왜 그렇게 지영의 집에 무엇이든 해주지 못해 안달이었는지. 승연은 멀쩡히 살아 돌아왔고 지선은 겁탈까지 당해 죽었다.

이 일은 승연의 잘못이 아니었지만 이곳이 얼마나 무서운 곳인가. 거짓된 소문이 진실이 되기도 하는 곳이다. 신 사장과 윤 여사는 이 일이 공론화되지 않도록 갖은 애를 썼을 것이다. 비록 나쁜 일을 당하진 않았지만 막내딸이 그런 일에 휩쓸렸다는 것을 아예 세상에서 지우고 싶었을 것이다.

"민지선은 지영이 친언니도 아니야."

"뭐?"

"아이가 생기지 않아서 그 집에서 민지선을 입양했어. 그 뒤로 지영이가 생긴 모양이더라."

전혀 몰랐다. 늘 사이가 좋은 자매였고, 승연 역시 저런 친언니가 있었으면 좋겠다고 생각했으니까. 하지만 상관없다. 지영은 지선을 죽게 만든 승연을 미워하고 있었다. 그것도 아주 철저히.

"그 남자들은?"

"외국으로 튀었어. 흔적도 없이 튀어서 갖은 애를 썼지만 놓쳤다. 중국으로 넘어가기만 하면 잡을 수 없다니. 게다가 부모님도 네게 쓸데없는 소문 만들지 않으려고 하시다 보니 일을 크게 만들지 못했다."

승묵의 목소리가 커졌다 줄었다를 반복했다. 그래, 대학교 때부터 이미 그녀에 대한 좋지 않은 소문은 눈덩이처럼 불어나 있었다. 그래서 두 사람은 더 이상의 소문이 그녀에게 달라붙는 것을 용납하지 않았을 것이다.

일을 크게 만들지 않기 위해 은밀히 움직이는 데에는 한계가 있었을 것이다. 결국 중국으로 도망친 남자들을 놓쳤다는 것을, 그녀도 어느 정도는 알고 있었다. 중국으로 들어가 숨어버리면 웬만해선 찾기 힘들다는 사실을. 하지만 오피스텔에서 두 사람이 나누던 이야기를 조합해 볼 때 윤성이 그 사람들을 찾아낸 모양이다. 그것도 검찰까지 개입시켜서.

윤성은 왜 그렇게까지 한 것일까? 그리고 왜 그녀와 계약 결혼까지 감행한 걸까. 윤성은 지영을 사랑하는 게 아니었던 것일까?

그것을 깨닫자 승연은 왠지 모를 웃음이 터져 나올 것 같았다. 그래, 승묵의 말처럼 윤성은 사사로이 내뱉는 말이 없었다. 장난인 것처럼 말해도 그건 모두 생각해서, 지키기 위해서 하는 것이었다.

윤성은 고등학교 때부터 그녀에게 그랬다. 넌 소중한 친구라고. 그리고 자신에게 소중한 사람이라고. 그는 자신의 범주 안에 있는 사람들을 지키기 위해서라면 무엇이든 할 사람이었다.

"승연아."

갑자기 정신을 놓은 듯 웃는 승연의 모습에 승묵은 당황한 표정이었다. 한참을 그렇게 실없이 웃던 승연이 고개를 끄덕이며 눈물을 삼켜냈다.

"오빠."

"그래."

"나 사실은 좀 오해했는데."

"오해?"

"나…… 소중한 사람이 맞는 거지?"

승묵은 그녀에게 심리 치료를 권했다. 하지만 승연은 고개를 저으며 그것을 거절했다. 알고 있다. 이제는 알게 되었다. 윤성은 말하지 않았지만, 분명 그는 그녀를 사랑하고 있었다. 그렇지 않으면 아무리 친구라고 해도 이렇게 곁을 지키지는 않았을 것이다. 그저 그것 하나만으로도 윤성의 마음을 느낄 수 있었다. 무려 최윤성이 고등학교 때의 첫사랑에게 이렇게까지 신경을 쓰고 있지는 않을 것이다. 비록 표현이 없었지만 승연은 느낌만으로도 알 수가 있었다. 문제는 그가 그 사실을 어떻게 받아들이는가, 그것을 어떻게 자각하고 있는 것인가 하는 것이었다. 윤성은 그저, 이것을 우정이라고 생각하고 있을지도 모른다. 윤성에게 시간을 줄 것이다. 스스로 받아들이고 말할 때까지. 이제껏 윤성이 그녀를 기다려 온 만큼 승연은 그에게도 시간을 주기로 결정했다.

윤성이 지영에게 관심을 갖게 된 건 지선의 동생이기 때문일 것이다. 도저히 잡히지 않는 실마리를 찾기 위해 지영에게 접근했을 것이고, 사람을 쉽게 믿지 않는 지영은 그런 윤성을 경계한 것이다. 하나의 가설을 세우자 모든 것이 아귀가 딱딱 들어맞는다. 승연은 학교로 향하면서도 고개를 저었다.

주차장 안으로 들어서서 차에서 내렸다. 지나가는 몇몇 학생들이 그녀를 보고 수군거린다. 승연은 선글라스를 벗고 고개를 돌렸다.

"민지영 선생님, 어디로 가면 계시니?"

아이들은 타인을 경계하듯 말을 하지 않고 그저 손가락으로 건물을 가리켰다. 바로 앞에 있는 건물을 보며 승연은 아이들을 향해 고맙다고 말하고 발걸음을 옮겼다. 건물 안으로 들어서자 그녀의 굽이 딱딱한 소리를 냈다. 살짝 틈이 열린 문틈 사이로 거친 피아노 음이 들려온다. 승연이 살짝 문을 잡아당겨 안으로 들어섰다.

검정색의 그랜드피아노 앞에 앉아 지영은 음악에 빠진 듯 피아노 건반을 쉴 새 없이 두드리고 있었다. 그건 연주라기보다는 두드림에 가까웠다. 저 가느다란 몸에서 어떻게 저런 힘이 나올 수 있나 싶을 정도로 무척이나 힘이 강한 연주는 지영의 트레이드마크였다. 그것은 카르멘이라기보단 타락한 돈 호세였다. 마치 지영처럼.

승연은 천천히 의자에 앉아 마치 감상하듯 두 눈을 감았다. 하지만 더 이상 연주를 감상할 수 없었다. 강당을 가득 울리던 피아노 소리가 일순 중지된 탓이다. 눈을 뜬 승연이 자리에서 일어나며 자신을 바라보고 있는 지영을 향해 기계적으로 박수를 쳤다.

"연주, 인상적이다. 카르멘이 아니라 꼭 돈 호세처럼 느껴져. 맞지?"

"승연아, 네가 여긴 어떻게……."

"묻고 싶은 게 있어서."

여전히 지영에겐 부채 의식이 남아 있었다. 하지만 예전처럼 먼저 고개를 숙일 일은 없을 것이다. 자리에서 일어난 승연이 우아한 발걸음으로 무대에 올라섰다.

붉은 카펫이 깔려 있는 무대 위로 올라서는 순간 두 사람의 시선이 공중에서 강하게 맞부딪쳤다. 완전히 자리에서 일어난 지영의 손이 건반 위로 툭 떨어지자 피아노 소리가 파장을 일으키며 강당에 울려 퍼졌다. 하지만 강당의 흡음재에 그 음은 언제 울렸냐는 듯 순식간에 흔적을 감추었다.

어느 순간 깨닫게 되었다. 승연은 주로 발목까지 내려오는 루즈핏의 원피스를 많이 입었다. 그러다 그것이 싫증 났다. 편하다 생각했는데 걸을 때마다 기다란 치맛자락은 다리에 엉켜오고 계단을 오르거나 내릴 때면 위험한 일이 많았다. 그 뒤로 승연은 보이핏의 청바지나 슬랙스에 재킷을 걸쳐 입는 일이 많았다. 윤 여사는 나이도 먹을 만큼 먹고 이게 무슨 패션이냐며 마음에 들어 하지 않았다.

승연은 지영의 모습을 위에서부터 아래로, 그리고 다시 위로 쭉 훑었다. 살짝 품이 커 보이는 긴 원피스에 오른쪽 손목에 찬 시계, 플랫슈즈에 머리를 하나로 단정히 묶은 모습은 승연의 대학 시절과 거의 흡사했다. 하나의 의심이 생기자 그것은 순식간에 눈덩이처럼 커져 모든 것을 돌아보게 만들었다.

"묻고…… 싶은 거?"

"내게 일부러 접근했니?"

차가운 말투가 거칠 것 없이 튀어 나갔다. 이제 민지영은 더 이상 자신의 친구가 아니다. 그것을 깨닫는 데 정확히 10년이 걸렸다. 왠지 허탈하고 허무해서 승연의 입에선 절로 낮은 음의 웃음소리가 흘러나왔다.

"처음에 접근한 건 내가 아니라 너였지."

잠시 당혹스러운 표정을 짓고 있던 지영의 얼굴이 순식간에 차가운 가면처럼 굳어졌다. 그래, 늘 입은 웃고 있지만 눈이 웃질 않는다고 생각했다. 그걸 보면서도 왜 보지 않으려고 했을까. 아니, 마음속에 일부러 이어놓은 금이 균열을 일으키며 산산이 부서져 버려 다시 붙이지 못할까 봐 두려웠던 것이다.

"네가 좋은 친구가 될 줄 알았거든."

승연의 목소리가 어딘지 모르게 씁쓸하고 후회가 가득 묻어 있는 것처럼 들렸다.

"왜? 내 연주를 이기지 못해서?"

"아니."

그 말에 지영의 얼굴이 일그러졌다. 그래, 이젠 확실히 알겠다. 지영은 콩쿠르 이후로 분명 승연의 우위에 있다고 생각하고 있었다.

"네 연주는 욕망이 가득해서 솔직했거든."

지영이 짧고 날카로운 웃음을 내뱉으며 고개를 돌렸다.

"원한에 차 있는 사람보다 영리해 보이는 사람이 더 무섭고 위험하다더니, 난 그걸 몰랐어. 네 말대로 난 온실 속 화초로 살았거든. 그래서 넌 내가 끝까지 모를 줄 알았니?"

"넌 뒤나 옆을 보지 않고 앞만 봐. 주변에 아무 관심도 없어. 모든 걸 손에 쥐고 있으니까. 난 그게 싫었어."

막상 솔직한 대답을 듣고 나자 승연은 뱉고 싶던 말이 모두 머릿속에서 사라지는 것 같았다.

"난 널 믿었어."

그래, 믿었다. 그리고 언젠가 흘려들었던 격언이 떠올랐다. 내가 내 비밀을 지키고 있는 동안에는 그것이 나의 포로다. 하나 내가 그것을 누설하면 내가 그것의 포로가 된다. 지영을 너무 많이 믿었다. 그래서 아낌없이 주려고 노력했다. 지영은 그 모든 것이 계산된 것이었다고 말한다.

침묵은 평화를 가져온다고 생각했다. 하지만 긴 침묵은 그녀를 아둔하게 만들고 눈을 가리게 만들었다. 가족들은 그녀의 상처를 헤집을까 침묵을 고수했고, 그녀는 괴로움에 그 침묵에 동조했다.

"네가 언닐 죽인 거야."

"아니! 난 지선 언닐 죽이지 않았어!"

이제껏 침착함을 유지하고 있다고 생각했는데 승연은 비명에 가까운 소리를 지르고 말았다. 몸이 사시나무처럼 부들부들 떨리고 의도치 않은 눈물은 볼을 타고 떨어졌다.

"언니에게 술을 더 먹인 것도 너고, 공사장으로 이끈 것도 너야. 그리고 넌…… 거기서 언닐 밀었어."

승묵이 거짓말을 한 것일까, 아니면 지영이 거짓말을 하고 있는 것일까? 아니, 사실은 승연도 자신을 의심했는지 모른다. 사실 지선을 정말 밀어버린 건 자신이라고. 아무리 술과 약에 취해 있었다고 하지만 사실 마음속으로 지영에게 느끼고 있던 열등감을 지선에게 투영하진 않았을까 생각했다.

사람이 한 번 유추하여 생각을 하기 시작하면 그것은 사실처럼 여겨지고 거짓이라 할지라도 진실로 믿고 만다. 승연은 스스로가 얼마나 어리석었는지를 깨달았다.

"왜? 내가 하는 말이 다 거짓말 같아? 못 믿겠으면 보여줄 수도 있어."

"보여…… 줘?"

"그 순간이 찍힌 영상이 있거든."

그때 말한 원본이라는 건가? 머리가 어지럽다. 이대로 서 있을 수조차 없는 느낌이 든다. 바닥이 울렁거리고 마치 끝도 없는 늪 속으로 빠져들어 가는 느낌이다. 코트 주머니에 넣어둔 핸드폰이 울리지 않았다면 아마 그 자리에서 쓰러졌을지도 모른다.

그대로 돌아선 승연은 무대에서 내려와 주머니에서 핸드폰을 꺼내 들었다. 액정엔 장경민이라는 이름이 붕 떠올라 있었다. 가까스로 손가락을 움직인 승연은 핸드폰을 귓가로 가져갔다.

[여보세요? 신승연?]

"어, 말해."

[소리가 끊기는 것 같은데, 어디야?]

"잠깐…… 극장에 들어와 있거든."

10년간 그녀는 마리오네트처럼 움직였다. 민지영이 만들어놓은 무대에 올라서서 입맛대로. 사람이 일순간 바보가 되는 건 아주 쉬운 일이었다. 강당에서 완전히 빠져나와 등에 문을 기대고 섰을 때 승연은 꽉 막혔던 숨을 토해내듯 낮은 신음을 흘렸다.

[네 친구 이름이 민지영 맞지? 그 사람 학교 선생이라 하지 않았어?]

"맞아."

[학교 선생이 과외도 할 수 있나?]

"무슨 소리야?"

[와이프 핸드폰 보니까 우리 애 가르치던 선생이 어디서 많이 본 듯해서 이름을 물어보니 민지영이라고 하더라고. 흔치 않은 성이라 기억하고 있었거든.]

그래, 이젠 이것 하나로도 알 수 있다. 그녀에 대한 말도 안 되는 악질적인 소문을 만들어낸 게 지영이라는 것을 깨달았다. 이젠 정말 무서울 게 없다.

"경민아, 내가 나중에 전화할게."

경민이 뭐라 말을 할 새도 없이 전화를 끊고 뒤를 돌아보았다.

"민지영. 넌 대가를 치르게 될 거야."

강당을 빠져나와 차에 올라탄 승연은 엔진에서 굉음이 나도록 RPM을 올렸다.

하루통상의 본관 앞에 승연의 차가 멈춰 섰다. 하지만 그녀의 발걸음이 향하고 있는 곳은 최 사장의 방도, 승묵의 방도 아닌 법률팀이었다. 그녀가 안으로 들어서자 20년 가까이 하루통상에 몸담고 있는 김 차장이 막 나가려는 참인지 자리에서 일어나다 승연을 발견하고 눈을 크게 떴다.

"아니, 승연아."

"안녕하세요, 아저씨. 연시흔 변호사 안에 있나요?"

"안에 손님이……."

"손님이요?"

"네 신랑 와 있다."

분명 윤성은 내일 도착할 거라고 했다. 한국에 급한 일이 있었던 걸까? 왜 그녀에겐 연락도 없었던 걸까?

"언제 왔어요?"

"들어간 지 3분도 안 됐어."

승연이 고개를 돌려 시계를 보았다. 정오에서 이제 3분 지났다. 승연은 아무렇지 않은 척 웃으며 고개를 끄덕였다.

"바쁜 일 있나 보네요. 아저씨 식사하러 가시던 길이죠? 맛있게 식사하고 오세요."

"변호사님께……."

"제 친구잖아요. 제가 들어가서 인사할게요."

"그래, 그럼 나중에 보자."

"네."

김 차장이 웃으며 사무실을 빠져나갔다. 승연이 고개를 돌려 변호사실을 바라보았다. 커다란 창은 버티컬 블라인드가 쳐져 아무것도 보이지 않았다. 천천히 발걸음을 옮긴 승연은 노크를 하려다 어차피 필요 없을 거라고 생각했다. 문을 열었는데도 불구하고 두 사람은 대화에 빠져 그녀가 들어선 것도 모르고 있었다.

"그래서 어떻게 할 생각이야?"

"우선 원본이라 주장하는 것을 받아내야지. 죽이고 살리는 건 법에 따라 정해지는 일이니 말이야."

윤성의 목소리는 아주 냉정했다. 그 원본이 지영이 말한 영상이라는 것을 바로 알아챌 수 있었다. 평소 눈도 제대로 마주치지 않을 정도로 물과 기름 같았던 저 두 사람이 지금은 심각한 얼굴을 한 채로 마주 보고 있는 것을 보며 승연은 입술을 질끈 깨물었다.

"대체 5년 가까이 공을 들인 이유가 뭐야? 최윤성 너라면 단번에 처리할 수 있었을 텐데."

"누구는 벌하고 누구는 용서하고 그때그때의 기분에 따라 결정할 수 있는 건 아니거든. 그럼 법은 있으나 마나 한 것이 되는 거잖아. 비록 그런 기분이 들었다고 하더라도 난 내 위치는 정확히 알고 있거든. 한 사람이 아니라 여러 사람을 파멸로 이끌고 갈지도 모르는데 멋대로 움직일 순 없지."

"최윤성."

"난 날 잘 알아. 평범한 경영자이기 때문에 다른 사람의 배는 노력해. 정해진 잣대는 괜히 생긴 게 아니야. 사적인 감정에 휘둘린다면 내가 지금 이 자리에 있을 수 있을까?"

두 사람이 정확히 무슨 이야기를 하고 있는지 이해가 가지 않는다. 하지만 승연은 이 대화를 끝까지 들어야겠다고 판단했다. 그래서 숨소리를 죽였다.

"난 무서움이 뭔지 잘 아는 사람이야. 늘 위기감을 느끼고 긴장하는 것이 몸에 배어 있거든. 머리로 판단하면 나 같은 사람은 그대로 끝나. 그러니 그것을 몸에 배도록 늘 긴장시키는 거지."

"그래서 경호원들에게 물어보지도 않았어?"

"그래, 스스로 화를 누를 시간이 필요했거든. 안 그럼 그대로 날아가서 그 인간들을 모조리 죽여 버렸을지도 모르지."

그녀가 알고 있는 윤성은 모든 것에 자신만만한 사람이었다. 모든 것을 손에 쥐고 있는 남자였고, 또 당연히 그것을 잘 알고 이용한다고 생각했다. 하지만 윤성은 스스로를 평범한 사람이라 자각하고 어른들의 가르침을 잊지 않고 살아왔다. 확실해졌다. 승연의 생각보다 윤성은 주위에 있는 자신의 사람을 훨씬 소중히 여기는 사람이었다.

"연시흔, 넌 몰라. 사람이 사람을 벌하는 데 어떤 마음을 가져야 하는지. 내가 가진 힘을 이용하면 얼마든지 쉽게 잡을 수 있었겠지. 전국, 아니, 전 세계를 아주 들쑤시면서 찾아냈을걸. 사람들은 한 번 알게 된 걸 쉽게 바꾸려 하지 않지. 그게 거짓이라는 것이 알려져도 결국엔 보고 싶고 믿고 싶은 것만 봐. 신승연은 평생 이 세계에서 살아야 하는 사람이고, 잘못된 사람들이 거짓을 사실인 양 수군거리는 것을 계속 들어야 하지. 그래서 모두 내 손에서 조용히 끝내고 싶은 거야."

"승연이가 알면?"

"네가 말해줘. 아마 내게 듣고 싶어 하진 않을 거야. 빠짐없이 다 말해줘. 넌 아무 잘못도 없다. 널 곤경에 빠뜨리려던 민지선, 민지영 자매가 오히려 네가 수면제를 이기고 일찍 일어나는 바람에 일이 틀어졌고, 남자들은 정말 약에 취해서 민지선을 겁탈했다. 그때 네가 깨어났고, 민지선은 이 모든 게 너 때문이라며 깨진 병을 들고 덤벼들었다. 중간에 놓치는 바람에 가까스로 도착한 경호원은 너에게 덤비던 민지선을 떨쳐 냈고, 뒤로 비틀거리던 민지선은 실족사한 거라고."

손끝이 덜덜 떨려왔다. 당장에라도 비명이 터져 나올 것 같아 덜덜 떨리는 손을 올려 가까스로 입을 막았다.

"지영이를 어떻게 할 생각이야?"

"말했잖아, 법에 맡긴다고. 남이 사는 방법을 쉽게 보고 판단하려 한 잘못은 똑똑히 치르게 해줘야지. 민지영은 내가 접근했을 때 경계를 많이 했어. 그랬겠지. 어쨌거나 난 신승연의 친구이고, 집에선 결혼 이야기가 오갈 만큼 가까운 사이였으니까."

홍 여사와 윤 여사가 그런 말을 하기는 했다. 하지만 그저 장난이라고 생각하며 넘겼을 뿐 그걸 심각하게 받아들이지는 않았다. 그렇다면 윤성은 그것을 어른들의 말이라고 가볍게 치부하지 않았단 건가?

"민지영도 꽤 신중한 성격이라 나와 사귀게 되는 데까진 무려 3년이나 걸렸어. 욕심이 났겠지. 어차피 자신은 뭘 해도 이 세계엔 들어올 수가 없거든. 그렇게 욕망이 강한 여잔데, 최윤성의 세컨드라도 만족한다고 했어. 아마 영원히 자신이 한 일을 들키지 않을 줄 알고 계속 신승연을 짓밟으며 우월감을 느낄 생각이었겠지. 인간의 본질은 아무리 시간이 흘러도 변하지 않는 법이거든."

승연은 꺾이려는 다리에 계속 힘을 주면서 고른 숨을 내쉬기 위해 몇 번이나 가슴을 꾹 눌러야 했다. 그렇게 하지 않았다간 숨도 제대로 쉬지 못해 그 자리에서 죽을 것만 같았다.

"윤성이 네 마음이 헤맨다고는 생각해 보지 않았어?"

"단 한 번도 해보지 않았어. 헤맨다는 건 확신이나 자신이 없기 때문이지."

최윤성다운 말이었다. 시흔은 그 말에 어딘지 모르게 씁쓸한 표정을 짓고 있었다.

"네게 승연이는 뭔데?"

"네 가짜 연인."

시흔의 눈도 승연의 눈도 커졌다.

"현재는 내 부인."

"앞으론?"

시흔의 물음에 승연은 숨소리를 더욱 줄였다. 윤성의 대답이 궁금했다. 하지만 아주 긴 시간이 흐르는 것 같은데도 불구하고 윤성은 아무 대답도 하지 않았다. 승연은 눈에 보이는 윤성의 뒷모습이 크지만 어딘지 모르게 작아 보인다고 느꼈다. 결국 아무 말도 없이 윤성이 자리에서 일어섰다.

"최윤성, 네 멋대로 승연일 판단하지 마. 승연인……."

"왜 신승연을 갖지 못해 안달 난 애처럼 굴어?"

"뭐?"

"내가 모를 거라고 생각하는 거야?"

"무슨…… 소리야?"

"맞아. 한때 나도 착각했어. 신승연이 널 진짜로 좋아하는 줄 알았거든. 친구라는 이름으로 내가 널 두고 있어 넌 내가 널 신뢰한다고 여기고 있는 모양인데, 아니, 난 조금 전 내가 했던 말을 몇 번이나 뒤집고 싶을 정도로 감정적이 되던 때도 있었어."

조금 전 했던 말? 워낙 충격적인 이야기들이 오가서 승연은 머릿속을 헤집어봤지만 생각이 나질 않았다.

"아니, 갖고 싶어 안달했고 손에 떨어질 거라고 생각했겠지."

"무슨 말을 하는 거야?"

"정말 내가 감정적으로 행동했다면 넌 그 자리에 있지 못할 거야. 내가 널 정말 나락으로 떨어뜨릴까 말까 수백 번을 고민했거든."

"최윤성."

"연루된 사람 중 한 남자는 너와 피가 섞인 형이고 다른 사람은 네 형의 친구라는 거, 그리고 민지영을 부추긴 걸 내가 모를 줄 알아?"

"너……."

"나 지금 중국에 들렀다 오는 길이거든. 네 형을 만나고."

입을 막고 있던 손바닥이 툭 떨어지며 문고리를 쳐 둔탁한 소리를 내자 두 사람의 시선이 한꺼번에 돌아왔다. 승연은 그 자리에 털썩 주저앉고 말았다.

9화 너를 안다

이름을 부르는 소리, 다가와 그녀의 어깨를 붙잡는 손, 그것이 들리고 느껴졌지만 승연은 눈앞이 흐리고 심장은 자꾸만 뛰어대어 아무 반응도 할 수가 없었다. 누군가에게 이런 원한을 살 만큼 인생을 엉망으로 살았던 것일까? 자꾸 회의가 들고 몸이 움츠러든다. 한겨울에 발가벗겨져 쫓겨난 아이처럼 승연은 온몸을 떨고 있었다. 곧 등 뒤로 푸근한 느낌과 함께 코트가 걸쳐졌다.

스스로를 진정시키기 위해 몇 번이나 숨을 깊게 들이쉬고 눈을 감으며 자신의 어깨를 짚고 있는 윤성의 팔을 손등의 핏줄이 불거지도록 힘주어 잡았다. 윤성의 떨림이 느껴지는 건 착각일지도 모른다. 그녀의 몸이 크게 떨리고 있어 윤성에게도 그것이 미치는 모양이다. 천천히 눈을 뜨고 몸을 일으켰다. 윤성은 그녀가 자리에서 일어날 수 있도록 잡은 팔과 어깨에 힘을 주었다.

시혼은 절망적인 얼굴을 하고 있었다. 일말의 양심이라는 게 시혼에게도 남아 있는 걸까? 누구보다도 그를 믿고 의지하는 친구의 마음을 무참히 짓밟으면서 아픔을 느끼긴 한 것일까? 묻고 싶은 게 너무나 많은데 승연은 그것들이 입속에서만 자꾸 왕왕대며 나오지 못한다는 것을 깨달았다.

"최윤성, 이야기 좀 해."

승연이 뒤로 돌아섰다. 자연스럽게 윤성의 손에서 힘이 빠졌고, 그녀는 천천히 발걸음을 옮겼다. 지금 밟고 있는 것이 땅인지도 느껴지지 않는다. 오늘 힐을 신지 않은 게 다행이라고 생각되었다.

그녀의 입에서 왠지 모를 헛웃음이 흘러나왔다. 두 사람이 한 사람을 바보로 만드는 일은 너무나도 쉬웠다. 그것도 어린아이처럼 맹목적으로 믿고 있는 사람을 다신 손쓸 수도 없게 짓밟을 생각을 하고 있었다.

윤성의 말이 맞았다. 그녀는 싫어했지만 어쩔 수 없는 하루통상의 공주님이었다. 늘 보호만 받고 누리고 살아와서 세상을 제대로 볼 줄 몰랐다. 사람을 선별해 내는 눈을 갖추지도 못했고 눈치도 없었다.

입에선 쓴웃음이, 눈에선 눈물이 비집고 흘러나왔다. 건물을 채 빠져나오지도 못하고 승연은 그 자리에 서서 얼굴을 가린 채 엉엉 울고 말았다. 그리고 곧 익숙한 향의 따뜻한 품 안으로 끌려들어 갔다.

"아무 일 없을 거야. 약속할게."

그 다정한 음성에 애써 참으려 하던 울음소리는 더 이상 혼자 삼키지 못하고 윤성의 가슴으로 쏟아졌다. 그게 아니다. 하지만 윤성은 알지 못한다. 윤성은 자연스럽게 본관 앞에 있는 그의 차에 그녀를 태웠다. 엔진 돌아가는 소리, 바퀴 굴러가는 소리, 차창 밖의 풍경이 움직이고 승연의 울음소리는 점차 잦아들었다.

"아무 일 없다는 건 상관없어."

시트에 몸을 완전히 맡긴 듯 창밖을 보고 있던 승연이 고개를 돌려 윤성을 바라보았다. 핸들을 쥐고 있는 윤성의 손에 힘이 들어가 하얗게 질리는 것이 보였다.

"내 의지로 처음으로 사귀어본 친구들을 잃는다는 게 어떤 마음인지 넌 모를 거야."

그래, 아마 윤성은 모를 것이다. 남자와 여자의 차이인 걸까? 남자들은 대체적으로 친구 사이에도 서열이 있다고 했다. 태일의 후계자인 윤성은 배경도 그러했지만 자연스레 그의 주위로 사람들이 몰려들었다.

그녀의 주위에도 사람들이 몰려들긴 했다. 하지만 곧 그 관심이 시기와 질투로 변하기도 했다. 어쩌면 남녀의 차이가 아닌 성격의 차이일지도 모른다. 윤성은 무관심한 듯하지만 사실은 배려와 입장을 잘 아는 사람이었다. 윤성 스스로도 어린 나이에 외국에 홀로 떨어져 있지 않았다면 스스로 오만한 사람이 될 수도 있었을지 모른다고 판단했다.

그런 윤성의 말을 들으며 승연은 거짓말이라고 생각했다. 눈에 보이지 않는 배려는 모르고 있었기 때문에 오판한 것이다. 그녀는 눈앞에 보이는 것만 보고 있었다. 정작 중요한 게 뭔지도 모른 채.

그녀는 받는 것에만 너무나 익숙해 베풀 줄을 몰랐다. 그래서 주위 사람들은 떠나갔고, 아버지의 명함으로 그저 그런 친목을 다지고 있던 친구들도 대학 때 흐른 이상한 소문 때문에 멀어졌다.

하루통상의 막내딸인 그녀를 대놓고 무시할 순 없었을 테고, 그저 기본만은 유지하고 있었다. 뒤에서 무슨 말이 나오든 스스로 떳떳하면 상관없다고 생각했다. 아니, 사실은 상처받는 게 싫어서 관심 없는 척, 당당한 척했던 것뿐이다.

"왜 말 안 했어?"

"괜히 상처 들쑤셔서 좋을 게 없잖아."

"어떻게 할 생각이야?"

"법대로."

법대로 할 것이라 말하고 있지만 윤성은 쉽게 넘어갈 생각이 없었다. 어쨌거나 태일의 입김이라면 검경을 주무르는 건 일도 아니었다. 실제로 윤성이 말을 뱉지 않는다 하더라도 그의 밑에 있는 사람들이 충실히 움직일 것이다. 그가 원하는 방향으로 아주 철저히.

"원본이라는 건 뭔데?"

"공사 현장에 있던 방범용 CCTV가 있는데 워낙 화면이 조악해서 누가 누군지도 잘 안 보여. 대충 그것을 짜깁기해 놓고 원본이라 주장하고 있는 상황 같은데 어떻게든 빼내올 생각이야."

'신승연이 민지선을 밀쳤다'는 말은 생략되어 있었다. 윤성의 차가 멈췄다. 고개를 드니 눈앞이 확 트여 눈이 시려왔다. 회색빛의 호수는 겨울 햇살을 받아 물고기 떼처럼 수면이 반짝이고 있었다. 승연이 먼저 차에서 내려 숨을 뱉어내었다.

"내가 진짜 민 건지도 모르지."

어느새 그녀의 옆으로 다가온 윤성이 차에 기대는 게 느껴졌다. 하지만 그 말을 듣고 다시 몸을 똑바로 일으켜 세웠다.

"절대 아니야."

"어떻게 확신해?"

"목격자가 있으니까."

"사람들은 눈에 보이는 것만 믿어."

"그거 조작된 거야!"

"그럼 지영이가 밀었다는 거야?"

그 말에 윤성이 고개를 돌렸다. 심장이 툭 떨어져 엉망이 되어 간다. 채 마르지 못한 눈물이 또 왈칵 쏟아진다.

"지영이는 내게 왜 그런 걸까? 뭘 얻고 싶어서?"

흐르는 눈물 때문에 윤성의 모습이 흐릿하게 보인다. 아무리 닦아내어도 눈물은 또 금세 차올라 그가 제대로 보이지 않는다.

"인간의 욕심은 때론 밑이 보이지도 않을 만큼 깊어서 종종 무서울 때가 있어. 그런 사람을 평생 만나지 않는다면 좋겠지만 이미 만났으니 좋은 방향으로 해결을 봐야지."

"우린 10년이나 친구였어. 5년 전까지 지영이에게 난 그냥 친구였을까?"

"그건 중요하지 않아."

윤성이 확답을 내렸다. 그의 말이 맞다. 이미 그건 중요한 게 아니다. 이미 사건은 끝을 향해 빠르게 흘러가고 있었다.

"오늘보다 내일이, 그리고 그 다음날이 더 힘들어질 수도 있어."

그 뜻을 잘 알고 있다. 교통사고도 원래 당일보다 그 다음날이 더 아픈 법이다. 지금은 당장 놀라 경황이 없고 분노와 화가 뒤섞여 있지만 내일이면 또 생각이 달라질 것이다. 승연은 시선을 떨어뜨려 부들부들 떨리고 있는 두 손을 보았다.

"지영이가 내게 그러는 건 이해를 하겠는데, 시흔이는?"

윤성이 잠시 그녀를 물끄러미 바라보다 주머니에서 손수건을 꺼내 들었다. 건네줄 거라고 생각했는데 그는 직접 그녀의 턱을 잡고 얼굴을 닦아주었다.

"추워. 들어가서 이야기해."

그녀를 옆으로 세운 뒤 문을 여는 윤성을 물끄러미 바라보다 창가에 비친 얼굴을 확인한 승연은 저도 모르게 웃고 말았다. 마스카라와 아이라인이 흘러내려 얼굴은 엉망진창이었다. 이 우스꽝스러운 모습을 보고서도 윤성의 미간에 잡힌 주름은 사라지지 않았다. 승연은 말없이 차에 올라탔다.

윤성은 차에 올라타자마자 물티슈를 찾아내 그녀의 얼굴을 잡고 조금 전보다 더 꼼꼼하게 닦아주었다. 힘들이지 않고 아프지 않게. 그런데 조금 전과 표정이 미묘하게 다르다. 그건 화장이 생각보다 잘 지워지지 않아 그런 것이다. 승연은 윤성의 손에서 물티슈를 가져와 눈가를 비벼댔다. 거울을 보며 얼굴을 확인하자 깨끗하게 지워지진 않았지만 그저 흘깃 지나가면 모를 정도였다.

"이제 말해봐, 시흔이는 어떻게 된 건지. 시흔이 형이 있다는 건 무슨 소리야?"

"아버지가 다른 형인가 봐, 김경준이라고. 그래도 어릴 때 사이는 꽤 좋았다고 하는데, 그 사람은 아버지 사업차 중국으로 갔고, 대학 때 한국으로 들어와 만난 모양이더라고. 그러다 민지선과 사귀게 된 모양인데 생각보다 민지선이 꽤 거물이었어."

"무슨 소리야?"

"일경 회장의 스폰을 받고 있었더라고. 그런데 김경준을 만나서 현실은 피해야겠고, 그러기엔 회장이 놓아줄 것 같지 않고, 당장 돈도 없고."

머리가 빠르게 돌아가기 시작했다. 결국 그녀는 돈을 뜯어내기 위한 미끼가 되었던 것이다. 세상을 알려준 사람이라고 생각했는데, 지선이 죽고 나서 정신을 차리지 못할 정도였는데 그 모든 것이 위선이었다.

"중국에서 만든 질 나쁜 수면제를 네 술에 탔어. 만약 네가……."

바로 말을 잇기 힘든 것인지 윤성은 말끝을 흐렸다. 승연은 차분히 그의 다음 말을 기다리다 먼저 입을 열었다.

"그 사람들 시켜서 날 성폭행하고, 우리 부모님 협박해 돈을 뜯어내려고 그랬구나."

낮은 윤성의 한숨 소리가 들렸다. 거칠게 미간을 주무르며 윤성은 핸들을 턱 소리가 나게 내려쳤다.

"그래, 그 계획을 세운 건 민지영이야."

심장이 다시 한 번 덜컥 소리를 내며 내려앉았다.

"민지영은 대학 때부터 너에 대한 악의적인 소문이 돌게 만들었어. 그런 뜬구름 같은 소문은 나도 퍼뜨린 사람을 찾기 힘들었고, 민지선이 죽고 난 후에야 나도 짐작만 했지 증거는 찾을 수 없었으니까."

"경민이가 그러더라, 자기 아이 가르치는 과외선생이 민지영이라고. 등잔 밑이 제일 어둡다더니, 난 아무것도 몰랐어."

절로 실소가 터져 나온다. 이것에 엮인 사건을 알게 될수록 추잡하고 유치해서 상대할 가치조차 느껴지지 않는다.

"처음엔 민지영도 너에 대한 좋지 못한 소문이 도는 것으로 만족했겠지. 그 이외엔 더 어떻게 할 수 없었으니까. 그러다 마침 기회가 왔고, 그 계획을 실행하게 만들었어. 그럼 네가 완전히 나락으로 떨어질 수 있으니까. 그런데 일이 어그러졌지. 연시흔이 눈치챘거든."

가슴이 아리다. 아니, 누군가가 난도질을 하고 있는 것 같기도 하다. 시흔에 대한 이야기는 듣고 싶기도, 듣고 싶지 않기도 했다.

"그날 네가 취한 상태에서도 민지선과 싸운 이유는 민지선이 과하게 술을 너에게 먹이려 했기 때문이야. 별것 아닌 일로 다투다 민지영의 계획대로 넌 곧 정신을 잃었고, 그 공사장으로 끌려갔어. 그런데 변수가 일어났지. 남자들이 환각제를 사용한 모양이더라고. 그 남자 둘은 김경준이 허세에 지껄이던 말을 듣고 민지선이 명기라고 떠들어대며 먼저 성폭행을 했어. 그때 김경준은 눈치챈 연시흔을 말리기 위해 민지영과 함께 있어서 그 자리엔 없었어. 그사이에 네가 정신을 차리고 옆에 있던 술병을 깨뜨린 모양이야. 전말을 모르니 넌 민지선을 구해내려 했을 테고, 잠깐 널 놓친 경호원이 그때 널 찾아냈지."

"지선 언니는 왜 떨어진 거야?"

"경호원이 널 제지하고 네가 들고 있던 술병을 떨어뜨렸는데 그것을 민지선이 잡았어. 경호원이 그것을 막아 세웠는데 그때까지 약에 취해 있던 민지선이 뒤로 밀리며 그대로 추락한 거지. 그건 그냥 실수였어.”

두 눈을 질끈 감았다. 사람이 그렇게 허무하게 죽을 수도 있다는 것을 처음 느꼈다.

“그러니 네가 죄책감 가질 필요 없어.”

“시흔이가…… 지영일 부추겼다는 건 뭐야?”

“민지영이 네게 느끼던 열등감이 더욱 커지게 부채질을 해댔지.”

“이유가 뭐야?”

“내겐 할 수 없으니까 너에게 한 거야, 분풀이를.”

머릿속이 싹 비워지는 느낌이 들었다. 아니, 너무 어지러워 모든 걸 잊게 하려는 착각일지도 모른다.

“친구라는 가면을 쓰고. 하지만 연시흔도 그 계획을 알고 나서는 더럭 겁이 났겠지. 민지영이 그렇게까지 할 줄은 몰랐을 테니까. 사람이 괴물이 되는 건 순식간이거든.”

“넌 언제부터 눈치챈 거야?”

“나도 모든 전말을 알게 된 지는 얼마 안 됐어. 그 사고 때 경호원의 이야기를 듣고 그때부터 알아보기 시작했으니까.”

“차라리 나한테 말을 하지.”

“이미 너에 대한 소문은 걷잡을 수 없이 커졌고, 그 뒤로 일이 일어났다면……. 네 생각보다 대한민국이라는 사회는 폐쇄적이야. 겉으론 같잖은 위로를 하겠지만 평소 듣던 소문대로 네 행실이 그랬으니 그런 짓을 당하지 하며 손가락질 받았을 거야. 그래서 최대한 조용히 일을 진행시키느라 시간이 오래 걸린 거야.”

“그 정도 비난쯤은 아무렇지도 않아.”

차갑고 무덤덤하게 대답했지만 사실은 알고 있다. 너무 큰 겁쟁이라 아마 계속 뒤로 숨어들어 갔을 거라는 걸. 혼자 우두커니 앉아 계속 벽만 쌓고 있었을 것이다.

"거짓말."

위로의 말도 아닌데 가슴이 서걱거리고 눈물이 차오른다. 그녀의 마음을 읽고 있는 윤성이 고마워서 승연은 말없이 팔을 뻗었다. 손을 잡히자 잠시 움찔거리던 윤성이 다른 손을 겹쳐 왔다. 한참을 또 눈물을 흘린 승연은 가까스로 울음을 멈추었다.

"앞으로 어떻게 할 생각이야?"

"법대로."

"증거도 없잖아."

"연시흔이 녹음해 놓은 파일로 몰아넣으면 돼. 넌 그냥 이번 사건에서 눈감아. 내가 알아서 해."

이미 마음이 찢겨 나갔다. 이것을 다시 붙이려면 시간이 오래 걸릴 것이다. 지금 당장은 두 사람을 보고 싶지 않았다. 시간이 흐르면 뺨 한 번 때리지 않았다고 후회할지도 모른다. 하지만 지금은 벗어나고 싶었다. 그때 윤성의 핸드폰이 울렸다.

"네, 안 비서님. 아, 잠시만요."

그녀가 고개를 끄덕이자 윤성이 차에서 빠져나갔다. 심각한 이야기를 하는 것인지 윤성의 눈매는 날카로웠고, 주름진 미간은 펴질 줄을 몰랐다. 조금은 긴 시간 동안 통화를 한 윤성이 다시 차에 올라탔다.

"하루 당겨졌지만, 가자."

"어딜?"

"부산."

❖ ❖ ❖

시답잖은 사고로 보지 못한 해운대 백사장을 드디어 밟아보았다. 플랫슈즈는 제 기능을 하지 못하고 푹푹 빠져 고운 모래가 발가락 틈으로 모여들었다. 그 느낌이 나쁘지 않아 승연은 일부러 발에 더욱 힘을 주었다.

해는 주변을 붉게 만들며 오른편 아파트 단지 사이로 점점 사라져 가고 있었다. 겨울바람은 얼굴을 스쳐 가고 그녀의 뺨을 붉게 만든다. 고개를 돌려보니 윤성이 보이지 않는다. 혼자 바다에 취해 당연히 그가 곁에 있을 거라고 생각했다. 그녀의 가방은 윤성의 차에 있고 그 안에 핸드폰도 같이 들어 있다.

겨울 바다라고는 하지만 관광객이 워낙 많은 데다 백사장이 넓어 윤성의 모습을 찾기란 쉽지 않았다. 주차장을 향해 발길을 돌리려는데 가까이 다가오는 윤성의 모습이 보였다. 곧 윤성이 그녀의 앞에 서서 팔을 뻗어 손을 잡더니 그 위로 뜨거운 캔 커피를 올려주었다.

"테이크아웃 커피보단 이게 더 실용적일 것 같아서."

승연은 고개를 끄덕이고 캔 커피를 두 손으로 꼭 쥐었다. 따뜻하다기보단 손이 데일 정도로 뜨거웠지만 그것을 놓지 못했다. 윤성의 손목에 찬 시계가 빛에 반사되어 반짝였다. 승연의 시선을 느낀 건지 윤성은 자신의 손목을 내려다보았다.

"울지 마. 위로해 줄 방법을 모르겠으니까."

아니, 그는 이미 그녀를 위해 아주 오랜 시간 많은 위로를 해주었다. 그의 손목에 있는 시계의 프레임은 분명 그녀가 사준 것이다. 흰 가죽끈을 보고 지영이 사준 것이라고 착각하고 있었다. 바보같이 그저 질투에 눈이 멀어 눈앞에 있는 것 하나 제대로 보지 못했다.

"자고 싶어."

픽 웃으며 바다를 보던 윤성이 승연을 향해 고개를 돌렸다. 그러곤 시각을 확인했다.

"그래, 지금 호텔로 들어가면 치워져 있……."

"너와 자고 싶어."

낮은 진동 소리가 귀를 간질인다. 눈을 감고 있어도 느껴지는 따뜻하고 밝은 햇살에 승연의 긴 속눈썹이 파르르 떨렸다. 가까스로 눈을 뜨자 어젯밤 눈을 감기 전에 보았던 천장이 보인다. 고개를 왼쪽으로 살짝 돌리자 회색빛에 가까운 바다가 한눈에 들어온다. 베개의 바로 오른쪽에 있는 윤성의 핸드폰이 진동으로 인해 계속 매트리스를 울리고 있었다.

약간 서늘한 느낌에 시트를 목까지 끌어 올리고 손이 허전한 느낌에 다시 고개를 오른쪽으로 돌렸다. 어젯밤 윤성은 아무 말 없이 그녀의 옆에 누워 잠을 잘 수 있게 도와주었다. 정말 어린아이처럼 잠을 자자고 말한 건 아니었지만, 그게 최윤성다워 왠지 모르게 안심이 됐다.

사실 어제 잠을 자면서도 악몽에 시달리지 않을까 걱정했다. 무려 5년 가까이 이어져 온 악몽은 때때로 사람을 피폐하게 만들었다. 초반엔 심리 치료도 받았지만 승연은 스스로 그것이 도움이 되지 않는다고 판단했다. 오히려 혼자 조용히 시간을 보내는 게 훨씬 스스로 안정된다는 것을 느꼈다. 그래서 유학을 떠났을 땐 오히려 더 바쁘게 살기 위해 노력했는지도 모른다.

그럼에도 불구하고 한 번씩 가슴속에서 울컥 올라오는 것은 울화가 쌓여 그렇다는 것을 스스로도 잘 알고 있었다. 마치 명치끝에 무엇인가가 걸린 것처럼 때때론 침을 삼키기조차 싫을 때가 있었다.

옆자리가 싸늘하다. 윤성은 언제 일어난 것일까? 시간은 이제 겨우 오전 7시를 넘기고 있다. 천천히 침대에서 내려와 다리를 뻗었을 때 문이 열리며 윤성의 모습이 드러났다. 씻고 나온 것인지 드라이는 했지만 아직 머리카락이 완전히 마르지 않았다.

"배고프지 않아? 씻고 나와. 서비스 준비해 놨어."

"고마워."

"뭐가?"

"지난 5년간 우리 부모님 상처받지 않게 해줘서. 우리 부모님, 나 때문에 속 많이 끓이셨을 거야. 대놓고 움직이지도 못하셨을 거고. 조심한다고 해도 너처럼 하진 못하셨을 거야."

그 말에 윤성이 픽 웃으며 고개를 저었다. 예전 같았으면 괜한 자격지심에 저것을 곧이곧대로 받아들이지 못하고 자신을 비웃는다고 생각했을 것이다. 그는 그저 쑥스러움을 느끼면 저렇게 표현하는 것뿐인데.

"씻고 나올게. 올라가자."

"벌써?"

"가족들이 보고 싶어."

사실 윤성의 회사가 바쁘게 돌아가고 있는 것을 알고 있다. 딱히 윤성을 보고 싶지 않아 경제지나 신문을 보지는 않았지만 어느 정도 눈치를 챌 수밖에 없는 이유는 그의 표정에서 드러났기 때문이다.

그동안 그녀의 일과 회사로 인해 제대로 자지도 못했는지 그의 눈 밑은 푸르스름한 그늘이 드리워져 있었다. 윤성이 휴가를 받았다고 했으니 웬만한 일이라면 안 비서나 최 회장이 직접 전화를 하진 않을 것이다. 그가 회사 일을 하기 위해서도, 그녀 역시 해결해야 할 일을 위해서도 빨리 올라가는 게 좋았다.

승연은 스스로의 덤덤함에 놀라고 있는 중이었다. 누군가에게 5년이나 속았다는 사실이 바보같이 느껴지지도 않았다. 주위의 몇몇 사람들은 작정하고 승연을 속였고, 그녀는 그저 그들을 믿은 잘못밖에 없었다.

남들은 그녀를 어리석다고 생각할지도 모른다. 상관없다. 그녀는 지독히 상처를 받기 싫어하는 부류였고, 그래서 승연을 잘 알고 있는 사람들은 최대한 조용히 일을 해결하고 싶어 했을 것이다.

어젯밤 굉장히 편안하게 많은 잠을 잤다고 생각했다. 그런데 그녀는 어느새 저도 모르게 잠이 들었고, 정신을 차렸을 때는 윤성의 오른쪽 어깨에 기대어 있다는 것을 깨달았다. 눈을 뜨고 몸을 똑바로 세웠을 때는 이미 익숙한 동네 어귀로 들어서고 있었다. 고속도로에 막 들어섰을 때 잠이 든 것 같은데, 그럼 윤성은 거의 네 시간 가까이 그녀에게 어깨를 빌려주었단 말인가?

"그냥 시트에 기대서 자게 해주지 그랬어."

"고개가 사정없이 돌아다니는데 다른 수가 없잖아."

"고생했어. 미안해."

"미안하긴."

윤성의 차가 멈춰 섰다. 그는 어깨가 결리는지 풀기 위해 무의식적으로 원을 그리고 있었다. 못 본 척 차에서 내린 승연이 그녀를 따라 내리는 윤성을 멈춰 세웠다.

"들어올 필요 없어. 회사 들어가 봐."

"괜찮아."

"괜찮긴, 아침부터 계속 전화 오더라."

그 말에 윤성이 손목에 걸린 시계를 확인했다. 잠시 시간을 계산하는 듯 인상을 찌푸린 윤성이 이내 고개를 끄덕였다.

"다녀올게, 저녁 같이 먹어."

"오피스텔로 와."

"늦어도 8시까지는 올 수 있도록 할게."

"그래, 그럼."

윤성이 다시 차에 올라탔다. 승연은 그가 사라질 때까지 그 자리에 서서 지켜봐 주었다. 윤성의 차가 완전히 사라지자 승연의 얼굴이 차게 굳었다. 바로 뒤로 돌아 초인종을 누르고 육중한 대문을 밀치며 들어갔다. 마침 외출을 하는 모양인지 윤 여사가 손목에 걸린 시계를 확인하며 나오고 있다.

"어머, 승연아. 전화도 없이 어쩐 일이야?"

"어디 가?"

"오늘 지영이네 쌍둥이 생일이잖아. 그래서 엄마가……."

"가지 마."

차가운 말투에 윤 여사가 눈을 동그랗게 뜨고 승연을 바라보았다. 5년간 윤 여사가 얼마나 속을 끓였을지 떠올라 승연은 저도 모르게 눈물이 왈칵 쏟아질 것 같았다. 눈가에 열이 올라 뜨거워졌지만 눈물을 참아내었다.

"승연아."

"엄마가 그 집에 잘해줄 필요 없어."

"아니, 갑자기……."

"나 때문에 민지선이 죽은 것도 아니고, 내가 죽인 것도 아니니까 앞으로 그러지 마."

그 말에 윤 여사의 눈이 더 이상 커질 수 없을 정도로 커졌다. 그리고 이내 윤 여사의 눈에서 눈물이 흘러내렸다. 승연은 아무 말 없이 팔을 뻗어 윤 여사를 끌어안아 등을 토닥여 주었다.

"나 다 알게 됐어. 더 이상 죄책감 안 느껴. 그러니까 엄마, 이제 앞으로 속 끓이지 마."

"그래, 우리 딸, 잘 이겨냈구나. 엄마가 고맙다."

"나 좀 나가 볼게. 엄마 차 좀 빌려줘."

"네 차는?"

"잠깐 정비 좀 맡겼어."

"정비?"

"정기점검 있다고 해서. 다녀올게요."

경미하기는 하지만 사고가 있었다고 하면 윤 여사는 또 호들갑을 떨며 걱정할 것이다. 그냥 이렇게 쉽게 넘기는 게 제일 나은 방법이었다. 승연은 윤 여사에게 차 키를 받아 들고 차고로 향했다.

차에 올라타 잠시 심호흡을 한 뒤 승연은 부드럽게 차를 출발시켰다. 누구를 먼저 만나야 할까 생각하던 승연이 결국 핸들을 돌린 곳은 하루통상이었다. 건물 앞에 차를 세우고 안으로 들어섰다. 사람들의 인사에 같이 고개를 숙이며 지나쳐 문을 두드리고 바로 안으로 들어섰다.

책상 앞에 서서 박스에 짐을 넣고 있는 시흔의 모습이 보인다. 어떤 생각에 빠져 있는 것인지 노크 소리도, 그녀가 들어오는 것도 눈치채지 못한 듯했다. 승연은 다시 손을 들어 올려 쾅쾅 소리가 나도록 문을 두드렸다. 그 소리에 시흔의 어깨가 살짝 움찔거리며 이내 몸을 돌려세웠다.

놀란 시흔을 뒤로하고 승연은 쿵 소리가 나도록 문을 닫곤 소파로 걸어가 앉았다. 잠시 그 자리에 서 있던 시흔이 발걸음을 옮겨와 그녀의 앞에 앉았다.

"지영이가 이렇게까지 할 거라고 알고 있었어?"

"아니."

"알량한 양심 때문에 인권변호도 했니?"

"어쩌면."

아주 낮은 목소리라 귀를 기울이지 않으면 들리지 않을 정도였다.

"지영이가 이렇게까지 한 원인이 너라고는 생각 안 해. 어차피 넌 그냥 장난으로 지영이를 부추겼겠지. 지영인 욕심이 과했어."

"그래, 과했지."

"좀 말리지 그랬어."

승연의 말에 이제껏 고개를 숙여 시선을 피하고 있던 시흔의 얼굴이 서서히 드러났다. 하루 종일 잠을 설친 건지 볼이 파여 있고 피곤함이 가득한 얼굴이다.

"처음엔 장난이었어. 알아, 그런 장난은 하면 안 되는 거지. 너에게 열등감을 느끼는 지영이를 보니까 고등학교 때의 내가 생각나서. 태어난 노선부터 다른 최윤성을 보며 느끼던 10대의 치기가 나도 모르게 불쑥 고개를 든 거지. 하지만 난 정말 지영이가 그렇게까지 할 거라고는 생각 못 했어."

"그래도 다행이야, 내가 우리 가족 품 안에서 행복하게 자라서. 보통 사람들 같았으면 완전히 망가졌을지도 모르는데 이상할 정도로 마음이 편해지네. 어쩌면 난 스스로를 의심하면서 자책감에 시달리고 날 몰아붙였는지도 모르지. 넌 변호사니까 잘 알 거 아니야. 넌 법의 심판을 피해 가겠지만 지영이는 아니잖아."

시흔이 힘겹게 고개를 끄덕였다. 어쨌거나 시흔은 직접적인 잘못이 없다. 오히려 지영을 막아 세우려고 했다. 하지만 결과적으로 그녀가 성적인 유린을 당하지 않았다고 하더라도 곁에 있던 지선이 세상에서 완전히 사라졌다.

"그래도 다행이야, 내가 그래도 민지선은 살리려고 해서."

"그래."

"지영이가 받을 수 있는 최고 형량이 어느 정도야?"

"명예훼손, 특수협박죄, 마약류관리법으로 최소 10년 이상의 징역을 피해 갈 수 없을 거야."

"그게 다 적용되나?"

"중국에서 그 남자들이 잡혀올 테니 증인 확보가 됐고, 내가 녹음해 놓은 파일이 있어. 보통 사람이라면 그냥 참고가 되겠지만 태일의 최윤성이라면 이야기가 다르지."

승연이 고개를 끄덕였다. 태일의 위력이라면 누구보다도 그녀가 가장 잘 알고 있었다. 윤성은 아주 작은 증거 하나까지도 끌어모아 아마 지영이 받을 수 있는 최고의 처벌을 내리게 만들 것이다. 승연이 자리에서 일어섰다. 그녀의 움직임에 시흔 역시 반사적으로 자리에서 일어났다.

"삼인성호(三人成虎)라는 말이 있지?"

승연의 말에 시흔이 낮은 한숨을 내쉬며 고개를 끄덕였다.

"거짓도 여러 사람이 이야기하면 곧이곧대로 듣게 돼. 평판, 소문의 무서움을 이 업계에선 제일 두려워해. 그래서 거짓이 진실로 둔갑해 버리면 그 진실을 밝혀내기까지 오랜 시간이 걸린다는 건 다 아는 이야기지. 그래서 난 윤성이가 5년간이나 아무 말도 하지 않았어도 그걸 너무나 잘 알아서 원망을 할 수가 없어. 우리가 손에 쥐고 있는 모든 것은 타인의 평가로 결정되니까. 윤성이가 모든 걸 지켜내면서 날 도와준 게 지금은 고맙단 생각이 드네. 내가 조금 억울한 건 넌 오랜 세월 동안 날 진짜 친구로 생각한 게 아니라는 거야."

"승연아."

"내가 처음으로 주위 사람들의 이야기를 듣지 않고 사귀었던 친구와 끝이 이렇게 되어 아쉽네."

"미안하다."

"마지막으로 부탁 하나 할게."

"뭔데?"

"내 대리인이 되어서 윤성이가 보내는 변호인들에게 모든 걸 알려줘. 난 지영이가 받을 수 있는 한 최대의 형을 받았으면 좋겠거든."

잠시 숨을 몰아쉰 시흔이 이내 고개를 끄덕이곤 말했다.

"그렇게 할게."

승연이 완전히 돌아섰다. 이제 앞으로 평생 시흔을 만날 일은 없을 것이다. 하지만 그게 두렵지 않은 이유는 스스로에게 당당하기 때문이다. 변호사실을 나오는데 허겁지겁 뛰어오는 승묵의 모습이 보인다.

"오빠."

"핸드폰은? 윤성이에게 전화받았다. 연 변호사는 왜 만나러가?"

"내가 할 말 제일 많은 사람이잖아."

"신승연."

"오빠, 나 정말 괜찮아."

"앞으로의 일은 걱정하지 마. 오빠가……."

"시흔이가 내 변호인 만날 거야. 그리고 지영이가 받을 수 있는 최고의 형벌 받게 해줄 거야."

"너 지금 연시흔을 믿는다는 말이냐?"

"그 일은 믿어. 만약에 조금이라도 시흔이가 내가 원하는 게 아닌 다른 말을 하면 그건 바로 윤성이가 자르겠지. 갈게, 오늘 좀 바쁘네."

승묵이 그녀가 차에 오를 수 있도록 직접 문을 열어주고 벨트 매는 것까지 확인하고서야 고개를 끄덕였다.

"갈게."

"운전 조심하고."

승연이 고개를 끄덕이자 승묵은 문을 닫아주었다. 승묵을 향해 손을 흔든 뒤 승연은 차를 천천히 출발시켰다. 그때 조수석에 두었던 가방 속에서 핸드폰이 울렸다. 팔을 뻗어 핸드폰을 꺼내 든 승연이 번호를 확인하고 전화를 받았다.

"네, 죄송해요. 잠깐 핸드폰을 두고 내려서요. 그럼 그렇게 해주세요. 저는 20분 정도 후면 도착해요. 부탁드릴게요."

핸드폰을 내려두고 창문을 열었다. 시린 겨울바람이 순식간에 차 안을 가득 메워왔다. 하지만 춥다는 느낌보다 시원함과 청량감이 가득했다. 이런 상쾌함은 정말 오랜만이라 승연은 저도 모르게 웃음을 터뜨리고 말았다.

처음 가는 곳이라 넉넉잡아 20분 정도 걸릴 거라 말했는데 예상외로 가게는 쉽게 찾을 수 있었다. 목이 좋은 곳에 자리 잡고 있어 그저 반찬가게로 있기엔 왠지 아깝단 생각이 들었다.

차를 세우고 내리자 주위는 구경하는 사람들로 인해 시끌벅적했다. 장정들에 의해 가게 안의 물건들이 밖으로 내던져지고 있고, 중년의 여자는 안 된다며 그 사람들을 뜯어말리고 있었지만 힘에 부치는 듯했다. 그때 황당함으로 얼룩진 여자와 승연의 시선이 부딪쳤다. 그 여잔 다름 아닌 지영의 모친인 김연정이었다.

"스, 승연이 아니니? 승연아, 네가 좀 말려봐라. 이 사람들이 다짜고짜 찾아와서 갑자기……."

"제가 시켰어요."

"……뭐?"

"이 가게, 제 명의잖아요. 이제 필요 없어져서요."

"네가 어, 어떻게……."

순간이었다. 연정이 승연을 향해 달려들었지만 더 빨리 그녀가 움직였다. 올라오는 팔을 쳐내자 연정이 힘없이 바닥으로 쓰러졌다.

"네년이 내 딸 잡아먹은 것도 모자라 이젠 무슨 억하심정으로!"

연정이 다시 일어서려고 했다. 하지만 승연의 고갯짓에 남자가 달려와 연정을 막아 세웠다. 웅성거리는 사람들 소리가 더욱 커지기 시작했다. 승연은 팔짱을 끼고 삐딱하게 서서 연정을 바라보았다.

"그동안 편하셨죠? 제 부모님이 굽실거리는 모습을 보면서 쾌감도 느끼셨을 테고. 그런데 어쩌죠? 이제 그거 다 갚으셔야 하는데."

"뭐?"

"아끼시는 둘째 딸, 앞으로 보고 싶으시면 그 솜씨로 사식 넣어 주……."

"엄마!"

날카롭게 들리는 소리에 두 사람의 고개가 돌아갔다. 그녀의 왼쪽에 황당하단 얼굴로 지영이 서 있었다. 눈꺼풀이 파르르 떨려온다. 손끝은 전기라도 통하는 것처럼 저릿하고 힘이 들어간다. 하지만 빠르게 뛰고 있던 심장이 천천히 제 속도를 찾아가고, 늘 명치를 눌러 불편하던 숨을 쉬는 것도 이제는 편안하다.

연정의 앞으로 뛰어와 남자를 밀쳐 내려는 지영을 보고 승연이 가까이 다가섰다. 그리고 승연은 손을 들어 올려 지영의 왼쪽 뺨을 후려쳤다. 맞은 게 믿기지 않는지 초점이 없는 지영의 눈이 다시 돌아와 그녀를 바라보았다. 승연은 다시 한 번 지영의 뺨을 향해 손을 들어 올렸다. 더는 두려울 게 없었다.

자신이 무게가 조금 더 나갔으면 좋겠다고, 아주 잠시였지만 승연은 우스운 생각을 했다. 이를 얼마나 꽉 깨물었는지 비릿한 피 냄새가 코끝을 스칠 지경이다. 태어나 누군가를 때려보는 게 처음이라 겁이 날 법도 했다. 하지만 승연은 이미 두려울 것도, 무서울 것도 없었다.

웅성거리는 소리가 순간 적막으로 젖어들 정도로 마찰음의 파장은 컸다. 지영의 입술이 터지고 맞은 부위가 순식간에 벌겋게 부풀어 올라오는 게 육안으로 보일 정도였다. 아픈 건지 지영의 고운 미간이 사정없이 찌푸려지는 게 보였다. 그럼에도 불구하고 승연의 입에선 절로 비소가 흘러나왔다.

"아프니?"

"뭐?"

"이 정도로 아프면 안 되는데. 아직 줄 게 많이 남았거든."

경민에게서 지영이 과외를 하고 있다는 증거물을 받고 이미 사람을 시켜 학교로 보내놓았다. 게다가 지영이 근무하고 있는 학교는 피아노와 바이올린 입시로 유명한데 입학에 관여했다는 이야기도 들었다.

이 시각쯤이면 학교에서 파문이 일었을 것이다. 다시는 아무것도 할 수 없을 정도로 철저히 밟아줄 것이다. 그 정도는 해주어야

피가 거꾸로 솟는다는 게 뭔지 알려줄 수 있을 것 같았다.

"신승연!"

"애석하게도 나 동정심이 없거든. 당한 만큼은 돌려줘야지. 걱정 마. 정말 딱 당한 만큼만 돌려줄 거야. 그 이상은 없어."

"승연아, 너 대체 왜 이러니? 이야기나 좀 들어보자. 이러는 이유가 뭐야?"

연정이 엉망이 된 지영의 얼굴을 걱정스러운 눈빛으로 만지며 승연을 향해 원망스러운 말투를 내뱉고 있었다. 승연은 삐딱하게 서서 팔짱을 끼고 두 사람을 내려다보았다. 생각할수록 어이가 없어 자꾸 웃음이 흘러나온다.

"받는 건 익숙하시면서 제 심정이 어떤지는 생각해 보지 않으셨죠? 5년 전 그 사건, 민지영이 다 계획한 거예요. 물론 민지선이 죽는 건 계산에 넣지 않았겠지만 그렇게 됐죠. 게다가 불법 약물까지 들여와 절 나락에 떨어뜨리려고 했나 봐요. 그 일 뒤론 제가 술자리를 갖지 않아 실패했지만. 거기다 조악한 CCTV 영상을 편집해서 절 살인자로 몰아넣고 싶었던 모양인데, 어쩌죠? 그것도 거짓인데. 그 자리에 있던 남자들, 한국에 들어와 곧 재판받을 거예요. 물론 민지영도 받을 거고."

머릿속으로 정리되어 있던 것들이 마치 기계적으로 흘러나왔다. 엉거주춤 앉아 있던 연정은 팔다리에 완전히 힘이 풀린 듯 그대로 바닥으로 주저앉았다.

"아직 많이 남았는데. 더 말씀드려요?"

멍한 눈을 하고 있던 연정의 얼굴이 지영에게서 승연을 따라 옮겨왔다. 승연은 연정을 보고 살짝 눈살을 찌푸렸다.

"이 외에도 특수협박죄도 추가될 거예요. 저도 모르게 아버지한테 받아간 돈이 상당하던데, 그 영상 캡쳐 해서 하나씩 보냈나 봐요. 될 수 있는 한 최고 형량 받을 거예요. 그 예쁜 딸에게 사식 잘 넣어주세요. 적어도 10년은 넘게 감옥에서 썩을 텐데."

뒤로 돌아서기 전 승연이 생각났다는 듯 '아!' 하며 다시 지영을 보고 연정을 흘겨보았다.

"왜 그렇게 민지선을 싫어하셨어요? 남편의 전 부인이 낳은 아이라? 그래도 스폰까지 받아가며 그 집 식구들 먹여 살렸는데 좀 너무하셨네요."

"뭐?"

"아버지뻘 되는 사람에게 몸까지 팔며 그 고생을 했는데. 돈이 필요해 민지선은 절 협박할 생각이었겠지만 만약 그랬다면 전 넘어갔을 거예요. 돈 같은 건 그냥 던져 주면 되는 거니까. 하지만 민지영은 너무 나갔거든요. 참, 도박은 끊으셨어요? 예전 생각하고 계속하시면 안 되죠. 남편 회사 부도에 일조하셨잖아요. 송진식품 넘어간 거 다 아줌마 탓이잖아요. 조사한 거 보고 나니까 알겠더라구요. 민지영이 어릴 때의 유복함을 잊지 못해 계속 절 노리고 있었다는 거. 그런데 이런 사람들, 사업하면 안 되는 거 아닌가? 아참, 지금 빨리 집에 가서 옷가지 정도는 챙기시는 게 좋을 거예요. 보증금도 다 까먹으셨던데. 월세도 더 이상 안 내줄 생각이거든요."

그대로 돌아섰다. 하지만 앞으로 갈 수가 없었다. 연정이 무릎을 꿇고 그녀의 다리를 잡은 탓이다. 승연이 인상을 찌푸리기도 전에 경호실장이 다가와 연정을 떼어냈다.

"승연아, 어릴 때 그런 거잖니. 지영이가 멋모르고 그냥 어린 치기에 그런 거잖니? 이렇게 가버리면 우리 네 식구는 어떻게 살겠니? 응?"

"스물여섯이 어린가 봐요? 그래서 사람 시켜 성폭행하라며 돈을 주고, 그것도 안 되니까 이제 살인자로 몰아넣으려고까지 하고. 서른 넘은 딸을 그렇게 두둔하고 싶으세요? 법정 가서 그렇게 말하세요. 그땐 딸이 어려서 아무것도 몰랐다고."

승연이 잡혔던 곳을 기분 나쁜 듯 털어내었다. 그 모습에 지영이 자리에서 일어나 그녀에게 덤벼들려고 했지만 이미 다른 경호원이 와서 막아냈다.

"그래서 네가 그 남자들에게 당했어? 그래서 네가 살인죄 뒤집어썼어? 아니잖아!"

"5년간 매일같이 당했어."

"뭐?"

"네가 만들어놓은 계획에 아무것도 모르는 나는 걸려들었고, 덕분에 밤마다 매일 당했어. 난 친구라고 믿었는데 넌 그렇게 했지. 글쎄, 넌 양심이 없어서 밤마다 나처럼 시달리진 않았겠네. 그러니까 감옥에서 너도 당해봐. 퍽 잘 어울리겠다, 죄수복."

"아악, 신승연! 이거 놔!"

이 정도로 그동안 당한 것들이 모두 풀리는 것은 아니다. 하지만 시간이 흐르면 이제 점점 옅어질 것이다. 당장 악몽에서 벗어나지는 못할 테지만 그것도 서서히 자신의 의지로 이겨낼 수 있었다. 더 이상의 죄책감은 없으니. 승연은 뒤로 돌아 모세의 기적처럼 갈라지는 사람들 앞으로 걸어갔다.

방금 전까지만 해도 승연을 있는 자의 횡포로 보고 있던 사람들의 시선은 어느새 바뀌어 지영을 향해 돌아갔다. 개중엔 지영을 비난하는 사람도 있고 욕을 지껄이는 사람들도 있었다. 승연은 차에 올라타 거칠게 핸들을 돌렸다.

음식을 만들 시간이 없어 오피스텔 근처의 마트로 가 반찬 몇 가지를 사왔다. 그것들을 접시에 차려놓으며 전화를 받는 승연의 고개가 몇 번이나 끄덕여졌다.

"오빠, 고마워."

[고맙긴, 인마. 네가 그렇게 강한지도 모르고 품 안의 애처럼만 대하려고 했으니.]

"의외로 내가 독한 기질이 있나 봐. 아, 나 지금 저녁 식사 준비하거든? 내일 만나서 이야기하자."

[그래, 내일 사무실로 와. 맛있는 거 사줄게.]

전화를 끊은 뒤 끓여놓은 인스턴트 미역국을 막 식탁 위에 올려놓으니 초인종이 울렸다. 시계를 확인하니 정확히 8시 정각인 것을 보고 승연은 웃고 말았다. 현관 앞으로 걸어가 문을 여니 슈트로 옷을 바꿔 입은 윤성이 서 있었다.

"옷 갈아입었어?"

"사무실에 몇 벌 둔 게 있어서. 배고프다."

"아, 들어와. 일이 좀 있어서 음식 못 만들고 샀어. 그냥 외식할 걸 그랬나?"

"맛있겠는데, 뭐."

오피스텔은 협소한 공간이다. 바로 안으로 들어서서 욕실만 지나면 식탁이 바로 보인다. 윤성은 식탁 위를 보고 그렇게 말하며 재킷을 벗어 대충 소파 위로 던져 두었다. 식탁 앞으로 앉은 두 사람은 말없이 식사를 시작했다. 말없이 밥을 먹던 윤성이 잠깐 고개를 갸웃거리며 국을 가리켰다.

"미역국?"

"먹고 싶어서."

특별한 의미가 있는 건 아니다. 누군가의 생일도 아니지만 승연은 왠지 스스로가 새로 태어난 느낌을 받았다. 그래서 손에 집히는 것을 가져와 끓인 것이다.

두 사람은 약속이라도 한 것처럼 지영과 시흔에 대해서는 이야기를 꺼내지 않았다. 그저 아무 일 없다는 듯 밥을 먹고 윤성은 익숙하게 싱크대 앞에 서서 설거지를 했다. 윤성이 설거지하는 동안 승연은 커피를 내렸다. 커피 특유의 냄새가 그윽하게 깔려 예민한 신경을 눌러주었다. 그러고 보니 오늘 온종일 커피를 마시지 못했다.

설거지를 마친 윤성이 다시 자리로 돌아와 앉자 커피는 마시기 좋을 정도로 식어 있었다. 윤성은 팔을 뻗어 설탕을 찾아내었다. 설탕을 듬뿍 넣고 마시는 윤성을 물끄러미 바라보았다. 아무래도 스트레스가 쌓인 모양이다. 커피엔 설탕을 넣지 않고 마셨지만 오늘은 예외인 듯했다.

그녀의 기억에 남아 있는 윤성은 사탕은 싫어했지만 초콜릿을 무척이나 좋아했다. 고등학교 시절엔 밸런타인데이가 되면 그의 책상 위에 초콜릿이 가득 쌓이곤 했는데, 그는 그것을 친구들에게 나누어 주고 남은 것을 서랍에 넣어두고 먹곤 했다. 그러고 보니 그녀도 초콜릿 만들기에 꽤 열정적이었는데 완성품은 늘 최 사장과 승묵, 승진, 시흔에게 주고 윤성에겐 망친 것들을 던져 주곤 했다.

하지만 언제부터인지 그는 딱히 초콜릿으로 손을 옮기지 않았다. 자리에서 일어나 서랍을 열고 초콜릿쿠키를 꺼내어 접시에 담아 윤성의 앞으로 놓아주었다. 윤성은 설탕을 넣었음에도 커피가 쓴지 살짝 인상을 찌푸리며 쿠키를 입으로 가져갔다. 아무래도 윤성은 예민한 주제를 이곳에서 꺼내고 싶지 않아 하는 것 같았다. 결국 먼저 입을 연 것은 승연이었다.

"언제부턴가 초콜릿 안 먹더니."

"그러게."

"회사 일 많이 바빠 보이던데."

"정신없이 돌아가고 있어. 조금 일이 복잡하게 됐는데, 그래도 어느 정도 우리 계열사들은 거의 정리되어 가고 있는 상황이니 다음 달 초쯤 되면 꽤 여유가 생기겠지."

연말이 되면 원래 경제가 바쁘게 돌아간다. 그 정도쯤은 승연도 알고 있었다. 다만 요즘은 관심이 떨어지고 힘에 부쳐 뒤적이는 것도 잘 하지 않았다.

"우리 결혼……."

"이대로 유지하자."

윤성이 무덤덤하게 말했다. 사실 윤성이 이렇게 말하지 않았다면 승연은 오늘 윤성에게 그동안 좋아해 왔다고 말할 생각이었다.

하지만 막상 이렇게 덤덤한 목소리를 듣게 되자 윤성이 보여준 우정을 자신이 멋대로 사랑으로 착각하고 있는 게 아닐까 하는 생각이 들었다.

"이제 1년 차고, 부모님들도 우리 아무 이상 없다는 걸로 알고 계시는데. 그 과정 또 겪는 것도 지겹고. 당분간 우리 회사가 맡지 않던 사업까지 손 뻗게 될 것 같아 정신없어질 것 같거든."

"난……."

"알아, 너 좋아하는 사람 있는 거."

그 말에 승연의 심장이 쿵 소리를 내며 떨어졌다. 아니, 그 소리는 그녀에게만 들렸을지도 모른다. 하지만 윤성의 얼굴과 말투를 보니 그 주인공이 자신이라는 것은 모르는 듯했다. 승연이 잠시 입술을 질끈 깨물었다.

"어떻게 알았어?"

"집에 돌아다니는 네 크로키 북 보면 답 쉽게 나오는데, 뭘. 머리카락이 꽤 길어서 목덜미 덮고 있는 그 남자 아니야?"

왠지 윤성이 잘못 알고 있는 것도 이해가 됐다. 그 모습은 남자의 뒷모습이었는데 그녀가 막 그를 사랑하기 시작했을 때의 모습을 그린 것이다. 지금의 윤성은 머리카락이 짧아서 예전과 매치가 잘 되지 않는다. 게다가 일이 많이 힘에 부치는지 그때보다 살도 많이 빠져 턱 선이 진하게 드러날 정도이다.

"그것만으로 알 수가 있나?"

"아무 데서나 흘리고 다니는 버릇 좀 고쳐야겠더라."

"무슨 소리야?"

"네 다이어리. 내 차에 떨어져 있던데."

"봤어?"

절로 승연의 목소리가 커졌다. 거기에 무엇인가를 자세히 기재해 놓은 것은 아니다. 그저 멋대로 몇 년째 짝사랑 중이라고 써놓고 낙서를 한 정도이다. 그러고 보니 저번에 같이 경주에 내려갔다 온 뒤 그 다이어리를 보지 못했다. 승연이 인상을 찌푸리며 한숨을 내쉬었다. 왠지 그녀의 모습이 재미있는지 윤성이 웃으며 고개를 저었다.

"의외더라, 신승연이 무려 짝사랑을 3년 넘게 하고 있고."

"최윤성."

"3월이면 무려 4년이던데? 생각해 보니 그 크로키 북, 너 유학 시절에도 본 것 같아. 잊고 있었지만. 유추해 보면 너 유학 가 있을 땐데, 거기서 만난 사람?"

승연이 고개를 끄덕였다. 그건 사실이니까.

"지금 회사 쪽 돌아가는 일이 복잡해. 너 어차피 짝사랑 중이니 시간 조금만 더 줘. 어느 정도 자리 잡히는 데까지 최소 1년 넘게 걸릴 거야. 우리도 새로 접하는 사업이기도 하니까."

"우리 이혼하면 피해 많이 가니?"

그 말에 커피잔으로 손을 뻗던 윤성의 움직임이 멈췄다. 잠시 두 사람의 시선이 허공에서 부딪쳤다. 이내 윤성이 낮은 숨을 뱉으며 손가락으로 식탁을 툭툭 두드렸다.

"태일자동차 욕심난다며. 3년은 채워야 나도 줄 수 있지."

"그래."

승연의 대답에 윤성이 고개를 끄덕였다.

"부탁이 있는데."

"뭔데?"

"다음 달 12일, 데이트 좀 해."

"데이트?"

데이트라는 말에 윤성이 의외라는 듯 되물어왔다. 승연이 고개를 끄덕이며 말했다.

"할 말이 있어."

"지금 하면?"

"그때 하고 싶은데."

"그렇게 해, 그럼."

사실 이대로 계속 결혼 생활이 지속될 것인지 이야기를 꺼낸 것은 충동적이었다. 윤성에게 듣고 싶은 말이 있었으니까. 하지만 아직 마음의 준비가 되지 않았다. 다만 결혼을 유지하고 싶다는 윤성의 대답에 실낱같은 희망을 걸었다. 결국 승연은 고백하는 것을 다음 달로 늦추었다.

그날 이후 윤성은 꼬박꼬박 집에 들어와 주었다. 그 시간이 무척이나 편안해서 승연은 그 흐름을 깨고 싶지 않았다. 퇴근이 늦어 저녁을 함께하진 못했지만 함께 차를 마시고 소소한 시간을 보냈다.

시흔은 모든 정황을 변호인에게 넘겨주었고, 곧 지영에 대한 재판이 회부될 예정이라고 했다. 변호인은 최소 15년을 장담했지만 윤 여사는 그것만으로는 화가 풀리지 않는 듯했다. 홍 여사 역시 마찬가지로 이건 가중처벌을 해야 한다고 했지만 승연은 어떤 힘도 가하지 않고 정말 저지른 죗값만 받길 원한다고 했다. 홍 여사는 이렇게 착해서 어쩌냐며 그녀를 따뜻하게 안아주었다. 윤 여사는 같이 상담 치료를 받자고 몇 번이나 말했지만 승연은 거절했다.

사람들에게 당한 배신에 몇 번씩 울컥 무엇인가가 속에서 솟아오르는 것 같을 때가 있었다. 그것은 마치 단단하고 날카로운 창처럼 느껴졌다. 악몽은 여전히 꾸고 있었지만 예전처럼 강도가 심하지는 않았다. 그저 어릴 때 누구나 꿨던 그 정도의 수준이었고, 점차 그 횟수도 줄어들고 있었다. 책을 읽고 그림을 그림으로써 그녀는 스스로가 좋아지고 있다는 것을 느끼고 있었다.

결혼기념일.

이날은 어느 부부에게나 특별한 날일까? 아마 그럴 것이다. 이 결혼기념일은 그녀에게도 무척이나 중요한 날이었으니까. 아니, 마지막이 될 결혼기념일이라 더 특별한 건가?

오늘은 그녀에게 처음이자 마지막인 결혼기념일이었다. 결혼 1주년이 되는 날 이혼 서류를 꺼내게 될 거라고는 상상도 하지 못했다. 아마 평범한 집안이었으면 결혼을 했어도 아이가 생길 때까지 혼인 신고서를 작성하지 않았을지도 모르겠다. 하지만 무려 태일기업과 하루통상이 정략적 사돈 관계를 맺었고, 더 이상의 잡음이 없도록 하기 위해 두 사람은 약혼하던 날 혼인 신고서에 도장을 찍어야 했다.

이상적인 계획이었고, 친구이던 관계이다. 비록 자신은 짝사랑

중이었지만…….

어차피 처음부터 이럴 줄 알고 시작한 게 아니었던가. 다만 결혼 기간이 3년이라던 윤성의 말과는 다르게 1년으로 줄어든 것뿐이다. 딱히 슬퍼할 것도, 마음 아파할 것도 없었다. 윤성과는 다시 친구로 돌아가면 그만이다. 얼굴을 보다 정 힘들면 이 나라를 떠나 살아도 된다. 다만 최근 미묘하게 달라진 관계, 혹은 느낌에 설마 하는 마음으로 그를 기다렸다.

이 결혼을 하면서 속으로 혼자 생각한 게 있었다. 최윤성에 대해서 더 이상 욕심내지 말자. 하루라도 부부라는 이름으로 있었던 것에 감사하자고 생각했다. 정말 그와 결혼을 할 것이라고는 단 한 번도 상상해 보지 못했으니까.

하지만 사람이라는 건 욕심이 많은 생물체이다. 가까이 있으면 더 갖고 싶어 안달이 나는 게, 견딜 수 없었다. 그래서 멋대로 기간을 정했다. 윤성은 3년이라고 말했지만 그녀는 더 이상 그의 곁에서 견딜 수 없었다. 혹시라도 오늘이 결혼기념일이라는 것을 알고 그가 와준다면 마음을 고백하고자 했다. 하지만 그가 기억을 하지 못하고 돌아오지 않으면 더 이상 하지 않기로 결심했다.

1월 12일.

작년 아주 추웠던 겨울날 그와 결혼을 했고, 1년을 함께 살았다. 엄밀히 말하자면 각자 다른 방에서, 하지만 같은 공간에서 살았다. 비록 그는 1년 중 집에 들어오는 날이 많지 않았지만.

승연은 앞에 있는 생크림 케이크를 물끄러미 바라보았다. 오늘 아침 떨리는 손으로 직접 베이킹을 해 만든 단순한 생크림 케이크이다. 지난 1년간 요리학원도 다니고 정말 평범한 주부가 된 것처럼 퇴근 시간 전 장을 보고 저녁을 차려놓기도 했다. 하지만 그와 같이 밥을 먹은 건 겨우 열 번 남짓이었을까?

일주일 전, 마지막으로 저녁을 같이 먹을 때 그가 처음으로 맛있다고 말해주었다. 다음날도, 그 다음날도, 그리고 오늘도 같은 메뉴로 저녁상을 차렸지만 그는 오지 않았다. 그날 이후로 일주일간의 부재.

오늘 오후, 그의 사무실에 찾아갔었다. 전화를 걸까 하다 얼굴을 마주 보고 이야기하는 게 낫겠다 싶어서였다. 급한 일로 회의가 있다고 말했다. 호출을 해드릴까요, 하는 물음에 됐다고 말했다. 그래서 같이 저녁을 먹자는 메모를 비서에게 남겨놓았다. 비서가 메모를 전하지 않았을 리 없다.

0시 1분.

1월 12일이 지났다.

그녀는 물끄러미 이혼 서류를 바라보았다. 분명 결혼 서류와 같았는데 단어만 바뀐 것뿐이다. 아이러니한 일. 그녀는 최윤성이라는 이름을 손가락으로 가만히 쓸어보았다. 짝사랑한 4년간 나쁜 일만 있었던 건 아니다. 분명 웃을 수 있는 일도, 즐거웠던 시간도 있었다. 하지만 아파한 일이 더 많아 이제는 정말 그만해야겠다고 마음먹었다.

케이크 중앙에 켜놓은 단 하나의 초는 이제 완전히 타버리고 촛농만 남았다. 이것이 마치 그녀 자신이 된 것처럼 초라하게 느껴진다. 더 이상 이곳에 남아 있을 수 없었다.

집 밖으로 나왔지만 잠시 어디로 가야 할까 고민했다. 달빛도, 전등도 보이지 않는 어두운 담벼락에 기대서서 얼마나 시간을 보낸 걸까. 손에 들고 있는 건 휴대전화와 지갑뿐이다. 이 시각에 집으로 간다면 부모님은 걱정할 것이다. 오피스텔도 정리하고 내놓은 뒤 바로 사람이 들어와 정말 갈 곳이 없다는 것을 깨달은 승연은 잠시 하늘을 올려다보았다. 윤성과 별에 대해 이야기를 했을 때가 생각났다. 이젠 그만두자고 해놓고서도 그를 떠올리는 건 어찌할 수 없는 일이라고 스스로를 위로했다.

우선은 호텔로 가서 잠을 자고 싶었다. 새벽 일찍 부지런을 떨어 갑자기 눈이 감길 만큼 극심한 피로가 밀려왔다. 담벼락에서 등을 떼고 터벅터벅 걷기 시작했다. 전원주택이 모여 있는 이 동네는 몇몇 집만을 빼고 다들 담벼락이 낮았다. 그러고 보니 이렇게 걸어서 동네를 걷는 것도 처음이다. 주택들만 밀집해 있어 집들은 모두 불이 꺼져 있고, 걷고 있는 사람도 없었다. 그것이 무섭지 않고 오히려 꼭 혼자 영화 세트장에 들어와 있는 느낌이 들었다.

그때였다. 몸이 살짝 앞으로 밀리는 듯했지만 더 나아가지 못했다. 그녀의 허리를 붙잡은 손을 보며 승연이 고개를 숙였다. 익숙한 손이다. 그리고 바람결에 코끝을 간질이는 익숙한 머스크 향은 그의 차에서 늘 맡았던 것이다. 네 번째 손가락에 그녀가 식탁 위에 놓고 왔던 반지가 다시 끼워졌다.

"가지 마."

그의 손등 위로 그녀의 눈물이 뚝 떨어졌다.

"내가 잘할게."

그래, 착각이 아니었다. 윤성이 그녀를 우정으로 마음에 담고 있지 않았다는 것을 바로 깨달을 수 있었다. 하지만 확신이 필요했다.

"사람은 표현을 해야 알 수 있어. 난 계속 불안했던 거야. 넌 너무나 단순히 그냥 결혼 생활을 유지하자고만 말을 하고 그 이유를 제대로 알려주지 않았잖아."

"신승연 역시 표현 한 번한 적 없었지."

"지금 내 핑계 대는 거야? 네가 12시 안에만 들어왔어도 모든 걸 말하려고 했어. 그런데……."

"미안해."

윤성의 말에 승연이 고개를 저었다.

"중요한 말이 없잖아."

승연의 입에서 저도 모르게 불만스러운 말투가 흘러나왔다. 그녀의 목덜미를 윤성의 낮은 웃음이 간질인다. 그녀의 말투에서 정답을 찾아낸 모양이다. 윤성이 승연의 손을 잡았다. 그러곤 귓가로 낮은 목소리가 흘러들어 왔다.

"사랑해. 사랑한다."

10화 사랑하다

그때부터 주체할 수 없이 눈물이 떨어지기 시작했다. 두 손을 들어 올려 얼굴을 묻었지만 그것은 참을 수 있는 것이 아니었다.

"네가 다른 사람을 사랑해도 괜찮아. 내가 더 노력할게. 내가 좋아질 수 있도록 잘할게. 그러니까 제발 떠나지 마."

윤성의 목소리는 어딘가 떨리는 것 같기도 하고 울음기가 섞인 것 같기도 했다. 그 말 한마디에 그의 깊은 마음이 느껴진다. 그리고 이제껏 스치듯 보아오던 그 다정함이 또렷이 하나하나 떠올랐다. 그것을 눈치채지 못하는 자신이 얼마나 원망스러웠을까. 하지만 윤성은 단 한 번도 원망의 기색을 비친 적이 없었다.

"다른 사람?"

"네가 늘 크로키 북에 그려놓았던 남자. 그 남자는 그냥 잠깐이었잖아. 난 네 곁에 훨씬 오래 있었어."

왠지 입술 사이로 웃음이 흘러나올 것 같아 승연은 힘을 주어 아랫입술을 깨물었다. 윤성이 여전히 오해하고 있는 게 틀림없었다. 자신의 어깨에 얼굴을 묻고 있는 윤성이 울고 있다는 것은 점점 축축이 젖어오는 옷으로 알 수 있었다. 더 이상 승연은 웃지 못했다.

"그래도 네가 좋아지지 않으면?"

그녀의 말에 윤성의 몸이 굳어지는 것이 그대로 느껴졌다. 승연은 그의 몸에 완전히 머리를 기대었다.

"그래도 놓지 못할 것 같아."

"너무 많이 늦었어, 최윤성."

그의 몸이 살짝 비틀거렸다. 그녀의 허리를 감싸고 있는 팔에 힘이 풀려 승연도 몸에 다시 힘을 주는 수밖에 없었다. 승연은 천천히 몸을 돌려 여전히 고개를 숙이고 있는 윤성을 바라보았다. 그의 턱 끝으로 모여든 눈물이 툭 떨어졌다.

"그 남자, 누구인지 모르겠어?"

그 말에 잠시 생각하듯 멈춰 있던 윤성이 천천히 고개를 들었다.

"그 남자……."

"그때 최 대리 머리카락이 조금 길고, 꽤 말랐었지?"

그의 눈엔 복잡함과 충격이 얽혀 있었다. 이미 그녀의 얼굴에서 답을 읽은 뒤였다. 이내 승연이 웃으며 고개를 끄덕였다. 맥이 풀린 듯 입까지 벌어진 윤성을 보며 승연이 팔을 뻗었다. 그 팔을 잡은 윤성이 그녀를 힘껏 끌어안으며 입을 맞추었다.

❖ ❖ ❖

코끝이 살짝 간지럽고 손에 무엇인가가 잡힌다. 보통 침대 벽쪽에 인형들을 두지 바로 옆엔 무엇인가를 두지 않기 때문에 손에 잡히는 게 없어야 했다. 눈을 번쩍 떠 손에 잡힌 것을 확인한 승연은 안도의 숨을 쉬었다. 그건 그녀가 늘 머리맡에 두고 자던 노란 곰 인형이었다. 하지만 평소와 다르다. 그녀의 침대와 다른 코튼향이 난다. 이 방은 윤성의 향으로 가득 차 있다. 그래, 어젯밤 두 사람은 서툴고 거칠었다. 아직도 몸에서 느껴지는 감각은 평소에 느낄 수 없는 것들이었다.

천천히 자리에서 일어난 승연은 바닥으로 다리를 내리고 시트로 몸을 가렸다. 엉망으로 떨어져 있던 옷가지들은 이미 윤성이 치운 모양인지 바닥이 깨끗했다. 새벽에 떨어뜨려 놓았던 타월도 보이지 않았다. 침대에서 완전히 일어나 살짝 문을 열어보니 부엌쪽에서 식기 부딪치는 소리가 들려왔다. 윤성의 방에서 그녀의 방으로 가려면 부엌을 지나치지 않고는 움직이지 못한다.

승연은 조용히 다시 문을 닫고 뒤를 돌아보았다. 조심스레 붙박이장을 열어 무언가 입을 것이 없나 찾아보았지만 눈에 띄는 건 온통 정장과 셔츠뿐이다. 이대로 나가는 것보단 낫겠지 싶어 손에 잡히는 셔츠를 꺼내어 입고 단추를 꿰었다. 면바지라도 입으면 좋을 것 같았지만 윤성은 그런 것들은 죄다 다른 곳에 두는 모양이었다.

아랫입술을 살짝 깨문 승연은 뒤로 돌아 다시 문 앞으로 걸어갔다. 손을 뻗어 천천히 문고리를 잡아 내리고 발걸음을 옮겼다. 기등에 기대어 서서 싱크대 앞에서 움직이는 윤성의 뒷모습을 물끄러미 바라보았다.

얼마나 집중하고 있는지 그녀가 나온 것도 모르는 것 같다. 가벼워 보이는 면 소재의 바지 하나만을 걸친 채 윤성은 음식 준비에 한창이었다. 자잘하게 잘 배분된 등 근육은 그가 움직일 때마다 운동을 하듯 물결치고 있었다. 그때 막 그릇을 들고 돌아서던 윤성과 시선이 마주쳤다. 이대로 있을 게 아니라 방으로 가서 옷을 갈아입고 나오는 건데 하는 후회가 밀려왔다. 잠시 놀란 듯 주춤하던 윤성이 이내 자연스럽게 웃으며 식탁 위로 그릇을 놓고 말했다.

"앉아."

승연은 말없이 고개를 끄덕이고 의자를 빼내어 천천히 앉았다. 노릇하게 잘 구운 토스트와 베이컨, 스크램블이 하얗고 큰 접시에 먹기 좋게 담겨 있다. 윤성은 직접 토스트를 한 장 들어 땅콩버터만 얇게 잘 발라 건네주었다. 그녀가 받을 생각을 하고 있지 않다고 생각했는지 토스트를 한 번 더 들어 보였다. 승연은 손을 뻗어 토스트를 받아 들었지만 그것을 입으로 가져가지 못했다. 윤성은 자신의 토스트에 크림치즈를 바르는 데 열중하고 있었다.

분명 어젯밤 이후로 모든 것이 변한 것 같았지만 윤성은 평소와 다름이 없어 보였다. 괜히 그녀 혼자 이 상황을 어색하게 느끼며 신경을 곤두세우고 있는지도 몰랐다. 그래, 평소처럼 행동하면 되는 거다. 잠시 토스트를 내려두고 주스를 마셔 목을 축였다. 왜 이렇게 수분이 부족한 사람처럼 목이 말라붙는지 모르겠다. 승연은 묘하게 긴장 상태에 굳어 있는 분위기를 바꾸어보려 입을 열었다.

"그런데 왜 어느 날부터 초콜릿을 안 먹게 된 거야?"

그 물음에 윤성이 크림치즈를 바르던 것을 멈추고 승연을 바라보았다.

"말 안 해."

"왜?"

"유치해서."

"유치해? 뭐가? 설마 내가 제대로 된 초콜릿 안 챙겨줘서?"

그 말에 윤성은 아무 말도 하지 않고 그저 손만 움직이고 있었다. 그녀의 생각이 정답이라는 뜻인 걸까? 이번엔 윤성이 먼저 말했다.

"끝까지 안 하더라?"

"뭘?"

윤성이 무슨 말을 하는지 몰라 그렇지 않아도 잔뜩 긴장하고 있던 승연의 몸이 일순 굳었다. 실수할지도 모른다는 생각에 잔을 내려놓는데 손이 삐끗하며 넘어질 뻔했다.

"나와 같다고."

어젯밤, 아니, 오늘 새벽 잠들 무렵까지 윤성은 그녀의 귓가에 대고 사랑한다고 말했다. 그건 눈물이 날 만큼 감동적이고 가슴이 먹먹할 만큼 아파서 이게 꿈은 아닌지 몇 번이나 확인하곤 했다.

그녀가 확인을 요구할 때마다 윤성은 다정하고 따뜻한 목소리로 그녀가 원하는 답을 해주었다. 하지만 정작 승연은 그에게 아무 말도 하지 못했다. 어젯밤부터 지금까지. 막상 입이 떨어지지 않아 승연은 입술을 질끈 깨물었다. 하지만 이내 윤성의 손가락이 다가와 더 이상 입술을 깨물지 못하게 만들어 그대로 굳은 상태로 눈을 크게 뜰 수밖에 없었다.

따뜻하고 부드러운 손가락은 그녀의 얼굴을 섬세하고 아주 느리게 더듬고 있었다. 그건 묘한 느낌과 감정을 순식간에 불러일으켰다. 산소가 모자란 듯 가슴은 오르락내리락하고, 배 아랫부분이 묘하게 뭉치는 것 같기도 했다.

얼굴을 만지던 긴 손가락이 천천히 목을 타고 내려와 셔츠 깃 아래로 보이는 쇄골을 쓰다듬자 승연의 고개가 저절로 숙여졌다. 윤성의 손이 셔츠 가운데로 내려와 약간의 힘을 주자 단추가 힘없이 툭 풀리며 그녀의 가슴골이 드러났다.

그 사이로 하얀 무덤은 어젯밤의 흔적을 알려주는 듯 곳곳이 붉게 물들어 있었다. 승연의 얼굴이 순식간에 똑같은 색으로 붉게 달아올랐다. 승연은 저도 모르게 손을 들어 올려 윤성의 손등을 감싸 쥐었다. 무섭도록 굳어 있던 윤성이 곧 상황을 인지하고 표정을 풀며 가볍게 웃었다.

"그러니까 그냥 먹어. 아침부터 사람 힘 빼게 하지 말고."

"최윤성 너……."

"뭐가?"

오랜 시간 윤성을 알아왔다. 그런데 오늘처럼 그가 어렵게 느껴진 적이 없었다. 표정에서도 도무지 생각을 읽을 수가 없다. 평소와는 정말 묘하게 다르다. 아니, 어쩜 그렇게 느껴지는 것일지도 모른다. 윤성은 승연의 손에 다시 토스트를 쥐어주었다.

"서류는 찢어서 버렸어."

그 말에 승연은 아무 말 없이 윤성을 바라보았다.

"하긴, 더 이상 무슨 말이 필요하겠어."

심장이 툭 내려앉으려는 찰나 윤성이 아직 쥐고 있는 그녀의 손을 힘주어 잡아 끌어당겼다. 절로 자리에서 일어나게 된 승연은 몸의 근육통에 대한 아픔을 호소하기도 전에 입술이 벌어지며 식탁 위로 완전히 몸이 들려 올라왔다. 접시는 이미 윤성이 그녀를 끌어당기며 옆으로 치워 버린 뒤였다.

대리석의 차가움이 허벅지를 타고 천천히 등줄기를 따라 올라왔다. 윤성의 왼손이 그녀의 얼굴을 가벼이 쥐고 자신을 올려다볼 수 있게 만들었다.

"그런데 난 신승연 목소리가 듣고 싶어. 그러니까 말 좀 해봐. 내 앞에, 내 옆에 있다는 게 믿기지 않아서 밤새 한숨도 못 잤어."

눈물이 날 것 같아 승연은 입술을 꾹 깨물고 말았다. 아주 짧은 시간에 한 번씩 울컥 차오르는 무엇인가가 계속 그녀를 흔들고 있었다. 윤성은 말이 없는 그녀를 보면서 계속 불안한 모양이다.

그게 아니라고 말해야 하는데 입은 마치 무거운 추를 단 것처럼 도무지 움직이질 않았다. 말이 많은 것도 좋지 않지만 너무 없어도 좋지 않다는 것을 깨달았는데도 말이다.

윤성의 얼굴이 가까이 다가와 두 사람의 숨이 섞여들었다. 그의 입술이 닿을 듯 말 듯 그녀의 눈썹을, 코끝을 스쳤다. 긴 속눈썹이 파르르 떨리고 눈이 저절로 감겼다. 이내 윤성은 승연의 감은 눈에 입을 맞추었다.

"나도."

작은 목소리에 윤성의 움직임이 멈췄다. 승연은 천천히 눈을 떠 윤성의 얼굴을 바라보았다. 윤성은 어딘지 모르게 들뜬 것도 같고 겁을 먹은 것도 같은 얼굴을 하고 있었다.

"나도 같아."

피하지 않았다. 여전히 멍한 얼굴로 자신을 바라보고 있는 윤성을 향해 승연의 얼굴이 움직였다. 그의 입술에 입을 맞추고, 그것으로도 실감이 나지 않아 손을 들어 올려 그의 얼굴을 감싸 쥐었다. 그 서늘한 손의 온기에 정신을 차린 듯 윤성의 눈빛이 돌아왔다. 그의 손이 그녀의 허벅지를 타고 올라와 셔츠 안으로 들어왔다.

옆구리를 간질이던 크고 뜨거운 손이 이내 그녀의 가슴을 움켜쥐었다. 그것만으로는 모자란 것인지 손바닥에 닿아 있는 정점을 깨우기 위해 슬슬 문질렀다. 이내 그것이 꼿꼿하게 일어서자 그녀의 얼굴을 쥐고 있던 다른 손이 내려가 셔츠의 단추를 완전히 모두 풀어내었다. 윤성이 고개를 숙여 석류 알 같은 정점을 입으로 훔쳤다.

뜨거운 입안으로 가슴이 들어차고, 그의 혀는 자유롭게 움직이며 깨물기도 하고 쓸어내리기도 한다. 자연히 승연의 입술에선 낮은 신음이 흘러나왔다. 가슴이 흥분으로 인해 절로 들썩이고, 이대로 있다간 몸이 뒤로 넘어갈 것 같아 승연은 팔을 뻗어 그의 목을 감싸 안았다. 그것이 그를 더 재촉한 모양이다.

서둘러 그녀를 식탁에 완전히 눕히고 입술이 가슴을 타고, 목선을 타고 올라와 입술을 집어삼켰다. 그 뜨거운 혀는 그녀의 입안을 점령하고 마구잡이로 쓸어내렸다. 혀가 얽히고, 타액이 쏟아져 들어온다. 윤성의 손은 가슴에서 허리를 타고 내려가 그녀의 허벅지 사이로 들어왔다. 아직 쓰라린 느낌에 승연이 낮은 신음을 뱉었지만 그것은 그의 입술에 의해 그 사이에서 짧게 사라지고 말았다.

쓰라림이 남아 있지만 어느새 그녀는 그를 받아들이고 싶기라도 한 것처럼 다시 서서히 젖어들고 있었다. 윤성은 아직 그녀의 몸이 온전치 않다는 것을 알고 있는 듯 엄지로 삼각지 사이에 숨어 있는 정점을 부드럽게 문질러 왔다. 흔들리고 있던 그녀의 종아리가 그 성적 긴장감으로 인해 마치 바닥에 닿은 것처럼 그대로 굳었다.

윤성의 혀는 그녀의 입에서 빠져나와 입술을 핥고 다시 목선을 타고 서서히 내려가기 시작했다. 그의 코끝이 유두를 슬쩍 스치고, 혀는 유륜을 스치며 자신의 흔적을 남겨놓는다. 납작한 배로 내려간 그의 입술이 곳곳에 입을 맞추고, 이내 삼각지의 거웃을 쓸었다. 그 저릿한 감각에 승연이 힘겹게 눈을 뜨며 팔로 몸을 지탱하고 몸을 들어 올렸다. 윤성은 어느새 그녀의 허벅지를 양옆으로 벌리고 여성의 장막을 펼치려 하고 있었다.

아침의 햇살이 창을 뚫고 들어와 사방이 밝다. 그녀의 모든 것이 그의 눈에 고스란히 담긴다는 생각이 들자 부끄러워졌다. 승연이 허벅지를 오므리려고 했지만 그의 넓은 어깨가 그녀의 다리 사이에 들어와 더는 움직일 수가 없었다.

허벅지를 누르고 있던 그의 손이 점차 그녀의 몸 가운데로 움직여 여성의 장막을 펼치며 이내 입술이 찾아들었다. 윤성의 혀가 아직 온전히 젖지 않은 여성을 깨우기 위해 부지런히 움직이기 시작했다. 슬쩍 부풀어 오른 여성의 정점을 혀로 쓸고 빨아대기 시작했다. 허리를 타고 올라오는 강도에 승연의 팔이 다시 힘이 풀리고, 완전히 누울 수밖에 없었다. 그의 혀가 그 틈새를 타고 슬쩍 내려가 아직 쓰라린 여성의 입구를 쓸어 올렸다. 승연의 입술에서 절로 신음이 길게 흘러나왔다.

부끄러움에 그녀는 두 손을 들어 올려 입을 막고 신음을 꾹 눌렀다. 하지만 조심스럽다 싶을 정도로 천천히 움직이던 그의 혀가 안으로 파고들어 오자 절로 거친 목소리가 튀어 나왔다.

"그, 그만……."

하지만 윤성은 멈출 생각이 없어 보였다. 뒤로 물러서려고 하는 그녀의 허리를 잡아 고정시키고 그녀의 여성을 마구잡이로 잠식해 나가기 시작했다. 절로 허리가 뒤틀리고 몸은 솟아오를 것만 같았다. 그게 고통이 아닌 쾌감이라는 것을 받아들이는 덴 시간이 조금 걸렸다. 저도 모르게 잡아 쥔 윤성의 어깨로 그녀의 손톱이 파고들어 갔다. 그럼에도 불구하고 윤성은 멈추지 않았다.

그녀의 몸에서 완전히 힘이 탁 풀리자 드디어 윤성이 고개를 들었다. 어느새 배와 가슴을 맞닿은 그가 그녀의 눈물을 닦아주기라도 하는 것처럼 눈가에 자잘한 키스를 남기고 있었다. 그리고 그 순간 그의 남성이 슬쩍 안으로 들어왔다. 일순 그녀의 여성이 긴장하며 그를 조이기 시작했다. 윤성의 미간이 절로 좁혀지며 마치 절정을 참고 있는 것처럼 보였다.

"괜찮아?"

다정한 그 목소리에 승연은 서서히 고개를 끄덕였다. 아픈 건 아니었다. 다만 방금 전 느낀 그 쾌감으로 인해 몸이 예민해져 있는 것뿐이었다. 그의 남성이 순식간에 안으로 가득 차 들어왔다. 절로 숨이 막힌 듯 승연은 저도 모르게 헉 소리와 함께 숨 쉬는 것을 잊고 말았다. 눈가로 흘러내린 눈물이 얼굴을 적셔왔다.

그게 슬프거나 아파서 나는 게 아니라는 것을 그녀는 잘 알고 있다. 하지만 눈가에서 느껴지는 따뜻한 손길에 서서히 눈을 뜨자 윤성이 잔뜩 걱정스러운 얼굴로 그녀를 바라보고 있다.

아무래도 괜찮다는 그녀의 말을 제대로 듣지 못한 듯했다. 승연이 팔을 들어 올려 그의 얼굴을 가볍게 쓸어내렸다. 그제야 윤성이 허리를 움직이기 시작했다. 그의 몸이 안을 치고 들어오고 빠지기를 반복했다. 하지만 시선만은 오롯이 그녀를 향하고 있어 피할 수가 없었다.

그녀의 입술에서 간혹 터져 나오는 신음과 몸의 일부분이 부딪쳐 나는 젖은 소리만이 울리고 있었다. 윤성은 신음을 참기 위한 것인지 미간에 깊이 주름을 만들고선 여전히 그녀를 사랑스럽다는 눈으로 바라보고 있었다. 식탁을 짚고 있던 그의 한 손이 서서히 어깨를 타고 올라와 살짝 메말라 있는 그녀의 입술을 쓸었다. 승연은 저도 모르게 혀를 내밀어 그의 손가락을 핥았다.

그게 의도적이든 아니든 윤성은 더욱 자극을 받은 게 틀림없었다. 이제껏 그녀를 배려하느라 느리던 움직임이 이젠 거칠 것 없이 빨라졌다. 아픔이 점점 옅어지고, 그것이 쾌감으로 번져 갈 때쯤 승연은 눈앞이 깜깜해지는 것을 느끼며 길게 늘어졌다. 이어 윤성의 낮은 신음 소리가 들려왔다. 자꾸만 감기려는 눈꺼풀에 힘을 주었지만 그건 그녀도 어떻게 할 수가 없었다. 이마에 느껴지는 입술의 감각에 그녀는 서서히 눈을 감았다.

한 침대에서 자고, 아침에 일어나면 눈을 맞추고, 출근을 하면

차고까지 내려가는 것이 당연해졌다. 겨울이 완전히 물러나는 시점이 다가오자 거리엔 개나리가 꽃을 틔우기 시작했다.

노란색으로 뒤덮인 담장을 보며 걷기 시작했다. 봄이 왔으니 산뜻한 샐러드를 준비할 생각에 집을 나서자 예상보다 훨씬 좋은 날씨에 그녀는 차를 모는 것을 관두고 천천히 걷기 시작했다.

담장 길이 거의 끝나가는 시점에 승묵에게 전화가 걸려왔다. 지영은 징역 12년이 확정됐으며 출소를 해도 다신 교단에 설 수 없단 이야기를 들었다. 그리고 승묵은 지영의 다른 식구들에 대해 이야기를 하려고 했지만 승연은 더 이상 듣고 싶지 않다고 했다. 그 시간이 너무나 지긋지긋해서 이제 더 이상은 엮이는 것을 넘어서 듣고 싶지도 않았다. 승묵은 조금은 가벼운 목소리로 '그래, 그게 좋겠다' 고 말했다. 전화를 끊고 나서 승연은 고개를 들어 하늘을 바라보았다. 눈이 시리도록 푸른 봄의 하늘은 눈물이 날 만큼 화창했다.

윤성에게 시흔에 대한 이야기도 들었다. 별로 이야기하고 싶지 않은 것인지 윤성은 시흔에 대해 대충 한국에서의 모든 것을 정리하고 미국으로 떠나 봉사하며 살겠다는 이야기로 마무리를 지었다. 윤성은 거짓말이라고 생각할지도 모르겠지만 정말 어느 순간 승연은 시흔에 대한 것도, 지영에 대한 이야기도 궁금하지 않았다.

어쩌면 그것을 알고 더 자세히 이야기해 주지 않은 것인지도 모른다. 그것도 아니면 윤성은 질투를 하는 것일지도 모른다. 그것이 그녀의 착각이라고 해도 좋았다. 윤성은 승연에게 충분히 그럴 권리가 있다고 말해주었다. 저도 모르게 입가의 근육이 움직이며 결국엔 웃고 말았다. 그때 손에 쥐고 있는 핸드폰이 진동을 전하며 전화가 왔다는 것을 알려주었다.

[어디야?]

"집으로 가는 길."

[어디 다녀오는 길인데?]

"채소 좀 샀어."

[차가 그대로 있어.]

"집이야?"

서둘러 손목시계를 확인하니 이제 겨우 오후 5시 30분이다. 보통 특별한 일이 있지 않으면 윤성은 대부분 7시쯤 퇴근했다. 그런데 오늘은 왜 이렇게 갑자기 빨리 들어온 것일까? 이렇게 일찍 퇴근한 경우는 거의 없었다.

"신승연."

스피커에서 들리는 목소리가 아니었다. 고개를 들자 언덕 위쪽으로 아스라하게 윤성이 보인다. 긴 다리를 이용해 걷는 윤성은 꼭 뛰는 것처럼 보일 정도로 빨랐다. 그녀가 걸어가려면 족히 1, 2분 정도 걸릴 거리를 그는 순식간에 뛰어왔다. 그리고 승연의 손에서 에코백을 빼앗아 들었다.

"걸어갔다 온 거라고?"

답을 재촉하면서도 어딘지 모르게 윤성의 안색이 파리해 보였다. 개나리꽃이 피었다지만 아직 바람은 쌀쌀했는데 그의 이마엔 송골송골 땀도 맺혀 있는 것 같았다. 승연이 뚫어져라 바라보자 윤성은 괜히 헛기침을 하며 시선을 피했다. 그리고 오른손을 뻗어 그녀의 왼손을 잡고 천천히 발걸음을 옮기기 시작했다.

"나 찾았어?"

대답 대신 다시 목을 가다듬는 소리가 들려왔다. 이곳은 언덕길이고 주택과 주택 사이의 거리가 꽤 멀어 대부분이 차를 타고 이동하는 곳이다. 지금은 평일의 오후 시간대이고, 그래서 거리는 마치 두 사람만 오로지 존재하고 있는 것처럼 텅 비어 있었다.

"내가 집에 오면 늘 신승연이 있었으면 좋겠어."

"날 집에 가둬둘 셈이야?"

그 말에 윤성이 잠시 놀란 얼굴을 하고 그녀를 바라보았다. 하지만 이내 고개를 돌렸다. 그러고 보니 그의 숨소리가 조금은 거칠다는 것이 느껴졌다. 억지로 고른 숨을 내려고 하는 게 보일 정도이다.

"그런 게 아니라, 아무도 없는 집에 혼자 들어가고 싶지 않아."

그 말에 승연은 고개를 한쪽으로 기울이면서 자신의 손을 더욱 힘주어 잡아오는 윤성을 바라보았다. 정말 어디가 아픈 건가 싶어 승연은 손을 들어 올려 윤성의 이마로 가져가 댔다. 평소보다 조금 체온이 높은 것도 같고 식은땀이 묻어난다. 하지만 착각인가 싶을 정도로 그 순간은 너무나 짧았다. 윤성이 바로 고개를 뒤로 빼며 그녀의 손길을 거부했기 때문이다.

"내가 만지는 게 싫어서 그래?"

"아니!"

좀처럼 커지는 일이 없는 윤성의 목소리가 커졌다. 승연이 눈을 동그랗게 뜨고 윤성을 빤히 바라보았다. 놀라서 걷는 것도 잊어버렸다. 윤성의 걸음도 자연스레 멈춰 서고 말았다. 귓불이 살짝 붉어진 윤성은 몇 번이나 입술을 깨물었다 열기를 반복했다.

"무서워서 그런 것뿐이야."

"무서워?"

"네가…… 날 떠났을까 봐."

그 말에 승연의 입술이 살짝 벌어졌다. 분명 윤성은 그날을 두려워하고 있는 게 틀림없었다. 그녀가 모든 것을 정리하고 떠나려 했던 그 밤을.

"초인종을 눌러도 대답이 없어서 미친 사람처럼 들어가 집을 뒤졌어. 그래도 보이지 않으니까 핸드폰을 들었는데 손가락이 마음대로 움직여지지 않더라. 또 꺼져 있다는 소리를 들을까 봐."

어딘지 모르게 투정을 부리는 것도, 겁을 잔뜩 먹은 아이처럼 보이기도 했다. 승연은 고개를 숙여 잡고 있는 손에 더욱 힘을 주었다. 왠지 사랑한다는 이야기를 들을 때보다 더 가슴이 벅차고 기뻐서 눈물이 날 것만 같았다. 하지만 그녀가 말없이 고개를 숙이자 윤성은 더 답답해진 모양이다.

윤성은 들고 있던 에코백을 옆에 내려두고 그녀의 턱을 잡아 들어 올리려고 했다. 하지만 승연은 고집스레 고개를 들지 않았다. 윤성이 손으로 입을 막으며 한숨을 삼키듯 숨을 급히 들이켰다.

"내가 너무 의처증 걸린 사람처럼 굴지? 그러려고 한 건 아닌데…… 그냥 순간 겁이 나서……."

정리가 잘 되지 않는지 윤성은 말을 더 잇지 못하고 길게 한숨을 내쉬었다. 이렇게 당황하는 윤성의 모습을 보는 건 또 처음이라 승연은 눈물이 나던 것도 잊고 웃고 말았다. 갑작스러운 그녀의 변화에 윤성은 더 안절부절못했다.

"안 떠나. 절대 안 떠날 거야."

"신…… 승연."

"사랑해."

아주 잠시 굳어 있던 윤성이 이내 정신을 차린 듯, 아니, 어딘가 힘이 빠진 듯 낮게 웃었다. 윤성이 얼굴이 가까이 다가왔다.

"그 말이…… 너무 늦었잖아."

사랑이라는 그 단어 자체가 너무나 무거워 쉽게 내뱉을 수가 없었다. 몇 번이나 직접 말을 해야지 하면서도 뱉지 못했다. 하지만 지금 윤성을 보는 순간 쉽게 뱉을 수 없을 것 같던 그 말이 자연스레 흘러나왔다. 어느 좋은 날, 오후의 봄 노을이 왈칵 두 사람에게로 쏟아졌다.

에필로그

어젯밤부터 으슬으슬 춥기도 하고 몸이 달달 떨리는 게 몸이 좋지 않았다. 그녀의 목소리를 듣고 윤성은 공항에 도착하자마자 달려왔다. 주치의라도 부르지 그랬냐는 윤성의 말에 승연은 고개를 저었다. 딱히 그렇게까지 아프단 느낌도 없고 그냥 조금 몸이 불편하다 싶은 정도였다.

윤성이 다정한 손길로 그녀의 이마에 손을 올렸다. 그 따뜻한 온기 하나만으로도 승연은 마음이 편해졌다. 생각했던 것보다 윤성은 훨씬 다정다감한 사람이었다. 지난 1년간 두 사람은 참 많은 여행을 다녔다. 갑작스러운 합병 문제로 일이 바쁘던 작년 초를 빼놓고 윤성은 최 회장에게 작은 사업을 해볼까 하니 사표를 받아달라고까지 했다.

물론 최 회장은 그 제안을 받아들이지 않았다. 굳이 유능한 사원을 바깥으로 보내 위협이 되느니 회사에 붙잡아두는 게 이득이라고 말하면서 윤성에게 3개월간의 휴가를 주었다. 사실 윤성은 사표라는 자충수를 두면서 그녀와 많은 시간을 보내고자 했다. 두 사람의 위태했던 관계를 대충이나마 알고 있는 최 회장은 그동안 열심히 달려왔다며 윤성을 다독여 주었다.

윤성에게선 겨울 특유의 공기 냄새가 났다. 아직 옷을 갈아입지 않아서인 것 같았는데 승연은 그게 좋았다. 그때 승연의 팔에 차가운 금속성 물질이 닿는 것을 느끼고 흠칫 떨며 고개를 숙였다. 그녀의 손목엔 그렇게 두껍지도 그렇다고 얇지도 않은 팔찌가 채워져 있었다.

"열이 있는 것 같진 않은데."

팔찌를 채워주면서도 괜히 쑥스러워한다는 것을 알 수 있었다. 표현을 잘 하지 못하는 무뚝뚝한 성격이지만 돌이켜 보면 윤성은 늘 묵묵히 곁을 지켜주었다. 그게 윤성의 표현 방식이라는 것을 깨닫고 승연은 더 큰 욕심은 부리지 않기로 했다.

"이건 무슨 선물이야? 또 비행기 타러 가는 길에 눈에 띄어서 산 거야?"

윤성은 출장을 가게 되면 꼭 이렇게 작은 물건들을 하나씩 사왔다. 처음엔 그냥 직원이 사길래 사왔다는 식으로 둘러댔다. 그게 몇 번인가 이어지다 보니 승연은 그가 쑥스러워 그러는 것이라는 것을 알게 되었다.

"너에게 잘 어울릴 것 같아서. 그리고 내일이 결혼기념일이잖아."

그가 그렇게 말하고 슬쩍 입술을 깨물었다. 귀가 빨갛게 달아오른 것도 같았다. 하지만 승연은 모른 척해주기로 마음먹었다.

"난 준비한 게 없는데."

"됐어. 난 필요한 것도 없고."

"옷 안 갈아입어?"

"안 되겠다. 병원이라도 가자."

"이 정도로 무슨 병원을 가. 부모님들 걱정하셔."

"동네 병원이라도 가. 그게 좋겠어."

결국 윤성의 성화에 승연은 자리에서 일어날 수밖에 없었다. 그런데 일어서는 순간 어지러워 잠시 비틀거리자 윤성의 표정이 더욱 심각해졌다.

"저번 건강검진 때까지만 해도 괜찮았잖아."

"그냥 몸살 같은 건가 보지."

요즘 여기저기 부탁을 받아 그림을 그리는 데 집중했다. 그게 꽤 힘들었던 건지 몸살이 나고 말았지만 여전히 그림을 그리는 일은 좋았다.

"경민이 그 자식은 왜 자꾸 너한테 그림을 맡겨. 너도 좀 거절하고 그래야지."

"부탁하는데 어떻게 그래. 쉬엄쉬엄 하면 돼."

여전히 미간에 잡힌 인상을 풀지 못한 윤성은 그녀의 코트를 가져와 따뜻하게 입히고 그것만으로는 모자라다 싶었는지 자신이 하고 있는 머플러를 풀어 목에 둘러주었다. 목으로 바람 한 점 들어갈 수 없게 만들어놓고서야 윤성은 만족한 듯 고개를 끄덕이며 집을 나섰다.

마음 같아서야 주치의가 있는 병원으로 가고 싶었지만 승연이 불편해하자 두 사람은 동네 근처에 있는 연합병원을 찾았다. 윤성은 작은 규모의 병원을 보고 별로 마음에 들지 않는다는 듯 굳은 표정을 풀지 않고 있었다.

"신승연님?"

"네."

몇 가지 검사를 받고 나서야 의사와 대면하게 되었는데 그게 또 마음에 들지 않는지 윤성은 그녀의 뒤에 서서 팔짱을 낀 채 굳은 얼굴을 하고 있었다. 그 모습을 보고 웃으며 승연이 의사의 부름에 다시 몸을 돌렸다.

"과를 잘못 찾으신 것 같은데요?"

"네?"

"산부인과로 가셔야 할 것 같습니다."

산부인과라는 말에 승연이 깜짝 놀라 뒤를 돌아보았다. 윤성 역시 놀라기는 마찬가지인 모양이다. 어느새 팔짱이 풀리고 어딘지 모르게 조금은 얼이 빠진 얼굴로 그녀와 의사를 번갈아가며 보고 있었다.

결국 자리에서 일어나 과를 옮기고 임신 확정을 받은 뒤 초음파 검사를 하면서야 승연은 실감이 났다. 뱃속에 작은 아기집이 있는 게 정말 신기했다. 질 초음파로 인해 안으로 들어가지 못한 윤성은 복도에서 서성거리고 있었다.

병원을 나서자마자 윤성은 그녀가 받아온 초음파 사진을 보면서 계속 뭔가 떨떠름한 표정을 짓고 있었다. 임신 5주차라는 진단을 받은 그녀도 사실 믿기지 않고 정말 뱃속에 다른 생명이 들어 있나 의심하고 있었다.

사실 지난 1년간 피임을 하지도 않았고, 두 달 전에 건강검진을 받은 후 아이를 기다리시는 어른들의 노파심도 있었다. 몸엔 이상이 없으니 걱정 말라는 이야기를 들었지만 사실 승연은 아이가 생기지 않아 조금은 마음이 조급해졌다.

물론 부모가 된다는 것이 쉽지 않은 일이라는 것을 안다. 딱히 윤성과 아이에 대한 이야기를 해본 적이 없지만 피임을 하지 않고 있으니 예상하고 있을 거라고 생각했다. 하지만 윤성의 무덤덤하다 못 해 떨떠름해하는 표정을 보자 섭섭함이 한꺼번에 몰려오는 것 같았다. 승연은 팔을 뻗어 윤성의 손에서 초음파 사진을 빼앗았다. 그녀의 행동에 윤성이 살짝 눈을 크게 뜨고 승연을 보았다.

"집에 가. 피곤해."

평소대로라면 윤성은 바로 차를 출발시켰을 것이다. 하지만 움직이지 않고 그녀를 물끄러미 바라보았다. 계속 느껴지는 시선에 승연이 결국 더 이상 참지 못하고 윤성을 보았다.

"고마워."

그 한마디에 섭섭했던 마음이 모두 가신다. 임신을 하면 호르몬의 영향으로 기분이 들쑥날쑥한다는데 그래서인 것일까?

"사실 실감이 나질 않아서. 어, 그러니까 분명히 좋고 기쁜데……."

원래 윤성이 표현에 인색하다는 것을 알고 있다. 그것을 잘 알면서도 마음이 마음대로 들썩인 건 역시 임신 중이기 때문이라고 승연은 핑계를 댔다. 자세히 살펴보니 떨떠름한 표정이 아니라 웃고 싶음에도 믿기질 않아 웃지 못하는 얼굴이었다. 그때 윤성의 손이 그녀의 배로 다가왔다. 하지만 코트로 인해 제대로 느껴지지 않는지 다시 살짝 미간을 좁혔다.

승연이 지퍼를 열자 윤성은 서둘러 차에 시동을 켜고 히터를 틀었다. 어지간히 자신을 생각하는 모습을 보면서 승연은 행복감에 눈물이 차오를 것 같았다. 다시 윤성의 손이 그녀의 배 위로 내려앉았다.

"아직 납작해서 그런가? 사진을 봤는데도 실감이 안 난다."

"아이가 태어나도 그렇게 말이 없을 거야?"

"어?"

계속 그녀의 배를 보고 있던 윤성이 그 말에 고개를 들었다.

"표현에 인색하지 않은 아빠가 되었으면 좋겠어."

"그럴게."

"쉬는 날엔 여행을 못 가면 산책이라도 가면 좋겠고."

"그러자."

윤성이 팔을 뻗으며 그녀를 껴안았다. 그리고 정수리에, 목덜미에, 볼에 몇 번이나 입술을 맞추었다.

"스킨십엔 하나도 안 인색하면서."

"아이한테도 이렇게 할게."

그는 틈이 나면 그녀를 안고 싶어 했다. 버거울 때도 있었지만 윤성이 사랑을 안으며 안정감을 찾는다는 것을 알고 승연은 받아주었다.

"당분간 부부관계는 금지야."

"뭐?"

윤성의 손이 슬금슬금 가슴 쪽으로 향할 때쯤 승연이 말했다. 말도 안 된다는 표정의 윤성을 보며 승연은 픽 웃고 말았다.

"8주까지는 조심해야 한댔어."

"너무 길잖아."

"아이를 위해서야."

그 말에 윤성은 저도 모르게 끙 소리를 내며 아쉬운 듯 승연의 입술을 가볍게 스쳤다.

"그럼 신승연도 내게 손대지 마."

"뭐?"

"욕구 불만에 덮칠지도 모르니까."

그러고 보니 윤성은 3주일 만에 유럽 출장에서 돌아왔다. 연말과 연초도 같이 보내지 못한다면서 승연에게 같이 갈 것을 종용했지만 밀려 있는 일이 많아 그녀가 고개를 저었다. 마지막 밤을 보낸 것도 3주 전이니 윤성의 불만이 쌓일 만도 했다. 그녀가 생리를 하는 날만 빼고 거의 매일같이 안긴 것과 다름없었다.

대체적으로 윤성은 출장이 잦았는데 대부분 길어봤자 일주일이었고, 짧으면 이틀이었다. 그런데 이번엔 거의 한 달 가까이나 그녀를 안지 못했다. 그런데 또 한 달을 기다려야 한다는 것에 불만을 갖고 있는 것이 틀림없었다.

"그 정도도 못 참아? 대체 어떤 인내심으로 나와 결혼할 때까지 참은 거야?"

"그건……."

윤성이 잠깐 말을 하다 멈췄다.

"안기 전이었잖아."

"뭐?"

"한 번 안고 나니까 자제가 안 돼. 오죽하면 나 스스로 정말 미친놈이 아닐까 싶을 정도로."

그래, 그건 그녀도 마찬가지였다. 버겁다고 말을 하면서도 그가 자신을 원하는 것을 좋아했으니까. 윤성은 핸들에 기대어 그녀를 보면서 말했다.

"다음 생엔 신승연이 먼저 날 좋아해 줘."

그 말에 승연이 고개를 끄덕였다.

"나 많이 튕길 거야. 그래도 포기하지 말고 계속 잡아."

"그래."

"눈치도 없게 태어나서 신승연 속 많이 썩여도 계속 사랑해 줘."

"그럴게. 그렇게 할게."

"신승연."

그다음에 할 말은 그녀도 알고 있다. 승연이 고개를 숙여 윤성의 귓가에 대고 그가 하고 싶은 말을 먼저 해주었다. 행복감에 미소 짓고 있는 그녀의 입술로 윤성의 입술이 내려앉았다.

〈The End〉

작가 후기

안녕하세요. 최양윤입니다.

늘 이렇게 후기를 쓰게 될 때면 역시 뭔가 많은 부담이 한꺼번에 찾아오는 것 같아요. 이렇게 시원하게 이 녀석들을 보내도 될지 한없이 걱정스러움이 앞섭니다.

자각은 아마 승연이를 위한 말이 아니었나 생각됩니다. 처음 프롤로그만 빼고 오로지 승연의 시점만으로 이어져 내려가는 글이라 연재 때도 그랬고 많은 분들이 윤성이 마음을 몰라서 답답해하셨을 거예요. 그래도 곳곳에 숨어 있는 윤성의 마음이 보이지 않던가요?

3이라는 숫자는 인간 사회에서 참으로 중요하다고 합니다. 책을 보다 '주위 사람들이 작정하고 속인다면?' 이라는 생각을 가지고 처음엔 써 내려갔는데, 사실 계속 무거운 내용이 될 거라고는 생각을 못 했어요. 그럼에도 불구하고 연재 당시 많이 좋아해 주시고 기다려 주셔서 얼마나 감사한지 모르겠습니다.

로맨스치고 너무 로맨스가 없는 거 아니냐고 말씀하셨지만 그래도 곳곳에 숨어 있는 윤성이의 마음이 보일 거라고 믿습니다. 저는 쓸 때 정말 즐겁게 썼는데 그래서인지 지금 자각을 떠나보내는 마음이 참 시원섭섭합니다. 정말 시원하게 써 내려갔는데 쓰면서 저는 의외로 내가 1인칭 시점이 맞나 하는 생각을 했어요. 기회가 된다면 다음에 써보고 싶을 정도로 말이에요.

다음번엔 조금 더 밝고 경쾌한 이야기로 만나고 싶다고 이야기한다면 욕심인 걸까요?

2014년, 참 슬픈 일이 많이 일어난 해였습니다. 가을을 맞이하며 아픈 사람들의 마음이 다독여질 수 있는 결과를 보면 좋겠단 생각을 합니다.

저는 이렇게 자각을 제 손에서 떠나보내며 앞으로도 좋은 글로 찾아 뵐 수 있도록 노력하겠습니다. 고맙습니다.

가을밤,

최양윤.